HEYNE BÜCHER

CARL AMERY

DIE WALLFAHRER

Roman

WILHELM HEYNE VERLAG
MÜNCHEN

HEYNE ALLGEMEINE REIHE
Nr. 01/7852

Für
Balthasar,
Georg,
Judith,
Maurus,
Laurenz
etc.

Genehmigte, ungekürzte Taschenbuchausgabe

Printed in Germany 1989
Umschlagfoto: Stefan Trux, unter Verwendung
eines »Memento mori«-Bildes
aus dem Heimatmuseum Rosenheim
Umschlaggestaltung: Atelier Ingrid Schütz, München
Gesamtherstellung: Presse-Druck, Augsburg

ISBN 3-453-03276-4

Inhalt

Ich sehe dich in tausend Bildern,
Maria, lieblich ausgedrückt...
Novalis

Vorwort: Literarische Annäherung an die Ewigkeit betreffend

WALLFAHRT!
Altes, mächtiges Bild für unser Dasein auf Erden. Gleichnis insbesondere für den Christenmenschen, der Pilger ist; das heißt ein verbanntes Kind Evas, stolpernd über die Fluren und Äcker der Fremde.
Dieser Tradition strebt unsere Erzählung nach. Den nachdenklichen Leser (und die wahrscheinlich noch nachdenklichere Leserin) will sie bekannt machen mit graden und krummen, mit verworrenen und planvollen Pilgerpfaden; mit großen und kleinen Umwegen dabei; mit tragischen und unterhaltsamen Fluchten; eitlem Streben, das vereitelt wird – aber auch mit erhoffter oder unverhoffter Ankunft, erwartetem oder überstürzendem Gnaden-Erweis. (Nicht um, wie der Calviner Milton sagt, Gottes Wege vor dem Menschen zu rechtfertigen: was glaubt er denn, daß wir sind?)

Ziel dieser Pfade ist
TUNTENHAUSEN,
eine seit Jahrhunderten gerühmte Gnadenstätte Unserer Lieben Frau im Oberbayrischen. So ist die alt-bairische katholische Welt Schauplatz und Szenenplan, dem der Weg von vier Jahrhunderten in die Endzeit (wie provisorisch immer) eingezeichnet wird.

ENDZEIT:
Welches Schreckenswort! Wie hallt und dröhnt es die Korridore der Geschichte hinab und hinaus in verhangene Zukunft! Wer erbleicht nicht bei seinem erzenen Klang?

Wer wird dabei nicht von methaphysischem Schauer überlaufen? Wer erzittert nicht?
Die Antwort: so gut wie niemand.
Das hat Gründe. Zuoberst den: unsere Errungenschaften haben die Phantasien der Vorväter betreffend die Ewigkeit weit überholt, so oder so. Wen kann die Sehnsucht nach einem unkündbaren Abonnement in einer stratosphärisch gelegenen Prunkoper, wen die Angst vor permanenter Folterwerkstatt in vulkanischen Tiefen noch überzeugen? Überholt, so oder so. Und darunter ein noch wichtigerer Grund: unser klägliches Rüstzeug zur Erkenntnis der Wirklichkeit, von einer faulen Mutter Natur in bequemen Selektions-Schritten zusammengehudelt.
Dieses Rüstzeug langt nicht hin bis zur entscheidenden Eigenschaft der Ewigkeit – nämlich zur Aufhebung der Zeit. Die Mystiker wissen das natürlich; aber wir gewöhnlichen Sterblichen, wir Durchschnitts-Stolperer über die Pfade der Pilgerschaft können uns die Ewigkeit kaum anders vorstellen als einen Wasserhahn, aus dem monoton der Faden der Zeit rinnt – monoton, das heißt langweilig; mögen die Feinkörper dieser Langeweile himmlische Kadenzen und Duftstäube – oder Schwefelbrühe und siedendes Öl sein.
Ach! Eingenagelt in drei Dimensionen, fixiert auf den rinnenden Faden der Zeit ist auch der Erzähler. Wie vermag er die Gewebe von Ewigkeit und Endzeit, das Mit- und Beieinander von Schicksal, Entscheidungen, Fehlentscheidungen und ihre Wirkungsnetze auch nur einigermaßen einsichtig abzubilden?
Da versuchen wirs kühn und paradox: einfach durch Bescheidung. Durch Beschränkung auf vier Pilgerpfade, die wir durch vier Jahrhunderte legen. Sie brechen gleichsam miteinander auf, die Pfade, mäandern dann jeder anders über Berg und Tal, treffen sich zuletzt (und hinter unserer Moderne) in Ankunft und Enthüllung. Da es um Endzeit geht, das heißt, da Ewigkeit nahe ist, wird sich

vieles berühren und überkreuzen, werden sich Fäden verknäueln, werden sich erschreckliche (oder doch verschreckende) Querblicke durch bröckelnde Zeitwände auftun. Dies kann nicht anders sein, grad deswegen nicht, weil Endzeit uns ständig nähergebracht wird – gleichzeitig, das heißt aus allen Zeiten heraus. Selbst die jeweilige Verantwortung für das Hier und Heute wird uns deutlicher heimgeleuchtet durch die entsprechenden Bürden unserer Nachbarn auf den Zeitpfaden.

Ja, und dann merken wir, daß es ausgerechnet das Durcheinander ist, was uns deuten hilft. Denn jede Erkenntnis, das sagen uns die Meister der Wissenschaft vom Menschen, bedarf, damit sie überhaupt zustand kommt, eines ordnenden Gitters – eines Musters von Linien und Schnittpunkten. Dann wären also unsere vertrackten Pfade, ihr scheinbar so regelloses Gewurl, nichts anderes als das Gewebegitter, das uns Endzeit deuten hilft? Endzeit auf einem Stück Erde, das so unbedeutend und minder auch wieder nicht ist – schon deswegen, weil es unser Eigen ist.

Lassen wir sie also losziehen: den Einsiedel, die Comoedianten, den Kreuzfahrer –

– und den Mörder.

I

Aufbrüche

Wir wissen, daß das Land der Hopi nicht das einzige spirituelle Zentrum der Welt ist. Andere Plätze wurden vom Schöpfer an seine Seite gesetzt – durch jene, die seinen Anweisungen folgen in anderen Ländern, um als Heiligtümer in einer Zeit großer Weltveränderung in der Zukunft zu dienen. Ihre Wurzeln werden durch uraltes Wissen gefunden werden, das zu diesen Plätzen führt.

Der Hopi David Monongye
an den Dalai Lama, Oktober 1982

Weisung für Gropp

Halt dich zu Anfang ans Chronologische. Das heißt ans 17. Jahrhundert, an Gropp den Einsiedel, Mühlen bei Innsbruck.
Halt dich an das Wort, das auf ihn fällt – aber trau um Gotteswillen nicht dem trauten Bildnis an der Tuntenhauser Kirchenmauer, linker Hand, wenn du durchs schmiedeeiserne Friedhofsgitter kommst, von dem hochgebukkelten asphaltierten Platz her. Was siehst du da schon? Handsamen Greis in sauberem Bett, das Bett steht in sauberer Kammer, das Fenster hat Butzenscheiben, hinter denen du besonnte Giebel wähnen magst, irgendeine Tiroler Marktstraße.
Trau dem nicht. So malt das einer später, in einem andern Jahrhundert-Atelier, wo man das Frommsein ins laue Herbstfenster stellt, damit es brav vor sich hinstöckelt. (Wir kommen noch drauf.)
Vielmehr liegt der Gropp auf schimmeligem Kotzen, der Kotzen auf Kranewitter-Gezweig und Stroh: fauliges Groppzeug auf faulem Unrat. Gropp und Unrat brauchen den halben Boden in der Heuhütte. Die Hütte ist eingelassen in einen sauren aperen Buckelhang, das Frühjahr ist grau und geizig. Der Gropp schnattert auf Zahntrümmern, stiert auf einen Riß, durch den es zwischen schwarzen Rundhölzern hell und kalt kommt. Er mampft an einem Kräutlein Hoffnung, dessen Geruch ist wild wie eine Faust, die von unten gegen aschenfette Sparren und Schindeln stößt.
Den Gropp frißt es von innen heraus, geht so seit einer Woche, geht ans Leben, das merkt er, und das ist schon ein Raufen. Er ist ja fromm, eigentlich. Hat hinlaboriert an

eine glückselige Sterbstunde in immer einschichtigerer Landschaft, und Kriege hats auch gegeben und gibts immer noch, zur Zeit den endlos langen um den katholischen Glauben, der, scheints, auch nicht so gut ausgeht.
Aber jetzt hat er wutige Angst. Jetzt beißt er aus seinem Scherhaufen gegen den Tod an wie ein verbissener Rattenkönig, schämt sich nicht darob, kaut hexerisches Kraut, klaubt zusammen, was er in sich als Lebenstrotz findet, schiebt es vors Jenseits, das er auf einmal nicht mehr erkennt.
Er hat sich ja das Jenseits längst gezeichnet, der Fromme; gepinselt, ja verputzt und mit Goldfirnis belegt durch Jahrzehnte, mit alabasternen Fenstern belichtet: seinen Himmel. Seine Ewigkeit voll Kurzweil: meilenlange Perspektiven, aufspringende Tore, Lichtstiegen, Wolkenleitern zwischen den Seligkeitsrängen, auf denen kräftige Chöre wallen; Bögen Marmors, in denen sich die Jubelgruppen auszählen lassen: Dreifaltigkeit – neun Engelarten – vierzehn Nothelfer – elftausend Jungfrauen – die Hundertvierundvierzigtausend der Offenbarung Johannis, so dem Lamme singen ...
Das ist weg. Aber daß ihm das gestohlen oder verweigert ist in seiner kotigen Sterbstunde, das könnte er verkraften, meint der Gropp, käme der Dieb in der Nacht der Seele, durch die heilige Wüste, die man kennt oder kennen müßte von der heiligen Teresa und vom Johannes vom Kreuz. Das wäre, bei aller Angst und Marter, eine glückselige Einsamkeit, eine *beata solitudo,* standesgemäß, ja gnadenhaft für einen Einsiedel. Aber das ist es ja nicht, was ihm sein Fieber vorführt mit immer weniger Vergessen dazwischen, das ist es eben überhaupt nicht. Was ihm vielmehr aufgepackt wird, ist ein Zuviel: quellendes Drängen, Ringe und Sphären, die in geilen chymischen Farben brummen, der guten Natur nicht erreichbar; eine Neue Welt in ahnungsloser Verdammnis; eine Neue Stadt, die treibt türkisene Veranden und rosa Söller her-

vor, auf denen lebt sichs fürstenmäßig, und so leben die da auch, tausend oder Millionen: Frauen mit bloßen Wadeln, Knien, Bäuchen – und Männer in weißem Zeug, mit hohen kalten Gläsern in der Hand und in kalten Gesprächen, zum Fürchten in vollendeter gottloser Abwendung – aber eben keine Ewigkeit. Keine Ewigkeit, vielmehr allerflüchtigster Durchgang. Denn der Gropp sieht die Sphären wachsen, sie rollen aus der Nacht zwischen den Sternbildern herbei und rempeln sich, er kann die Leute auf den Söllern und Balkonen nicht aufscheuchen, sieht sie dennoch ganz nah, sieht wie einer sein Glas hebt, ein hohes rundes, mit der dreiflammigen Lilie eingeätzt, der Rand ist rauh von geeistem Zucker und ein Spreißl Minz hängt in den bernsteinfarbenen Trank hinein, ganz nah sieht er den Kalten grinsen und trinken, aber warnen kann er nicht. Die feuerroten feuergrünen Sphären sind schon da, und wer löst ihn aus, den erst brummenden, dann grollenden, dann brüllenden Gesang der Vernichtung, wenn nicht er, Gropp, natürlich das verdiente Ende, das pflichtprophetisch vorhergesagte seit dem Hirten von Prag, aber doch das beweinungswürdige Ende der Welt, da gibt es nichts zu windbeuteln, und er siehts wieder und wieder. Die Welt ist viel gläserner, schrundiger, zersprungener als da je einer gemerkt hat, je einer von Adams Kindern bis herauf zum regierenden Kaiser in Wien – denn wie gäb es die sonst, diese kalten Leute und ihr kaltes Reden und Trinken? Das steckt also drin im Weltlauf, bläht sich aus ihm heraus, und es bedarf des hitzigen Fiebers von Gropp, um das aus seinem Zukunftsloch zu kitzeln. So geht die Welt unter; während der Weiße aus dem Minz- und Zuckerglas trinkt, zerstiebt sie grün und hellgelb und himbeerfarben.

Wenn er aufgibt? Das wär ja wohl das, was ein Leben als gottgefälliger Einsiedel ihm beigebracht haben könnte: Fahren lassen. Hingeben, sich und alles andere. Aufgeben. Und dann wär der Schrecken vorbei. Dann wär nichts mehr als die friedsame kalte Wüste. *Beata solitudo in desertis.* Aber da wäre sein Heil betroffen, das spürt er. Sein Seelenheil, spürt der Gropp, ist angeschirrt an die Unheiligkeit dieser kalten, feurigen Bewegungen; und es ist immer auch er selber, der, unwissend wie und warum, den Stups gibt, der die Ringe krachen und die Sphären stäuben und die Söller bersten läßt, da gilt keine Ausrede. »Nur ein Weniges unter die Engel gestellt«: das gilt für dich, pfeilgrad, du klappriger Gropp im Kot.

Das wär ja dann, wahrhaftig, ein Eigenes, ganz und gar Gropp-zu-eigenes, mitten in der Enteignung. Dann wär das wilde ratzenhafte Sichwehren ein Warten, ein notwendiges, auf Weisung. Gegentat wär geboten, aber die kann er nicht selber finden, wie denn? Er, der Lumpige, keinen Finger breit entfernt vom Wurmfraß, fast schon augenscheinliches Exempel der halb-skelettierten Memento-Mori-Manndeln auf den Andachtszetteln, aber man will was von ihm, das ist offenbar. Wer da will? Mittendrin weiß ers.

Was ihn anschaut (zuerst nur blitz-augenblicklich hinter den Kataklysmen heraus, dann steter, schon auf eigener Wolke, in eigenem Glanz), ist die Himmelskaiserin. Auch auf sie sollte er vorbereitet sein, Jesusmariandjosef, durch etliche tausend Rosenkränze und das kleine marianische Brevier. Aber was sind schon tausend *biglietti d'amore* vor dem ersten Blick von Angesicht zu Angesicht? Zuerst nicht mehr als ein dreieckiges Prunkkleid, dann nicht mehr als zwei ebene Augen und ein ebener Mund unter der goldenen Kugelkrone, dann eine kleinere Kugel für das Söhnchen, dann dichter farbig im Hauch ihres Drängens: ihre Backenknochen, die heiß sind, ihr rötliches Haar federnd unter dem edelsteinernen Kronenrand. Eja, *eja ergo advocata,* Fürsprecherin, umschäumt von den totschlagenden Sternen des Gerichts? Gar nicht so heilig, das Gesicht, er kennts so gradhin, es könnte aus Rattenberg sein, aus Kastelruth, aber auch aus dem Chiemgau, ein hiesiges Gesicht, nicht exquisit, aber schon gar nicht das Gesicht der sanften Magd, vielmehr von einer, die selber anschafft und Weisung gibt. Siegreiche Weisung? Weisung unserer Lieben Frau vom Sieg? Vom Weißen Berg? Von Lepanto? *Madonna della Vittoria?* So auch nicht. Denn sie läßt nicht wissen, ob sie siegt, ganz und gar nicht, das verweist sie an ihn, IHN, den Menschen-schon-halb-Unmenschen, den Un-Mächtigen inmitten von Gestank und Grauen, von *foetor et horror.* Er versteht nur Trümmer der Weisung zwischen kosmischem Krachen und eisigem Lachen –

TUN HAUS ›TEN SEN‹ ›TUN‹ T'NHAUS –

Mehr nicht. Die paar Silben, in die Welt-Fährnis gesprochen: mit denen muß er sich aufmachen. Muß sich aufmachen bar jeder himmlischen und schon gar jeder irdischen Pracht, bar auch jeder Aussicht auf glückselige Einsamkeit; muß frostschnatternd, dreckstarrend, auf durchbohrtem Gebein die Schlammrinnen und Steinrunsen zwischen den Weidzäunen hinuntertorkeln, muß an Bauerntüren und Wirtstüren und Pfarrhaustüren schlagen, muß in den geschundenen Stumpfsinn, die abweisende Salbung, die weinige Lustbarkeit, den Hochmut, den Hohn, den Ekel hineinfragen: TUN TE TEN HAU SEN –?

Bis einer »Tuntenhausen« nickt und sich erinnert, daß das im Chiemgau ist, ein Wallfahrtsplatz im jetzt Churbairischen: »Hast dich hinverlobt, Gropp?« Und er nickt zurück, versteht sich, wird von jetzt an das erzählen und nichts anderes, nichts als hundsordinäre vereinzelte Todesangst und Lebensgier und wundersame Erhörung, Heilung von fiebriger Bresthaftigkeit, ein Votivtaferl wie jedes andere:

> *Dem Andreas Gropp, Einsiedel in Mühlen bei Innsbruck, erschien im Geiste ein Marienbild nebst Kirche und Hochaltar und der ihm* GANZ FREMDE *Name* TUNTENHAUSEN; *wohin er sich verlobte und gesund wurde 1641 –*

Er könnte es ja doch keinem verdolmetschen, wozu er sich sonst einen Sack als Mantel und Zudeck, kalten Sterz und eine Schwarte Geselchtes als Wegzehrung erbetteln müßt, für die Reise in den Chiemgau –
Aber kommt er hin? Steht er überhaupt auf? Kommt er wirklich heraus aus seinem Rattenloch? Hat seine grausliche Medizin gegriffen? Und fragt er sich richtig durch? Kann die Kaiserin dem Gropp, kann der Gropp der Kaiserin helfen, die Welt in Schutz und Schirm zu scheuchen? In Schutz und Schirm vor dem Angriff der Sphären?
Wenn man jetzt JA sagt (oder auch NEIN); wenn man jetzt den Gropp sterben läßt oder aufstehen; wenn er jetzt den Handgriff finden darf zur Rettung des künftigen Weltalters oder nicht – die Geschichte wäre erzählt.
Aber sie ist es nicht. Sie hebt jetzt an, mit wunderlichen Pfaden durch die Jahrhunderte, mit hundert heiligen und unheiligen Händeln, mit Hangen und Bangen, mit Staats-Action, Comoedia und Saurennen. Es ist nicht nur der Gropp, nicht nur das Jahr des Heils-Unheils, was aufbricht... Lassen wir uns die Zeit.

Trösterin der Betrübten

Aus den Tuntenhausener Mirakelbüchern I

Wie hilft die Gottesmutter? – Einteilung von 1646

1. Vertreibt Leibsschäden / Gichtbrüch / Hinfallen / und andere gefährliche Geschwülsten (37 Wunder)
2. Tröstet die Verzweyfelten / Angefochtne / Zerritten / Kleinmütigen / vom bösen Feind beseßne / vnd Ungerische Kranckheit (49)
3. Löschet die Brünsten / behüt vor Fewersnoth / Hagel / Blitzen / Tonnerstraich (39)
4. Errettet vor allerley Wassersnoth / Schiffbrüch / vnd Ertrincken (71)
5. Erleucht die Blinden / gibt den Tauben das Gehör / hilfft allerley zustehendem Wehe an Augen und Ohren (28)
6. Macht redent die Stummen / erlößt die Erstickende vnd in der Fraiß tobende (47)
7. Stärckt Krumme und Lahme an Armb / Händ und Füssen mangelhaffte Leut (55)
8. Erfrewet die mit grosser gefahr gebärende Mütter und Leibsfrüchten (44)
9. Haylet gewaltige Schäden / Wunden / Geschwär / Apostemata etc. vnd Blattern (40)
10. Erhalt die gefährlich fallende und tödtlich gefallne oder getruckte (40)
11. Erquickt in Todtsgefährlichen Leibsschwachheiten / Unhails Kranckheiten / Pesten / Wehetagen / etc. (97)
12. Behütet von vnderschidlichen Lebensgefährlichen zuständen vnd gewalt thaten (43 Wunder).

Erstes Verlöbnis (1441): Das arme Weib von Pröttschlaipfen – wann sie wölle gesund werden / solle sie drey Samstäg nach einander nach Tundenhausen gehn, all dort soviel

Garn opffern / daraus ein Altartuch möchte gewürckt werden. Weil aber das arme Weib solches ins Werck zu setzen verschoben / ist dieselbe das andermal ernstlicher im Schlaf ermahnet / auch von ihrem aignen Mann / deme sie es erzelt dahin gehalten worden: sie hat kaum das letste mal diß Gottshauß besucht / und das Opffer verricht / ist die Geschwulst vnd aller Schmertzen vergangen

Einer der letzten Verlöbnisse

Während des Zweiten Weltkrieges verlobt sich der bekannte Münchener Chirurg Professor M. zur Muttergottes von Tuntenhausen, um seine Klinik am Bavariaring vor der Zerstörung durch Fliegerbomben zu bewahren. (Vorsichtshalber zieht er auch noch eine andere Muttergottes zu, die von der Gnadenkapelle in der Herzogspitalstraße.) Während ringsum die Häuser im Bombenhagel abbrennen, bleibt die Klinik unversehrt. Der dankbare Chirurg läßt die beiden hilfreichen Madonnen zunächst auf einem Votivbild verewigen; heute sind sie auch auf die Außenmauer gemalt

Ein prominentes Verlöbnis: Herzog Wilhelm Anno 1575 (erzählt von Petrus Canisius)

Mit was für einem Pomp, mit was für Pracht hat Wilhelmus seine heilig-vorgenommene Kirchfahrt nacher Tuntenhausen verrichtet? Dieser tapffere Held hat sich auff den Weeg gemacht, angethan mit einem schlechten Kleid, auf daß Er unterweegs nicht erkannt wurde, sein Pferd hat er dem Priester, so ihn begleitet, überlassen, und einen so weiten Weg zu Fuß hinter sich gelegt / mit keinem andern Wöhr und Waffen versehen, als mit einem schlechten Steckerlein, welchen Ihm seine grosse Demuth in die Hand gegeben. Disem großmüthigen Beyspiel und Exempel ist gefolget Renata, welche Anno 1575 ingleichen Ihre Wallfahrt nacher Tuntenhausen zu Fuß angelegt.

Der Pater Umgang, die Bräukasparleni und die Wasserburger Sündflut

Eis schmilzt, Wasser träuft und friert zu gleißenden Dolchen. Schnee patscht auf Primeln. Die Kalte Sophie beißt in die frühe Frucht. Zu Johann Baptist knallen und furzen brinnrot die Buchenscheiter in den Öfen der Stadt. Aus den geschreckten gotischen Kirchen-Augen der Gegenreformation schießen finstere Dacheln in den grauen Sommer: ein bayerisches Jahr. Der Inn bleibt kalt und treu, bleibt tätig für gemeines Wohl, fräst seine Schleife tiefer in Kies- und Nagelsteinhänge, karrt weg, was rutscht, schafft einen Schuh, einen Klafter mehr Platz auf der Halbinselbank: für Leiterwagen, Fieranten, für Poussagen nach der Mai-Andacht, für (schließlich) VW-Passat und Suzuki. Das Dröhnen der Glocken im Äther *(reboans per aethera clangor)* treibt die Pfosten ein für das Ausmessen der Zeit, was würdig und recht ist: von Angelus zu Angelus, von der Auferstehung zur Leich (fünf von sieben, die sterben, sind Kinder – zunächst). Die Bürger trinken Bier, Wachauer Wein, Rosolli-Likör, schimpfen mit den Bauern herum, die an Markttagen ihr Vieh an Dachrinnen und Fensterkreuze binden. Die jungen Herrn liegen rot und schnaufend auf ergebenem Gesinde, und 'sMariele vom Bräukaspar zog sich die Sperrfraisen zu Anno 1782.

Dergleichen fiel vor in gekannter Ordnung – doch grad zu ihr gehören Lamento und Wirbel, treppauf treppab eine Woche lang. Röhren in der Nacht, heiße Malzumschläge und Skapuliere vom Carmel, kaltes Heubad im Zuber, geübte Klagen, geübtes Kopfschütteln, guter Rat, falscher Rat, im Hausgang gewispert. Sogar der Medicus kam, man hatte es, ließ sich nicht anschauen. Obendrein verlobte man sich zur allbarmherzigen Jungfrau nach Tuntenhausen und nach Tattenhausen zum Heiligen Kreuz. Aber was halfs, zunächst und im Irdischen schon einmal nichts, und so bimmelts vom Dachreiter der Gottsackerkapelle, der Frühmesser, vom Reißmathias schandmäßig verzogen, hatscht hinterm Tragkreuz im Wellengang des LI. Psalms, das Särglein enthält ein stilles blaues Mariele nebst seiner liebsten Docken. Der Bräukaspar und sein Gemahl weinen Zähren nach der Sitte, der Max und der Quirin sind an den Sudpfannen geblieben, denn Portiunkula mit seinem sakramentisch hohen Bierbedarf kam näher, Leich hin oder her. Kinder werfen Würzkräuter und Nägerln in schiefrig splitternde Pfützen; und Lenis Antlitz, auf das alle warten, kommt gewandelt wie sichs gehört, sanft-traurig, wozu sie sich nicht zwingen muß, so vornehm ist sie – aus der Bräukaspar-Art möcht man sagen: die Nase der Hofdame, das kleine Damenkinn, die schläfrigen Augen voll Melancolia, deren Achsen von der Nasenwurzel nach außen abfallen; die Mundwinkel lächeln immer ganz für sich und ganz fein, und wer will schon wissen, ob hinter den demütigen Augen was verrechnet wird, hinter dem Verlust des Schwesterleins her, Mitgift etwa, die ein paar Gulden und Mobilien feister werden, die den jungen Herrn Ferdinand, Adjutor bei der Hofmark, bewegen würde oder könnte, demnächst mit einem etwas hitzigeren Levkojen-Gebinde zur Visit zu kommen. Das oder so was Ähnliches blieb eh abzuwarten in christlicher Geduld. O du Fiat, du süßer Violenton in Lenis samtenem, sammelnden Mieder. Oder so überhaupt nicht? Ganz anders vielleicht?

Denn während sie stattfindet, die geübte Weitergabe des Bräukaspar-Mariele ans Reich der Engel (*pulvis in pulverem,* Asche zu Asche, sakrales Wedeln des Weihbrunn-Pemsels), kommt die Große Nachricht auf unsichtbaren, von Himmelsrand zu Himmelsrand gespannten Schwin-

gen über Wasserburg, und sie stiert mehr auf wie eine Kindsleich, viel mehr – mehr noch oder fast so viel wie die apokalyptische Kavallerie, die, wer weiß, dazugehört.
Die Große Nachricht überkommt freilich nicht die Leni oder sonst Leute aus der Trauergemeinde; den Ersten, wenn nicht Besten, den sie erwischt (Criteria himmlischer Erwählung sind ja sterblicher Nachrechnerei verschlossen), ist der Pater Peregrinus de Colle Sacro Hambucher O.M.Cap., vulgo bekannt als Pater Umgang. Sie erwischt ihn in seiner Heimat; das heißt, nicht in seiner grindigen Zelle an der Schloßbergsteige, wo altes Stroh und altes Bier vor sich hingraweln, sondern in der Weiten draußen, im grünen Bauernland zwischen Attl und Alz, bis auf das letzte Sachl erwandert. Um auf den Lidschlag akkurat zu sein: sie erwischt ihn auf dem Sitzbrett eines Leiterwagens, als Aufhocker des marktwärts strebenden Pankraz Greißer von Irlham.
Wie immer hat der Pater zwei Säcke umhängen: den Collektur-Sack und den Weihtümer- bzw. Heiltümer-Sack, die Seelenrettungsreise ist diesmal bis Gars über Ober- und Unterreith gegangen, und den Graz Greißer hat er auf dem Rückweg angetroffen, im Holz zwischen Kematen und Babensham. Vielmehr: er ist von hinten quasi auf ihn aufgerannt, denn Ochsen weilen fast schon in der Ewigkeit, irdischem Gehetz entrückt, und schreiten wesentlich langsamer aus als ein seelsorgerisch umtreibender Kapuziner im Tränental. Der Greißer Graz hat ihn aufsitzen lassen (gut für ein paar Täg Antlaß, denkt er), ist wieder eingeduselt hinter seinen ewigkeitsnahen Viechern, die den Weg kennen, der Wagen hat Babensham passiert, Riepertsham, den Penzinger See in seiner unbesehenen Lieblichkeit (neben dem Bauern befaßte sich der Pater mit seinen schmerzenden Zehen, die er mit Hundsfett einrieb, und rechnete nach, was er diesmal an Hexenrauch, Wehdam-Salben, Frais- und Lukaszetteln, Skapulieren etc. abgesetzt), und sie haben die Hochleiten über

der Innschleife erreicht, von wo sich die schimmernde Vista der Halbinselstadt anbietet, mit ihren Dächern, Türmen, der Burg auf der Höhe des westlichen Tors. Dort trifft ihn die Botschaft in der Weise des Blitzschlags.

Nach Menschen-Urteil ist der P. Peregrinus, wie schon angedeutet, kein ziemliches Gefäß für dergleichen. Nehmt allein seine Leiblichkeit: seine wässrigen Augen, seine Schaufelhände, seine gefräßige Magerkeit, die zitternde Unterlefze. Dergleichen mag alles passen auf eine bretterne Kanzel in einer geweißelten Bauernkirche, von welcher er die Mahnungen der Volkspastoral hinunterorgeln läßt: »Auweh aus ists mit euch! Aus ists mit euch! O du Pechpfann aller Pechpfannen! O du Feuermeer aller Feuermeeren! O du Abgrund aller Abgründen! O ihr Donner aller Donner! O ihr Fünsternus aller Fünsternussen« etc. etc. *ad libitum,* wenn notwendig *repetatur.* Gewiß, das macht sie schon frieren und zittern, die Schäflein (vor allem wenns draußen friert oder Spitzbuben schüttet), aber das sind doch alte Rezepturen, aus dem Jahrhundert-Surfaß der Ordenstradition geholt. Wie vergleicht sich das mit dem, was ihn jetzt überkommt: dem gleißenden Bild des Weltuntergangs, des Großen Schreckenstags, auf Wasserburg angewandt, das grün und weißfeurig in seine senk- und waagrechten und schrägen Kanten auflodert und dann kleiner und immer kleiner weggesogen wird in ein schwarzes Loch zwischen den Sternen ... Da nutzt sie nix mehr, die alte Feuerschlucker-Gewandtheit des Kuttenmannes, da packt ihn ganz andere Angst, durchaus vergleichbar, ja ebenbürtig der des Propheten Jonas, und er spürt sich gleich ihm gedrängt, stiften zu gehen, und weiß gleich ihm, daß er damit nicht weit und wiederum höchstens bis Ninive kommen möchte, also pfeilgrad dahin, wohin er nach dem Ratschluß ohnehin muß ...

Jedenfalls: er schwingt sich vom Ochsengefährt ohne »Pax tecum« oder »Gelobt sei Jesus Christus«, den gach

aufschreckenden Ökonomen verstörend, der nur noch sieht, wie der Kapuziner zum Abbruch der Leiten schießt, zwischen einem schwarzgrünen Hollerbusch und einer Bretterzaun-Ruine in den Kies hinunterspringt und – weg ist: Strick zuerst, Kapuze danach, schließlich noch das rötliche, mausbenagte Haar des geistlichen Hauptes.
(Für sich selber wußte der P. Umgang: der Sprung war zunächst und nichts mehr als Ratlosigkeit; denn so oder so galts nun die Große Nachricht zu verkünden, die simultan als Forderung in das Untergangsbild eingelassen war: die Nachricht von der Universalen Wallfahrt, die allenthalben und aus allen Zeiten, aber möglichst sogleich aufzubrechen habe, wenn anders die krachenden Säume der Welt noch halten und die sieben Siegel des Gerichts nicht vollends aufgesprengt werden sollten. Genau dies, nicht weniger, galt es zu verkünden und, vor allem, durchzusetzen! Wen wunderts, daß der Pater wie ein roßkastanienbrauner Blitz zwischen kollernden Nagelsteintrümmern und Unkrautbüscheln den Steilhang hinabsauste, offenmäulig von zwei fischenden Buben beobachtet?)
Der Greißer ist schon halbwegs auf Sankt Achaz zugerüttelt, der Pater hat den Weg zur Innbrücke fast hinter sich gebracht, als in ihm das überirdisch Geforderte mit den Mitteln seines Geistes und Gemütes zusammentrifft, sich deutlicher macht, und zwar in aller geziemenden Demut. Demut ist am Platze, das weiß der Pater selber, und das ehrt ihn. Nicht nur seine Physis gibt ihm Grund, da ist vor allem seine Innenausstattung: ingeniös, doch borniert. Es stehen in seinem Seelensaal lauter kleine Maschinen herum: Apparate mit Blatt- und Spiralfedern, mit Sperrhaken und zappelnden Unruhen, die er in allen möglichen Anordnungen pumpen und schwirren lassen kann, und das höchst wirksam. Da sind, wie schon gesagt, die Mechanismen seiner Predigten; darüberhinaus, und viel gewichtiger, die vertrackten Prozessions-Choreographien, denen er seinen Volksnamen verdankt, und auf die er, mit

Verlaub, stolz sein kann – mit ihren Zahnrädern und Zahnkegeln von Belehrung und Lustbarkeit, von Sakramentalem, von Moral-Anmutungen, Standes-Spezifika und Sinnsprüchen; angetrieben von Ehrgeiz, Tatkraft, Spektakellust, auch Reue-Bedürfnis von Gilden, Bruderschaften, Zünften, Ständen, Lebensaltern. Da ist etwa auch das »Ewige Uhrwerk«, für das er erschöpft und erschöpfend unterwegs ist – ein silbriges Netz von Seelen zwischen Ramersdorf und den Sechs Ämtern, in dem sich jede Stunde eine Seele anschickt, das Weberschiffl des Gebets für die Armen im Fegfeuer und für eine Glückselige Sterbstunde aus einer anderen Seelenhand zu übernehmen. (Das Netz, das Ewige Uhrwerk, hat er grad dieser Tage fertiggebastelt.) Und da sind seine geistlichen Dramen, allen voran die SÜNDFLUT, landauf landab rühmlich beschrien. Da sind, innerhalb dieser Hervorbringungen und unentbehrlich für sie, die Maschinen im strikteren Sinne: die Drachen, die Hinrichtungen, die Feuersbrünste, Überschwemmungen, Goliaths und Behemoths, bengalische Mahn- und Warnzeichen wie Kometen und flammende Menetekelschriften an wackligen Kulissenwänden, Exhibitionen an Stricken und Rollen. Und alles sinnreich, einsichtig und geschwind gestochen in des Paters inwendiger Werkstatt.

Da die Gnade auf die Natur gründet (und das ist wohl gläubig anzunehmen, wenn der *Doctor Angelicus* es verkündet), dann ist, so erkühnt sich der Pater zu denken, grad aus diesen seinen Borniertheiten ein himmlischer Deuter herauszulesen. Dann steckt darin schon ein Zipfel, ein Saum des Grundes für seine willkürliche Berufung, für seinen ganz winzigen, aber vielleicht ganz handfesten Anteil am universalen Auftrag, und so weiß er oder glaubt er zu wissen, was jetzt zu geschehen hat. Leicht wirds nicht werden, aber welch trompetenderen, welch zerknirschenderen ... Sag dir nix vor, Peregrinus, vermahnt er sich.

Vor dem offenen Maul des Brückentors sitzt die Bettlerin, die Narrische Mali, krumm-kriechet, zahnstumpfet, in die Pracht ihrer Lumpen-Wut gehüllt. Sie gewahrt ihn, den Heranstürmenden, nur als die schändlich-gefährliche, da geistliche Konkurrenz, verflucht ihn heulend und röhrend. Er rennt vorbei an ihr, hört sie gar nicht, vermahnt sich selbst ums andere Mal: sag dir itzt nix vor, Peregrine, alles gilts aufzuheben für die große Beredung, die's nun zu leisten gilt, die *Ingens Suasio*.
Himmlische Schickung oder auch nicht – es wird ihm, dem Pater, das Allererste, die Auffindung der richtigen Ohren und Gemüter, schon leicht gemacht, indem nämlich die kleine Trauergemeinde, vermutlich dem sittigenden Einfluß der Leni folgend, zur Gedenkjausen nicht in den eigenen oder einen anderen Bräu, sondern in die neumodische Chocoladen- und Café-Anstalt des zugereisten Gennaro Torini, unter den Arkaden gleich rechts von der Torgasse, eingekehrt ist.
Also gewahrten sie einander durch das offene Fenster: das Trauergefolge (mit der Ausnahme des Vaters Bräukaspar, der pflichtschuldig zum Max und zum Quirin an die Sudpfannen zurückgeeilt war) draußt im Bogengang den Pater, eine härene Fledermaus, Collektur- und Weihtümer-Sack, je halbleer und halbvoll, zusammengebunden über die linke Schulter geworfen, mit den weiten braunen Ärmeln flatternd, gerahmt vom niedrigen Arkaden-Schwung; der Pater aber im Innern, im kirschholzpolierten Dunkel, ein ungewisses Halbdutzend, umduftet von tropischen Tränklein – und er dankte dem himmlischen Spielleiter, daß auf den ersten Blick zwei seiner SÜNDFLUT-Darsteller unter dem Halbdutzend auszumachen waren, nämlich die Leni selber, seine unvergleichliche Göttin Cybele resp. das Element Erde, sowie sein Gottvater, der Hafner. Die Bräuin war auch da, gewahrte er, ihr Geschau hieß ihn keineswegs gänzlich willkommen, aber das half ihr nichts, jetzt galt es schon, und er schoß in die

sanftrote, sanftbraune, spiegelnde Café-Dämmerung hinein.

Der Anfang schiebt sich von selber zusammen: natürlich macht er zuallererst der Trauer seine Reverenz, geübt geistlich: 's Mariele habe ja nun den Pilgerweg ausgeschritten; was allenfalls an winzigkleinen Unebenheiten zu bemerken wäre an so einem Kindlein, sei doch mehr als abgegolten durch die Leiden der letzten Tage, so daß es wohl bereits mit Schwanenflügerln über seraphische Fluren pfludere, gradenwegs in die Arme der Himmelskönigin –

die tut sie ausbreiten,
teilt aus Seligkeiten:
eia, wär'n wir alle schon da!

Aber dann, ehe die Gesichter der Betroffenen in allzu gut gelernte Betrübnis wegtauchen, reibt er sich herüber, nimmt aus der Beileidstrompete, die er wehmütig-sanft geblasen hat, die Sordindln heraus und steigert sich ins Mezzaforte: »Vielleicht grad zur rechten Zeit ists hinübergewitscht, 's Mariele, grad zur rechten Zeit, vor das himmlische Mauttor zufallt, vor die Riegel vordonnern! Denn, meine Lieben ...«

Seine Augen haben sich jetzt an das Interieur gewöhnt, und er kann das halbe Dutzend abzählen, das hier versammelt ist: vorn am runden Tischl die Bräuin, sacktuchbeschäftigt mit ehrlich rotgeheulten und doch berechnenden Äuglein, den Hafner, der seine mystisch-milde Majestäts-Nase in den Coffeedampf hängt, die Leni, mit weißen Fingern Zuckerbrezl krümelnd, ihre resche Freundin, die Hafnerkathi, welche die Gödin der Mariele gewesen; hinten an der Wand, neben der Tür in die Kuchl, dort, wo eine rotgläserne Lampe unter dem Bildnis der Büßerin Magdalena brennt, lehnt der Torini selber, in wohlgestickter neapolitanischer Weste, mit gewachstem Schnürrbart, – und dann sitzt da noch einer mit dreispitzigem Hut und holländischer Tonpfeife, in blaue Tobackswolken geschleiert... »Jawohl, meine Lieben, ich tret jetzt in die Botschaft ein, wie sie mich angesprungen hat bei Sankt Achaz oben, *sicut leo rugiens,* wie der brüllende Leu der Schrift...«

Und dann bleibt ihm der Mund offen stehen, schweigend, die Unterlefze zittert noch ein bisserl, dann klappt sie nach oben, und sein Blick geht langsam, verzweifelnd, von einem und einer zum andern und der anderen.

Was ihn zweifeln, verstummen ließ? Daß er die Antlitze kannte. Alle kannte, wie sie vor ihm auf- und durcheinanderwuchsen, Rosen und Liebstöckl, Nießwurz und Brennessel, Gesichter wie unter allen seinen Kanzeln, wie in allen seinen Bußpredigten, wenn er die Chorda schnurren, die Donner krachen, die Pechpfannen brutzeln ließ; langweilige Gesichter, mißtrauisch-kalkulierende (wie das der Bräuin, die schon aufzurechnen begann, obs wohl diesmal mit sechs Hellern für den Collektursack getan wär, oder obs auf einen zusätzlichen Jahrtag bei den Kapuzinern hinausliefe), jugendlich-runde, weit weg in den Sommergefilden irdischer Freuden (wie die elfenbeinerne Leni und die runde grad-ane Kathi), bierig-verschlafene wie der Hafner – unendlich behaglich alle miteinander, in kommoder Vertrautheit mit des Predigers possierlicher Schreckensbühne: Sünderle, seids alle daaa?

»Hats Öng die Sprach verschlagen, Hochwirn Peregrinus?« fragt es hinter den Tobackschleiern heraus: S. V. Saudreck, das ist der Medicus! Der Spottgeist in seinem freymäurerischen Dunst! Der noch obendrein! Doch was verschlagts schon? Der Pater spürt die Wahrheit immer größer in sich, die Botschaft immer unabweisbarer, aber er schaut an seinen Maschinen entlang, an seinen wippenden und surrenden Werkeln, und da ist keine *ingens suasio,* keine Ungeheure Überredung dabei, wie er sie nun bräuchte, denn er und die anderen Söhne der predigenden

Orden, sie haben seit Jahrhunderten so gesungen und georgelt, auweh, aus ists mit euch, aus ists, etcetera *totaliter repetatur* zumindest seit dem späten Mittelalter, gesagt und gedröhnt vom Ewigen Feuer und vom End aller Dinge, und jetzt, wo's drauf ankäm, wirklich, wahrhaftig, unweigerlich – der Peregrinus gewahrt sein Elend gestochen scharf im rötlichen Düster der Torini-Anstalt, erschaut sich selber im ampelzuckenden Tränen-Antlitz der großen Büßerin, spürt seine Knie nachgeben, spürt sie ohne sonderlichen Schmerz auf die dunkelroten Fliesen klappsen, er gibt sein irdenes Gesicht in die Handflächen, ein vereinsamter geistlicher Pönitent vor einem Gremium von verstockten Laien, höchst irregulär, wie Zeit und Ewigkeit nun werden dürften, und murmelt klein und erstickt: »Helfts. So helfts doch, so ihr Menschen seids.«

Wars ein Mirakel, was nun geschah? Wars denn wundersam, daß die gesetzten Gesichter zerschmolzen, zersplitterten, aufsprangen, daß sogar der Torini nach vorn hüpfte: *ché miseria, frate* – – und der Medicus, der Freymäurer-Doctor? daß die Kathi brinneifrig ihr Coffeehaferl umstieß, um zuhilf zu kommen? daß selbst die Leni errötend-erbleichend von wetterwendigen Gefühlen hin- und hergewachelt wurde? Am wundersamsten deuchte das alles der Bräuin, wundersam und unverstehbar: nämlich den allzeit betriebigen, allzeit säckelnden und geistlichen Plunder anbietenden, den flattrigen, gewittrigen Volks-Umpflüger Peregrinus auf einen Schlag so täuberlweiß, so stad, so rat- und hilfebedürftig sitzen zu sehen.

Denn man hat ihn auf einen Stuhl gesetzt, und man ruft den Torini, der eilfertig zusagt, *subito subito,* nach Chocolade, als medizinische Labung oder Tonicum jetzt sehr angemessen auch für den Bettelmönch, dem ansonsten die Regel dergleichen verwehrt, und der Medicus fühlt ihm, was immer's nutzen mag, den Puls: *»Excitatio febrilis palpitationibus cordialibus affecta«* brummt er, eine lateini-

sche Diagnose setzt immer schon den wichtigsten Heiler in Trab, nämlich den Doctor im Patienten selber. Sie stimmt natürlich hint und vorn nicht, von Fiebrigem kann keine Rede sein, eher schon von einer tiefen Verkältung, von einem Geborenwerden ins Kalte, einem Ausgespiebenwerden in fiebrigwintrige Neumondnacht – »Jonas«, wispelt der Pater. »Jonas im Walfisch, aus dem Walfisch.« Und denkt nicht an seinen trefflichen Pappdeckelwal in der Karfreitags-Prozession, sondern meint, daß er mit ihnen allen, all den Schäflein zwischen Attl und Alz, im wohlhäbigen Sünderheim, im wärmenden Bauch des Leviathan gesessen, wie lang schon, nichts argwöhnend von der Reise des Herbergs-Ungeheuers durch die gischtenden Meere der Heilsgeschichte, an den nackten Ödstrand äußerster Weltgefahr... »Mittendrin«, sagt der Hafner hintersinnig und schüttelt sein Gottvaterhaupt, »mittendrin.« Und: *»Excitatio enormis«* sagt der Medicus, *»tamquam febrilitate evanescente.«* Der Pater Umgang schlürft zitternd am porzellanenen Chocoladen-Tasserl, trenzt dabei ein wenig zu den Proben von Sterz, Eigelb und Biersuppe hinzu, die sich schon auf seiner Kutte finden. Er ist jetzt der Gefragte, der Bestürmte, er muß berichten und tuts glaubhaft, denn er braucht keine riesige Überredung mehr, er könnt sie garnicht mehr, er ist sie selber, in seiner todarm-franziskanischen Selbstoffenbarung: »Wasserburg«, stammelt er. »Mit feurigen Ecken und Kanten. – Das Verschwinden, wißts. – Durchsichtigwerden. Durchscheinen. – Kein Donner, wahrhaftig, nix, aber – wie die Hand von – die Hand selber, aus den Sternen herunter. – Nein, einfach gewißt. – Gewißt, und auch das von der Wallfahrt, von der Universalen. – Der ist verlangt: – der Aufbruch. – Der große, ja.«
So redet die Wahrheit selber, und wär er sie nicht, wie könnte er das schaffen, mitten im Sommer, in der Zeit des wildesten Werkens allenthalben, nicht nur an den Sudpfannen und in der Wirtschaft, sondern auch an den Öfen,

die es in den paar warmen Monaten für den todsicheren nächsten Oktober zu richten gilt, und was sonst an gewerblichen Pflichten ansteht? So aber wissen die Hilfreichen und Bestürzten fast von allein, was nun zu tun ist: den Zug zu rüsten, die Exhibitionen, die Kulissen, die Kortinen samt Schnurwerk zusammenzuholen; die Instrumenter für die ariosen Partien; die Frachtwagen zu requirieren, die Reibnägel, die Deichseln und Querstangen, die Wagenschmier nachzuschauen; die Kostüme aus den hoch- und halbherzigen Spendern herauszubetteln, sie mit Lavendelsäcklein unterzogen in die Truchen zu packen; dann, vielleicht noch auf dem Marsch, die zerfingerten Rollen-Pasquille durchzupauken, die Schluß-Apotheose mit der Musica zu üben – während der Wallfahrt nach Tuntenhausen.

Denn da gibts von Anfang an keinen Dissens: was kann die verlangte Universal-Wallfahrt schon anders sein als eine große Bußprozession, ein Zug der Zerknirschung und des Eingeständnisses eigner und allgemeiner Sündhaftigkeit, des Flehens um unverdiente Barmherzigkeit? Und was kanns da für eine bessere und zwingendere Überredung geben als ihr, der Wasserburger, Spiel von der Sündflut, den Frommen aller Zeiten geboten? Eifer bricht los. Leni-Cybele greift sich weißfingrig einen Lukaszettel, legt ihn, leere Seite nach oben, aufs Kirschholz, bestellt beim Torini, *subito,* Tinten und Feder; auch die Sonne wird eifriger draußt, schickt genug Schreiblicht durch die Arkaden herein, und Leni, die winzige Zungenspitze zwischen den Lippen, sortiert Item nach Item, schon im Respekt auf die mageren Möglichkeiten einer Wanderbühne. Der Pater hat, wars die Chocolade, ists nur der eigene zielsetzlichste Eifer, wieder Kraft und Schritt gefaßt, ja ist schon fast wieder daheim in seinen geistlichen Werkeln, flattert zwischen Tisch, Magdalenen-Lamperl und Tür; der Hafner, geistlich-dramatisch entrückt, brummelt seine Gottvater-Verserl vor sich hin:

O Welt und Adam, Sünd, und Tod
Vor Paradeiß, und itzt voll Noth –
Doch wenn es mußt gebissen seyn –
Häst bissen in was anders nein ...

»Bei den Exhibitiones, Hochwirn,« sagte Leni-Cybele, »ist schon mannigfach zu sparn: Item sechs, Item zehen, dann der Cometa aus Öl-Papierl ...«

»Nur so voran, meine Tochter!« tönts aus dem Berufenen. Und da nun alles im Lot und, o gnadenreiches Paradox, gleichzeitig in Bewegung ist, fällt ihm rückerinnerlich eine *causa finalis,* eine Zweck-Ursach für den frommen theatralischen Pilgerzug ein, die für künftige Zeiten (so es sie, dank ihrer Anstrengung, geben wird) nicht ohne Gewicht ist: »Ein frommer, ein praktischer Zweck! Bei so mächtigem Zusammenfluß von andächtigen Scharen, bei so grundtief aufgestiertem Bußgeist kanns nicht fehlen an den milden Spenden, die wir so brandnotwendig haben. Wie stehts denn bisher, zum Exempel, beim Exodus aus der Archen, he? Wie schaut der aus? Itzt gehn alle Viecher mit den Schweifen voran heraus, natürlich, weils nur auf einer Seiten gemalen seind, und das ist weiter nicht schön. Da könnten sich Guttäter eine Ehr machen, es wird alles viel schöner und natürlicher, wenns zweiseitig – denn schließlich geht in der ganzen Welt kein Ochs wie der Krebs zurück, außer der größte Ochs, der Sünder, der geht alleweil mit dem Hintern vorm vördern, zruck von der Gnad Gottes, bis er hinterärschlings in den Graben der bösen Gewohnheit ...« Mitten im Rennen hielt er ein, begriff, daß er wieder drauf und dran war, die alten, gut abgelatschten Sentenzen aus der Gewohnheits-Truhe zu holen – aber der Elan der Beteiligten war schon zu groß für mißtrauisches Kritteln, Kathi und Leni klatschten, und Gottvater nickte beifällig –

Das bleibt der Welt nun immer kund,
Geschloßen sey mein Gnadenbund!

»Pom pidi pom, mit Pauken und Trompeten«, ergänzt der Doctor heiter – und dann kommt die wahrhaftigste Überraschung: er, der messerzüngige Criticus, der schiefrige Hagestolz, der freigeistigste Freymäurer, tut einen bedächtigen Zug an der holländischen Mesner-Pfeife, bläst einen besonders schönen Rauchkegel und meint: »Mit Verlaub der löblichen Compagnie würd ich mich diesem Pilgerzug submissest anschließen. Ich ahne da höchst Lehrreiches voraus.«
Natürlich schauen ihn alle höchst verdattert an, der Pater zuvörderst, sogar auch der Torini, der doch mit dem Vorhaben nichts zu tun hat – und ein paar Schnaufer lang meint man nichts zu hören als den winzigen Schluchzger der Magdalenenlampe ob solch unerhörten Angebots.
»Da ist keine Rolle für Öng«, bescheidet schließlich der P. Umgang. »Wüßt nicht, was es für Öng zu tun gäb.«
»Das«, antwortet der Medicus unerschüttert, »laßt mich nur besorgen. Meine Hände und mein Kopf tun jeden Dienst, auch den demütigsten, wanns gefällig. Werd auch meinen eigenen Heiter stellen, samt Hafersack, der wohl reichen wird für die paar Meilen nach Tuntenhausen. Wollt Ihrs sicherer? Damit ists doch wohl vorbei, wenn anders Ihr, Pater Peregrine, das höchsteigene Gesicht ernstnehmen wollt.«
Der Pater hat sich wieder gesetzt, er fährt mit dem Kuttenärmel über die nasse Stirn, und es ist Leni, die den Diskurs aufnimmt: »Doch was treibt Öng denn, Euer Ehren? Himmlisches Eingreifen ist, so scheints, nie Enker Sach gewesen, habt immer recht spötterisch ...«
Der Medicus hebt fast erschrocken die linke Hand, klopft den Pfeifenkopf mit der Rechten gegen das Tischeck: »So ists ganz und gar nicht, Jungfer ... Daß ich eueren Heiligkeiten nicht die alten wohlnotierten Namen zu geben

vermag, ist Eines. Aber wisset, daß die hellen Geister schon damit angefangen haben, die Welt durch eine nicht bloß rosenrote Brillen anzuschauen. Denkt, Demoiselle, an das große Erdbeben zu Lissabon. Denkt, wie sich die alte Erde, Eure Erde, Jungfer Cybele, da nur kurz gejuckt hat mit einer Steins- und Wasserfalte am äußeren Eck Europens, wie da ganze Straßenzüge, Holz und Marmor und Ziegel und Glas und Menschen durcheinander geschüttelt worden sind wie von der Hand eines himmlischen Chymikers in seiner esoterischen Werkstatt. Das hat schon etliche neue bengalische Pulver in etlichen Licht-Knöpfen entzunden, könnts mir glauben – allen voran im hellsten von allen, dem des Herrn Arouet, genannt Voltaire. Und da ich mich, bei aller geziemenden Bescheidenheit, stets um weitere Erhellung meiner eigenen Raison bemühe, ist mir ein Gesicht wie das unseres Reverendus Pater Peregrinus alles andere als gleichgültig. Mögen wir des Menschen und der Menschheit letzte Dinge auch jeweils etwas anders benennen, Hochwürden: so lang drohende Fährnis uns alle betrifft, als Wanderer in irdischen Gefilden, so lang werd ich die Anstrengung ...«

Der Pater ist wieder aufgesprungen. Er fuchtelt mit bannendem Ärmel: »Da muß gebetet werden, Euer Ehren, gebetet unter mannigfachen Seufzgern und mit tausendfachen lauretanischen Anrufungen, da muß die makelloseste Rechtgläubigkeit schimmern, wenn anders das hohe seraphische Ziel nicht ....«

»Geschlossen sei der Gnadenbund!« ruft da eine stentorische Baßstimme, die Gottvaters, breit und rechteckig steht er da, der Hafner. »Nix für ungut, Hochwirn Pater Umgang, da wern wir wohl in drohende Fährnis ziehn, wie der Doctor meint, und da wern wir wohl jede Pratzen brauchen, wenn die Karren bis zu den Nabnägeln im Kot stecken, was durchaus aufgesetzt sein kann – jede Pratzen und, wer weiß's, jede Gemütskraft. Er soll mit, sag ich.

Geschlossen sei der Gnadenbund. Also, pack ma's an.« Sprichts und schreitet, plötzlich erwacht, ins Licht unter den Arkaden, schwindet unterm Nachblicken der Offenmäuligen den Stadtplatz hinunter, tritt nach links, zwischen Stechelkeller und Frauenkirch, in den Sommerschatten des Durchgangs und ist weg.

Das alles sah und hörte die Bräuin, die Ungläubigste und grad deshalb die Gläubigste. Was da zwei oder drei Leut entschieden, für die ganze SÜNDFLUT-Compagnie, das sollte wohl nach irdischem Ermessen nie auf den Weg kommen, da stand die Wut des Bräukaspar davor und die tausend Alltagstrümmer und Hindernisse, und doch wußte sie, die Bräuin, daß das nicht mehr zum Stehen kommen würde. Sie wußte, daß die Achsen geschmiert, die Kulissen verstaut, die Rollenbücher herausgeholt und abgestaubt werden würden, sie wußte, daß sie das Blauseidene für die Leni würde herausrücken müssen, das so schön im Lampenlicht oder auch im Sonnenlicht spielte, sie wußte, daß die Truppe durch die Burg hinaus und die Leiten nach Reitmehring hinaufrollen würde, unter Fluchen und Gelächter und Peitschenknallen, und daß sie in die Weissagung eintreten würde, in die Landschaft, in der die Jahrhunderte umeinanderkreisen, in die Gefahren der Ewigkeit. Und zum ersten Mal (noch lang nicht zum letzten Mal) rief sie das reine Seelchen der Mariele an um Kraft und Beistand.

Erinnerungen an Graf Innozenz Maria I

Aus: »DES KÖNIGS ZEICHEN ZIEHN VORAN – *27 Jahre christlicher Politik*« *von H. H. Domkapitular Placidus Meisinger (1882)*

Innozenz Maria Graf von B.-Titlmoos war von mehr als mittlerer Größe, breit in den Schultern, mit wohlgebildeten Gliedmaßen. Im persönlichen Umgang mit Menschen aller Stände zurückhaltend, fast scheu (es sei denn, daß er einfache Menschen noch zartfühlender behandelte), zog er doch alle Gutgesinnten unwiderstehlich in seinen Bann; fast niemand vermochte sich dem Zauber seines Wesens zu entziehen. Dies war zunächst dem gewinnenden Blick seiner braunen Augen zu verdanken; er stand in betroffen machendem Gegensatz zur schmalen Strenge seines Gesichts – den Augen eines geistlich Liebenden im Antlitz eines mittelalterlichen Mönches. (Erst in den letzten Lebensjahren verlor es etwas seine schlanken Konturen als Folge eines quälenden körperlichen Leidens.)

*

Über allem stand strahlend sein wahrhaft edler Charakter.

*

Tausende kannten ihn als unermüdlichen Organisatoren der katholischen Sache, als hartnäckigen wie geschmeidigen Politiker, der in der Zusammenfassung der gläubigen Massen seiner Zeit weit vorauseilte, und als ebenso geistreichen wie klardenkenden Verfasser eines bäuerlichen Reformprogrammes, bei dem es in erster Linie um die Rettung des Familienhofes vor dem immer bedrohlicher werdenden Zugriff des Kapitals ging. Er bedurfte schon jahrelanger Vertrautheit, um zu gewahren, daß hinter diesem steten, unbeirrbaren Tätigsein ebenso stete, oft sehr schmerzvolle Selbstprüfung stand, die bis zum Selbstzweifel ging. Innozenz Maria war, dies sei wiederholt, ein wahrer Edelmann, empfand sich als solcher; dies hieß jedoch in seinem Falle (und wohl nicht allein in seinem), daß er unserem Jahrhundert wenig abgewinnen konnte; ja, daß er sich in ihm als Pilgrim, als Fremdling fühlte. Umso staunender steht man vor der gläubig-sittlichen Leistung seines Lebens.

*

»Katholizismus!« sagte er zu mir einmal halb ernst, halb im Scherz. »Ich mag das Wort eigentlich nicht leiden. Es klingt dürr und spitzig, nach Pickelhaube und Katheder; es ist imgrunde ein preußisches Wort. Regimenter von Ismen, von Izismen werden wir exerzieren sehen, und wir werden Wald und Wiesen opfern müssen, um Platz für ihre exakten Schwenkungen zu schaffen. Aber es ist wohl an dem, daß ihm wie seinesgleichen die Zukunft gehört. Man erinnere sich: sie hat in Preußen angefangen, anno 1837, die Fehde zwischen Thron und Altar. Was bleibt seitdem übrig, als die katholische Sache bataillonsmäßig zu formieren, als mit Mann und Roß und Offizier auf das Marsfeld zu ziehen, das uns die Geschichte zugewiesen hat – um das Kostbarste und Innerste zu retten, den kindlich-gehorsamen Glauben? Jetzt erst beginnen wir zu begreifen, was es wirklich heißt, elende, exilierte Kinder Evas zu sein – *exules filii Hevae.*«

*

Ein andermal ging er genauer auf sein Unbehagen ein. »Wir kamen mit Adelheid von Savoyen nach Bayern, wie Sie wissen. Wir haben uns recht und schlecht bemüht, gute kurbayrische Standesherrn zu sein. Im großen Ganzen sind wir es ja auch gewesen – es gab schwarze Schafe, natürlich. Das ständische Wesen seinerzeit: es glich wohl den Kanälen der Schlösser Nymphenburg und Schleißheim: gefaßte, aber lebendige, offen rieselnde Wasser, von Fontänen gespeist. Heutzutage ist das anders. Napoleon hat das geändert, Montgelas, das Königreich von 1806. Das Lebenswasser ist jetzt in Bleirohre gefaßt, in metallene Adern, kann durch Auf- und Zudrehen administrativer Hähne in die eine oder andere Richtung geschickt werden – rechts, links, hinauf und hinab. Den Himmel sieht es nicht mehr. Das mag seine materiellen Vorteile haben, aber es ist kein Gleichgewicht mehr von Natur und Kunst. Hier hat kalte Mechanik gesiegt, und in mehr als einer Weise sind wir alle ihre Opfer.«

Am 10. September 1864 sprach Innozenz Maria Graf von B.-Titlmoos im Kleinen Saal des Hotels BELLEVUE am Würmsee. Er erläuterte einem exklusiven Kreis der Münchener Geschäftswelt sein Agrarprogramm. Das Hotel war seit dem Bau der Eisenbahn nach Starnberg und seit der Übernahme der Cuisine durch den gascognischen Meister Maurice Labeyrie bei genannter Geschäftswelt sehr beliebt.

Graf Innozenz Maria schloß seine Ausführungen wie folgt: »Das Programm kehrt nicht das Oberste zu unten. Es verbindet vielmehr die Einrichtungen der Vergangenheit mit den Bedürfnissen der Gegenwart. Es formuliert die Forderungen, welche aus den natürlichen und geschichtlichen Verhältnissen des Bauernstandes, insbesondere des bayerischen, sich ergeben – und zwar aufgrund der praktischen Erfahrung.«

Maître Maurice hatte das Menü nicht ohne gallisches Grollen vorbereitet; das Organisationscomité hatte lange mit ihm gerungen, um den asketischen Neigungen des frommen Grafen etwas entgegenzukommen. So unterblieb unter anderem Labeyries berühmtes »Filet de Strasbourg«. Infolgedessen trat die Pause vor dem Hauptgang, während der Innozenz Maria sprach, bereits nach Oxtail-Suppe, Austernragout *en coquille,* blaugesottenem Wels (mit Senfbutter) und Huhn *sauté* (mit Champignons und Trüffeln in Weißwein) ein. Zur Erfrischung und (mehr noch) zur Wiederbelebung des Appetits wurde römischer Eispunsch serviert.

Daß der Redner an diesem nur kurz nippte, erklärt sich daraus, daß die bisherigen Gänge nur mithilfe von Madeira und Montrachet bewältigt werden konnten. Kalte Schweißbildung, rhythmische Erweiterungen und Kontraktionen des Gesichtsfeldes, Störungen der Peristaltik, mit denen der Redner zu kämpfen hatte, waren Erscheinungen, die ihm bereits von ähnlichen Gelegenheiten vertraut waren.

»Unser Programm ist konservativ. Es will nichts gemein haben mit gewissen Agrarforderungen, welche radikale Änderungen anstreben und auf Unfreiheit in Form des Staatssozialismus hinauslaufen.«

Verabredungsgemäß blickte er an dieser Stelle zu H. H. Geistlichen Rat Meisinger hinüber, mit dem er die Einzel-Punkte der Rede durchgegangen war und sie den Gegebenheiten dieses Kreises angepaßt hatte. Er sah ihn eifrig nicken, einen roten Fleck unter anderen Farbklecksen. Am Punsch nippen, dann durchatmen und gegensteuern.

»Wir weisen diese Forderungen klar zurück; aber der liberalen Richtung, welche den schrankenlosen Individualismus mit der willkürlichen Verfügung über Grund und Boden als Ideal preist, wird unser Programm dennoch übertrieben erscheinen.«

Es war gewagt, es war gesagt, es trat und betraf den Freisinn; und den meisten Herren dieses Zirkels war der Freisinn Stab und Stecken. So knitterten sich denn einige Brauen, zuckten einige Mundwinkel; Ambros Banter von der Heimat & Boden-Bank lehnte sich leicht ostentativ zurück, so Abstand markierend; Kommerzienrat Frübeis lächelte knapp am Zigarillo entlang, das er, einer persönlichen Unart frönend, zwischen den Gängen angezündet hatte. Diese Reaktion war vorgesehen, deshalb – die nächste Wendung:

»Aber bitte bedenken Sie: der Handel hat für seine Bedürfnisse und Kreditverhältnisse ein eigenes Sonderrecht errungen und darin zu Recht einen Fortschritt erblickt. Es geht darum, auch für Grund und Boden ein entsprechendes Sachenrecht zu erarbeiten.«

Meisingers Gesicht wurde nun heller. Der Prälat verfügte über das Gespür für die politische Stimmung, das ihn als Mit- und Zuarbeiter unentbehrlich machte.

Die geschulten Kellner errieten das Ende der Ansprache und begannen im Hintergrund am Rehrücken *à la crême* zu hantieren; ließen tatarisch anmutende Mordmesser durch rot-und-rosagestreifte Speckblätter, Sauerrahmglasur und purpurnes Fleisch gleiten, kitzelten die Portionen von den bräunlichen Knochengerüsten. Zu riechen waren: altes und junges Fett, alter und junger Wein, junge Schalotten und der Schweiß alter Männer. Der Redner hatte nun die Zügel anzuziehen, hatte durch Tod und Teufel zur todsicheren Schlußmoral zu galoppieren:

»In den Schlußparagraphen des Programms sind Übergangsmaßnahmen erörtert; ferner ist der Überzeugung Ausdruck gegeben, daß die besten Einrichtungen und Gesetze ihren Zweck verfehlen, wenn in den betreffenden Kreisen es an religiös-sittlicher Kraft zur eigenen Mitwirkung gebricht. Einfachheit und Sparsamkeit, die Kraft der Entsagung und Erhebung müssen in religiös-sittlicher Erziehung und Bildung wurzeln. Man kann nur demjenigen helfen, der sich helfen lassen will.«

Es lag auf der Hand, daß die Herren des Kreises solche Gedanken würdigten, was im warmen Schlußbeifall zum Ausdruck kam. Innozenz Maria stand einen geziemenden Augenblick groß und gesammelt, neigte dann das Haupt, ein edler Überzeugungstäter vor dem Tribunal der Geschichte. Sein nächstes Problem war ganz konkret: wie gelangte er, während die Kellner mit den Silbertabletts zum Zangenangriff ansetzten und in die engen Durchgänge schwärmten, rechtzeitig zum Ausgang des Saales? Nun, auch darin verfügte der Graf über Erfahrung. Er entschuldigte sich unhörbar, entschwand, den Oberkörper seitlich gedreht, zwischen Stuhl- und Kellner-Rücken, Kirschholz-Leisten und Moiré-Wandbespannung nach den hinteren Räumen.

»Er reibt sich auf«, murmelte Meisinger in geistlicher Kompassion dem Importeur Rosenzweig zu, der am probeweise eingeschenkten Nuits St. Georges nippte. »Das mit dem Helfenkönnen, da hat er recht«, schnob Banter, zermalmte den ersten Bratenbissen und dachte an sechs Bauernhöfe, denen die H&B-Bank geholfen hatte und denen jetzt nicht mehr zu helfen war: Erbteilung, zu hohe Entnahmen, zu hohe Zinsen, geplatzte Hypotheken.

»Wissen Sie«, fragte Rosenzweig, den der Burgunder belebt hatte, seinen klerikalen Nachbarn, »woran mich unser gräflicher Freund erinnert? An das Motto unseres großen Herzogs, später Kurfürsten, Maximilian: *uriendo consumor,* brennend verzehr' ich mich. Ein edler, ein absolut tadelloser Charakter. Jemand, für den man sorgen muß.«

»Sie meinen, um den man sich sorgen muß.«

»Auch das, auch das. Sicher.«

— — Wir finden Innozenz Maria, der sich übergeben hat, auf dem Abtritt wieder. Gründe der Herzensbildung und des gesunden Menschenverstandes verbieten es, an seinem Schicksal, dessen Ironie er hier zum hundertsten Male durchlebte, irgendetwas lächerlich zu finden. In Wahrheit konnte er jene Furcht und jenes Mitleid beanspruchen, die von den Alten als Emotionen der Tragödie definiert werden. Seine Familie war fromm, er selbst (schon als Knabe) nicht minder. Im Jesuitenkolleg zu Wiesenmünster hatte er sich an die Abtötung des Fleisches nicht nur gewöhnt, er hatte sie liebend umarmt. Knien auf Holzscheiten, Ministrieren in fahler Januar-Dämmerung, wo das Wasser im Kristallkrüglein gefror; dünne Suppen, schmale Fleischscheiben dreimal in der Woche, zweimal Fasttag; ab der Sekunda trübgelben herben Wein aus Latium: all dies opfernd emporgehoben *ad maiorem Dei gloriam* – und nun, kaum fünfzehn Jahre später, unerbittlich, durch nichts Geringeres als seinen politisch-missionarischen Auftrag, in die Völlerei gepreßt, die er mit allen Fasern seines Körpers und Gemütes verachtete. Wem galt denn diese seine Mission? Etwa den noblen und arrivierten Fressern dort im Saale? Keineswegs. Aber sie waren maßgebend, wurden von Jahr zu Jahr maßgebender in einer Welt, die jetzt schon nicht mehr die seine war. Er mußte sie um gut Wetter bitten – das Wetter, das sie machten, war schon ebenso wichtig wie das gott- oder petrusgesandte für seine Bauern, deren wirtschaftliche Substanz bedroht, deren Seele gefährdet war. Doch hatte er es leichter mit den Bauern selbst? Nicht einmal mit den Dorfarmen: Er besuchte sie oft, wie es seinen Pflichten als Gutsherr entsprach, in seiner Heimat um Busselwang und Tuntenhausen herum. Sie grinsten auf ihren Zahnstummeln, sie knicksten, sie sprachen vom Herrgott, der es dem Herrn Grafen wohl tausendmal lohnen möcht, und ihre Gesichter und Augen waren zu, verrieten nichts von den schwarzen Nattern ihrer Geheimnisse, die sich hinter Handküssen und Vergeltsgott knäuelten. Zudem: sie zählten nicht. Nicht für sein Programm. Sie würden nur dann zählen, wenn es (sodomitischer Gedanke!) ein direktes, allgemeines Wahlrecht gäbe, womöglich (noch sodomitischer!) auch für Frauen. Nun, so lagen die Dinge nicht, würden wohl nie so liegen. Er und sein Programm waren auf ständische Vermittlung angewiesen, auf Verständigung mit den Verständigen und Geweckten, den freien Bauern zum Beispiel – von den Vieh- und Weizenbaronen Ostbayerns bis zu den erwerbstüchtigen Franken um Bamberg und Uffenheim. Wo wird er, zum Beispiel, übermorgen reden? In Eggenfelden. Und nächsten Sonntag? In Straubing. Und was wird ihn dort erwarten? Austern und römischer Eispunsch sicher nicht. Aber (unser Held stöhnt und bedeckt sein Antlitz, sein schweißfeuchtes, während ihn von unten eine bittere Ammoniakfahne anweht) Kälbernes. Leber- und Blutwurst. Schweinshaxe mit quadratisch eingeschnittener, krachender Schwarte. Gansbraten. Graue riesige Knödel, von der Oberpfalz her unbesiegbar nach Süden dringend. Gelbliche essigsulzige Massen von Kartoffelsalat. Geschmälztes Sauerkraut. Gurkenscheiben mit glasigem Innenleben.

Dickes halbsüßes dunkelbraunes Bier. Obstler. Bärwurz-Schnaps, von teuflischen Erdmanndeln in den Höhlen des Böhmerwaldes destilliert. Zuletzt, ihm zu Ehren – ausschließlich ihm kredenzt, mit biederem Strahlen! – irgendein pappiger Süßwein mit ausgezogenen Kücheln, schmierig vom erkaltenden Butterschmalz.

Martyrium. Martyrium doppelt quälend, weil dialektisch umgestülpt, eine hohnvolle, der schwindenden Christlichkeit des Jahrhunderts entsprechende Variante. Darüberhinaus (vielleicht) nachträgliche stellvertretende Buße für vorangegangene Geschlechter seines Namens: den Großvater Zyprian etwa, der komplette Krammetsvögel ins Maul schob, oder jenen mythischen Ahnen Girolamo, dessen Zehn-Seidel-Trinkhorn noch im Stamm-Kastell des Clans zu Verduzzo, Hochsavoyen, zu besichtigen war. Doch wo war der Beichtspiegel, wo der Seelenhirt, der sich auf solches verstand? Sein Beichtvater, der gütige und gebildete Dr. Gerhartinger, war sicher ein guter Moraltheologe – aber er hatte ihm noch nie frank und frei sagen können, ob es dort oben, in den Hauptbüchern über den Sternen, eine Bilanzierungsmethode gab, in der die systematische Zerstörung durch Völlerei denselben Stellenwert hätte wie die Hunger- und Geißel-Triumphe der Heroen der Frühzeit. War er, indem er in diese Welt eingetreten war, vielleicht doch einer falschen Vorentscheidung aufgesessen, die ihn zum Komplizen des Jahrhunderts machte?

Nein. Was ganz sicher war, das war sein Auftrag. Sicher war seine Absicht: Hilfe für das Land, das ihm vertraut war und das er liebte. Sicher war sein Ausgangspunkt: Tuntenhausen, der Sitz der Himmelskönigin. Generationenlang war dort Segen für die Betrübten und Geschlagenen zu holen, waren die Ströme der Pilger gekommen, hatte sich aus ihren goldenen und irdenen Schmerzen das geheimnisreiche Muster der Gnade dichter und dichter gewoben. Nun ging es darum, den Schatz des heiligen

Platzes fruchtbar zu machen, ihn gegen die Gefahren des Jahrhunderts zu stellen, Kraft daraus für die Erhaltung der christlichen Lebensweise zu schöpfen. Wie Compostela die Kraftquelle für die Rückeroberung Spaniens geworden war, so würde Tuntenhausen aufrufen zu heiliger *reconquista* unter dem Banner der Jungfrau – aber mit den neuen, den fast schon demokratischen Waffen der Zeit. Es stand ihm nicht zu, sich neidvoll die Souveränität des Hungers, des Durstes, des Frierens besserer Zeitalter zurückzuwünschen. Er hatte das Seine anzunehmen; anzunehmen mit all den Pfählen, die es in sein Eingeweide trieb; hatte es zu umarmen, wie Teresa de Avila die glühenden Pfeile des mystischen Cherubs umarmt hatte – *uriendo consumor.*

Er stöhnte ergeben, erhob sich und ordnete seine Kleidung. Es lief, daran war nicht zu rütteln, wieder auf ein Klistier hinaus. (Wo war sie zu finden, die Spiritualität des unabweisbaren und unerträglichen Überflusses?)

Er bog in die Passage ein, die ihn zum Kleinen Saal zurückführte. Ihre rechte Wand war mit Kupfern von italienisch-antikischen Ansichten geschmückt, in ihrer Linken öffneten sich Jalousie-Türen auf einen Kiesplatz, das Eingangsportal zum Grundstück und das von ganz leisem Regen versilberte Panorama des Sees.

Eben hielt eine Droschke vor den weißen, heckenrosenumflochtenen Säulen des Portals. Der Hotelportier eilte, schon gnomisch gebückt, heran, um die kleine Ausstiegstreppe herunterzuklappen. Der Droschke entstieg eine Dame. Anmutig die Rechte auf die Schulter des Portiers legend, setzte sie ihre Stiefeletten auf die steilen Staffeln des Ausstiegs. Mit der Linken raffte sie zwei Zoll ihres höchst vernünftigen Rockes, dann hob sie ihr zartes und gesundes Gesicht unter dem weiten Hut, blickte in die Passage und erkannte Innozenz Maria.

Es war Hildegard, seine Gemahlin und die Mutter seiner drei Kinder. Die augenblickliche stumme Verständigung,

die nun stattfand, während der Portier sie gegen den milden Regen beschirmte, verlief etwa wie folgt: sie sah ihm an (und er wußte, daß sie ihm ansah), daß er wieder litt, und daß er noch für einige symbolische Bissen und einige Politik im Foltersaal bleiben mußte; daß das Ganze wieder auf ein Klistier hinauslief, das heißt auf seifig-lauwarme Demütigung; daß er dies nur von ihrer Hand ertrug. Sie, mit schlanken Handschuhfingern an den Hutrand greifend, bot ihm in diesem Augenblick an, all dies zu ertragen, mit ihm zu ertragen, heiter zu ertragen, ja zu erleben, so wie sie zusammen die drei Geburten erlebt hatten (zwei davon ziemlich schwere). Sie, nun erst aus unergründlichen Tiefen der Selbstgewißheit emportauchend, nahm seinen Gruß mit dem Weiten ihrer Augen vorweg, während sie diagonal zum Haupteingang des Hotels BELLEVUE entschritt...
O Gefährtin, o Geborgenheit. Warum, warum zerriß ihn einen Pulsschlag lang, ihn, den geborgenen Gefährten, rasender, kannibalischer, mordgeifernder Haß –?
Prälat Meisinger indes, die linke Backentasche voll Rehbraten, schrieb in sein Portefeuille: »ROSENZWEIG, Imp. & Exp., München, Dienerstr. 18.« Dahinter ein Kürzel, einem Gaunerzinken nicht unähnlich. Frei und politisch übersetzt hieß er etwa: Auch Söhne Israels können nützlich sein, wenn es gilt, bayerisch-katholische Bauernmacht zu begründen. Es hieß (darunter) noch etwas anderes – etwas, das der ursprünglichen Herkunft dieser Zeichen näher stand, und das uns noch wird beschäftigen müssen.

Aus der Werkstatt des Bavarica-Rezensenten

Erstes Blatt

Kurt Eisner wurde nicht in der Prannerstraße erschossen, sondern in der Promenadestraße, die heute Kardinal-Faulhaber-Straße heißt, direkt am Montgelas-Palais. Sein Vater war auch kein Berliner Bankier, sondern ein Händler in Militär-Effekten. Derartige Ungenauigkeiten sind in neueren Bavarica
(durchgestrichen)

Zweites Blatt

Kurt Eisner wurde nicht in der Prannerstraße erschossen, sondern in der Promenadestraße, der heutigen Kardinal-Faulhaber-Straße; also ganz nahe dem Promenadeplatz, wo seiner eine in die Grünanlage eingesenkte Tafel gedenkt. (Eigentlich wurde er auf dem Gehsteig, direkt am Montgelas-Palais, erschossen, doch ergab sich ein gewisser Widerstand der Geschäftswelt gegen das Vorhaben, eine Tafel ins Mauerwerk bezw. den Verputz einzulassen.) Eisner war nicht der Sohn eines jüdischen Bankiers, sondern eines jüdisch-preußischen Militär-Effekten-Händlers. Derartige Ungenauigkeiten sind in mehr und mehr Bavarica zu beklagen, zumal dann, wenn der betreffende Autor von vorgefaßten Meinungen bzw. Standpunkten

Einige Sudelzettel

1

Wer kann schon daran interessiert sein, E. in der Prannerstraße statt, wie es die WAHRHEIT ist

2
Wem ist damit gedient, E. aus dem Sohn eines kleinen jüdischen Effekten-Händlers in einen Bankierssohn

3
Offensichtlich: jemand, etwas wird hochstilisiert, das mit unserem bayrischen Ingenium nichts, im Wortsinne NICHTS

Drittes Blatt

Am 21. Februar 1919, vor dem Montgelas-Palais an der Seite der Promenadenstraße (nicht, wie der Autor behauptet, in der Prannerstraße vor dem Landtag), wurde Kurt Eisner, damals bayrischer Ministerpräsident von Gnaden der Revolution, vom jungen Grafen Marco von B.-Guadagni erschossen. Marco von B. war Frontoffizier im Leibregiment gewesen, ein überzeugter antipreußischer Katholik.

Seine Tat muß aus dem Zusammenhang jener wilden Monate verstanden werden. Von B. erschoß nicht so sehr den hereingeschneiten jüdisch-preußischen Links-Journalisten als vielmehr die Verkörperung einer Gefahr, die nur höchst indirekt mit der jüdischen Abkunft E.s zusammenhängt. Allenfalls läßt sich argumentieren, daß im Erb- bzw. Kulturgut jener Minderheit ein unstillbarer Drang zu hausen scheint, überall, auch dort, wo kein Mensch das erwartet oder auch nur haben will, die Welt zu verbessern. Diese Weltverböserung ist es, die in bayrischen (wenigstens in altbairischen) Landen allzeit auf Unverständnis stößt.

(Das Folgende durchgestrichen)

Unser altbairisch-frommes Verhältnis zum So-Sein der Dinge, unsere Akzeptanz

Weitere Sudelzettel (in alkoholisierter Handschrift)

1
Lauter Sauerkrautbärte: Eisner Landauer Mühsam. Warum? Übrigens alle keine Marxisten

2
Name ›Eisner-Kosnowski‹ nur von der rechten bzw. konservativen Presse verwendet – nicht nachprüfbar?

3
München damals: Problem Volksstimmung. Gewissermaßen heruntergelassene Hosen der Legitimität. Praktisch: Hunger, Kälte, Söhne und Männer gefallen, verwundet, im Feld usw. Langt aber nicht.
Vor allem: warum keine Maschinengewehre, kein MaschinengewehrZUG, um die ganze FARCE

4
Marcos Mutter geborene Rosenzweig, alteingesessene Münchener Patrizierfamilie mos. Bekenntnisses.
M. hat am Abend vorher dem Dienstmädl erzählt, daß er ihn umbringt.

5
Problem Sinn der Geschichte. Sinnstiftung, SINN. Warum muß denn Himmelherrgottsakra alles einen SINN haben? Saujuden.

Viertes Blatt

Eingeräumt werden muß, daß E. ›kantianischer Sozialist‹ war, also kein Marxist. Doch wird damit sein Abstand zum bairischen Ingenium wenn möglich noch größer. »Materialismus« in einer konkreten Form könnte ja möglicherweise vor jenem ethisch begründeten, aber letzten Endes gnadenlosen Rigorismus bewahren, der menschliche Unzulänglichkeit nicht sehen will und gerade dadurch ins schlimme Gegenteil, eben die Welt-Verböserung umschlagen muß. Instinktiv, so muß man annehmen, hat der junge Feudale Marco v. B. dieses Paradox sehr wohl

Entlassung aus Landsberg

9. April 1924 – Das Pforten-Vorwerk der Gefangenen- und Festungs-Haftanstalt Landsberg am Lech.
1909 erbaut, hatte das Vorwerk Zeit genug, sich einen glattgrünen Mantel aus wildem Wein umzuwerfen. Im Gegensatz zur Anstalt selbst, die in reformbedachten Jahren als rationeller Kreuzbau mit Zentralkuppel errichtet wurde (sog. Pennsylvanisches System), zeigt das Vorwerk entschieden altdeutsch-historisierenden Formwillen: verglaste Sprossentüren und Fenster, fette, runde Seitentürme mit gequetschten Zwiebelhauben.
Die Luft ist frisch bis rücksichtslos, erstes Grün ist über die Lechauen unterhalb des Hochufers und über die Bäume gesprenkelt, die in einem Rasenhalbkreis vor der Anstaltspforte wurzeln.
Unter diesen Bäumen steht ROSWITHA PALMANO, *ein etwa zweiundzwanzigjähriges Mädchen mit gerstenblondem Haarkranz, kleingeblümtem Dirndl, rotgrün gebordelter Strickjacke, weißen, kompliziert gestrickten Kniestrümpfen und einem großen Strauß Wildblumen. Sie wirkt wenn nicht siegessicher, so doch siegesentschlossen.*
Auf der Straße, die dem linken Hochufer des Lech durch das alte Dorf Spötting folgt (das historische Landsberg liegt auf der anderen Flußseite), wird das Geräusch eines modernen Automobils hörbar. Der Wagen biegt in das Halbrund der Pfortenauffahrt ein und hält mit Geräuschen erheblichen Selbstbewußtseins.
Vom Volant im vorderen unverdeckten Teil der Limousine erhebt sich OSWALD GRAF *v. T., ein sehr großer und schlanker junger Mann in entschlossen schwarzer Kleidung. Er springt ab, öffnet die Tür des hinteren, gedeckten Teils und assistiert* ISABELLA V. B.-GUADAGNI *beim Ausstieg.* ISABELLA V. B. *ist eine gereifte patrizische Dame mit mittelmeerischen Zügen, sie trägt Reformkleidung, darüber einen leichten halblangen Staub-*

mantel sowie einen radweiten Fin-de-Siècle-Hut, der nur bei ihr zur übrigen Garderobe paßt.

ISABELLA V. B.: Danke Oswaldo.

Ihre Stimme ist ein fast aufdringlich gut geschulter Alt, der ROSWITHA PALMANO *nötigt, sich nach ihr umzuwenden wie nach einer unvermuteten Gefahr.*

(NB – Spätestens hier ist klar, daß das Verhältnis der drei Personen zueinander nicht spontan, sondern von einem Bezugspunkt bestimmt ist, der hinter der Gefängnispforte liegt.)

OSWALD V. T. *(unterbricht elegant die aufsteigende Verlegenheit):* Welch herrlicher Tag, welch hübsche Szenerie! Ich frage Sie: welcher Regisseur, ob des deutschen Theaters oder der amerikanischen Kinematographie, würde es wagen, ein solches Gefängnistor in seine Gestaltung einzusetzen – sagen wir des FIDELIO, oder auch eines modernen Problemstücks? Bei solchem Frühlingsbrausen noch dazu?

Legt den großen blassen Kopf in den Nacken und späht zu den trabenden Wolken über den Zwiebelhauben empor, sein Lächeln ist von schmerzhafter Schönheit.

ROSWITHA *eifrig:* Theater, Kino. Das ist trivial. Was soll heute Stil? Es geht doch um Gewaltigeres, glauben Sie nicht? Es ist Osterzeit. Marcos Schicksal ist ins Mysterium der Auferstehung verflochten.

ISABELLA V. B. *betrachtet sie tatsächlich durch ein Einglas am Stiel:*

Sehr gebildet, theologisch. Aber vielleicht wäre es barmherziger, einer alten, informell erzogenen Dame zuliebe, unsere Freude etwas banaler, das heißt konkreter auszudrücken: Marco hats geschafft. Was meinen Sie, Hochwürden Oswaldo?

OSWALD, *der nach vorn gebeugt dasteht, unter der Last eines unerträglich schweren und gleichzeitig freudvollen Geheimnisses, schrickt zusammen, streicht mit komischer Verzweiflung an seinem schwarzen Anzug herum:*

Seh' ich tatsächlich schon so aus? Ich bin erst seit dem

letzten Herbst in Freising, im Klerikalseminar. Ein Jahr wird man mir schenken, weil ich umgesattelt habe, aber drei sinds immerhin noch...

ISABELLA V. B.: Richtig. Vorher waren Sie ja Diplomat in Dings, in Belgrad...

OSWALD: Viel bescheidener. Korrespondent in Bukarest und Sofia.

ROSWITHA *drängend:* Alles, was durch und mit Marco geschehen ist, muß man doch religiös einordnen, damit es Gültigkeit erhält. Tod und Leben lagen in seltsamem Zweikampf...

OSWALD *langsam sich von innen erhellend, wie es seine Art ist:* Gültigkeit hängt nicht von unserer Einordnung ab.

Während dieses Gesprächs tritt von links, aus der gleichen Richtung wie vorher das Automobil, Dr. SEVERIN GLÜCK *auf. Er trägt Knickerbocker, eine praktische Jacke und Schnürstiefel, sein nettes, etwas kleines Philologengesicht zeugt von prächtiger Laune.*

ISABELLA V. B., *erheblich gelangweilt durch zuviel Metaphysik, gewahrt ihn und ruft dankbar:*

Der Glücksdoktor! Kommen Sie her, Doktor!

Während GLÜCK *ihr die Hand küßt, erklärend zu* ROSWITHA *und* OSWALD:

Doktor Glück – Severin, nicht wahr? – war unser Hauslehrer in Pettenried. Das ist Oswaldo, Doktor – Oswald von T.

DR. GLÜCK *zu T:* Sie sind der Neffe des Herrn – Weihbischofs von T., newahr? Des Zypriankenners?

ISABELLA V. B.: Sieben Jahre Hauslehrer in Pettenried. Und er hats ausgehalten.

DR. GLÜCK *lachend:* Bitte sechs, gnädige Frau. Und es waren gute Jahre, wirklich.

ISABELLA V. B.: Marco war schon ziemlich dumm, oder? Jetzt dürfen Sie's sagen.

ROSWITHA: *stellt sich ostentativ vor:*

Palmano.

Dr. Glück: Entschuldigen's tausendmal – Glück. Severin Glück. Palmano, warten's – eine Verwandtschaft mit dem Speditionsgeschäft in Passau –?

Roswitha: Entfernt.

Oswald: Das Pneuma des Tages, Herr Doktor, hat uns dazu verführt, über Ostern zu reden.

Dr. Glück: Freilich, fast unausweichlich, newahr. Befreiung auf mancherlei Ebenen, faustische Befreiung –
»Sie feiern die Auferstehung des Herrn,
denn sie sind selber auferstanden –«

Oswald *lächelnd:*
»Aus der Kirchen ehrwürdiger Nacht
Sind sie alle ans Licht gebracht«?
Lacht herzgewinnend über des Doktors Verlegenheit:
O bitte, nehmen Sie's nicht krumm. Was wäre Tradition ohne Widersprüche? Man muß sie gewahren – und stehen lassen....

Während dieser Unterhaltung ertönt dezenter Gleichschritt von links. Aus der Richtung des Bahnhofs, von dem übrigens auch Dr. Glück *gekommen ist, erscheinen drei studentische* Fahnen-Abordnungen, *also* Neun Chargierte, *in der üblichen teutonischen Vermummung: goldgeschnürte Samtjacken, weiße Hosen, hohe schwarze Stiefel, Cerevis-Deckel und Schläger mit riesigen dreifarbigen Körben. Die Fahnen tragen die Aufschriften*
Diudolfia – Ex Unitate Robur
Huosingia – Maiorum Exempla Trahunt
Nariscia – Aere Perennior.*)

Ihre Antlitze, breit oder platt, rund oder länglich, spitz oder stumpf, sind durch eine gruppenspezifische, fast leuchtende Einfalt verbrüdert: Unzulänglichkeit, in Gemeinschaft verschlungen.

Hinter ihnen nahen sich etwa 20 Corpsbrüder, *mit Mützen und Bändern geschmückt. Alle schon Anwesenden, mit Aus-*

---

*) Aus Einigkeit Kernkraft – Der Ahnen Beispiel reißt mit – Ewiger als Erz

nahme von Dr. Glück, *reagieren überrascht; auf ihn konzentriert sich folgerichtig die Aufmerksamkeit der Gruppe.*

Dr. Glück *etwas verlegen:* Also meine Verbindung, die Diudolfen, die haben einfach darauf bestanden, dabeizusein – und offenbar hat es sich nicht geheimhalten lassen. Es ist ja auch ein öffentliches Ereignis.

Isabella v. B. *energisch:*
Nein, das halte ich nicht aus. Oswaldo, wir gehen zur Pforte hinein, warten dort auf Marco. Das ist intimer.

Roswitha *fast ebenso energisch:* Nein bitte –

Dr. Glück: Verzeihen Sie tausendmal, aber – Marco gehört ihnen wirklich allen. Wirklich.

Oswald: Wer gehört schon wem?

Erster Chargierter: Marco Graf B....

Erster Student: ... gehört dem Vaterland.

Zweiter Chargierter: Dem ganzen bayrischen Vaterland.

Zweiter Student: Widerspruch. Wer Vaterland sagt, meint Deutschland. Das ist das Ganze.

Dr. Glück *zu den Studenten:* Er hat im Gefängnis über diese Fragen geschrieben, wissen Sie das?

Zögerndes Nein-*Gemurmel unter den Studenten.*

Oswald: Seien Sie nicht grausam zu Ihren Freunden, Doktor. Marco hat schließlich Eisner und Landauer auch nicht gelesen.

Isabella v. B.: Das geht wirklich zu weit, Oswaldo. Ich weiß, Sie sind praktisch ein Heiliger, aber dieses Zeug auch noch zu lesen – Außerdem stehts bestimmt auf dem Index.

Dr. Glück: Also, Marcos Buch bekommen Sie alle, dafür sorge ich. Es wird bei Hinterstoißer in Regensburg verlegt, ist schon im Druck. – Kennen Sie es, Hochwürden?

Oswald, *der es aufgibt, den klerikalen Titel abzuwehren:*
Das Manuskript? Nein. Aber wir beide haben viel miteinander besprochen, Marco und ich – sehr viel. Ehe es entstand, wissen Sie.

DR. GLÜCK: Was mich besonders freut: es grenzt unsere Position von den Völkischen klar ab. Das ist grad jetzt wichtig, nach dem Hitler-Putsch.

ISABELLA V. B., *geborene Rosenzweig:*
Dieser böhmische Antisemit hat doch auch Festung bekommen, stimmt das?

OSWALD: Ja. Und er hatte den gleichen Richter wie Marco.

DR. GLÜCK: Also, vom Standpunkt der simpelsten Gleichheit vor dem Gesetz war das Urteil ein Hohn. Der Kerl ist nicht einmal Staatsangehöriger. Er gehört abgeschoben.

ROSWITHA *horcht auf:*
Der gleiche Richter wie bei Marco?

ISABELLA V. B.: Das alles beginnt mich sehr zu langweilen. Wie lang soll das noch dauern? Wenn er in den nächsten ...

Währenddessen rattern auf der Landstraße zwei Lastautos mit hohen Klappborden heran. Sie halten außerhalb des Rondells. Die hinteren Ladeklappen werden geöffnet, und von jedem der beiden Lastwagen springen fünfzehn bis zwanzig Mann ab.

EINE KOMMANDOSTIMME: Sturm 16 sammeln!

Ihre Kleidung ist eine Mischung aus Folklore, Militarismus und Lumperei: Schirmmützen, zerknautschte Filzhütchen, Lederhosen, Breeches, Windjacken, Wickelgamaschen, Haferlschuhe etc. Die Physiognomien reichen vom Rustikal-Asozialen bis zur verfolgenden Unschuld – gemeinsamer Nenner ist die totale Unbußfertigkeit.

Die Anwesenden werden vom Befremden über die Neuankömmlinge abgelenkt durch eine kleine GRUPPE, *die aus der Doppeltür des Vorwerks tritt. Sie besteht aus* MARCO *v. B.*- GUADAGNI, *dem* ANSTALTSLEITER *und zwei* BEAMTEN.

MARCO *v. B., unter Mittelgröße, trägt einen Trenchcoat und hält einen weichen Hut in der Hand. Als Landwirtschafts-Eleve hat er naturgemäß eine gesunde Gesichtsfarbe; dieses Gesicht, zur Heiterkeit bestimmt, ist verwirrt ob der gebotenen Augen-*

fülle – es blinzelt, als trete er aus einem unterirdischen Verlies an die Sonne. MARCO *blickt hastig von einer Person zur nächsten, tritt dann zwanghaft auf* OSWALD *zu.*

MARCO *erstickt:* Oswaldo.

Umarmt ihn.

OSWALD *leise:* Es ist gut.

DR. GLÜCK *hat nach rückwärts ein Zeichen gegeben; die Chargierten, soweit nicht durch das Halten von Fahnenstangen behindert, ziehen ihre Schläger und bilden mit ihnen ein radiales, funkelndes Gerüst.*

DIE CHARGIERTEN DIUDOLFIAE, HUOSINGIAE, NARISCIAE:
Salve, liberator patriae!

DIE STUDENTEN *wiederholen donnernd:* Salve!!

MARCO *hat sich rasch, fast zornig von* OSWALD *gelöst, umarmt seine Mutter:*
Maman, wie tapfer von dir.

ISABELLA V. B. *schluchzend:*
So ein Unsinn, Bub. Red doch keinen Unsinn.

Inzwischen ist der STURM *16 auf die Gruppe am Tor aufmerksam geworden.*

STIMMEN AUS DEM STURM *16:*
– Mensch, der Dings – der B. –
– der den Eisner –
– der den Saujuden –
– kaltgemacht –
– umgelegt hat –
– Mensch, das isn Ding –
– da vareckst –
– Hoch B. –
– Heil B.! –
– Siegheil !!

OSWALD *v. T. und Dr.* GLÜCK *wenden sich irritiert um, die* STUDENTEN *sind verlegen, ihre inneren Kompasse schwanken, sie treten Trampelkreise auf dem Rasen.*

ROSWITHA: Blumen für dich, Marco. Blumen, wie sie das Heilige Grab – und den Ostertisch schmücken.

MARCO: Das ist sehr lieb von dir.
VIELE *donnernd:* Hoch! – Siegheil! – Hurra!
MARCO *drückt* ROSWITHA *die Hand, springt auf eine Ruhebank und winkt, die* STIMMEN *beruhigen sich:*
Danke, danke, ich danke euch allen, aber das braucht es nicht. Auf meine Person, so meine ich, kommt es überhaupt nicht an. Auf den nationalen Aufbau vielmehr. Also bitte –
STIMMEN: Sehr richtig! – Hoch König Rupprecht! – Deutschland erwache!
Während die beiden BEAMTEN, *in der beruflichen Respekthaltung von Friedhofswärtern, seitlich verharren, tritt der* ANSTALTSLEITER *nervös auf* MARCO *und* ISABELLA *v. B. zu.*
DER ANSTALTSLEITER: Frau Gräfin, Herr Graf – wir haben uns bemüht, soweit dies im Rahmen unserer dienstlichen Obliegenheiten – Herr Graf, ich hoffe, daß Sie uns, ich meine, ein gutes Andenken – auf Ihrem weiteren Weg ...
ISABELLA V. B.: Aber mein lieber Herr Direktor...
MARCO: Es waren gute Jahre für mich, wissen Sie. Gute Jahre. Besinnung. Das Buch fertiggebracht. Und die Landwirtschaftslehre, nicht zu vergessen...
DR. GLÜCK *hat es endlich bis zu* MARCO *geschafft:*
Grüßgott, Graf Marco. Grüßgott.
MARCO *schüttelt ihm herzlich die Hand:* Doktor! Doktor Glück! Immer noch Marco für Sie – ohne Graf!
ROSWITHA *hakt ihn unter:* Aber jetzt komm. Ganz Pettenried wartet auf dich..
ISABELLA V. B., *überrascht und beunruhigt über* ROSWITHAS *Witterungsvermögen:* Ja, und wir sollten schnell wegkommen. Mir gefällt das nicht. Ich möchte wissen, was alle diese Leute...
OSWALD: Ich fürchte, ich weiß.
Zum ANSTALTSLEITER: Erwarten Sie heute etwa einen neuen Festungsgefangenen?

Anstaltsleiter: In der Tat ja. – Man könnte sogar, ich meine, von einem sinnträchtigen Zusammentreffen ...

Auf der Straße von links wird wieder ein Automobil hörbar, und zwar ein machtvolles. Es nähert sich rasch.

Kommandostimme: Sturm 16 – Ach-tungk!

Die schnelle Fahrt des Wagens wird abgebremst, murrend biegt er in das Rondell ein. Es ist ein großer, offener Daimler. Im Fonds steht aufgerichtet ein bleicher, subaltern aussehender Mensch im Trenchcoat. Er hat einen weichen Hut abgenommen, wendet sich dem Sturm *16 zu und hebt die Recht zum (zunächst Römischen, später Deutschen) Gruß.*

Sturm *16 rast sich heiser:* Heil heil heil heil heil ...

Die Studenten *haben sich dem Daimler zugewandt, stimmen zögernd, gewissermaßen aus Höflichkeit ein:*

Heil – heil – heil heil ...

Dr. Glück: Das ist ...

Marco: ... unerträglich.

Er geht rasch quer durchs Halbrondell, rempelt sich durch Studenten *und* Sturm *16 auf das Auto seiner Mutter zu.*

Der Bleiche im Daimler schwenkt die Rechte ein, steigt mit einer steifen Wendung aus, die er als cäsarisch eingeübt hat.

Anstaltsleiter: Guten Tag –

Die Beamten: *machen einen Diener:*

Grüßgott Herr Hitler.

II

Der Pfad des Einsiedels

So erschlagt mich doch! – Daß ihr Menschen seid!

Letzte Worte Gustav Landauers, ehe er im Mai 1919 von Weißgardisten ermordet wurde

Gropp und die Bötin

Gehört sichs, daß der Gropp den Zirlerberg anpackt? Kaum noch lebendig, auf zittrigen, blauädrigen Steckenwadeln; mit gesprungenen Nägeln; mit Milch-Schweiß auf dem Grind? Kaum aus dem letzten Loch gekrochen, aus dem er gepfiffen wurde?
Es gehört sich. Zunächst: es geht in einem, ob er tausend Klafter Höh oder zehn Schritt Ebene, ob er den gotischen Saumpfad oder das wohlhäbige Inntal ankriecht, angeht, anhoppelt. Er kann genausogut auf sulzigem Schnee und auf Kalkplatten rutschen, sich zuerst an fauligen Zäunen, dann an Strauchzeug, zuletzt an Latschen hinaufzerren zur churbairischen Grenz, das heißt zur Scharnitzer Scharte. Zuerst blecherne Sonne, dann kalten Wind im Kreuz oder im Gesicht, an den Knien und an den Wadeln, je nach den Zacken des Dornenwegs, die sich krümmen und mit denen er sich geißelt.
Freilich, da wären auch Gründe aufzusagen, gescheite sogar, für solche Schinderwahl: Kufstein ist eine harte dunkle Veste, und die Reiter im schwarzen Eisen machen da nicht viel oder gar kein Federlesens, beuteln, was sie nicht kennen, als verdächtigen Späher und Vaganten, schmeißen dich in ein stinkendes Loch, daß Siechtum im windigen Heu-Bretterkasten dagegen ein heiterer Urlaub wär. Und auch am Achensee, obwohl der Weg schlimmer begehbar, könnten es in so herber Kriegszeit die Streifen treiben. Nur, daß sie dort nicht warten würden mit dem Verdikt, bis ein Halsrichter gefunden würde, das hieße denen so weit droben nur verdrießliches Traben, täten höchstens zum eigenen finsteren Pläsier den Malefikanten an den Bügel schnallen, bis ihm der Geist ausweht. Nein, es ist keine Ausflucht, die Flucht über den Zirlerberg.
Doch es gibt einen Grund, der ist tiefer und wahrhaftiger. Es ist einfach an dem, daß er das lichtschwankende Bildnis

braucht: manchmal nur einen Funken von einer Krone, zwei Fünklein von zwei Kronen, manchmal das ebene Gesicht, manchmal Kronen, Gesicht und Prachtkleid, umspielt von Strahlenkreis und Baldachin – durch Strauchwerk und über nasse Buckel und durch Almrausch nach oben, ihm vorantänzelnd und weisend, wie dereinst das Feuer den Israeliten voranging beim Auszug. Er braucht das Bildnis, wenn er überhaupt weiterkommen soll und will, sonst könnt er genausogut umkehren und zurückschlupfen in seinen heimeligen Kot und die sterbenstraute Verlassenheit, das Bildnis aber braucht seine wilde Erschöpfung, verläßt ihn gleich, wenn er nicht mehr Schritt um Schritt ums Leben selbst rauft, den steinigen Hunger im Magen, den Pulsschlag im Hals und an der Schläfe. Es ist gleich weg, wenn er etwa stehenbleibt, um ein paar graue Fasern vom Speck zu reißen, wenn er sich in ein Rinnsal wirft, in dem bräunliches Eisenwasser quirlt, und koppernd ein paar Handvoll einschlürft.

Verläßt ihn auch, wenn er nicht aus schierer Leibesnot einhält, sondern vielleicht, weil ihn schwarzweiße Angst reitet – was ihm auf dem Steig des öftern aufgesetzt ist.

Es sind nicht Leute, vor denen er Angst hat. Er trifft bis ganz hinauf eh nur zwei: Gesellen mit gerußten Gesichtern, die ihm entgegenkommen, nach zwei Stunden etwa; die mit starken und gemessenen Schritten über Harsch und Runsen abfahren, drei vier Klafter zumeist bis zum nächsten Tritt. Sie sehen ihn, ziehen ihre struppigen Lefzen hoch, zahnen knochenweiß wie Wölfe, lassen die Augen in der Schwärze nach ihm rollen; in den Säcken, die sie schleppen, reibts und schepperts, dumpf und hell, blechern und stählern, kupfern vielleicht, ein stählerner Ellenbogen oder ein Löffel oder ein kupferner Napf oder ein Steigbügel, was man zusammenklaubt auf Schlachtfeldern und in abgebrannten Höfen mit dem böhmischen Zirkel, Schwärzer sinds halt, die ihrem christlichen Gewerb nachgehen von drangvoller Höh herab und in drangvoller Zeit. Fürchtet er sich? Ja was denn. Er nickt ihnen zu, er wünscht ihnen Gottes und der lieben Frauen Hut, und wie sie schon vorbei sind, dreht sich der Zweite, ein langer Dürrer, »hej schnapp's!« schreit er und wirft aus dem Handgelenk einen dunklen Brocken, Gropp duckt sich, fängt ihn gegen die härene Brust, er ist ein krachtrokkenes Trumm Brot, mit weißgrünen Schimmeladern zwar, aber die lassen sich wegkratzen und, wenns tiefer geht, auskochen. Sein keuchendes Vergeltsgott gegen den Wind hören die nicht mehr, dankseufzend steckt er das Trumm in den Schultersack, schaut dabei nach Süden, ins weiße grausame Leuchten der Berge des Herrn, das noch kein Fuß betreten hat, schließt schwindelnd die Lider und stolpert wieder voran, voran, nach oben...

Das war schon redliche Angst, die vor dem Gletscherauge der Schöpfung. Da schwindet schon der letzte Funken der Kaiserin, brummt der Kreisel des Weltendes wieder, den er im Fieber gehört hat.

Größer wird die Angst, wenn plötzlich die Böschung steiler wird und der Boden dürr, die Gräser grau und mager stehen. Dann tritt er unverhofft zwischen alten Brennesseln, verbeultem Blech auf einen harten grauen Strom, in dessen Mitte eine armdicke schneeweiße Grenze gemalt ist, manchmal nur in Strünken, manchmal durchgezogen, hinaufhinab, bis der Strom von weißrot zuckenden Pfeilen ums Eck geleitet wird, bergwärts oder talwärts. Das ist nicht Schöpfung, das ist zweifelsfrei Menschenwerk, aber was für eins! gewaltiges, mephistophelisches, wie's keine Zeit bisher vermochte, die seinige nicht, die heidnisch-römische nicht, ein Werk vielmehr (das spürt er) der Leut, die auf rosanen und türkisenen Söllern sitzen; Werk der Kalten mit den kalten Gläsern. Vierfünfmal stößt es ihn auf solche Straße, die wohl aus Teer und Steinmehl gegossen ist, er humpelt und rennt drüber weg wie ein angeschossener Hase, ein gejagter, denn immer hört er dabei (als zöge man ihm Wachs aus den Ohren) fernes Heulen von oben oder unten, eine wilde Jagd von tausend Wölfen, kommt näher oder galoppiert weg, süßkranker Gestank wirbelt davor oder dahinter, er wirft sich, wenns näherkommt, wenn aus tausend Wölfen zehntausend werden, hinter einen Gesteinsbrocken in Nadelmulm oder Schnee, preßt das Gesicht hinein, bis der Drachen, das Große Tier der Apokalypse Johannis, entschwunden ist – nach unten oder oben. Hebt sich dann zaghaft, schaut hinter sich, dahin, wo die babylonische Straße gewesen ist, und wo wieder nichts ist als der alte, liebe, sakrisch steile Saumpfad, grad passierbar für Schwärzer oder Muli oder verrückte Einsiedeln, hört auch nichts mehr als das Tropfen abschmelzenden Schnees von den Tannen.

Weiter oben gerät er in Wolken, gerät auf Almweiden, fast ganz von Schnee überzogen, gerät ins Blinde, das ihm kaltes Rieseln auf den Sackrupfen seines Umhangs wirft; wird da wieder des Bildnisses gewahr, der Führerin seines Auszugs, die hell vor ihm herzieht, und er muß schon viel alte Frömmigkeit aus seinen frommen Jahrzehnten heraufrufen, daß er sie nicht lästert und verflucht, die Himmelskaiserin mit dem hiesigen Gesicht, dem mitleidlosen, – und weiß doch genau, daß es so sein muß und nicht anders sein darf. Denn was wär, wenn sie ihm jetzt Barmherzigkeit erzeigte und ihn verließe, was geschähe anders, als daß er, das Rabenaas von Gropp, zusammenbräche wie ein modriger Schupfen im Südsturm, winselnd läge zwischen glasvereisten Latschenzweigen und nassem Harsch, daß er heulte wie ein mondkranker Hund, auf nichts anderes wartend als auf die gütige Mutterhand auf dem Grind in glückseliger Sterbstunde? Er war der kranke Gaul, den man peitscht, damit er nicht umfällt; war der Gefangene, den man durch Wüstenpein stößt dahin, wo überhaupt noch Leben ist: was, wenn sie ihn aufgäbe, die Richterin, ihn liegen ließe im lügenden Trost

der Erschöpfung? Er hat schon seinen Grund, der Abgrund des Zirlerbergs.
Einmal noch umknurren ihn die tausend Wölfe im Nebel, heult hinter ihm der Drache durch seine Angst, und er kommt, ohne daß ers merkt, auf wenigen Spuren im Schnee, auf handbreitem schmatzendem Pfad, mit dem Abguß von Maultiereisen darin, kommt mitten im Blinden an ein Zeichen anderer Herrschaft: ans trügerische Gesicht eines ehernen Schilds auf weißblauer Stange, auf dem ein geviertcltes Wappen zuckt, von zwei goldenen Löwen gehalten, und die Umschrift in neumodischen römischen Lettern: FREISTAAT BAYERN. Er kommt, also, über die Scharte. Kommt und taumelt über rispige tote Grasbüschel ins Ebene. Fällt fast nach vorn, wegen der aufgehobenen Mühsal des Steigens. (Was ist ein Freistaat?) Firnwind reißt die Wolken weg, sie kollern hinter ihm den Berg hinunter wie eine Armada aus Mühlsteinen, und nun dreh dich um, Gropp, schau, und obs dich fast umbringt, ins kalte Auge der Berge, in das tote Eis des Heiligen Römischen Reichs, das ist vorbei, das läßt du daheim, jetzt gehts abwärts, wenn auch nicht gleich, wo ist das Bild, das dich führt?
Da ist eine kleine Schüssel aus Schnee, Grasspitzen und Fels, mit Latschen bestickt; der Pfad geht durch, halt dich daran – denn drüben, am dunstigen Waldrand, winken wieder, einen Lidschlag lang, die Funken der zwei Kronen, es muß langen. Der Gropp ist dankbar dafür, es muß langen, muß langen, er torkelt hinunter und wieder ein Stück hinauf, verliert den Weg nicht, aber die Zeit, stolpert ein gutes Stück durch Churbaiern und Stein und Krüppelwald, fühlt sich nicht verlassen, sie hat ihn bis hieher gebracht, der Pfad ist zu sehen etliche Reiben voraus, wenn er auch schon schwarz wird in der dunkelblauen Luft.
Und in dem Dunkelblau sieht er dann die Bötin, die ihm bestimmt ist. Die Liebe Frau selber ists wahrhaftig nicht;

zwar heißts, die Himmlischen verkleiden sich auf mancherlei Weise, aber doch nicht so o-beinig und dalket wie das da vorn, das stehen bleibt, nach ihm schaut, dann sich zusammenzieht und weiterwackelt, schließlich an einem windigen Borkendach verharrt, vor und zurücktappt, bis er fast auf zwanzig Schritt nah ist, dann wieder wegspringt, zapplig wie ein geprellter Frosch. Er soll wohl, so ists gemeint, da übernachten unter dem Dachl, wo noch ein Buschen braunes feuchtes Heu liegt, trockener Raubitz auch zum Feuermachen. Gute Botschaft.
Die Bötin steht jetzt, immer noch zwanzig Schritt von ihm. Sie steht vor einem toten Tannenbaum, der sein graues Geäst nach Osten streckt wie die Zähne eines dicken Roßkamms; steht und schaut ihn an aus einem kugelrunden Napfgesicht, mit dicken halboffenen Lefzen, aus Augen, die ganz eng rechts und links von der Stumpfnase stehn: eine blödsinnige Dirn.
Eine wie er ist das, sieht Gropp. Eine, die aus dem Sterben kommt. Haar steht ihr pappig vom Kopf, hängt fett über die enge Stirn in die Augen. Sackhadern hat sie überzogen, legt die Hand über die Brauen, als müßt sie ihn ganz weit weg ausspähen. Und das ist er wohl auch, alle Menschen und insbesondere die Mannsbilder sind ganz weit weg, an ihrem Rock ist Blut, ein großer Pflatschen, ihr ist geschehn vom Mann, von seiner Gewalt, was sie durch die Ödnis treibt, ein halbtotes Lamperl. Und nun ist er da, Gropp, im Menschenleeren, und was kann er ihr, was kann er sich beweisen, was nicht auf den Untergang der kalten Welt hinausläuft?
Dann fällts ihm ein, und zum ersten Mal, seit er aufgebrochen ist, lacht er. Schnaubt oder knurrt natürlich bloß unwillig, aber es paßt alles recht gut. Er merkt, daß er Hunger hat, hat ihn zwar die ganze Zeit gespürt, aber denkt jetzt daran, denkt ihn jetzt. Er sieht das Dachl, zu dem ihn die blöde Bötin geführt hat. Es fällt ihm ein, daß er kalten Sterz im Sack hat, daß ihm der Speck noch

reichen mag auf ein Dutzend Meilen, das schimmelige Schwärzerbrot kommt dazu, und er hat auch schon Wurzeln gestochen, die er kennt, das muß sein, wenns um wahre Pilgerfahrt geht.

Die Dirn steht still, er winkt ihr nicht. Er schiebt auf dem schneefreien Fleck vor dem Schupfendach Raubitz zusammen, baut einen luftigen kleinen Meiler daraus, langsam, damit niemand erschrickt. Zuunterst aus dem Schultersack holt er ein Zunderbüchslein, machts auf, wundert sich nicht, daß es noch dunkelrot glimmt. Er ballt einen Fidibus aus gelbem Gras, bläst flach übers Schwammpulver, das rosafarben und gelb wird, ein Flämmlein zuletzt, das greift. Die Sonne ist ganz weg, die Welt ist still und blau, der Wind seufzt leis, sonst ist nichts zu hören, schon gar keine Wölfe und Drachen. Das Feuerl plustert sich gelb gegen die Nacht auf, Zweigerl und Kraut beugen sich und knistern, er legt totes Astwerk über den Raubitz, es steckt immer noch Saft drin, der zornig wird in der Hitz, faucht und knallt. Die Dirn steht barfuß im Schnee, immer noch die Hand über den Augen.

Jetzt kommt der Sterz. Er zieht ein paar Blätter von dem kalten viereckigen Kuchen. Er legt ihn auf eine Astgabel, die hält er übers Feuer. Das gelbweiße Zeug fängt zu rauchen an, der Rauch schmeckt schon, und da wird der Hunger saumäßig, riesengroß und gesellig. Er muß nicht winken, der Wind tuts ihm zuliebe, weht das Sterz-Geruchl zu der breiten blöden Nasen hinüber: Komm und iß.

Das, weiß er, zieht gegen alle Erfahrung, zieht sie, und sie tappt schon daher, flach, breitbeinig. »Gropp«, sagt der Mensch, damit er einen Namen hat; wer, der Böses vorhat, sagt schon seinen Namen? »Gropp. Anderl. Und hock dich her.« Patscht auf einen halbwegs trockenen Heufleck.

Sie hockt sich nicht, tät ihr zu weh, schwer fällt sie nach vorn auf ihre dicken Knie. »Glopp«, sagt sie dumpf, lacht aber mit dem Pfannengesicht, dem halboffenen Mund, Speichel rinnt heraus, die engen Augen und die Knopfnase hängen schon über dem Sterz. Gropp langt behutsam an den rauchenden Kuchen, er ist heiß, aber nicht zu heiß zum Brocken, bricht ihn schnell, schiebt die größere Hälfte auf der Astgabel zu ihr hinüber: »Sterz«, sagt er. »Iß schön.«

»Glopp«, sagt die blöde Engelin. »Glopp Stelz.« Sie packt zu. Spürt die Hitz gar nicht, beißt und mampft. »Stelsch, mmm.«

Gropp ißt langsam an, freut sich in der Dämmerung, im halboffenen Aug seines Zwergfeuers. Er ist auf einmal sehr stark: was kann einem Frommen Besseres zustoßen, Besseres und Einleuchtenderes als dies? »Mali«, sagt die Blöde, »Mali« – schlägt mit der linken Hand, die den Sterz losläßt, schnell auf die Hadern vor ihrer Brust, greift gleich wieder beidhändig zu und schiebt den Rest ins schiefe Maul. Näher kommt sie nicht, vielmehr wischt sie die Pratzen am blutigen Rock, ruckt auf den Knien nach hinten aus dem Feuerkreis, er hört nur noch, daß sie sich aufrappelt und wegtappt, leiser hinter toten Bäumen und schwarzen Steinen, hangwärts, dahin, woher er gekommen ist.

Den Gropp schläferts, er kriecht tiefer ins Winkerl, wo das Dach an den Abhang stößt, lächelt. »Glopp, Stelz, Mali«, sagt er sich vor. »Gropp, Sterz – Márie.« Der Name der Jungfrau, gepriesen sei sie, auf der Höhe der Scharte mitgeteilt. Ob er auch wandle im Schatten des Todes: behütet ist er.

Meint er, der Gropp. Aber, Gropp, das ist die erste Station auf dem Kreuzweg. So einfach, so pomadig wie heut wird die Pilgerei nicht fortgehn, laß dirs gesagt sein.

Hilfe der Christen

Aus den Tuntenhausener Mirakelbüchern II

Kriegsnot I: Verlöbnisse der Sieger

Dem Schutz der VIRGO POTENS empfahle sich ingleichen der Siegreiche Held Ferdinandus, vorbemeldtes Wilhelmi Durchl. Herr Bruder, da er Anno 1583 mit denen spanischen und bayrischen Völckern ausgezogen, das Hochstifft Cöln dem waren christkathollischen Glauben zu bewarn

Gleich ime wandt sich nach Tuntenhausen der Edel und Gestreng Herr Andreas von Ettling, seyn Kaemmrer. Den 9. Feb. 1584 gleich nach der einnemung der Statt Cham ist ime ein vnversener straich auff das Haupt und Hirnschaln / wie in der auffgehengten grossen Tafel allhie zusehen / beschehen / also / daß männiglich auch die Arzten seines Lebens schlechte Hoffnung mehr gehabt / als er aber nach vberstandnem grossem schmertzen / vnd viler Arzten kunst / wenig gehaylt / vnd es schier letzer worden / hat er der hochgelobten Mutter Gottes Mariae ein Kirchfahrt auff Tundenhausen versprochen / darauff sich der schaden in kürtze zur besserung / ja völliger haylung / bemelter herr aber zu vollziehung seines Gelübds hiehero sich begeben

Kriegsnot II: Verlöbnisse der Betroffenen

Georg Bawr ein Schneider zu Fürholtzen / erzelt daß / als er zur schwedischen Einfalszeit in Bayern / denen soldaten und Reuter Gelt und Anders nach irem Begern / nit kundte oder wolte zaigen / sey er von inen nach viler angetroheter Marter und Peyn / in einen Bachofen geschoben / folgends ein grosses Fewr zu ihme hinein gemacht worden

als die Schwedische Armee / nachdem sie das Bayernland mit feindlicher Heeresmacht durchstreiffet von München nacher Nürnberg auffgebrochen / seyen sie im fortmarschieren auch zu Fridberg bey Augsburg eingefallen allwo sie in der Stadt alles außgeplündert / Häuser angezündt und gantz verbrennt, auch die Weibsbilder ohn allen schew geunehret / genothzwangt / vnd zum thail entführt

einer der sein hayl in dem Krieg wolte suchen / wurde von dem Erbfeind dem Türcken ohne ainige hoffnung der entledigung / schwerlich / gefangen / in wehrender Gefängknuß

Christoph Obermayr von Oehndorff, ist in denen bayrischen Kriegs-Läuffen unter die feindliche Husaren gerathen, die ihne allsogleich gefangen, beyde Händ auf den Rucken gebunden, auch ihme 3 Roß hinweg genommen / an eines derenselben gedachten Christoph angehenckt, und also mit sich weiteres fortgeschleppet haben

Pestfälle

1535	Eisendorf	1631	Wolfratshausen
1537	Ammersee	1634	Tuntenhausen
1547	Grantzhofen	1638	Tutzing
1567	Attl, Peilwerg	1640	Uffing
1574	Wolfratshausen	1649	Eurasburg
1594	Bulcka (Österr.)	1656	Grassau
1604	Kaufbeuren	1658	Tirol
1619	Schwaz	1670	München
1622	Stephanskirchen	1713	Prag
1624	Freising	1719	Hohenlinden
1628	Aufkirchen	1729	Daglfing

Gropp der Gepfählte

Laß dirs gesagt sein, Gropp: es kommt schlimmer.
Das könnt dir passen: durchwischen ohne Maut, du geistlicher Schwärzer. Frischgemut die Scharnitzer Scharten hinaufzappeln, eine himmlische Bötin verköstigen – und ins Heiligtum einziehen, hallelujah.
Hast dich getäuscht, Gropp. Die Mautbrucken kommt, der Hohlweg, und du wirst zahlen. Blutig.
Wer sind, zum Exempel, jetzt die Einnehmer zwischen Isar und Lech? Wer erwischt im graugrünen Lenz den geistlichen Schwärzer, arretiert ihn? Wer späht ihn aus, über erstes blasses Ried und grindige Kalksteiner hinweg, während er, der strafbar Arglose, auf den leeren Magen gestreckt ist und aus dem glaskalten Bach trinkt? Die Reiter des Churfürsten vielleicht? O Miseria, die gibts nicht mehr in gebrannter und gefressener Landschaft, die halten sich an fettere Breiten, zwischen Inn und Salzach, zwischen Vils und Rott. Wer hier noch kassiert, der zahlt an keine Kriegs-Camera weiter, – die drei Knochenkerle jedenfalls nicht, die geißbärtigen, mit den zerdellten Brustharnischen über zerlumpten Wämsern, schwärend der eine aus etlichen gelbgrünen Löchern – mit halbem, blutfädig-silbrig verbranntem Gesicht der Andere, mit staubschwarzem linken Augenloch der Dritte: Carabinier, Pikenier, Gensdarm, wen scherts noch, im Feld wie lang? Fünfzehn Jahr? Zwanzig? Marodeurs bloß mehr, Buschklepper, mit Stößern am Gehenk nur noch, ohne wahres Kriegsgewehr, ohne Achselzeichen, ohne Seel im Leib oder im Antlitz. Hinauf und hinunter einen Krieg lang, vor Friaul, da hatten sie groß Maul, hinunter und hinauf, vor Siebentod allesamt groß Not, bei der ists blieben, in der stecken sie wie Fliegen im Harz, *strampedemi,* stockschwerenot, *virgen sacrada, nom de diable.* Ochsen gebraten an den Piken und Schermäuse am Stößer,

Malvasier gesoffen und Sumpfwasser, *o porcheria – brucilata* und *engurghelada* die Landschaft: unterm Zeichen Tillys, unterm Danebrog, der Bandiera des Infanten; hergetrabt hinter Turenne und Jan de Werth, hergetrottet hinter Gallas und wiederum hinter dem Schweden Banér. Gottzumgruß sagt der Kerl, *mierda del Grandio,* steh, *vetlo,* und gleich wieder *abasso,* in den Baz mit dir, *nel buio, c'est bon.* Zitter nur, hast Grund und Räson zu zittern, vor Capitano Spavento und Weibl Schlagtot und dem ganz *formidabilisimo* Serjeant Brisefer, den drei Schwähern des Teufels, *suegros de diablo, totz treis diavls* aus dem rötesten Feur, *allarmi!* Und itzt red, was ist dein Gschäft dahier, Lumpensack, sollst ausspähen wohl *por el emperador?* Für die gottskothige katholische Liga? Red, du, speibs aus! Hi-i-immlische Ordre, sagt er, *milavolta maldito,* der Himmel ist hin, merks Pfäffl, *fottut* – ein Eremita, sagt er, dal Tirol Tiroló tirilí. Was zwitschgert das Vogerl, der Lügenschippl von Anbeginn, *desde la cuna,* kraucht hoffärtig durchs Baierische, was uns ghört, markier dirs ins Maul Schippl, was – uns – gehört, so, Gropp heißts das Groppzeugs, *a noi la Baviera, a la Soldadesca,* was sonst he, halts Mäul Lügendreck, treibs ihm *ne la gola* mitm Stiefl, *col bottone,* daß er Zähn spuckt, *totz dentz sanglantz, perdio.* Hör zu, *hijo de puta,* knie auf, so, ehdaß ich dir den Einsiedlschüppl ausdreh, wär schad drum, he, *ascoltami ben:* War ein zünftiger Krieg, *vetlo, fort agredabl* war *esta guerra,* hat Mann und Hurn und Regimenter und Fürsten gemäst, *alla mi presente,* aber frißt sich jetzt selm auf hint und vorn, *lassù* und *laggiù,* hat dem Spavento das Aug gestochen und dem Serjeant der Gensdarmes die halbe Visasch arraschiert und dem Weibl, *gran miseria –!* die Franzosen ins Gemächt gehaut, und grunzt der Magen, *grogna estomaco, grogna mucho,* die Lustbarkeit ist vorbei, das Ringeltreiben, *pasado vavvia,* und war potzsakrament sehr lustbar, haben den Bauren das wollen Hemd vom Leib zogn, *la camisa dal sacrat vilein,* stund ihm übl an – aber da ist nun weit und nah, landauf landab kein Hemmet mehr zu vermelden in *tutta la campagna, poinct de chemise,* hast eh keins, bist selm ein hemmetloser, *un descamisado,* und was hat er in der *valisa,* im Rupfensack, eine Faustvoll Brot, vom Schimmel gfressn, *tot folut ce pan, sacrá cazz' de diabl.* Brav zuhörn itz, Skelettl, sperr auf die Luser, *las orexas:* verzähls deinem Obrista oder deiner Himmelskaiserin, *qu'elle crêve la puta,* erzähls ihnen, daß da bloß noch eine Sorten von *guerra* lebt, ein mordheiliger schmalhansiger Krieg um die letzten Feldmäus – alles andere: *pasado via ...* Verzähls, daß wir lustig warn, die Häuslen haben lustig gebrunnen, die Bauren gar lustig den Schwedentrank gespieben und gar lustig den Speck ausgraben, die Menscher gar lustig gesungen und gepfiffen, vorbei vorbei, *tutto passato,* rauchen etwan noch ein paar Misthaufen, *fumiers de nos ayeulx,* sunst nixen. Erzähls: der Krieg frißt sich ein Loch in den Bauch, *de mas en mas grande,* frißt sein eigen Gedärm, frißt seine *soldados,* frißt ditto das Land und die Fahnen, wen scheren die Banderas, *alla mostra signori,* die Bauren nicht und nicht uns *pobres cavalleros,* so hin und wieder traben, und ist nix an ihm dran, dem Eremita, sagt Schlagtot, kein ganzer Faden an dem Gestell, *mica* sagt Spavento, kein Stück Nagel, *poinct de fer,* sagt Brisefer, was bistu für ein Spott Groppsack, ein *nada,* ein Insult für den christlichen Kriegsstand, *toda la armada muy christiana,* ein Vogelschreck, eine Nachgeburt, und will *por favor* immer noch weiter, sagt er, nach Tun-ten-hau-sen, *Peregrinazione,* der Lügenschippl. Will (hau ihn) ein katholisch Banner aufrichten, he! *(amazzalo)* für die Madonna de la Battaglia, will *(prends ça et ça)* eine jesuitische *Canzona de vittoria* anheben, will aus dem Himmel (und auch das noch, Drecksack!) herunterpfeifen die Legionen des *Sainct-Michel* und wer-weiß noch den Jakob Matamoros, nix da Groppsack, wird gschissn drauf, *ci fregiamo.* Stehst also nackig da Eremita, nix bistu, Bildnus der Christenheit und *de todos pueblos,* aller Menschheit auf Erden, denn so frettet sie sich seit Kains Zeiten, *che Satana chiave la Madonna,* bis die letzte Haut vom Gstell fällt, *quel horreur, per Satana. Camarados.* Was tun mit dem, *ché fare,* mit dem Insult da auf die horribelsten Kerls des *teatro de guerra,* er will weiter der Hoffärtige, da muß er zahlen – Maut, *dogana, peyage.* Was? Was soll er zahln, he, fragt Schlagtot, *che moneta* fragt Spavento, *quel denier* fragt Brisefer. Seine *vita miserable,* sein Fetzen Leben – ayay, mindere Münz das, gewippt und geschnitten aus weißem Blech. Was sonst? Ja, *va fa'n culo,* sagt Spavento, *pas trop mal* sagt der Serjeant, warum nit, das gilt immer, ist immer in Valour, des *soldado* Recht auf Fleischeslust, allezeit, und *sporca miseria* ists, daß man mitten im *grand desert,* in der Wüstenei trabt, allwo über Tag- und Wochenmärsch kein Fud mehr zu sehn und zu riechen, *dond'estan par sacrament las chicas,* was ihr Hundling, alle *fini?* Magst dein Leben han, und zeig dich dankbar Groppscheuch, *sia honorato* durch große Ehr, daßt als würzig Mägdelein, als Rosaura oder Mariandl figuriern derfst für *treis machisimos de la guerra,* alter Winsler – was denn du Knochensack, schmeißt ihn übern Baumstamm, *avanti* und *apart* die Knochen, die *fesses,* du Grindbrocken. Ojjeeh, *fi fi fi donc,* daß das sein muß, was für *malfortuna,* nix als hart' und trocken Pein, wie hat uns der Krieg gstaucht *cavalleros, ventre-à-terre la guerra maledetta, strampedemi* ojjeeh ayayaiiii. Die Hünd solln ihn fressen, pfeift und winselt eh wie ein gespießter Pudl, die alte Hübschlerin, bleib liegen *vetlo,* heul und bluet dich wacker aus, gar heilsam zur Ader glassn, *soms generous,* sind eh barmherzig, ghalt dein' Schimmelwekken, ghalt deine Fetzen, der Stahl von Spavento, Schlagtot, Brisefer ist zu nobl für dich, bist eh gut wegkemmen, *fortunato,* bleib stad liegn, buchstabier dein' Rosenkranz an den Fingern, ein Gsetzl für den allerchristlichsten Soldatenstand, eins für alle toten Hurn, eins *pel cielo fottuto,* eins nachm andern, und noch eins extra für alle *pobres cavalleros* in der Wüstenei, marod und malad, Hobelspän *de la gloria sangriente,* Fetzen von der Fahn, wo's nit mehr gibt, *Niente. Nada.* Adjés. –

– Da liegt jetzt der Gropp, geschändet und gepfählt, blutumronnen, mit blauen Lippen, von denen jederzeit die Seel wegschwirren kann. Weh bis zum Herzen hinauf und weiter, die Krot sitzt in der Gurgel und stickt ihn. Über ihm hängt ein Vogel in der blauen Kälte, ein riesenhafter, mit lappigem Hals und zerfransten Segelschwingen.

Und doch weiß er: weiterkrauchen wird er. Jetzt stehts ihm erst recht zu, er hat die Maut bezahlt. Er wär schön dumm, wenn er hier liegenbleiben, wenn er hier eingehen wollte, weggeschmissen wär das, und es wird nichts weggeschmissen, nichts hergeschenkt. Er ist nicht mehr viel, der Gropp, aber er ist immer noch ein Christenmensch. Er weiß, was ihm zusteht, und es gibt kein Exempel der Qual, das er nicht kennte. Hat nicht auch die Ägyptische Maria so bezahlt wie er, auf der Fahrt zu den heiligen Stätten? Einen Fährmann?

Das fällt ihm natürlich erst später ein. Das fällt ihm ein, als es aus dem Bekannten ins Unbekannte geht. Diese Maut ist noch nicht kassiert.

Virgo Potens – Mächtige Jungfrau

Schrecken der feindlichen Reihn!

(so spricht Held Tilly zur Jungfrau,
(sprichts im besten Latein Jakob Baldes, des Barden,
des silberzüngigen, der Katholischen Liga)
(sprichts in der TOTENFEIER, Tillys Manen gewidmet)
Schrecken der feindlichen Reihn! – mit diesem Titel, Jungfrau,
Ruf ich Dich oft – und ruf ich, erscheinst Du hilfreich.
Stärke die Schwerthand; stärke unsere Rechte:
Jede Beute sei Dein, sei geweiht Dir,
So Du sorgst, daß uns der Feind nicht zerschmettert.
Schrecken der feindlichen Reihn! Du kennst meinen Anruf,
Kennst ihn längst: ich bitte, gewähr ihm Erhörung!

ANNUE –

Nick uns zu, Jungfrau, sei uns Helm jetzt und Panzer,
Sei unser Schild – wir traun nicht den eigenen Waffen . . .

(spricht der Feldherr der Liga,
Johann Tserklaes von Tilly, der überaus fromme)
Dir zuliebe führ ich den Krieg,
Dir zulieb flammt im Herzen heiliges Feuer.
Du gefielst und gefällst, hab keine Braut sonst,
Keine –

(stürmte für sie das flammenzuckende Magdeburg)
(schlug vorher den Winterkönig zu Prag, den Friedrich)
(schlug den Braunschweiger Christian; jagte den Dänen)
(bis er, selber gejagt vom Schweden,
vom nicht minder frommen Gustavus Adolphus,
zur Donau gejagt, zur Mündung des Lechs, wo er
den tödlichen Knieschuß empfing; hinstarb
zwei Wochen später, am letzten Aprilis
ANNO DOMINI sechszehnhundertzwodreißig
wohlversehn mit den heiligen Sterbsakramenten)
Ganz schön bist Du, Tochter Sion, ganz schön –

TOTA PULCHRA

Gropp im gläsernen Loch

Wacker Gropp, wacker. Hasts verdient, daß es weitergeht. Geht die Tagfahrt nicht mehr nach Meilen, so geht sie nach Klaftern. Bringt die Wegstund keinen Klafter mehr, bringt sie ein paar Zoll, ein paar Linien. Gibts kein Schimmelbrot mehr, so gibts ein paar Schwammerlinge. Sind ungute dabei, gibts halt ein neues Magenreißen aufs alte drauf. Gehts nicht mehr auf den Knien, so gehts auf Knien und Ellenbogen. Sind die durch bis auf den Knochen, gehts auf dem Bauch neben der Blindschleiche her. Auch die ist was für den Magen, wenn du keinen Pilstling mehr zu sehen kriegst. Auch das gibt Kraft für den nächsten Zoll, die nächste Linie. Das kann weitergehen, weiterkriechen, weiterschlängeln, das Groppzeug, wird zwar langsamer in Wald, Filz und Gestrüpp, bleibt aber nicht stehen, nicht liegen. Hast schon viel gelernt seit dem Aufbruch aus dem Mühlener Schupfen: das Erklimmen von gottlosem Gewänd, zum Exempel; das Verköstigen der blöden Bötin; wie man drei christlichen Soldaten Erbauung spendiert; und all dies ist nützlich, ist Wegzehrung für die Pilgerschaft hinter den zwei Fünklein her, die dich nicht auslassen – magst du sie auch bloß mehr hinter den Augendeckeln gewahren, als hättst du dir die letzte Erinnerung ans Schauen in die Blindheit hinübergenommen. Bist schon ein Gußeiserner, Gropp. Ein vortreffliches Gefäß der Andacht. Ein Verlobter, der nicht ausläßt. Wacker, Gropp.

Aber grad im Gußeisernen, Gropp, steckt dein letztes Ärgernis. Im letzten Unverletzlichen, das kein Zahnreißen erreicht, kein Brennen in Magen und Gedärm, kein Toben im Hintern – dort, im letzten verschmitzten Herrgottswinkel, steckt das letzte Gran Hoffart. Freilich, an deine ausgemalten Himmelspalazzi denkst schon lang nicht mehr, den goldmarmornen Trug hats dir längst verschlagen, hörst keine wallenden Chöre mehr, siehst keine Stiegen in den Wolken, zählst keine Jungfraun und Engelränge, kaum, daß du noch die Personen der Dreifaltigkeit zu zählen vermagst. So weit ist er also schon auf seinem Pfad zwischen den Scherhaufen, den abgebrannten überwachsenen Dörfern, in denen kein Rattenschwanz mehr wackelt, den wüsten Schneisen im Krüppelwald, den schwarzbraunen Lachen im Filz. Aber es ist doch was verblieben, Gropp. Ein gleisnerischer Rest, ein Fetzen fromm-selbstischer Anmutung, ein letzter Kupferpfennig in den Rupfensaum vernäht – oder eigentlich zwei.

Da ist, zum ersten, der Vergleich mit jahrtausendealtem Beispiel, die Kumpanei mit den heiligen Zeugen auf Rosten und Pfählen, unter der Darmwinde oder im siedenden Öl. Und hast du dir nicht selber heraufgerufen die Memoria der heiligen Maria von Ägypten, die ihre Maut zu den heiligen Stätten, nach denen ihr Herz brannte, auf die gleiche Weis wie du entrichtet? Ist das nicht wahrhaftig noch Hoffart – wenn auch nur für einen Pfennig?

Laß ihn herausfallen, Gropp. Und gleich auch noch den zweiten, der noch abgegriffener und unscheinbarer ist, weil uns allen gemeinsam ohne irgendwelches Sinnieren: es ist der tumb-törichte Verlaß auf Gottes Welt; der Verlaß darauf, daß die Sonn am Scheinen bleibt, der Mond am Umgehen in blauer Nacht, das Gras am Wachsen, Tier und Mensch am Kinderkriegen – wie versprochen unter Noahs Gnadenbogen *per omnia saecula saeculorum*. Den hast du auch achtlos mitgeschleppt, Gropp. Hast deine Fieber-Gesichte nicht wahrhaft begriffen, hast nicht ganz abgehört das Krachen jener Untergänge. Du brauchst noch einen letzten Tupfer, hoffärtiger Bauchschleicher. Brauchst eine letzte Schauung. Sollst sie haben.

Der Himmel wird kalt, der Hang wird gelb, die Disteln und Nesseln, an denen er sich hinaufzerrt, krachen dürr, bleiben ihm fasrig zwischen den abgezehrten Vogelfingern. Aber wenigstens den Rand möcht er zwingen, den er (so scheints) nur ein paar Ellen vor sich sieht, auch wenn er auf die Ellenbogen zurück muß, auch wenn der Schorf reißt und der Knochen scheuert. Zwei krüpplige Eiben stehen dort – liegen vielmehr, zertreten und schorfig wie er. Von einem Glimmerstein pickt er sich einen Roßkäfer, zerbeißt Beinlein und Flügeldecken, Dank sei gesagt für Speis und Trank, eine winzige Kraft gibts ihm zum Hinauflangen nach einem krummen Eibenast. Er schwitzt. Er schließt die Augen. Er ruckt einmal, einmal ums ander Mal, spürt dann rissigharten, schneidenden Boden unter den Lumpen auf der Brust. Muß es wohl geschafft haben.

Nun blinzelt er. Schaut. Erblickt zuerst nur diesiges Land mit trüben Buckeln dahinter, dann vor sich in die Talschüssel hinein.

Ist aber keine. Und ein Teich, ein Weiher, ein See, wie er auf den zweiten Blick meinen könnt, ist es auch nicht. Das ist ein Trichter, und zwar ein babylonisch-riesiger, aus gefrorenen Wellen, ein gerippter Wirbel aus starrem Wasser, der steigt in Galerien spiralig hinab zu einem tiefen schwarzen Kreis. Und der Wirbel liegt ganz still da, still wie der Tod selber, Gropp liegt auf seinem glas-splittrigen schwarzen Rand, kann die wellige Wirbelwand anfassen, tuts. Er spürt nichts Warmes, nichts Kaltes: das, Gropp, war die Stadt der Menschen.

Wars vielmehr, eh sie mit deinen himmlischen Sphären zusammengestoßen ist. Wars in aller jammer-dummen Hoffart, in kaltem Reden und Gelächter.

Heb dich auf jetzt (du kannst es). Stemm dich hinüber (es geht) aufs schwarzgrüne, brackig durchscheinende Glas (Ja, es scheint durch; auf eine Handbreit vielleicht). Laß dich hinunter auf dem Bauch: Rippe um Rippe, Buckel um Buckel, bis zum tiefsten eisigen Kreis. Du bist nicht in der Ewigkeit, Gropp, vielmehr im Gegenteil: in endlos toter Zeit. Kein Knacksen und Schnappen von Zweigen mehr. Kein Husch von Vogel oder Fledermaus. Nicht das winzigste Zappeln oder Brummen von Käfer oder Bremse. Unter dem Glas, im Spiel des grausilbrigen sonnenlosen Lichts auf ihm, siehst du die Schatten. Da sind auf immer verwandelt, eingeätzt, ein-gebildet, verdüstert, verbogen und verschmolzen, die rosenroten Söller und türkisfarbenen Altanen; eingefangen im Blitzschlag, zermalmt im Donner. Da sind auch, du merkst es auf einmal, zu Brandspuren gefroren die Redner und Lacher: kindische Kohlenrisse, nicht mehr. Ein Batzen als Kopf, zwei Stecken als Arme, ein größerer Batzen, eine Schenkelgabel – das wärs schon. Sind wie nasse Lumpen auf Steinbuckel geklatscht, wie Girlanden nach der Fastnacht heruntergefetzt und entlang der Galerien nach unten gequirlt, unter Glas dargeboten zum Panoptikum – wem dargeboten? Den Sternen, die nicht scheinen, der Sonne und dem Mond über dem Grau. Sie werden, wenn sich der Nebeldeckel einmal hebt, in ein paar hundert Jahren vielleicht, ins Loch stieren ohne zu zwinkern: die kalte Sonne, der weiße Mond, die lidlosen Sterne; ohne Klang, ohne Luft und Zwiesprach, jenseits aller Gnade oder Aussicht auf bußfertige Pilgerschaft.

Vollständiges Gericht ist auch ihm dargeboten, da er nun unten im Trichter steht, mitten im stummen Dröhnen der grünschwarzen umgedrehten Stadt-Glocke. Gericht, das sie selber angerichtet haben, soviel versteht er schon von ihrem Sinnen und Trachten. Das war Menschenwerk, Herrschaftswerk, wie es die Stadt selber gewesen, das Werk von vieltausend hellen Köpfen, von Leuten, die viel von der Schöpfung verstanden und von der Kunst, andere Leute zu befehligen, und von beidem nicht genug. (Sogar die dreiflammige Lilie sieht er, eine silbrige Zeichnung neben einem der Steckenarme.) Wußten nicht, daß sie pfeilgrad auf dies zugelaufen waren, auf diese tote Stadt und Zeit, wolltens vielleicht nicht, wolltens aber doch,

weil sie ein für allemal Sieger sein wollten über alle Kreatur, den Fluch über Adam und Eva dem Herrn und der Himmelskaiserin einfach wieder zurück an den Kopf schmeißen. Und da haben sie gesiegt, haben alle Geschöpfe besiegt, alle Kreatur auf Erden, haben nur nicht rechtzeitig bedacht, daß sie dazugehören, daß sie in ihre demütige Sterblichkeit gebunden und mit ihr eingeglast sind, als Schaubild für Sonne, Mond und Sterne.
Das wärs, Gropp. Das hätten wir. Wär dirs jetzt nicht wohler im Fieber-Klappern? Nicht wohler im Schartenschnee neben der blöden Bötin? Wohler sogar im geilen Griff der Totschläger? Da gibts kein Entsetzen mehr. Da lallt keine, lästert und flucht keiner. Da schaut dich nichts mehr an als die Brandschatten der eisigen Galerien: Zwei Batzen, zwei Stecken, Beingabel – größer oder kleiner, in Reihen und Spiralen, hingeschmissen für den kalten Himmel.
Wie stehts jetzt um deine Pilgerschaft, Gropp? Was gibts noch auszurichten? Was vermeldest du der Kaiserin in Tuntenhausen? Kommst du überhaupt noch hoch, du Haufen Unrat auf glasglattem Kreis, und zu welchem Behuf?
Da, beim Sakrament, schafft ers auf die Knie. Da, bei der Dreieinigkeit, torkelt er auf die Füße, steht. Da, bei der Jungfrau, reckt er die Arme in den weißen Himmelsdeckel, der auf der Glasschüssel sitzt, und er schreit zum ersten Mal laut, seit Beginn seiner Pilgerschaft.
SIC TRANSIT schreit er, so geht vorüber GLORIA MUNDI, die verprahlte Glorie der Welt. Es saust die Galerien entlang, prallt gegen den Himmelsdeckel und von da in den Trichterboden zurück, von Rippe zu Rippe gebrochen: TRANS TRANS IT TRANSIT IT GLO GLO RJA GLO RJAMU RJA MU MU MUNDI DI DI Diiiiiiiiijjj ....
Wird lauter, gröhlt und röhrt, meckert, pfeift wie auf hohlen Schlüsseln, winselt schließlich die Rußmenschen-Girlanden hinauf. Entfacht einen leisen Wind zunächst,

einen schwirrenden Luftkreisel, der ihn, den Gropp, in immer weiterer Spirale die Bänder hinaufweht, hinweg über die Lumpenbilder unter dem Glas, über die alte gefrorene Unbußfertigkeit der Erker und Altanen empor. Empor und zurück in die Pilgerschaft.

Was er erfahren hat, das mußte er wissen. Was er nun weiß, muß er verkünden. Wie – und wem? Der Kaiserin? Die weiß es, die hat ihn hergebracht, ihr Funken ist jetzt in ihm, glost, wärmt nicht, geht aber nimmer aus. Irrgehn kann er nicht mehr. Irgendwo wartet die Gloria, der ers ins Gesicht sagen muß: Sic Transit. Worauf sie hinausläuft, die Gloria, ist die gefrorene Stadt im Trichter. Sind die Kopf- und Leibbatzen, die Armstecken, die Beingabeln – Menschenfliegen im Bernstein der toten Zeit. Red nicht von Buß und Reu. Sag vielmehr: das ist, das IST, so und so. Das Wasser stürzt, der Stein träuft, dies und das wollen die Leute, aber das und dies kommt zustand bei unruhigen Köpfen und gierigen Herzen. Keinem ists aufgesetzt, jeder tut dennoch, was er an Todes-Tun ersinnen kann, baut am kalten Frieden und am fressenden Krieg, tuts im Namen des Leviathan und sogar im Namen der Jungfrau. Sags ihnen. Komm jetzt. Geh weiter. Und der Gropp geht. Schritt um Schritt jetzt, ein Aufrechter.

Patrona Bavariae

Aus den »Festungsgedanken eines Föderalisten« von Marco Graf von B.-Guadagni, S. 124

... Und sicher ist dem kleindeutsch-preußischen Geschichtsschreiber die Tatsache unbekannt, daß das Königreich Bayern auf Veranlassung unseres hochseligen Königs Ludwig III. vom Heiligen Stuhl Maria, der Gottesmutter, als PATRONA BAVARIAE geweiht wurde. Dabei hat der Herrscher an eine viel ältere Tradition angeknüpft, welche schon den großen frommen Herzog und späteren Kurfürsten Maximilian bewog, dieser Patronin Alles, d.h. REM REGEM REGIONEM RELIGIONEM, wie es in der großartigen Inschrift des Dichters Jakob Balde heißt, also das Gut, den Herrscher, das Land und seinen Glauben zu Füßen zu legen – was noch heute durch die Münchener Mariensäule dokumentiert wird ....

Gropp der Befreier

Was es noch gibt von der schrecklichen und hochberühmten bayerischen Armada, ist über den Innbogen gegangen, der tröstenden Sonne zu, damits wenigstens noch einen Trost gibt für sie im langhingezogenen Unglück der Liga. Da wächst noch was, die Gäule brauchen nicht bloß das Stroh von den Dächern zu fressen, grüngläserne Blättlein rollen sich aus Knospen, und hager, aber tapfer sprießt es in Anger und Ried. In den Dörfern, um die stöhnenden Dörfer liegen die Compañias der bayerischen Schwadronen, der kroatischen Hilfsvölker, auch die zum bitter notwendigen Sukkurs eingetroffenen spanischen Tercios. Das Lager des Kurfürsten ist schon stattlicher, auch christlich abgesetzt von Fluchen, Dreck und Unzucht der Soldateska; es ist errichtet auf einem gemach ansteigenden Wiesenplan, Reihen von Glockenzelten um einen dreiekkigen Platz für die Mostra, die Truppenschau; die Zelte der Herrn Officiers, vorn an den Dreieckseiten, aus wetterfestem Filz und Loden, die heraldischen Fähnlein flattern darüber, und an der erhabensten Vista, auf dem höchsten Punkt steht das Prunkzelt des Allergnädigsten Herrn selber, im türkischen Stil gehalten, mit künstlich gewirkten Gobelinen gefüttert, die Türklappen zurückgeschlagen und von quastigen Goldschnüren gehalten. Der allergnädigste Herr der bayerischen Lande und Oberste Kriegsherr der Liga steht mit seinen Herren Generalen vor dem Zelt, er und die Herren sind in die dunklen stählernen Reiterrüstungen eingeschindelt, der Kurfürst ist alt geworden, sein fuchsrotes Haar grau, sein schmales Gesicht hager, der sakramentische Krieg dauert und dauert und drückt jammervoll auf den Fiskus, auf den er immer stolz war: was nutzt ihm das Weißbiermonopol, wenn die Felder verkrauten und die Bauern ins Holz flüchten, was nützt der Aufschlag aufs Salz, wenn die tannenen Röhrl der Salinenleitungen zerbrochen und verfault sind. *O magna miseria,* all das um des heiligen Glaubens willen, und nicht einmal das gilt mehr so recht, seit der französische Kardinal die Schweden bezahlt und aufgestachelt hat, jeden einzelnen finnischen Reiter hat er mit Silber gesoldet, bloß um Spanien und das Haus Habsburg zu demütigen und die Bourbonen zu Herrn in Europa zu machen. Man braucht schon einen so starken und zweifelsfreien Glauben an die katholische Sache wie ihn der Allergnädigste Herr festhält, um da nicht vollends zu verzagen, aber den hat er, der Kurfürst, den ganz festen und starken Glauben, und zudem gilts nicht schwächer zu werden als der Kaiser in Wien, für die kommenden Friedensgeschäfte, irgendwann, hoffentlich bald, werden sie kommen, und dann hat Bayern einen guten Platz, die obere Pfalz und die Kurwürde, das wird auf jeden Fall zu halten sein, wenn dann eine neue und nüchterne Ordnung im Abendland einzieht. Das ist des Allergnädigsten Herrn andächtige und bescheidene Bitte, wie er nun die müden Augen unter den schweren Lidern hinaufhebt zum Banner: auf weißem Grund weist es die Gottesmutter mit dem Kinde, die mächtige Patronin der Liga und insbesondere der bayrischen Lande, auf dem Marienplatz zu München hat er ihr REM REGEM REGIONEM RELIGIONEM zu Füßen gelegt, also alles Sach, ihn selbst, den Herrscher, die Landschaft und ihren christkatholischen Glauben, es ist nicht an ihm zu rechten, es ist eine Sache der göttlichen Gnad und der mütterlichen Barmherzigkeit – aber er vertraut darauf, daß er nicht zuschanden werde in Ewigkeit.

In dieser Früh ist er zudem nicht allzu schwarz gestimmt, Hoffnung wächst zu, mager, aber hartnäckig, denn neben den Herren Generalen Sporck und Holtz steht zum ersten Male wieder nach langer, wenn auch ehrenvoller Kriegsgefangenschaft der mächtige und furchtbare Jan de Werth, ein Gebirg in grauem Eisen, man hat ihn ausgetauscht in

harter Verhandlung gegen einen französischen Marschall. Er, der in den Dreißigerjahren den Kardinal zittern und den französischen König weinen gemacht und die französischen Kindlein das Beten gelehrt, er ist wieder da für seine frommen und schrecklichen Reuter, die jetzt schon durch die Wüsteneien bis an die Isar ausschwärmen, von seinem gewaltigen Namen belebt. Matthäi ist noch lang nicht am Letzten für die bayrische Armada.
Aber damit der Himmel auch fürderhin gnädig bleibe, hat der Allergnädigste Herr auf Anraten seines Beichtvaters als ersten Punctum auf die Ordnung des Tages gesetzt: huldvolle Anhörung eines Andreas Gropp, Einsiedels aus Tirol und Sehers von nicht geringer Kraft, auf unerhörtem und unterschrockenem Pilgerweg von Mühlen bei Innsbruck nach Tuntenhausen ins Marienheiligtum begriffen. Ein Streifcommando hat ihn mitten im Unbewohnbaren aufgegabelt, hat schon barmherzigen Prozeß mit ihm machen gewollt, da er eh nur mehr wie das leibhaftige Todesgerippe daherkommt, aber sein kerzengerader Habitus, seine unerschrockene Manier und, vor allem andern, der feuerlodernde Blick aus seinen Augenlöchern haben die frommen Reuter erschreckt, haben sie nach Weg und Begehr fragen und dann entscheiden lassen, daß solch rarer Fremdling wohl ins Hauptquartier gehöre, zu vielleicht nützlicher und sogar erbaulicher Unterrichtung des Fürsten.
Und so kommts, daß jetzt der Gropp vom unteren Ende des Mostraplatzes zum oberen hinaufgeführt wird, auf einer zu denkenden Geraden, die den spitzen Winkel haargenau halbiert. Gestützt wird er dabei vom geistlichen und vom weltlichen Arm, und das ganz wortgetreu; denn rechts hat ihn ein Kapuzinerpater am Ellenbogen, links ein Profoß, braune Wolle und schwarzes Eisen, er dazwischen in einem nicht so schlechten Rock, den man ihm barmherzig gereicht, zudem gestärkt durch eine Suppen, in der stattliche Trümmer von Schöps- und Kuh-

fleisch zu finden waren – man will ihm wohl, dem frommen Eremiten, hier im katholischen Lager. Daß sie ihn festhalten, der weltliche und der geistliche Arm, hat keinen Polizei-Grund, vielmehr sind beide, der Profoß wie der Pater, nicht imstand zu glauben, daß dieses Beinergestell auch nur noch zehn Schritt mählich-aufwärts aus Eigenem zu leisten vermöchte; als ob sein Durchkommen selber nicht bewiese, welche übernatürliche Macht ihn einzig und allein bis hieher gebracht: der Doppelfunken, nunmehr wohlverwahrt in der Brust, den auch die letzten behaglichen zwanzig Stunden nicht hatten ersticken können.

Er, der Gropp, lächelt nicht über ihre Kleingläubigkeit, auch nicht in seinem Herzen, dafür ist ihm Herz und Kopf zu voll von fruchtbarer Wirrnis. An der einen Hand weiß er genau, daß er prophezeien muß vor den Mächtigen – denn wozu sonst hätte ihn die Himmelskaiserin pfeilgrad, durch so viele Tode, bis hieher gebracht? Anderseits aber begreift er sehr wohl den Abgrund, der nach dem Abgrund seiner Erkenntnis schreit, *abyssus abyssum invocat,* wie der Psalmist sagt, und wie soll das zusammengehen, wie kann er von der blöden Bötin und den schrecklichen Kriegern zeugen (die übrigens erst vor vier Tagen am kurfürstlichen Galgen verendet sind, Spavento, Brisefer und Schlagtot, auch in die Wüstenei reicht Zucht und Polizei des frommen Fürsten), wie gar erst von der gläsernen Stadt, in der kriegerische Hoffart alles Leben vereist hat – so, daß ihn die da droben in ihren Stahlschindeln und Stulpenstiefeln verstehen? Denn so weit, scheints ihm, ist die Obrigkeit da oben nicht entfernt von den Schändern und Vernichtern, der Hagere nicht, der der größte Hans von allen zu sein scheint, die anderen drei Eisernen nicht (der Feiste Große schon gleich gar nicht), und sogar der meßweingesichtige Mönch nicht, der einen halben Schritt rechts hinter dem Hageren steht, keine fünf Handbreit von seinem Ohr weg: ein Beichtvater, was sonst. Woher wird ihm, dem Gropp, das Wort kommen? Wird ihm der Engel des Herrn rechtzeitig mit der glühenden Kohle über die Lippen fahren?

Nun, um den Anfang braucht er sich nicht zu grämen, der Gropp, den nimmt der Hagere selber auf sich, »der allergnädigste Herr Kurfürst«, wie ihm der Kapuziner ersterbend zuwispert. »Uns ist zu Ohren gekommen«, so der Hagere, »daß Er es in frommer Intention unternommen hat, zu unserem Heiligtum nacher Tuntenhausen zu fahren in Einlösung eines Verlöbnisses. Auf den Tod krank soll Er gewesen sein nach der Auskunft, die Wir erhalten haben. Und dabei ist er, *in umbra mortis,* in steter Leibs- und Lebensgefahr, über die Scharnitzer Scharten gekommen und durch endlose Wüstenei, die Wir mit landesväterlichen Zähren als bitteren Zoll des Krieges beklagen, ist durchgekommen als guter und getreuer Knecht der PATRONA BAVARIAE respective der Madonna vom Siege, Allwelche sich in den gegenwärtigen Kriegsläuften glorreich erwiesen hat als die Siegerin vom Weißen Berg bei Prag, von Magdeburg und Nördlingen, und zu vielhundert anderen zweifelsfreien Gelegenheiten. Dies ist ein starkes und mächtiges Zeugnis für die Wahrheit unseres christkatholischen Glaubens, und so sei denn ausdrücklich verordnet und stipuliert, daß das wundersame Verlöbnis dieses Andreas Gropp im Jahre des Herrn 1641, nebst uns allen sichtbarer völliger Heilung, in den sorgsamst geführten Mirakelbüchern von Tuntenhausen für ewige Zeiten ad notam genommen und überliefert werde; baldigst auch (wenns das Ende unmittelbarer Not erlaubt) dieses Mirakel als Bildnuß der Erbauung den Gläubigen dargeboten werde. Gegeben zu ...« (der Hagere stockt ein Wörtlein lang, der Sporck wispert ihm was ein, er nickt, räuspert und redet fort) »... zu Halfing, am zweiten Tag des Maienmonats unserer Lieben Frau Anno Domini 1641. – Dieses wärs, getreuer Knecht. Hat Er, der Andreas Gropp, dem noch irgend Erbauliches anzufügen?«

Dem wär, weiß es der Himmel, noch Manches anzufügen, wenn auch nichts Erbauliches in der Meinung der vier Eisernen und des Beichtvaters da oben, der Gropp ist voll vom Schopf bis zu den Zehen von ganz anderen Wahrheiten, – aber für ihn ist die Wirrnis mit einem Schlag und gnadenhaft vorbei. Denn noch während der Kurfürst seine nutzbaren Erbaulichkeiten sauber punktiert hat, ist der Blick des Gropp nach oben gegangen, und da hat er sie gefunden, die Himmelskaiserin. Säuberlich auf weißem Grund aufgemalen und eingefangen, proper auf Sichel und Schlange stehend, samt dem göttlichen Sohn im Arm. Der Damast ist ausgespannt zwischen Fahnenschaft und Quer-Arm: das Banner der Liga. Eingerammt gleich vor den eisernen Kerlen in den Wiesengrund. Da hat er verstanden.
Er ist also für einen einzigen, demütigen Dienst bestimmt. Für den auf dem Fieber-Lager ausgesucht. Für den durchs grausame Land geführt. Für den vor das goldene Gugelhupf-Zelt geschoben: weil Sie hier gefangen ist, als Schreckscheuche ausgespannt. Und so einfach das ist, er weiß auch, daß die Pilgerschaft dafür vonnöten war. Denn würde er den Dienst wagen, ja hätt er ihn überhaupt begriffen ohne seine Vision und Passion? Was wär er denn ohne die Hoch-Schule seines Pfades anders als ein blöder Untertan der überkommenen und verkommenen Welt – ein Unverständiger wie die Kerle da, die gar nicht wissen können, was sie mit der Himmelskaiserin anstellen?
Ja, dessen bedurfte es, daß er simpel genug wurde für den Auftrag, der ihn jetzt überkommt: sie braucht ihn. Sie braucht ihn, daß er sie da herunterholt, aus ihrer lästerlichen Haft entläßt, sie hat ihn gnadenreich hieher geführt, daß er das vollende. Freilich, das hätte Sie Höchstselber auch gekonnt, denn was sind diese Kerle mit ihren zerlumpten und halbverhungerten Regimentern gegen die Himmelskaiserin? Ein Furz, ein Winsler in der Nacht der Welt, mit ihren Gugelhupf-Zelten und Löwen-, Panther-,

Greifenfähnlein! Aber Sie war huldreich genug, ihn auszuwählen, das erlauchte Groppzeug, er sollte Zeugnis geben, daß sie da nicht hinaufgehört. Kein Wort wird von ihm verlangt, keine Propheten-Suada, es reicht, daß er das tut, wofür sie ihn erschlagen werden, aber dafür ist er in die Pilgerschaft gegangen.

So tat denn der Gropp fünf grade Schritte auf die Mächtigen zu, die immer noch huldreich lächelten, heraus aus der Obhut des geistlichen wie des weltlichen Arms, und sagte bloß: »Ich tu, was verlangt ist.« Sprachs und legte beide Hände an den Schaft des Marienbanners, riß es mit einem Ruck aus dem roglen schwarzen Erdreich, griff mit seinen Knochenklauen in den sinkenden Damast und riß ihn ab, einmal seitwärts, einmal von oben nach unten. »Frei ist sie«, sagt er, sieht über dem Zeltwimpel den Himmel offen, sieht Sie, die Kaiserin, in Flammen samt ihrem Kind.

Der Kurfürst steht stumm, sein Mund ist ein Strich der Wut, aber die Generale brüllen im Chor, und es ist der fromme Jan de Werth, der ihm von oben die geschuppte Reiterfaust in den Kopf hämmert. Gropp stürzt zwischen die faltige Grausamkeit der Stiefel und spürt nichts mehr.

III

Der Pfad der Comoedianten

So war ich Tag für Tag an Seiner Seite,
Sein Vergnügen und Seine Lust –
Immerdar spielend vor Ihm,
Spielend über den Erdkreis, da Er ihn vollendet,
Und meine Lust war es, mit den Menschen zu sein

Buch der Weisheit 8,30–31

D. Cyriakus, Thetis-Neptuna und das Gleichgewicht der Elemente

Und grad als spielte der Himmel gegen sich selber Trumpf aus, erhob sich protziger Sommer in Wasserburg, plumpste die Hitze in die Kastanienkronen und blieb dort brettlbreit hocken, spannte sich sonniges Wohlbehagen von Hochufer zu Hochufer. Bänke und Tische stehen dann an der Luft, die Reden und die Bienen über den Maßkrügen summen durcheinander, aufgestiert ab und zu von fettem Gelächter; die Erkerfenster neigen sich über die Gassen und wispeln einander Scandaletteln zu; Stunden noch nach dem Angelus spazierts übers Pflaster, die Augen der jungen Weiber werden schwärzer, den Körben an ihren blanken Armen glaubt mans noch weniger, daß sie praktisch gebraucht werden, ihre Schritte unter den Röcken werden flinker und langsamer zugleich, weißderteufel oder auch der Herrgott, wie sie das anstellen. Der Torini gewahrts, an den Arkadenbogen gelehnt; zwirbelt schneller das Wachs in den Schnurrbart, köstlich schwankend zwischen Heimweh und Fleischeslust, kühner träumend von geeister Schokolade und kalten kandierten Limonen. Wie paßt sich solcher Sommer in die bluternst projektierte Bußfahrt ein? Oder: wie paßt die feurige Schrift des möglichen Untergangs in solchen Sommer?

Oh, die gewissenhaften Zurüstungen gingen munter vorwärts, rauschten gewissermaßen als Fontänen über den sommerlichen Werkeltag empor: das flinke Schwärmen der Helfer, die vom H. H. Propst den majestosen Rauchmantel, vom Herrn Kämmerer die Louis-Quatorze-Parucken, von der widerspenstigen Bräuin das lichterspiegelnde, wenn auch schon marode Hochzeitskleid einsammelten; der Eifer der Dirndln, die, ihre Unterlippen unter die spitzen weißen Zähnlein gezogen, dickes Papier mit Rüböl tränkten zwecks Anfertigung des apokalyptischen

Kometen (denn auf den wollte und konnte der Pater Umgang nicht verzichten, auf keinen noch so begründbaren Sparsamkeits-Fall); die Musikanten, wachsame Ohren aufs Trommelfell geneigt, um den Zuständen ihrer Pauken auf die Schliche zu kommen; die narrischen Schinderbuben von hinterm Brunnen, die, bislang nur als Windrichtungen unter der Fuchtel ihres Erzeugers Äolus verwendet, wegen der Knappheiten einer Wandertruppe nun auch die spitzbübischen Handwerker an der Arche als Doppelrolle spielen durften und (Erz-Kalfakter, die sie waren) darob vor Freud fast aus dem Häusl gerieten:

Ach was wollt man fangen an,
Wenn nicht waar der Zimmermann,
Wenn ein mancher stieg so hoch,
Wurd ihm zittern, Herz, und L . . .

– die Fuhrknecht von der Stellmacherei, die schwarzbraunes Wagenfett mit schmalen Spachteln in die Nabenlöcher rieben; und, beileib nicht zuletzt, die Herren und Fräulein Dramaturgen, als welche sich drei fast von selber ergaben: der Pater Umgang natürlich, dann fast gleichauf seine Cybele und (auf seltsam umwegige Manier) auch der freigeistige und plötzlich so enthusiasmierte Medicus. (Sein Name ist Cyriak Fernbrugger, muß ja einmal vorgestellt werden.)
Aber wer vermag zu sagen, ob nicht doch Unernst waltete in all diesem Umtriebigen; ob der so irdisch-hiesige Sommer nichts dazutat zu den Hindernissen, die dennoch und trotz allem (notwendigerweise) auftauchten? Freilich, nochmal sei's gesagt: das Sommer-Öl in den Gelenken seiner Begeisterung hilft dem Pater Peregrinus, den Text für die Zwecke einer vagierenden Truppe zurechtzubeuteln; hilft seiner Intendantin Leni beim Sortieren der Aktionen und Exhibitionen; hilft wohl auch den wichtigsten Akteuren über den ersten Schreck hinweg zur Zusage: als da sind der Stiefelschuster als Noe, der Gott

Vulkan, gegeben durch den Brunnknecht-Jodl; dann der Paruckenmacher auf dem Gries, welcher den Äolus bewährt-zierlich darstellt. Doch wo's auf einmal greulich sperrt, das ist das sündflut-wichtigste Element von allen, nämlich (erraten) das Wasser, *id est* der Schopperjackl alias Gott Neptunus. Der tut nämlich kund und zu wissen, daß er mitten in einer mordsmäßig wichtigen und pressanten Ordre steckt, einer Plätten für den Schiffsmeister und Weinverleger Bartholomäus Plinser, und daß er sich durch allerchristlichste Standesehre für entschuldigt davon hält, bei einer extra-ordinären Gelegenheit außerhalb jeder Bußsaison halten zu Gnaden Comedi zu spielen, und sei sie noch so geistlich.

Das ist schlimm und kann, was schlimmer ist, schlimmes Beispiel geben. Und so gewahren wir denn unseren Pater Peregrinus, schleunigst herbeieilend über die Brucken an den Schiffsplatz (wieder vorbei an den Flüchen der Narrischen Mali), Ärmel und Argumente wedelnd in heftigsten Remonstrationen. Die Plätten, oder was von ihr schon da war, lag schief auf der Böschung; der Jackl, gewaltig im Vorteil durch die geübte Sammlung des Handwerks, spähte zusammengezwickten Auges die ebenmäßige Leiter seiner schon gesetzten Kipfen entlang; jener Spanten also, die gleich mit je einem stehenbleibenden Ast zurechtgehauen werden, der dann die Bordwand einmal rechts, einmal links armieren und zusammenhalten kann. Dann nahm er den nächsten auf, spandelte ihn mit behutsamem Handbeil zurecht, als nächstgedachtes Querholz für den schon ausgelegten und halb zusammengefügten Flachboden. Zum brinneifrigen Pater sprach er gewissermaßen nur nebenbei, über Achsel und halbe Aufmerksamkeit hinweg.

Was nun der vorzubringen hatte, leuchtet ein, wenn man die Gleichnisse des Evangeliums kennt, insbesondere das von der Einladung zum Fest des Königs. Denn was anders war denn der Schopper als einer von denen hartleibigen

Geladenen? Was müsse denen alles herhalten, um die Fahrt zum Feste des Allerhöchsten zu verweigern! Hauskauf, Handel um ein Joch Ochsen, eine Hochzeit sogar – und das alles mindestens so ehrenhafte, wenn nicht ehrenhaftere Gründe wie das Zusammennageln und -leimen einer Plätten zu Wasserburg am Inn. Obs denn ihm, dem Jackl, nicht bekannt sei, wie der König (mit dem niemand anders als der Herrgott gemeint sei) mit sotanen Ausreden verfahre? Da steige mordsmäßiger himmlischer Grimm auf, da überziehe der Herr mit Mord und Brand die also Gleichgültigen, welche die Stunde der himmlischen Gnade, ihr Zusammenläuten, mit Ohrwaschl-Zuhalten erwiderten. Mord und Brand, was doch nichts anderes exemplifiziere als die ewige Pein. Ob denn er, der durch offenbaren Gnadenruf geforderte Neptunus, eine Zentralfigur dieses höchst dringlichen Buß-Dramas, nicht den marternden Daumstock gewahre, nicht den Bock, der schon parat dastehe, nicht die Chorda, die schon schnurrt – Jesus Maria, es ist nicht zum Ausstehen ...
Der Schopperjackl hatte einen schmalen Hobel aufgenommen, damit sanft einen Astknoten planiert, blies die krausen Flinserln heraus und legte ihn wieder hinter sich auf die Böschung. Was den rechten Hochzeitsweg des christkatholischen Erdenmenschen betreffe, so meinte er zum Pater, der vor dem graugrün rennenden Inn herumhüpfte und seine Marterwerkzeuge in der Luft vorwies, – so sei er grad durch seine, des Paters, Predigten belehrt worden, daß der nur über die peinliche Erfüllung der Standespflichten gehe. Wenn er, der Schopperjackl (der sich nun breitbeinig über den Plättenboden beugte und den präparierten neuen Kipfen probehalber auf den Kohle-Riß legte), dem wohlgeborenen Brot- und Auftraggeber die kontrahierte Fertigstellung seines Gerätes verweigere, dann könne keine noch so zünftige himmlische Comedi, auch keine bußfertige, in dem himmlischen Contobuch, das zweifelsfrei auch über ihn, den Schopper-

jackl, da droben geführt werde, diesen Manco-Posten ausgleichen. Soviel verstehe er, ein freigesprochener Handwerker, vom properen Geschäftswesen auch, seis nun himmlisch oder irdisch. Oder wolle der Hochwirn sagen, daß man auf keinen Fall dem peinlichen Halsgericht auskommt? So denke er, der Schopper, die christliche Gerechtigkeit sich nicht. Außerdem (und der Schopperjackl richtete sich auf, zog die Ärmel seiner Joppe um die bärenmäßigen Schultern) habe es von der Frauenkirch grad neun geschlagen, also Zeit zur Brotzeit, wies ja auch im Stück von der Sündflut aufgeschrieben sei:

Meister, was will dieses sagen? –
Zur Brotzeit hat die Stund geschlagen . . .

– nachzulesen im zweiten Actus. Wenn der Hochwirn Pater noch mit ihm reden wolle, sei er herzlich geladen zum Bräukaspar, wo es gutes Bier und saftige Blutwurst gebe.

Nun, das ist trefflich argumentiert, ein makelloser Syllogus, und wie soll ein pfingstlich Befallener, ein willkürlich Erwählter wie der Pater Peregrinus de Colle Sancto Hambucher eine himmlische, ganz außer der Reihe erfolgte Berufung vor einem solchen begründen und verantworten? Einem Syllogus zudem, den er ihm, dem Jackl, selber als höchst christkatholisch eingebleut hat?

Und noch dazu, wo der Treidlzug um die Reiben der Innschleife kommt.

Kein großer Treidlzug, einer mit zwölf Reitern bloß, zwei Laufener Salzplätten mit leerem Faßgut und einem drittelbeladenen Kastenboot. Und doch: was für eine Kommotion!

Das schreit von den Schiffen, die sich mit Stangen vom Ufer weg im Befahrbaren halten; schreit über den Strom, der wie ein riesiger Holzknecht beim Fingerhakeln zerrt, und gegen den man sich vorankämpft mit breiten schwarz- und braunroten Gäulen, mit schreienden Kerlen darauf in hechtgrauen Jankern, Bundhosen und spitzen grünen Hütlein, die ihre Handpeitschen schnalzen lassen. Schöpfung ist das, Peregrine, erster Glaubensartikel: Kraft gegen Kraft, so wie sich wohl Sterne und Planeten und Monde gegeneinanderstemmen, ihre Kreisbahnen, Auf- und Untergänge, die Gezeiten der Meere ausraufen: rutschende Hufe, steinerne Roßbrüste, die sich wie die Mauern von Lissabon in die Luft erheben, wehende Fahnen von Schaum, Flüche in langen Ketten, Schweiß in Strömen; und der Schopperjackl blieb einen Augenblick lang in seiner Plätten stehen, den linken Arm halb im Joppenärmel, grinsend unterm Schnurrbart – denn der Pater Umgang war in die Planetenbahn des Treidlzugs geraten, und es war der viereckige rotborstige grauäugige Außi-Oichi-Reiter, der Sepp, der als die landinnerste Zugkraft des Gespanns den Pater zum Hupf in die Plätten scheuchte: »Schleich di, Kuttenbrunzer!« – und dies ohne jede persönliche Bosheit gebrüllt, ein Glied nur in der Fluchkette der blutsnotwendigen Schinderei. O Mönchslästerung! war Peregrinus versucht anzuheben, aber da war der Außi-Oichi-Reiter schon vorbei, und der Schopperjackl war schon nach oben über die Plättenwand gestiegen, weg zum Bräukaspar. Der Pater würde ihm nicht folgen, ums Verrecken nicht, um keines noch so himmlischen Preises willen. Da würde wohl helfende Gnade für ein Schlupfloch sorgen müssen, um den Neptunus zu ersetzen ...

Und es war diese helfende Gnade, die den Medicus Fernbrugger an seinem Schreibsekretär wie eine besonders hartnäckige Hummel molestierte. Wieder und wieder nahm er sich als Gegengift Dr. Francks »Medicinische Polizey« vor, ein gar treffliches und aufklärendes Werk, schmiß es immer und immer wieder in die polierte Kirschholz-Höhle zurück, stand wieder auf, um das Zimmer erregten Schrittes auszumessen, um ans Fenster zu treten, blöden Auges den Strom zu studieren, den der

Treidlzug Welle um Welle unter die Schiffsbretter zwang, um Virginia-Kraut in seine holländische Pfeife zu stopfen, um Hm! zu machen, das scharfnasige Haupt zu schütteln und sich die stockfleckige Broschüre vom Fensterbrett zu greifen.

Er griff sie mit spitzen Fingern, wie man wohl einen ersoffenen Ratz (oder auch eine Rättin) aus dem Brunnentrog greifen mag, denn in ihr war auf die Dauer festgehalten das geistliche Spiel, betitelt

HorrlblLls In DlLVVlo CoMeta sIngVLls orlens
oder
FÜRWAHR EIN SCHRECKSTERN JEDEM IST
DER SÜNDFLUTGRUND ZU JEDER FRIST,
das ist
die erschrecklichste Tragoedia aller Tragoedien,
welche die erste Person der Gottheit

etcetera und so fort, *von einem Ordenspriester inventiret* (und von wem anders als von dem unsäglichen P. Peregrinus de Colle Sancto), *mit neuen Versen und Zusätzen amplificirt,* der Stolz seines karnickelhaft erfindenden Autors, sein auferbauendes Opus Magnum, und ein wahrhaftiger Albtraum für einen Eremiten des wahren und klaren Zeitgeistes in volkstümlicher Landschaft. »Dies also«, so sprach der Medicus zu sich selbst, »dies also ist der Stand der National-Schaubühne in unserem Lande; dies ihr Status Anno 1782; man lese nur und nehme zur Kenntnis die *Prima Exhibitio:*

Die 9 fremden Sünden, die Sünden im Hl. Geist, und die Sünden, die in Himmel schreien, tanzen zu den Scenen von verschiedenen Seiten deutsche Walzer heraus. Die sieben Tod- oder Hauptsünden tanzen die sieben Sprüng. Indem sonst eine einschichtig wäre, tanzt der Probabilismus mit. Die Teufeln, natürlich alle vermaskiert, aber doch mit Hörndln auf dem Kopf, und kupfrigen großen Nasen, bringen ihnen allerhand Delikatessen, als Bratwürst, Saumägn, Leberwürst, Rättich, Bier,

Schmalznudl, schweinerne Brätl, Rosenschnitz, Goglhopfen, Breyn, und Groschenweckn; und die Todsünden fressen und saufen sich alle blitzhaglvoll an, – speyen –, und fressen und saufen wieder. – Gott Vater sieht das Ding, und wirft seinen Zepter hinter die Thür. Patsch donnerts und blitzts, und man hört auf Erden zum Wetter leuthen. Die Teufeln machen Avanti. Die Todtsünden bethen, die Spectatores bethen auch . . . .«

Der Dr. Fernbrugger das Libell aufs Fensterbrett schmeißen, ungestüm im Cabinett auf- und abschreiten, mit markierenden Bewegungen sich Ausdruck schaffen ist eins: »Dies also! Dies, nachdem G. E. Lessing längst das Leichentuch der Dunkelmänner gewebt hat mit sprühendem Ingenium! während das Fanal von Schillers RÄUBERN in eben diesem Jänner über die Mannheimer Bühne galoppiert! während der wohl Gewaltigste von allen, der Rats-Sohn aus Frankfurt, auf den schon jetzt die Lichtköpfe aller Nationen die höchsten Wetten setzen, eine unsterbliche Kometenbahn einschlägt! Und ich hier, ein verbannter Sohn Evas, an den finstersten Gestaden Churbaierns! Gut, die eben zitierte Hanswurstiade haben wir herausgeschmissen, weil wir nicht eine so personenreiche höllische Fastnacht auf die Reise mitnehmen können; aber dennoch: *quelle misérabilité, quelles fadaises intolérables en tout cela!* Nein, dem Jahrhundert schaudert vor solchem.« Er schmitzte den Pfeifenkopf gegen die Handfläche, kraftvoll, doch darauf bedacht, seinen Zorn nicht bis zur Zerstörung eines guten Stückes voranzutreiben. »Oder man lese die folgenden hainbuchenen Verse, vom Hafner-Gottvater persönlich aufzusagen:

Potz Blitz, das ist ja zum Krepiern,
Ein so liederliches Leben zu führn . . . . .

etcetera. Nein, das Jahrhundert purgiert dergleichen. Es gälte schon zum Erasmus von Rotterdam hinabzusteigen, ins sechzehnte – zu den »Briefen von Dunkelmännern«, ja, um auf so was sprechende Replik zu finden. Welches Geistlein, welches Elmsfeuer hat ihn geritten, da mitzuziehen, mitzuwerkeln? – Parbleu!« (so sprach er und blieb stocksteif mitten im Cabinett stehen), »Potzblitz, du weißt es, Cyriakus, dein hagestolzes Herz weiß es genau: es ist ein amouröses Geistlein, es ist die Turnüre und das sanfte Antlitz der Jungfer Leni, einer Bräuerstochter, *ma foi!* Doch was solls, dir, Cyriak, steht Hoffart nicht zu, etwa erscheinen die höchst schwankenden Saläre eines freischwebenden Medicus dem Herrn Sudpfannen-Pascha, der die Lilienhand vergibt, genau so wenig standesgemäß wie, beispielsweise mir, die Avancen jenes potzvermaledeiten Herrn Ferdinand von der Hofmarch, über die man ja Bescheid weiß. Was solls, das dumme Sonnen- und Wettergestöber im Hirn und im Herzen – und doch hat es dich bewogen, Cyriak, auf eine gottselendigliche Kabale einzusteigen, auf den famösen Plan der obengemeldeten Leni, betreffend die Ersetzung des störrischen Schopper-Neptunus durch jene Hafner-Kathi, die Katharina Rotunda, man bedenke! – Gewiß«, so sprach der Medicus weiter, hielt im markigen Einherschreiten inne, strich sein spanisch geschnittenes Bärtlein, richtete das Auge auf den hellgrünen Fluß, »gewiß, du gewahrst darin auch Pädagogisches; eine etwane Her- und Ausrichtung dieses monströsen Gehudels auf edlere Bildung der churbairischen Gemüter, sowohl der Akteure wie des Publikums. Und deshalb sitzest du nun hinter gutem Schreibpapier, missest dich an einer fast illuminatenhaften Inspiration: THETIS statt NEPTUNUS! Ja, Thetis, die Tochter des Nereus, die, im Muschelboot aus hellenischer See emporsteigend, durchaus ernst und furchtbar, aber doch auch weiblich-tröstlich die Waschung der umdüsterten Menschheit in moralischer Vernunft, vernünftiger Moral ankündigt und durchexerziert. Edle Einfalt, stille Größe, wie sie uns Meister Winckelmann an den Griechen zu sehen gelehrt hat – nicht mehr die krausen, qualligen

Fadaisen des Zopfstils. Und: ein veritables Gleichgewicht der Elemente! Feuer und Wind als maskuline Principien, Wasser und Erde als feminine – durchaus profund, durchaus nobel! Man vergleiche doch nur den ersten Auftritt dieses Neptunus in des Peregrinus muhackelnder Manier:

Das menschlich G'schlecht, die Schlakrament,
Wenn ihr mir die Pagasch nur nennt,
So steigt mir schon das Mändl auf –

etcetera, mit dem klassischen Faltenwurf der großäugigen Seegöttin, wie ich ihn anzulegen versuche:

Ich, Nereus' Tochter, steig' aus Meeresgrund,
Bereit und folgend göttlichen Beschluß,
Den Mißbrauch Seiner Huld mit Ihm betrauernd
Und ernst entschlossen, Reinigung zu üben –

Jaja, etwas stelzengängerisch noch, ist zuzugeben. Aber die Vision ist da, Cyriak, du schaust sie, deine Thetis, wie sie aus dem hellgrünen Inn heraufpritschelt wie die Anadyomene persönlich. Wenns nicht ausgerechnet die Kathi wäre! Sondern, zum Exempel, die exquisite Helena, pardon, Magdalena! Geheimnisreiches Reis am Hopfen- und Malzstamme, einem unmöglichen Stamme, pardieu, legt antike Spekulation über Erbfolge nahe, aber welche Gottheit würde sich schon der Bräuin mit derartiger Absicht nähern, lassen wirs beim Geheimnis dieser Rose, für dich eine Rose fast geistlicher Minne, Cyriakus. Die Mythologien purzeln dir weißgott durcheinander, Mariologisches und Olymp, aber das ist eh der hiesige Zopfstil, jeder infulierte Abt läßt sich solchenes Durcheinander ins Treppenhaus malen, warum nicht du in deinen morgendlich erstrahlten Seelentempel.

Das Törichte ist, die Rollen sind falsch verteilt. Wär nicht die Kathi eine viel passendere Cybele, ein veritables Stück hiesiger Erde mit ihrem prallvollen Mieder und ihrem ausladenden *reverendo* Hinterteil? Und würde Helena, die perlengleiche, nicht viel ätherischer aus den Fluten steigen? – Aber, sagt die praktische Vernunft, man kann nicht alles haben, und wird auch das Mirakelstück, das krächzig-krachete Uhrwerkel des hanebuchenen Dramatikers Hambucher, nicht völlig umzuleiten sein ins Bett einer an den großen Alten und der Raison ausgerichteten Dramaturgie – einer hamburgischen etwa. Eh bien, Cyriak: du ackerst eben in steinigeren Gefilden wie die Lichter des Westens und Nordens, laß dichs nicht verdrießen, *Acheronta movebo,* frisch ans Werk!« Und mit diesen Worten schritt der Doctor Fernbrugger elastisch zum Sekretär zurück, auf dem halbvollgeschriebene Bogen ruhten, griff die Schwanenfeder, die im Tintenfaß steckte, setzte einen kleinen Batzen, den er leise fluchend durchstrich, und applizierte von neuem das Brecheisen der dramatischen Muse:

»Weit irrte Menschheit auf dem Weg nach oben
Vom Nebelsteig des dumpfen Troglodyten
Ins lichte Reich der ordnenden Vernunft –«

Er war auf gutem Inspirationspfad, spürte er, er kritzelte, strich durch, lehnte sich zurück und ließ den Stuhl auf den Hinterbeinen tanzen, zählte wohl auch die obligatorischen fünf Jambenfüße an den Fingerknöcheln ab. Vor dem Fenster randalierten die sommerlichen Buchfinken, Meisen, Stare und anderes aus der Arche entfludertes Lüftleleben, Buttervögel torkelten herein und hinaus, die Hammerschläge des Plätten-Neptunus drangen friedlich vom Ufer herauf, fernab und schön im Blauen sterbend die Rufe der Treidl-Reiter – es ist schon was Schönes und Erfüllendes um die Poeterei!
Da klopfte, o Pein, die Hauserin, die Creszentia. Das hieß, aller Regel nach, eine Hausvisite. Der Doctor schob (wie ein Kloster-Studiosus, der beim Lesen eines französischen Romans erwischt wird) hastig die Bogen in die Kirschholzhöhle und klappte die Lade des Sekretärs zu. »Was is, Zenzi?«

Hinter der Tür kicherte weibliche Konspiration; Cyriakus glaubte aus ihr die Vox Humana der himmlischen Helena herauszuhören, was ihn zu hellem Erröten und Aufspringen brachte. Aber dann, aber dann schob sich durch die Tür eine gänzlich andere Gestalt in sein Augenfeld: eine Vision von grauenhafter Lachhaftigkeit, von lachhaftem Schrecken, possierlichem Entsetzen. Es war dies eine, allen anatomischen Signalen nach höchst weibliche, Frauensperson, die jedoch durch die absurdesten Zutaten und Posamente in eine Art von hermaphroditischen Popanz verwandelt war. Da stand, im Rahmen der Tür, ein hochrotes Menschergesicht, mit einem riesengroßen, jakobsmuschelgeschmückten Schlapphut, unter dem dürftig verborgen die Haarpracht steckte, und einem dicken Strich Stopselruß auf der Oberlippe; ein von einem weibstollen Riesenhandwerker gedrechselter Torso, mit einem Kamisol und pludrigen Pantalonen verhüllt, welche Verhüllung wieder aufgehoben wurde durch die quellenden Schnürfelder eines weitmaschigen Fischernetzes; und schlußendlich zwei Pfeiler von Wasserstiefeln, in welche die Wadln unterhalb der überraschend zierlichen Knie spurlos verschwanden.
Der Popanz beließ es nicht beim bloßen Vorhandensein (das schon greulich genug war), sondern sprang mit einem Riesenhupf mitten ins Cabinett, ballte ein schinkenrosiges Fäustlein, das im Deklamieren immer wieder an die Hutkrempen stieß und die Muschel wackeln ließ, und legte los mit schlachtfeldhallendem Trompeten-Alt:

»Ich, ich – hab nun das Feld erhalten,
Kann mit der Welt nun schalten und walten.
Es ist ein wenig scharf mein Laugn,
Und wird dem Menschen nicht recht taugn;
Doch warum ist er so ein Schliffl
Und plagt mir meinen Gottvater – der Püffl!«

Die alten Zeilen also, mit denen Neptunus im zweiten Actus auftritt – überhaupt nicht zu vergleichen mit den erhabenen Versfüßen und menschheitlichen Gefühlen der Thetis, wie Cyriak sie wenn nicht auf dem Papier, so doch als gestirnten Himmel im Hinterkopf hatte. Aber (und das ist nicht der geringste Teil des lächerlichen Entsetzens) auch nicht zu vergleichen mit dem immerhin bärbeißigen *Basso continuo* des Schopperjackl, nicht zu vergleichen mit seiner immerhin furchteinflößenden, bedrohlichen Gegenwart. Vielmehr erklang hier der rauhbeinige Bußruf *a priori* als seine eigene Persiflage, bot sich geschmalzt und panniert, mit Zimmet und Zibeben, als Comedi-Zuspeis an:

»Soll nun was anders erfahren,
Wenn ihm der Schinter nachfahrt mit Karn!«

– so schloß die Kathi (denn die wars natürlich), schloß und blieb stehen, das Schinkenfäustlein drohend gegen den Himmel des Hutrands gereckt. Heftiger Unwille, gemischt mit Grauen, durchschoß den Medicus, wütend entschlossen war er, derlei Firlefanz nicht zu tolerieren – doch da sah er hinter Neptuna-Neptunus das freudig grimassierende Falten-Gesicht der Hauserin und *(ô coup de foudre!)* das der Leni, das elfenbeinerne, auf zierlichem Oberkörper nach vorn geneigt vor hilflosem Lachen, die schrägen Augen zu Schlitzen gekniffen, die Damennase frivol gerunzelt. Ist dir ein Zweifel erlaubt, Cyriak? Nämlich ein Zweifel daran, daß sie, deine geistliche Rose, es war, die den Hinterhalt ausgeheckt, die solch undelikates Spassettl serviert hat? Keiner. Und sanft tadelnd (wie anders könnte er sie tadeln als sanft) sprach er sie nun deswegen an: »Wir haben kaum mehr viel Zeit, Jungfer Leni, und sollten uns tunlichst an das Projekt halten, das wir zusammen deliberiert haben.«
»Grad liab is', die Kathi, grad liab, auf und nieder der Herr Neptunus!« kicherte die Creszentia, die den Sentenzen

ihres Brotherrn selten das Zuhören gönnte, und die Leni selber kicherte, wenn auch um Vieles damenhafter, sah den Mahner durch gesenkte Lider an: »Halten zu Gnaden, Strengherr Doctor, die Kathi tät halt gar so gern mitspielen ... Die Verseln kann sie in- und auswendig, da fehlt schon gar nix.«
»Demoiselle«, sprach der Doctor und nahm wieder energische Wanderung im Zimmer auf, wobei er sich davor hütete, der immer noch als lebendes Bild verharrenden Neptun-Kathi zu nah zu kommen, »Demoiselle« (er gebrauchte manchmal die gestochene Anrede aus durcheinandergewirbelten, ihm selbst nur zu einsichtigen Gründen), »eben zu diesem Zweck bemüh ich mich um einen Text, ein *Aggiornamento* unseres löblichen Buß-Unternehmens, welches es auf die lichte Höhe der Zeit bringen und dem Weiblichen im nassen Element insbesondere entgegenkommen soll. Deswegen Thetis, wie besprochen, die Nymphe und Göttin, die bekanntlich ... Wart' sie, Jungfer, einen Augenblick, ich bin schon weit fortgeschritten, ich werde ihr einige der klassischen Fünffüßler, die ich zu gemeldetem Zweck ...« Und er ließ doch tatsächlich die Schreibplatte vom Sekretär herab, er griff doch tatsächlich die beschriebenen Bogen, um (oh willenlos süßes Hinsinken!) ihr, der selbstlos Geliebten ...
»Halten zu Gnaden, Herr Doctor«, unterbrach ihn die. »Dafür sind wir ja Ew. Ehren jedweden Dank schuldig und möchten demütiglich bitten, daß Ihr die – Thetis auch dem Pater Umgang unterbreiten wollt. Ist uns sehr viel dran gelegen.«
»Mariandjosef!« rief der Aufklärer da ganz aus der Rolle fallend, »warum kommen mir dann die Jungfern mit solcher Maskera? Warum dies venezianisch-ruchlose Carnevalswesen, das dem hehren Zwecke unserer Bußfahrt so ins Angesicht hohnspricht? Wollen mir das die Demoiselles einmal gütigst ausdeutschen?«
Und da lacht doch tatsächlich die Creszentia. Lacht, die

haarigen Arme vor der grauen Barchentschürze verschränkt, wirft ihr Gesicht mit geschlossenen Hunnen-Augen nach hinten. Und die Kathi, aufs Ruchloseste inspiriert, schüttelt beide Fäuste und stampft einmal auf, einmal nieder:

»Gott Vater, nur diesmal laß mich drüber,
So bleibt von den Schurken kein Fingerlang über!«

Aber es ist Leni, die ihr eigenes Uhrwerkl im Kopf hat, in dem es sehr ordentlich und genau zugeht, und sie sagt geschwind: »Das letzte Sagen hat der Hochwirn. Er möcht sich vielleicht sehr alterieren, wenn man ihm seine Poesie durcheinanderbringt, und viel Zeit, Ew. Ehren sagens, haben wir nimmer.«
»Ihr meint«, repliziert Cyriak streng und ein wenig schulmeisterlich, »Ihr meint, daß man diesen neptunischen Scaramuccia quasi als Notnagel...«
Eifrig, wie ihm scheint allzueifrig, nicken die drei Frauen, und: »Die Kathi tät halt wirklich so gern mitspielen«, flötet Leni sanft und christlich. »Sie kennt alle Vers' auf und nieder.« Wie zur Bestätigung fällt Kathi-Neptuna ein:

»Schwägerin, habt ihr etwa Hitzen?
Will euch's schwarz' Meer ins G'sicht nei spritzen!«

Cyriak Fernbrugger steht einen langen Augenblick starr wie Lots Weib. Denn so dumm ist er nicht, daß er eins nicht merkt: im Uhrwerkl der Leni ist das akkurat anders herum geplant. Akkurat so, daß der klassische Thetis-Text, die moralische Veranstaltung, als Köder-Fischlein ausgeworfen wird, daß der P. Peregrinus erwartungsgemäß toben und remonstrieren, und daß dann die Kathi eben den großen Hecht landen wird, auf dens von vornherein ankommt: die große Commedia-Rolle, den neptunischen Scaramuccia. Denn so etwas liebt die hiesige Theaterlust – was ist ihr der klassisch-ernste Faltenwurf?

Und dabei soll er mitspielen? Dazu soll er sich hergeben? Er, ein einsam illuminierender Leuchtturm in churbairischer Nacht? Nie und nimmer! Feierlich, bedachtsam staucht er auf der Schreibplatte seine bekritzelten Bögen zusammen, legt zwei Daumen und zwei Zeigefinger in die Mitte des rechten und linken Rands: »Nie und nimmer!« ruft er. »Eher geht meine Thetis in die Vergessenheit...«
Aber: »Bittschön«, spricht die Leni, ihre weißen Finger schließen sich, keine zwei Zoll von seinen faltigen, um die Bögen, »bittschön, es wär so schad drum, und ...« (sie blickt ihn jetzt schmelzend, o so schmelzend an) »... und ich möcht dies wohl verwahren, zu gutem Andenken, wenn wirs dem Hochwirn gezeigt haben.«
So wird das also laufen: die Thetis dem Peregrinus zeigen, seinen Zorn auf das freymäurerische Gereime hervorlokken, und dann seinen, notgedrungen und überstürzt gewährten, Konsens zur Neptuna. Wenn nichts und nichts anderes mehr übrigbleibt. Das heißts, und er weiß, daß es das heißt, und er gibt die Bögen hin in bittersüßer Ohnmacht, die ernsthaft-ehrenhafte Reinigung der Menschheit zum Menschen, gibts hin um das sanfte Antlitz der Bräukaspartochter willen, Cyriak o Cyriak, und die Creszentia lacht einmal kurz und behäbig: »So ists recht«, sagt sie.
»Vergeltsgott tausendmal«, sagen die beiden Jungfern zusammen, knicksen und verschwinden wie der Blitz, die Creszentia verschwindet auch, und Cyriak Fernbrugger steht ziemlich deppert am Fenster, ein Bäuerlein im Schachspiel von schlauen Frauenzimmern, ein unbedachter Förderer der krassesten plebejischen Commedia, mit einer einzigen, zweifelhaften Aussicht: daß die halbfertige Thetis in der süßduftenden Aussteuer-Truchn der Leni......
Er sollte gar nicht mitziehen, unter solchen Vorzeichen. Aber er wirds tun, das weiß er. Und wenns nichts anderes werden soll als seine eigene Bußfahrt aus grimmiger

Einsicht: o Weiberlist! Weiberlist: und warum nicht? Cyriak lacht kurz und hohl. Soviel weiß er immerhin: dem Pater Peregrinus gehts nicht besser. Vielleicht sogar (und sein Antlitz erhellt sich) ein bißl schlechter. Vielleicht merkt ers gar nicht, wie diese rundliche Neptuna, mit ihren schwellenden Fischnetzfeldern um und um, seine, des Paters, maulschäumende Buß-Poesie, das Polterwerk seiner Knittelverse zum allgemeinen Gaudium ausstellen wird; genau da hinstellen wird, wo's hingehört: in die italienische Fastnachts-Commedia. Auf Umwegen, so begreift Cyriak, auf femininen Umwegen kommt so die Sache der sich befreienden Vernunft doch ein Stückl voran.

Draußen schlägt es elf Uhr, und der Schopperjackl geht zur zweiten Brotzeit. Eine Bratwurst und ein Seidl obergäriges Bier dazu wär jetzt wirklich nicht schlecht, merkt der Doctor.

Dauerhafte Anrufung der Allerseligsten Jungfrau und Mutter

Aus den Tuntenhausener Mirakelbüchern III

Von allen Nöthen und Gefahren im Thale der Tränen –
Jungfrau Mutter, errett uns!
Von der Leibsgefahr für unsere Kinder –
(– ein Gläsel mit Terpentinöl verschütt – 1669)
(– ein Rosenkranzkringel im Ohr – 1625)
(– in den Trankzuber geplumpst – 1671)
(– hat verschlückt
eine Froschmuschel 1682
ein Fingerringerl 1612
einen Hufnagel 1669
einen Kopfnagel 1631)
(– und o weh:
»Mein Bäsel, es rennt die Isar
hinab!« 1559)
errett uns!
Von mannigfacher Wassernoth –
(– in den völlig tiefen Bach gefallen 1671)
(– neun Klafter tief in den Brunnen
gefallen 1619)
(– vier Stunden bei Überschwemmung am
Türstock gehangen 1669)
(– von einem großen Baum unters Wasser
gedruckt 1644)
(– vom reißenden Wasser unter die
laufenden Mühlräder getragen 1669)
errett uns!
Von weiterer Leibsgefahr in der Mühl –
(– unvorsichtigerweis auf den obliegenden
Schneidzoll gefallen und von der Sag
ergriffen 1651)

(– das Zugseil zwei Klafter lang um den
Knaben gewickelt 1506)
errett uns!

Von Gefahren durch Hausthier –
(– unterwegs abgeworfen 1671)
(– eine gute Ackerläng mit fortgeschleift 1666)
(– vber 800 Schritt weit / auf unebnem
Weg elendiglich geschleift 1584)
(– Roß werden unversehener Ding scheuch,
überlaufen eine Weibsperson 1603)
(– vom wütigen Ochsen mitgerissen 1715)
(– vom Kuhhorn in den untern Laib
gerannt 1717)
errett uns!

Von
leidigem Viechfall (1669)
(– Pferde plötzlich verrecket, in 4
Jahren mehr denn 400 fl Schaden 1698)
errett uns!

Vom bösen Sturz –
(– heruntergefallen und mit dem Kopf
auf einen Steinhaufen geraten 1663)
(– bis auf das Maul mit dem Kopf
in der Erden gesteckt 1666)
errett uns!

Von Blitz und Ungewitter-
(– vom Blitz vornen her vom Hals bis
zu den Füßen verbrannt 1609)
(– vom Donnerstreich zu Todt geschlagen 1602)
errett uns!

Vor hitzigem Zanck und Hader –
(– in einem Rauffhandel die linke Hand
abgehauen 1618)
(– in einem Tumult / mit einer Hellebarden durchstochen 1627)

(– mit einem Messer nach des Baders
Aussag die Lungl etwas angetroffen 1646)
(– einen tödlichen Stich in die Seyten
empfangen 1662)

Errett uns Maria!

Die Argumente Gottes und die entführten Jungfern

Als die große comoediantische Expedition, die Wasserburger Sündflut-Compagnia, zum Kloster Attl kam; als sie dortselbst scharf nach rechts in die Reibn ging und mit den drei Bagaschi-Wägen die steile und blitzzackige Spur zur Ebrach hinunterrumpelte; und als dabei das linke Hinterrad des zweiten Fuhrwerks funkenspritzend an einem Mords-Granitbrocken abrutschte, nach innen gekeilt wurde, krachte und brach: da waren die Pilgrame alle froh.

Und warum?

Weil sie es, mit Verlaub, zu pomadig gehabt hatten bisher. Wie geschmiert war ihre löbliche Absicht gelaufen, alles hatte sich so gehorsam gegeben und gefügt: Kulissen, Kortinen, Maschinen und Instrumenter waren säuberlich in die Wägen geschichtet und nach allen Himmelsrichtungen verspagatiert, die Pilgrame im blanken Morgenlicht unterm Schloßberg geschart, obendrein in perfekter Stiefel-Kondition, welche der Vater Noah als Meister der Zunft kritisch examiniert und approbiert hatte. Naseweis schubste sich das Volk rechts und links auf der Gassen zum Schloßberg hinauf, nicht grad sonderlich zerknirscht oder sonstwie auf Gomorra, Ninive, Harmageddon eingestimmt, vielmehr meist lustig und fidel, die Kinder bis zur Abfahrt mit Strickhupfen und Fangermanndl befaßt – und wie denn auch nicht?

Denn Wallfahren von Wasserburg nach Tuntenhausen, das ist für sich genommen kein Helden- und Heiligenstück, wenn mans bei nüchternem Frühlicht anschaut. Gute fünf Meilen sinds über Attl und Rott; für einen zünftigen Waller oder auch eine Wallerschar ein kleiner Brocken, vielleicht bloß eine Halbtags-Portion: bricht man zeitig auf, kann man spätestens zur Vesper mit

Lichtern und Rosenkranz ins Heiligtum einziehen. Schon für geringere Anliegen, wie zum Exempel Heilung von Gebresten und andere, persönlich erfahrene Hilfe, packt sich der ehrliche Verlobte gemeinhin weiteren Ballast auf, sei's Erbsen im Schuhwerk (die Bräuin hatte das in ihrem Herzen fürs Wieder-Werden vom Mariele versprochen), sei's Barfüßigkeit, ja sogar Zusammenbetteln der Zehrung, sei's der ganze Weg mit brennender Kerzen; ja, sogar nackende Pilgerschaft war in den Mirakelbüchern vermerkt. (Letztere freilich nie bei Frauenspersonen.)
Um wieviel mehr müßt also eine Theaterkumpanei einbringen, wenns um allerletzte Dinge geht: ums Leben und Sterben der Welt (nach des P. Umgang feierlichster Versicherung), um den Jüngsten Tag und um die (eventuelle) Abwendung seiner Schrecknisse! Auf den Knien müßten sie die lumpigen fünf Meilen abrutschen, oder den ganzen Weg mit ihren Leibeslängen abmessen, im Staub auf und nieder, wie das von Pilgern aus dem fernen Tibet oder Hindustan erzählt wird. Dazwischen wohl auch eine Zungenspur einlegen, das heißt wenigstens eine Viertelmeile abschlecken für lebenslang gehäufte Berge von Flüchen, Sauglockenläuten und närrischem Gerede; sich jeder Speis, jeden Tranks enthalten in wehmütiger Abbitte für Wollust und Völlerei; knorzige Buchenkreuze schleppen für alle Sünden wider den Heiligen Glauben, und all das reichte immer noch nicht hin, an das Riesengebirg der Kränkungen, so die Menschheit in ihrem hoffärtigen Zwergenwahn gegen den Himmel, die Dreifaltigkeit und die Allerseligste Jungfrau aufgetürmt hat.
Doch es war wundersamerweise der Pater Peregrinus selber gewesen, welcher in der Morgenfrüh des Aufbruchs gegen derlei Übungen gesprochen hatte. Wundersamerweise; denn war er nicht ein Mönchsleben lang der große Höllenfeueranheizer, der Foltereisenvorweiser, der Donnerkeilbeschwörer, der Schwefel- und Asche-Herunterschreier gewesen? So hatte sich Cyriak Fernbrugger

gefragt, als er mit aufgeklärt praktikabler Wanderkleidung und beinbeknauftem Gehstock neben dem Instrumentenwagen stand, der sanftmütigen Abschiedspredigt des Paters lauschend. Vom Kutschbock des ersten Wagens herunter mahnte der Peregrinus, sie, die musischen Pilger, sollten zwar rüstig ausschreiten und den Wegschweiß nicht scheuen, sollten unter seinem Taktstock auch fromme Gebete sprechen, vor allem solche, deren Wirkkraft seit alters erwiesen sei; sollten aber darüberhinaus keine Alfanzereien und kuriosen Peinigungen exerzieren, vielmehr ihre Kräfte und ihr Wohlsein hüten; denn: »Leget jeden Hochmut ab, andächtige Sünder, verstockte Zuhörer, glaubt ja nicht, daß jetzt die Zeit ist, durch absonderliche Arten von Buß-Werkelei die himmlische Gerechtigkeit nach der einen oder anderen Seiten zu beschmeicheln! Vielmehr gilts euch und das große Bußwerk zu bewahren, die Mahnung an die verstockten Herzen, dies ist die *quinta essentia* unseres Spektakels über die SÜNDFLUT, das wir all den Wallern der Endzeit ohne Fehl und Makel zur allgemeinen Zerknirschung darbieten müssen. Nix anderes seid ihr mehr als Stimmen der großen Tragoedia, so durch die Masken zu vernehmen sind, und so sollt ihr euren Part aufsagen mit aller Kraft und Leidenschaft, mit allem Witz und sogar, ich sags wie's ist, mit aller Eitelkeit, die im Irdischen ein Grund der Verdammnis sein mag, aber dem geistlichen Mimus trefflich ansteht und seiner Intentíon aufhilft...«
Fast schiens dem Cyriak Fernbrugger, daß dies alles aus dem Mund des Kapuziners, aus seiner hängenden Bußprediger-Lefze verdächtig lutherisch oder (auf verquere Art) sogar calvinisch klang; aber erstens war sein Blick und damit seine Aufmerksamkeit vollständig im blumigen Fürtuch über dem Busen seiner Helena verwurstelt, und zweitens kannte er die Abgründe in der Hambucher-Brust nicht im mindesten; daß den Auctor der SÜNDFLUT an diesem Morgen nichts als die Sorge um das Große

Uhrwerk umtrieb, um dessen möglichst unschädliche Überbringung an den Ort gnadenreicher geistlicher und (im Falle der Rettung des Äons) auch finanzieller Wirkung. Jeder und jede seiner Acteure und Helfer war in diesem Werk ein Radl, ein Schräuberl, eine Springfeder, keiner und keine durfte schadhaft oder auch nur matt und rostig sein, wenn die Handlung wahrhaft vergnüglich und erschütternd laufen sollte *ad maiorem Dei et* B.M.V. *gloriam,* das heißt zum höheren Ruhme Gottes und der Allerseligsten Jungfrau.

So gings denn mit Hüh und Wüstaha und Geißelschnalzen die neue Zeile zur Burg hinauf, die erst 1767 in ihre »dermahlige Leichtigkeit und Gestalt versetzet worden«, die Schinderbuben, die Erzkalfakter, wie ein Hundsrudel rennend und sich raufend bergan und bergab; gings durch die Burg hinaus zur alten Salzstraße in die Richtung nach Gabersee. Von den Kindern rannten noch etliche ein Stückl mit, verliefen sich dann auch, zurück zum Frauenplatz, die Schmidzeilen hinunter oder auch die Klostersticgen, während die großen Leut schon lang wieder ans Tagwerk gingen. Bloß die Bräuin macht eine Schleife über den Gottsacker, steht da schwarz vorgebückt mit dem Rosenkranz und betet doch kein Ave, sondern schaut nur umwölkten Gemüts auf die schmiedeeiserne Sonnenblume, welche die winzige Liegerstatt vom Mariele ausweist. Sie hat mehr als ein Kindlein verloren; etwa liegts am wachsenden Alter, daß sie das Wuzerl so vermißt, aber ihr schwants, daß der kleine Tod ein Anfang war, daß sie sich alle, nicht nur der Pilgerzug, auf einen finsteren Weg gemacht haben. In diesen Gemütswolken, in Sturmfetzen und fahlen Blitzen, sieht sie ihre Leni, die nie ganz ihre Leni gewesen ist, weiß der Himmel und die Liebe Frau, aber das ist wohl hintersinnig, schimpft sie sich selber; zudem, sie muß in die Wirtschaft zurück, wenn die Katze aus dem Haus ist, tanzen die Mäus.

Die steile Leiten nach Reitmehring hinauf bedarf der

Pilgerzug des Vorspanns, und man könnte als fromme Mühsal vielleicht das Hakeln mit dem kotzgroben Posthalter beschreiben, der partout nicht von seinem räuberischen Spanngeld für drei separate Dienste lassen will. Schlußendlich lief der Handel aber doch glimpflich ab, weniger durch die Donnerworte des Peregrinus als durch die Fagott-Töne der Leni und die lustige Trompeten der Kathi, über die der Roßbändiger so lachen muß, daß er beinah aufs Kassieren vergißt, per saldo die Pilger-Cassa glimpflich behandelt.

Weiter gehts auf guter Chaussee nach Süden, dem Kloster Attl zu, die Rosenkranzgesetzlein, in Männer- und Weiberhälften unterteilt, schwappen wie Meereswellen über dem Wagenzug in der Sommerluft, die acht Oh's! der heiligen Birgit von Schweden, sehr hilfreich, werden richtig hinaufgerufen, sogar die sieben Schloß, die, wie der Pater Umgang landauf landab verkündet hat, schon so manchen Malefikanten, der sie treulich aufgesagt, vor dem Galgen errettet, da konnte der Teufel nix machen. Wo waren denn da die Sturmwolken im Gemüt der Bräuin? Wo ihre hintersinnigen Ahnungen? Gemach gemach, die Argumente Gottes stehn noch aus, die kommen zur rechten Zeit....

Nun ist im 18. Jahrhundert ein kaputtes Radl zwar ein größeres Malör als zweihundert Jahr später, ist auch mit mehr Kommotion, passendem und unpassendem Hebelgerät, mit Herbeiholung fremder Aushilfe (im Fall der Comoedianten ists der Klosterknecht von Attl, der schon immer Reserve in seinem Schupfen stehen hat) und längeren, herzhafteren Flüchen verbunden – ist aber auch nichts anderes als eine Routine auf jeder befahrenen Straße. Und so ist der Wagen bald aufgerichtet und unterstützt, der Gott Vulcanus, zu geschickter Handreichung berufen, auch wenn er im irdischen Leben nur der Brunnknecht Jodl ist mit seinem krummen Gnack und den achteinhalb Fingern, und der erfahrene Klosterknecht scheuchten den

P. Peregrinus weg, der nur kuriose jenseitige Anweisungen aus sich entließ, auch den Doktor Fernbrugger mit seinen zwei linken akademischen Händen; so daß sich bis zur endgültigen Befestigung des neuen Rads eine willkommene Rast eröffnete. Die nahmen unsere Comoedianten allsogleich zum Proben her, und so hallte die Buckelwiese oberhalb der Unfallstätte wider von den grantigen Beschwörungen Vater Noahs, dem das lange Archebauen mit den vielen Brotzeiten zu teuer kommt, mit den saufrechen Invektiven der Zimmerer-Schinderbuben, dem parfümierten und gestelzten Organ des Paruckenmachers Äolus – und, o wehes Cyriak-Glück, den leisen Violen-Anrufen der Erdgöttin an den himmlischen Vater:

Mon cher Papá, wo tuts denn fehlen?
Hab ghört viel Seufzger und Querellen.
Von mir ist Ihnen ja bekannt,
Ich bin die Schnellste bei der Hand,
Zu rächen Sie, und zwar ganz fein ......

Ja, von dergleichen Zwetschgenmanndl-Poesie wird die allersüßeste Stimme des ihm bekannten Universums mißbraucht, und sogar den fürchterlichen Kannibalenschluß dieser Auftritts-Arie muß er sich anhören:

Daß ich den Klotz, des Laimes Sohn,
Sogleich verschling vor Ihrem Thron.
Papá! Schon alles ist bereit,
Mein Schooß, mein Schlund, mein
Eingeweid ....

Oh Helena, wie brächtest du es fertig, solcherart grausliche indianisch-papuanische Riten zu zelebrieren? Wie wird bei so barbarischer Rollenzuteilung deine feine spitzengeklöppelte Natur verkannt!
– Nun, Gottseidank sind Vulcanus und der Klosterknecht Burschen, die das Radwechsel-Handwerk verstehen, die

Probe wurde also halbwegs im zweiten Actus abgebrochen, eben an der spaßigsten Stelle, wo der Noah unter den Brotzeitgewohnheiten der bayerischen Zimmerer stöhnt (sie brauchen bekanntlich hundert Jahr für die Komplettierung der Arche statt der kontrahierten vier Wochen – wie's halt so geht im Baugewerb –), und man fährt ab mit holterdipolter, wankenden Fahrzeugen, meist überflüssigem Zuruf hinunter zum Bach Ebrach, ihm entlang, über ihn hinüber, und dann auch noch über die Attl, bis man im Bogen zurückkommt zu der pfeilgeraden Straße durch den Gries, welche vor sechzehnhundert Jahren schon die Römer sollen gebaut haben, und die winzige zwei Jahrhunderte später B 15 heißt (was Schöneres als solche Nummer wird denen nicht einfallen, schaut ihnen gleich).
Dabei war immer erst der hohe Mittag vorbei. Mochte auch die Vesper in Tuntenhausen versäumt werden: den vom erfahrenen Pater Umgang für die erste Darbietung und Generalprobe der SÜNDFLUT ins Auge gefaßten Punkt würden die Pilger so oder so heut noch erreichen.
So oder so? Wer das annehmen wollte, der kennt den längst vorgesehenen Umgang der Gottesmutter mit ihren auserwählten Comoedianten nicht. Wer meint, daß der Radbruch am zweiten Wagen auf dem steilen und buckligen Attler Wegstück einfach der Physik oder dem blinden Walten des Zufalls zuzuschreiben ist (und einen solchen Kauz mag es geben), der hat die tiefinwendige Absicht des Himmels, die doch schon aus der dem P. Peregrinus zuteil gewordenen Vision in Spuren erhellt, aus seinem hoffärtigen Perspektivrohr verloren. Denn die Vorsehung weiß natürlich ganz akkurat, wie lang zwei bayerische Handwerker brauchen, um so ein kleines Rad-Malör zu beheben: nicht viel, aber doch ein weniges länger als brandenburgische oder hannoveranische. Und genau diese irdische Zeit hat in den Himmels-Archiven seit Anbeginn der Schöpfung gewartet, wird jetzt sauber in den Plan der

Pilgerfahrt eingespleißt, um ... aber greifen wir Gottes Argumenten nicht vor, die pfeilgrad auf die Bräukasparleni und (in geringerem Maße) auf ihre Freundin Kathi zielen!
Wer die Verbindung vom Kloster Attl (das nun im Rükken sommerlich grüßt mit seinem Turmhelm) nach Tuntenhausen auf einer ordinären Straßenkarte, sagen wir des 20. Jahrhunderts, ausrechnet, der wird sogleich bemerken, daß der Weg über den stattlichen Flecken Rott am Inn gehen wird. Der Reisende muß dann aus dem vorzeitlichen Stromtal heraus nach rechts abbiegen, die Zubringerstraße nach Rott einschlagen, die schräg den Hang entlang in die Ortschaft emporsteigt. Nichts anderes haben natürlich unsere Pilger im Sinn, die mit freudigem Doppelchoral und Rosenkranzgebet den alten Römerpfad beschreiten. Aber auch dieser 1782er-Sommer ist ein bayerischer und deshalb höchst cholerisch, ist jähen Bosheiten des Äolus unterworfen, der in der Schöpfungs-Wahrheit alles andere ist als ein milder Paruckenmacher. Er behagt ihm (wohl auf allerhöchste Weisung), jäh den großen Windsack aufzureißen und mit erst schnurrenden, dann sausenden, dann heulenden Böen aus dem Westen und dem Süden über das Inntal zwischen Attl und Rott herzufallen; eine ganze Heerschar von grauschwarzen Wolken-Federbetten emporzutürmen und den schimmernden Nachmittag in eine herzerschreckende Nacht zu verwandeln.
Gut, die Kutschierer, die gerade auf dem Bock saßen, hauten und brüllten natürlich auf die Rösser ein, die Schinderbuben rannten mit Johlen voraus, die paar Weibsleute, das heißt die Leni und die Kathi, wurden von hurtigen Fäusten auf den ersten Wagen hinauf und unter die Planen geschubst, aber mit der frohgestimmten Wallfahrt war es fürs erste so oder so vorbei. Es galt Unterstand zu finden, und zwar bald, bevor die Sündflut niederging.

Ja, eine Sündflut ists, die da anrollt als krachendes Sommergewitter, zuckende Säulen von Blitzen sind in der westlichen Finsternis errichtet, und wo bietet sich Zuflucht, Refugium? Das armselige Niederholz in den Auwiesen biegt sich im peitschenden Wind, dreht wie Viehzeug, das in Angst das Weiße der Augen hervorkugelt, die bleiche Unterseite der Blätter nach oben, auf die schon die ersten Geißelhiebe des Regens schnalzen. Und weit und breit ist keine Heimstatt zu sehen ....
Verlaß ist auf die Lausbuben: sie kommen zurückgaloppiert durch Donner und anbrausenden Regen, deuten mit Windmühlenarmen nach hinten: da steht wahrhaftig ein Schupfen gleich an der Straße, nicht viel mehr als ein Gestell aus Balken, mit ungesäumten fichtenen Brettern vernagelt, offen nach Osten, das heißt der Straße zu, die schon aus den schmierigen Radrunsen ihren Schlamm gegen Wagenbretter und Pilgerröcke schmeißt. Dank sei dem Herrn, der Schupfen ist leer, das Heu ist schon eingefahren in den Hof, zu dem der Unterstand gehört; aber mehr als die Waller zu Fuß und einen Wagen kann man da nicht hineinstopfen. Sei's drum, muß halt das erste Fuhrwerk hinein, in dem die hochverwundbaren Kulissen und Exhibitionen enthalten sind, mögen die Musiker auch schrein und das Edlere ihres Handwerks, etwa die Fideln und Oboen, unter überkopfgezogenen Jankern und Sackrupfen mitzerren, mögen Leni, Kathi und Cyriak, dazu der Pater Umgang selber, auf dem dritten Wagen die Kleinodien unter den Kostümen und dem übrigen Krimskrams abdecken, im Stockdunkeln, während die Regenmassen im Flegeltakt auf die Plane dreschen. Die Rösser muß man halt um Gotteswillen durch die Bretterritzen der Nordwand anbinden, da, wo's noch am wenigsten hinwettert.
Nicht, als ob die Differenzen zwischen den Punkten der Windrose allzugroß wären, es schaut vielmehr wahrhaftig so aus, als ob der Himmel der dramatischen Darstellung

der Sündflut auf eigene handfeste Art zuvorkommen möchte. Blitz und Donner krachen ineinander, wie wenn in himmlischer Kegelbahn ein planetarisches Häuselscheiben zugang wär. Das zuckt wie eine Feldschlacht aus zehntausend Kanonenmäulern, das dröhnt wie ein Hammerschlag nach dem andern, exekutiert von der Riesenfaust des Gottes Vulcanus, und zwar des wirklichen, nicht des Brunnknechts Jodl, wahrhaftig nicht. »Gottes Argumente«, schrie der Pater dem freymäurerischen Doktor ins Ohr, neben den ihn die gleichgültige Gewalt der Elemente in den Schupfen geschoppt hat. »Seine Rätsel und Gleichnisse, die Er an den Himmel schreibt, um uns Sündern Seine Allmacht zu demonstrieren.«

»Electrische Entladungen, durch Reibung entstanden«, brüllte der standhafte Aufklärer zurück. »Wie der Doktor Benjamin Franklin im freien Amerika schlüssig bewiesen hat. Sollts Öng noch nie aufgestoßen sein, daß der blitzableitende Draht auf dem Dachfirst seine Pflichten zuverlässig zu erfüllen vermag?«

»Oh der hartmäuligen Verblendung!« röhrte Peregrinus de Colle Sancto. »Oh der Unkenntnis geistlicher und weltlicher Gelehrsamkeit!« (Er schüttelte ein oder zwei Seidel Regenwasser aus seiner Kapuze, die durch die faulen Schindeln geschlagen waren, und zog sie nun der Vorsicht halber übers Haupt.) »Es ist der große Gratianus, der spanische Lehrer der Dichtkunst, der uns gelehrt hat, wie das alles ineinander greift als *macchina ingeniosa,* für unser frommes Verstehen an- und ausgelegt. Hat uns nicht schon der Apostel Paulus aufs Allereindringlichste unterrichtet, daß ...«

»Parbleu!«, so mit Stentorstimme der Cyriak, während die Blitz- und Donnerschläge um ein Weniges langsamer aufeinanderfolgten, »das dreht ja unser beider Perspektive auf höchst seltsame Manier um und um! Ists nicht an dem, daß Ihr itzt eine Lehre verkündet, in welcher der unbegreifliche Schöpfer studierbar gemacht wird wie in einer

Fibel für anhebende Studiosi? Findet nur die Deutung, buchstabiert nur lang genug an den emblematischen Botschaften von Himmel und Erde herum, und ihr werdet wissen, was die Blitze meinen, was der Donner predigt ...«

»Grad das«, so der Pater mit Kanzelstimme zurück, »grad das ists, was uns unzweifelhaft am Jüngsten Tag geoffenbart wird, den Ihr in freisinniger Hoffart verwerft. Dem aber ziehn wir entgegen, *o doctor nequaquam angelice,* Ihr keinesfalls angelischer Lehrer, denn wofür sonst wär diese Pilgerfahrt nutz?«

»Oh!« hub der Doktor Cyriacus an zurückzuschreien, grad als sich der Blitz und der Donner zu letzten gewaltigen Schlägen versammelten, »oh ...« Und dann fiel ihm ein, wozu und wofür ihm diese Pilgerfahrt nützlich und angenehm erschienen war. Wo war Helena? Er stand gegen die nasse Wand der Wagenplane gedrückt, außer dem Pater, der die Argumente Gottes gegen ihn schleuderte, war er umstellt vom Stiefelschuster Noah, der grantig schniefte, vom Paruckenmacher, der nervös eine Prise Schnupftabak in die Nase zog, und von drei Musikanten, die ihre Oboe, ihre Fiedel und ihre Trompete gegen die stürzende Nässe hegten – aber wo war Helena, wo war die flötenstimmige Göttin der Erde? Wilde Geißelschläge führte er gegen seine eigene Seele: nichts Dümmeres, nichts Unfruchtbareres war ihm eingefallen, als hier, in notdürftigstem Unterstand, mit einem stinkenden Kapuziner einen metaphysisch-philosophischen Disput vom churbairischen Lattenzaun zu brechen – wie ein Dorfbursch, der sich mit einem ebensolchen um ein Dirndl prügelt. (War dies, vielleicht, der innere Sinn des Disputs gewesen? Wars nichts anderes als seine Gier, die kostbare Seele der Helena dem Auctor des SÜNDFLUT-Spektakels zu entreißen?) Wie dem auch sei: er mußte sie finden. Solange Blitz und Donnerschlag regieren, sind die Seelen der Weiber den Argumenten Amors am zugäng-

lichsten (jedenfalls hat er dergleichen irgendwann in einem frivolen freisinnigen Traktat gelesen).
Und so schob und rempelte er sich denn auf das fahle Licht im Osten zu, auf die Schupfen-Öffnung, suchend die Helena, die seine Seelenschiffe in die weinrote See geschickt.
Er kam justament zu spät. Die Jungfern Kathi und Leni, dem Alltag entrissen und vom Abenteuer angelockt wie glitzernde Renken vom Wurm an der Angel, waren unter der notdürftigen Deckung des Vordachs stehengeblieben, von Regenschwaden bestäubt, hatten selbander in die Gewitterfinsternis hinausgeblickt – und genau in dem Augenblick, so siehts der Plan vor, reißt der wohltätige Vorhang der Zeit auseinander, die emblematische Faust der Vorsehung greift hindurch und schnappt sich die Dirndln, Werkzeug für das noch nicht Enthüllbare.
Die schmale Straße durch die Auen, auf der sie bis hieher gewallfahrtet sind, schießt im grauen Regen zu doppelter, dreifacher Breite auseinander. Von Norden, von Attl her nähert sich ein gleißendes Zwillingslicht. Unter dem letzten Rumpeln des Donners hören sie einen Lärm, den sie nicht kennen: sanfter und stetiger als der Donner, härter als der Fall des Wassers über Steine und Balken. Eine Tür aus Stahl klappt, eine junge kratzige Stimme fragt aus der Schwärze im Innern des wundersamen Gefährts: »Na, was is? Fahrts mit?« Leni und Kathi sehen sich nicht einmal an, sehen sich nicht einmal um, steigen ohne Zögern ins Auto. Der Fahrer gibt Gas, und Doktor Cyriak Fernbrugger blickt in zwei rote Rücklichter, böse wie die Wut-Augen des Wolfs, blickt ihnen nach, ehe sie ganz winzig werden und verschwinden, abgehängt wie ungezählte Inamorati seit den Tagen der Vorzeit.

Diverse sinnreiche Exhibitiones

aus der SÜNDFLUT *des P. Peregrinus de Colle Sancto Hambucher*

XII. Exhibitio

Es wird grausamer Sturm, daß Wasser wirft Schiffe daher von weiten. Man sieht Leuthe, die sich aus den Schiffen auf die Berge flüchten. Die Algierer nehmen Schiffe weg. Da gibts Seeschlachten auf verschiedenen Ecken von Korsikanern und Franzosen, von Spaniern und Engelländern, sie schüssen aufeinander mit Kartaunen. Man bombardirt die Leuthe auf den Bergen, und sie delogieren einander. Ist eine erschreckliche Exhibition, gehn allemal etliche Pfund Kalfonium drauf, und wird die meistemal in die Bauckn ein Loch g'schlagn, so balds ein wenig hitzig zugeht.

XIII. Exhibitio

VULKAN, *mit einer Kirm voll Donner und Blitz in Lüften. Wirft Blitz und Donner aus der Kirm, da scheitern die Schiffe, und gehen zu Grund. Das Wasser steigt über die Berge auf, und man sieht bald keinen mehr.*

XIV. Exhibitio

Es stürmt, daß die Leuthe in Lüften herumflügen.

NB. Die in Lüften seynd lauter ausg'schopte Jackeln, die in Stricken hangen. Natürlich, denn für lebendige wärs zu gefährlich, und könnten das herumschlendern ohn Lebensgefahr nicht ausstehen. Waiß nicht, ich glaube, man müßts zuvor versehn. Malefikanten soll man haben, an denen nichts g'legen wär, da könnte mans schon producirn. – Esl es geht nicht, sag ich.

XVIII. Exhibitio

Neptunus *pfeifst gegen alle 4 Wind, da kommen die 4 Winde herabgeflogen. N. schenkt ihnen was, und sie halten sich weiter nicht auf, und flügen wieder fort, nachdem sie ihm die Hand gekußt haben, wie es sich auf guterzogene Kinder schicken thut . . .*

Die Jungfern und die Spielmaschine

Was ist ein Flipperkasten?
Wie sieht ihn jemand, der ihn noch nie gesehen hat?
Und wie beschreibt der spielerisch zwar interessierte, technisch jedoch ungebildete Chronist den ausgereiften Flipper-Automaten des Jahrzehnts von 1980 – sagen wir, den Automaten mit dem Namen XENON?
In Gottes Namen, probieren wirs halt: Der Hauptteil eines typischen Flipperkastens ist der vierbeinige schräge Spieltisch. Seine rechteckige, wandwärts leicht ansteigende Spielfläche ist überglast. Von ihrer Oberkante steigt in viel steilerer Schräge eine Anzeigentafel auf; auch sie ist verglast. Spielfläche wie Anzeigenkasten sind von zahlreichen kleinen elektrischen Lichtquellen erhellt und tragen bunten künstlerischen Schmuck, der jeweils ein phantastisches oder aktuelles Thema aufgreift – von der berühmten US-amerikanischen Basketball-Mannschaft THE GLOBETROTTERS bis zu den Geheimnissen ferner Welten und Mythen. Unbekannte, aber sicher begründete Prinzipien der Hersteller erfordern es, daß sich die Motive und Figuren der Anzeigentafel auf der Spielfläche wiederholen, aber von der Hand und dem Stil eines anderen Künstlers gestaltet sind.
Wie wird gespielt?
Zunächst werden Münzen in dafür bestimmte Schlitze an der Vorderfront des Spieltisches eingeworfen, welche je nach Wert dem Benutzer eine bestimmte Anzahl von Spielen freigeben. Durch Knopfdruck wird das erste Spiel ausgelöst, und eine silberfarbige Kugel wird auf die Abschußbahn befördert, die rechts in die Spielfläche eingebaut ist. Angetrieben von einem schnellenden Federbolzen saust die Kugel nach oben und tritt in die mannigfachen Wirrnisse, Gefahren und Chancen des eigentlichen Spielablaufs ein. Da sind Scheiben und Türmchen zu

treffen, kürzere oder längere Schluchten zu passieren, bestimmte Trefferserien einzuhalten, und was der Aufgaben mehr sind. Jeder Treffer ist mit Zahlenwerten verbunden, die auf der Anzeigentafel in Blitzesschnelle addiert werden. Daneben gibt es Sonderbelohnungen mannigfacher Art, die bei jedem Modell etwas, aber nicht allzusehr voneinander abweichen.

Der Geschicklichkeit des Spielers stehen zwei oder mehr sogenannte Flipper zur Verfügung: kleine Drehhebel, die elektrisch bedient werden, und welche die vom Gesetz der Schwerkraft nach unten, ins Aus gezogene Kugel wieder nach oben schnalzen. Der mehr oder weniger virtuose Umgang mit den Flippern weist die größere oder geringere Kompetenz des Spielers aus. Erreicht er eine (meist in Hunderttausenden oder Millionen angegebene) Mindestsumme, ertönt ein lautes Knacken, das Belohnung in der Form eines unentgeltlichen Freispiels verkündet. Auch der Erfolg in Sonder-Trefferserien erhält diesen bescheidenen Siegerkranz. (Fällt den Aufstellern eine zu hohe Freispielquote auf, werden die Bedingungen natürlich durch einen entsprechenden Eingriff verschärft.)

Der ganze Vorgang läuft zusätzlich als Licht- und Klangsymphonie ab, das heißt unterm rastlosen Zwinkern bunter Lampen, unter Fiepen, Brummen und Glockenschlägen – sowie seit neuestem (Ausweis des Aufstiegs der Menschheit zu lichteren Höhen) dem pädagogischen Pathos elektronischer Damen- und Herrenstimmen, die den fleißigen oder trägen, den dummen oder geschickten Spieler ermahnen oder ermuntern, anspornen oder belobigen.

Soviel zum Allgemeinen. Doch nun zum Flipperkasten XENON – um den gehts hinkünftig.

XENON, das ist (nach dem Willen wohlberatener Hersteller) der Name einer mechanisch-elektrischen oder Roboter-Dame; eines Wesens also, wie es schon die schauderbare Einbildungskraft des Ernst Theodor Amadeus Hoff-

mann gemodelt – oder vielmehr montiert hat. Das Brustbild dieses Wesens beherrscht die ganze obere Hälfte der Anzeigentafel, erhellt mit magisch-bläulichem Licht das Duster im hintern Flur der Speise- und Vergnügungsgaststätte Haberl zu Emmering, Landkreis Ebersberg. Sie fixiert mit ihren rotglühenden, kreisrunden Augen die Bräukasparleni und die Hafnerkathi, welche nicht minder kreisrund zurückstarren. Da stehen die Zwei nicht nur vor dem tiefinneren mysteriösen Sinn ihres Abirrens in einen andern Zeitpfad (was sie nicht oder noch nicht zu wissen brauchen) – sondern vor dem schlechthinnigen Erlebnis dieses Abenteuers.
Sonst ist nämlich, vermelden wirs ehrlich, bislang nicht arg viel losgewesen. Und etwas Riesenmäßiges schon gar nicht. Da ist zunächst zu sagen, daß sie der Durchschlupf ins Zukünftige in eine dunkle Nachtstunde befördert hatte, eine mondlose noch dazu, und daß sie die Raserei ihres Gefährts immer nur kreidige Trümmer der Landschaft sehen ließ, eine Straße zumeist, die immer gleich grau ausschaute und sehr schnell langweilig wurde; Schilder auch, viereckige, dreieckige, gelbe, rotweiße, dazu funkelnde Katzenaugen rechts und links auf weißen Stekken, – insgesamt nichts also, was das Auge oder die Neugier besonders erfreut hätte. Und die Gesellschaft? Die zwei Courschneider, die sie zum Einstieg in ihren gebrauchten VW verlockt hatten? Nun, sie gaben als ihre Namen »Lex« und »Dschoo« an, und von der zierlichen Art, wie man Werbungen um wohlerzogene Jungfern anzubringen hat, wußten sie gar nichts. Nicht einmal über Alltägliches konnten sie plauschen, die Frage nach ihren heiligen Namenspatronen konnten sie nicht beantworten, und ihre Manier, eine Poussage anzufangen – das konnte der schafblödeste Schinderbub hinterm Brunnen besser, gingen gleich aufs Mieder los, was ihnen leicht zu verwehren war. Das Innere ihres Gefährts schmeckte nach unappetitlichen Fetten, die Polster der Sitze waren durchgerie-

ben wie in einem alten Stellwagen, und dann machten sie mechanischerweise eine heulende Krachmusik, die sie auf das entsetzte Flehen der Jungfern recht grantig und zuwider abstellten. Das wäre wieder die Zeit zur Konversation gewesen, aber schon die Sprache ließ das nicht zu, der Dschoo und der Lex redeten schnell, stoßweis und rechthaberisch, ihr Bairisch war mit allerhand krausem Zeugs aus norddeutschen und anderen Landen durchwachsen. Freilich, auch die Jungfern wurden um dies und jenes befragt: »Trachtler?«, bellte zum Exempel der Dschoo, zog der Kathi dabei das Fürtuch aus dem Mieder-Ausschnitt. Sie probierten es, ihm von der Wallfahrt zu erzählen und vom möglichen Ende der Zeiten – die Zwei wedelten mit den Händen in der schmierigen Luft des Wagens: »Wissma scho, alls is hi, gehts zua, koan Bock drauf«, suchten in ihrem kleinen Krachkasten wieder nach Musik herum, »Bee Oans, dees is des Richtige für Trachtler«, bis ein lauter, aber dürftig exekutierter Zwiefacher zu hören war: »Gfallt Euch dees besser?« – »Aa net«, schüttelte die Kathi den Kopf, die Burschen lachten, winkten ab und redeten von einem »Verteiler«, der kaputt sei oder kaputtgehe, hielten in einer fahlgelb ausgeleuchteten Ortschaft vor einem Werkstatt-Tor, ließen die Jungfern einfach mit dem lauten und schlechten Zwiefachen im Gefährt sitzen, holten einen Mann in einem blauen Harlekingewand, Janker und Hosen in einem Stück, aus der Werkstatt, der wohl ein Wagenmeister sein mochte, hudelten laut und wirr mit ihm herum, der schüttelte den Kopf, lachte und anwortete leise, nickte dann, ging in seine helle Werkstatt zurück, Dschoo und Lex hüpften wieder ins niedere Wägelchen (sie hießen es ihren Karren), als ob sie überhaupt keine Zeit mehr auf der Welt hätten. Und dabei fuhren sie bloß in der unsichtbaren, vom Lichterschorf befallenen Gegend herum, bellten sich durchs heruntergekurbelte Fenster mit anderen Leuten, die so wie sie angetan waren, zigeunerisch, mit verwetzten Zwillichhosen und offenen Hemden, manche aber auch, die auf Rädermaschinen saßen, in Rüstungen aus Leder, mit großen runden Helmen auf: Fasnacht war da überall, bloß lachte fast keiner. »Auf gehts zum Haberl ind' Disco!«, verkündeten sie dann, als sei das was ganz Besonderes, fuhren wieder eine halbe Meile an Höfen vorbei, in deren riesigen Ställen grüngelbes Licht brannte, die Sorte von Licht, die hier überall die Nacht in stockdunkle Lumpen zerfetzte (obs wohl so sein muß gegens End der Welt zu?).

Dann war man beim Haberl, »geh weida, steigts aus« hieß es, und Kathi und Leni waren endlich da, wo sie hingehörten: in Emmering, Landkreis Ebersberg. Die Vergnügungs- und Tanzgaststätte Haberl war ein mehrstöckiges Haus aus Bruchstein und Ziegeln, mit unmäßig viel Fenstern, einem gläsernen Dachl über der Eingangstür. Der Dorfplatz davor war wieder grau und aus Stein gegossen, große blinde Ladenfenster stierten wie Nachteulen ins Licht, das von hoch oben aus schrägen Schüsseln kam, wenigstens gab es eine Säule Unserer Lieben Frau und einen Maibaum, der aber schon wieder abgeschlagen im Stockdunklen verschwand, das über der Lichtglocke hockte. Überall standen Gefährte herum, die meisten adretter wie die von Dschoo und Lex, auch die glitzernden Radmaschinen waren dabei, und »Auf gehts!« sagten die Burschen und gingen hinein. Da rumpelten viele junge Leute hinein und hinaus, solche in den spaßigen Ledermonturen, die sie nun schon kannten, die Dirndl aber beweinenswert angetan, mit zerrupften Haaren und grellbunten Fetzen rumpelten sie hinaus, hinein, einander an, der vordere Teil des Flurs war hell vom Treppenhaus her, das links ins obere Stockwerk ging, und von da kam die Art Krachmusik herunter, die der Dschoo und der Lex mochten.

Gehts jetzt also hinauf in die Disco? Ersteigen sie den ersten Treppenabsatz, zahlen sie dem Mann, der hinter dem Tisch mit dem eisernen Schatzkastl sitzt, die Maut für den Eintritt? Nein. Der Vorsehung pressierts jetzt. Sie schubst die ländlichen Cavaliers in die erwünschte Richtung, nämlich am Treppenhaus vorbei, dahin, wo im Gang die Beleuchtung ausläßt, wo akkurat der Flipper der XENON steht. Damit wärn wir angelangt.

»Geh weida, spuima-r-amoi.« Es ist der Lex, der das rauhkehlig fordert, und so tritt die Mirakel-Historie der wundersamen comoediantischen Wallfahrt offener in ihre Bestimmung ein – eine Bestimmung (so wird zu berichten sein), die wiederum himmlisch einfach gerichtet ist. Doch darüber am passenden Ort...

Leni und Kathi starrten also wie geschildert das Bildnis der XENON an, und deren stahlblaues Licht-Bild mit den kreisrunden Augen und den aufgeworfenen Lippen starrte zurück. Auf der Stirn, genau über der Nasenwurzel zwischen den Brauen, trägt die XENON ein illuminiertes gelbes Viereck, dem ein »X« eingeschrieben ist; vielleicht das Handwerkszeichen des unbekannten Künstlers, der sich so demütig-pfiffig verewigt? Im untern Bildteil der Anzeigentafel ist eine märchenhafte, ja unheimliche Geschichte abgeschildert, die weder die Jungfern noch die Burschen kannten: ein Mann und eine knabenhafte Frau schweben da in sündhaft eng anliegendem Faschings- oder Theaterkostüm durch gläserne Röhren, sichtbarlich magnetisch angezogen, auf die Riesendame zu.

»Geh weida, was schaugts'n, gschpuit werd.« Der Dschoo drückte die Jungfern weg und eine Münze in den Geldschlitz. Auf einem kleinen Fenster der Anzeigentafel blitzte ein Dreier statt einer Null, die dort gestanden hatte. Fast gleichzeitig aber schob er den Daumen gegen den Auslöserknopf, und der Dreier sprang auf einen Zweier zurück. Dschoo riß am Federbolzen der Abschußbahn, schickte die Kugel auf die Reise. Sie flitzte zur Rückwand hinauf, blieb in einem flachen Loch stehen, wurde herausgeschnalzt und sauste dann zwischen beleuchteten Türmlein herum. »Oh ... oh ... oh« stöhnten die Türmchen,

»ah ... ah ... ah« antworteten die Prallwände, die Kugel wurde herumgebeutelt und sauste dann vorwärts und abwärts, wurde von den Flippern gegen viereckige Schützenscheiben rechts und runde Scheiben links abgefeuert, und dann, wie herrlich, über eine Blechrampe quasi ins nächste Stockwerk befördert, wo sie durch eine glasige Röhre (ein Ebenbild der Röhren in der Geschichte auf der Anzeigentafel) schräg nach links und von da über ein zweites Schnapploch auf die Spiel-Wiese zurückkehrte. Auch auf der war die Dame XENON aufgemalt, und rings um sie gewahrten die Mädchen alle möglichen Aufschriften in fremder Sprache, auch kabbalistische Ziffern, Zahlen und Einzelbuchstaben, und das alles rot, golden, grün und blau beglitzert, bezwinkert, viereckig, kleeblättrig, pfeilspitzig das Auge verblüffend und verwirrend.
Welchen Effekt und welchen Affekt löst dergleichen in unseren Wasserburger Comoediantinnen aus? Die Kathi zumindest, ihrer leicht entzündlichen Art folgend, sekundiert jedes Ah und Oh, jedes Schnalzen der Schnapplöcher mit ihren eigenen Quietschern, hineingerissen ins Wunder des magnetischen Kunstwerks; Leni aber, die Leni mit den langen Gedanken, weißgott auch gebührend angetan, merkt daneben und darüber Einiges mehr. Die Burschen, so merkt sie zum Beispiel, spüren die Geheimnisse dieses philosophisch-mathematisch-poetischen Theaters gar nicht mehr. Sie gehn längst nicht mehr ein und sind wohl nie eingegangen auf die Geschichten, die da von jeder Kugel anders erzählt; auf die sinnreichen und geheimnisvollen Embleme, die angeboten werden, ihre stets wechselnden Offenbarungen, Perspektiven, Enthüllungen. Sie schimpften bloß, Bluatsauerei, wenn die herumflitzende Kugel nicht genau dahin ging, wo sie ihrem Wunsch nach hinsollte, nockelten an der Umrahmung herum (der ungeschicktere und gröbere Lex so ungeschlacht, daß die XENON »Tilt« ansagte und die Flipper den Gehorsam aufkündigten, was er mit mürrischem Fluch quittierte,

mileckstamorsch). Der Dschoo lachte ihn zwar aus, triebs aber auch nicht viel besser oder philosophischer, und als die Kugel in seinem Spiel zu dritten Mal unten im Aus-Loch verschwand, drosch er mit beiden Handflächen gegen das Rahmenholz und riß die ganze Maschine zwei Zoll nach links. Die XENON sagte etwas in einer fremden Sprache (sie sagt *»Try me again!«*, wanns kein Freispiel gibt), sie hatte es beim Lex auch gesagt, und dann stand bloß noch ein Einser im Fensterl. »Na«, grinste der Dschoo gemütlich jetzt, »wia waars, wollts amal, ös Trachtlerdamen?« Doch, sie wollten, und die Kathi tat den ersten Schuß, war aber ganz mitgenommen und eingewickelt vom Wunderwerkl, schaute nur zu, wie ihre Kugel ein bißl herumrumpelte, vergaß auch auf die Knöpfe, denen die Flipper gehorsam waren, und so rutschte der silberne Ball ganz pomadig an der unbewegten Flipperkante entlang in die Tiefe: »Vierdausatdreihundertdreißg, o mei!«, röhrte der Lex desperat-lustig, probierte nun seinerseits, der Leni den Arm um die Schulter zu legen und am Fürtuch zu nesteln, aber die nahm sein Handgelenk, hobs auf, warf es wie einen alten Hadern nach hinten, und zu vermelden ist, daß dem Dschoo etwas schwante von höherer Bedeutung. »Geh weida laßs schpui'n«, sagte er ruhig und mit Autorität, die Leni trat unveränderten Gesichts an die Maschine. Sie neigte sich darüber, heimlich-unheimlich von den kleinen Lichtern erhellt. Sie streichelte einmal, zweimal den Holzrahmen. Sie kitzelte die Flipperknöpfe: die Hebelchen gehorchten ihr freudig. Vorgeneigt, die melancholischen Augen zugekniffen, die Unterlippe halblächelnd zwischen die Schneidezähne gezogen, zieht sie zierlich mit Daumen und Zeigefinger am Federbolzen und läßt die Kugel sanft, sanft emporsteigen. Krummen Weges, aber pfeilgrad gezielt sinkt sie ins obere Schnapploch – und das große Einsammeln fängt an.

Liegts daran, daß die Leni ein Natur-Genie ist, vielleicht

im schwärmerischen Sinne ihres Anbeters Cyriak Fernbrugger? Ists ganz einfach die Fortuna der Anfänger, die ja mit Vorliebe so ihre Neomysten zusammenfischt, um sie dann umso sicherer im Verderben zappeln zu lassen? Oder (und damit treffen wirs wohl besser) ists bereits Teil der Gnaden-Ausstattung, die auf dieser Wallfahrt noch an ihr sichtbar werden wird? Denn man bedenke: durch ein winziges Zeittürl ist sie mit der Kathi geschloffen, auf grauen Straßen von ungehobelten Menschen kutschiert, um so pfeilgrad wie die Silberkugel im oberen Schnapploch, hier im Flur der Speise- und Vergnügungsgaststätte Haberl (Emmering) zu landen, dort eine wundersame Maschine vorzufinden, die der bayrische oder österreichische Barock todsicher erfunden hätte, wären ihm die entsprechenden neumodischen Mittel zuhanden gewesen. Hieher ist sie gestellt, hier schießt sie viermal die rechte Scheibenreihe ab (was sich steigernde Bonusse und einen Extra-Schuß ergibt), vollendet die grünleuchtende Kleeblatt-Serie unterm linken Schnapploch, steppt zweimal hintereinander die roten und blauen Lichtlein in den Kreis, der sich XENON XENON liest, zündet die zwei gelben und das eine rubinrote Viereck auf der Stirn der Spielflächen-Roboterin an, und zweimal kracht es, der Zweier schnellt auf im Anzeigenfensterl, dabei hat sie noch einen Schuß extra gut. Sie läßt die Kugel ins Aus rollen, lächelt jetzt, ja, ein wenig verschlagen, schaut die Burschen an: »Ist recht possierlich das«, sagt sie mit der Damenstimme. Die nächsten Kugeln schickt sie mit voller Federkraft ins Gefecht, es macht nicht viel Unterschied, die Türmchen stöhnen Ah, die Prallwände grunzen Oh, die Scheiben springen auf und ab, die Pfeile und Lämplein zwinkern, gnagg gnagg macht es zweimal, und die Freispielanzeige verdoppelt sich auf einen Vierer: *Victoria*.

Also was? Kathi und Leni standen zusammen, Neptuna und Cybele, musterten ohne Spott den Lex und den Dschoo. Die wurden zuerst rotfleckig, dann ganz rot im

Gesicht. »Da verreckst«, sagt der Dschoo. »Geh weida, laß schpuin, die Molln, gengama nauf«, so mürrisch der Lex. Aber: »Geh zua«, sagt der Dschoo, »geh du zua. Dees mecht i seng. Eine Million vierhunderttausend, und Sonderserie. Da verreckst.« Lex drehte sich um mit der durchschaubaren Arroganz des Gedemütigten, ging breitbeinig zur Treppe und hinauf zur Krachmusik. »Geh weida Bräukaschperleni«, sprach der Dschoo, ganz sanft auf einmal. »Schpui zua.« Und die Leni drückt auf den Knopf, der das nächste Spiel freigibt, lang, der Zeit verloren, wird sie mit der XENON raufen, wird ihr immer neue Freispiele abtrotzen, wird auch das eine oder andere großmütig der quietschenden Kathi abtreten, während durch den zugigen Flur die Pärchen trudeln, hinauf zur Krachmusik und wieder herunter, und während aus der ebenerdigen Wirtsstube das ruhige Lachen der Schafkopfspieler schweibt. Lang wird es so gehen, immer unter dem braunschwarzen, ruhigen Blick vom Dschoo, bis zwei Stunden später der wütende Lex heruntertorkelt, nach seltsamem Alkohol riechend (die Spezialität des Hauses Haberl ist CUBA LIBRE): »Gehts weida, fahrma ...« und Dschoo, ruhig überzeugt, dazu nickt: »Ja, fahrma ...«

Und während der schreckbetäubte Cyriakus, vom kalten Atem des abziehenden Gewitters versengt, noch den höhnisch schwindenden Lichtern nachzusehen glaubt, werden daraus die Scheinwerfer der Ankunft, denn die Ritze der Zeit, die (noch) undurchschaubarer Weise gewährt wird, ist barmherzigerweise ganz schmal. Er, der Freigeist, ist wahrhaftig der Einzige der Comoediantentruppe gewesen, der überhaupt den Raub der Töchter des Leukippos, die Entführung der weiblichen Elemente wahrgenommen – und er ist der Einzige, der ihre Rückkunft und Entlassung bezeugen könnte: »Gehweida, da seids wo's highörts, Trachtlerdamen ...«

Und die beiden Jungfern stehen auf der nun wieder rechtschaffen schmalen Straße, stecken im tröstlichen Sternenlicht nach dem Gewitter die Köpfe zusammen und kichern. Aus dem Schupfen wird der kostbare Wagen herausgerollt, der Dialog mit den Pferden setzt ein: »Ööhaa, staad, staad bleibm ihr Verrecker...« – denn man will zumindest noch nach Rott kommen an diesem Abend. Cyriak treibt es, auf die Leni zuzugehen, sie zu umarmen, ihren Schrecken durch behütende Zärtlichkeit zu erwärmen – aber wo ist da Schrecken? Es ist sein Schrecken, merkt er, den er verdecken will, die Jungfern sind ganz und gar nicht erschrocken, sie sind bloß sehr, sehr weit weg.

Gebet über eine Jungfrau

Aus den Sieben Riten der Oglala-Sioux

... Dieses (heilige Bündel) über deinem Haupt ist wie Wakan-Tanka, der Große Geist; denn wenn du stehst, reichst du von der Erde zum Himmel und so ist alles über deinem Haupt wie der Große Geist. Du bist der Baum des Lebens. Du wirst nun rein und heilig sein, und mögen deine künftigen Geschlechter fruchtbar sein! Wohin immer deine Füße treten mögen, dort wird ein heiliger Platz sein, denn von nun an wirst du Wirkungen mit dir tragen. Mögen die vier Mächte des Universums helfen, dich zu reinigen – denn wenn ich nun den Namen jeder einzelnen Macht anrufe, werde ich dieses Bündel an deinem Körper abreiben. Mögen die klaren Wasser von Sonnenuntergang dich reinigen! Mögest du sein wie der säubernde Schnee, der von dort herkommt, wo Waziah lebt. Wenn die Dämmerung dich überkommt, mögest du Weisheit vom Morgenstern empfangen. Mögest du rein werden durch die Macht des Orts, zu dem wir immerdar blicken, und mögen dir die Wesen beistehen, die immer auf diesem geraden und guten Pfad gewandelt sind. Mögest du wie der Weiße Schwan sein, der an dem Ort lebt, auf den du nun blickst, und mögen deine Kinder so rein sein wie der Weiße Schwan!

Kaiserin Kunigunde, Thetis und der vernagelte Sinai

Der letzte, rechtmäßig vom Kalender vermessene Tag unseres wahrhaftigen Berichts über die Wasserburger Wallfahrer hebt an zu Rott am Inn, einem stattlichen Flecken, noch immer gerühmt ob seiner Benediktinerkirche, die der alternde Johann Michael Fischer sozusagen um einen Pappenstiel, ridiküle vierzigtausend Gulden, aber dennoch oder vielleicht grad deswegen als besonders edles Vermächtnis seines Ingeniums errichtet hat. Da ist viel goldener Jubel, viel Goldblatt und Stuck und (echter wie falscher) Marmor zuhanden, in der Rundkuppel schwebt die Muttergottes inmitten einer Apotheose des Benediktinerordens – aber das alles wars nicht, was den Doktor Cyriak Fernbrugger in dieser goldenen Frühe an der Chorschranke festnagelte. Was ihn da fesselte, war explizit und allein das überlebensgroße weißgoldne Bildnis der Kaiserin Kunigunde, das nebst Pendant (nämlich ihrem Gemahl Kaiser Heinrich, aber der braucht uns nicht zu interessieren, weil er auch den Cyriak nicht sonderlich interessiert) vom gewandtesten Artisten des bayerischen Zopfstils, dem Münchener Ignaz Günther, gefertigt ist. Diese Kundigunde, ein Krönlein auf der Frisur, das einer hübschen Pfeffermühle gleicht, steht in sanfter Doppeldrehung, reckt in zierlichen Fingern ihr kaiserkönigliches Szepter nach vorn, schaut mit verkappten Lidern nach unten oder vielmehr in sich hinein, lächelt mit langer Damennase und kleinem Damenkinn und gleicht, der Leser hats schon erraten, auf herzbeklemmende Weise der Bräukasparleni in ihrem geistlichsten Augenblicken.

Nun wär das ganz und gar kein Grund für den Inamorato, angenagelt hier zu stehen, rechts vorm Hochaltar, während das quicklebendige Ebenbild längst schon ganz wo anders, nämlich bei der morgendlichen Zurüstung des

Pilgerzugs für die letzten anderthalb Meilen zugang ist, und zwar am westlichen Ortsrand, vor dem Söllhuber-Anwesen, allwo man die Nacht im Heu verbracht hat. Es sind aparte Um- und Zustände, die ihm den Vorzug der künstlerischen Abspiegelung vor dem warmen und bunten Original aufnötigen, und auf die muß zwecks wahrheitsgemäßen Berichts eingegangen werden.
Die Kaiserin Kunigunde wahrt nämlich, und das gehört sich, doch einen Abstand von gänzlicher Ähnlichkeit mit einer Bräuerstochter, und sei diese noch so aus der Art geschlagen. Der Ignaz Günther hatte schon eine Majestät im Sinn und abgebildet, wenn auch eine sehr liebliche, in imperialer Robe; und zudem eine (wenn auch heiligmäßig) verheiratete. Das sieht man; und Cyriak sah noch mehr, grad auch im Vergleich mit dem kaiserlichen Gemahl: durchaus wacker und heldenmäßig steht der da, mit dem güldenen Bamberger Dom in der Rechten und den Spitzbart martialisch zum Altar hin gereckt – aber was weiß er über seine (wenn auch heiligmäßige) Gemahlin? So gut wie nichts, glaubte der Doktor zu bemerken. Dagegen sie, sie weiß alles über ihn, und so manches andere obendrein über Mannsbilder im allgemeinen und den vertrackten Lauf der Welt; läßts aber nicht merken, außer in einem kaum wahrnehmbaren höfischen *sorriso,* bewahrt vielmehr ihre langen Damen-Gedanken schweigsam hinter der glatten Stirn, unter der güldnen Pfeffermühle. Ohja, wird ihm schon eine treu Ergebene gewesen sein, soll ja auch, zur Probe ihrer ehelichen Treu, ohne Zagen über glühende Pflugscharen geschritten sein – aber man bedenke dazu das Geschau des Kaisers und die notwendigerweise vorhergehenden gräßlichen Zweifel im Eingeweide! Das alles hatte, so schiens, der vertrackte Ignaz Günther im Hinterkopf gehabt, als er dieses Kundigundenantlitz bildete: ein gefährliches Gesicht, das wars, entschied der Cyriak, siehts gleichsam in einer Garten-Allee von Jahresskulpturen des Ehestands, wissender mit

jedem Lichtmeß, Ostern und Pfingsten, schöner auch, ohja, aber enigmatischer, auch und grad auch für den verehrenden Gespons, unwillens und wohl gar nicht fähig, die Deliberationen und Kalkulationen, die angehäufte und durchgewalkte Erkenntnis von Welt und Mensch und (insbesondere) Ehegemahl anders als über die stumm lächelnden Mundwinkel mitzuteilen. Noch strahlte die Leni in seinem Seelentempel, ohja, aber die Luft um sie wackelte und zitterte, ließ die Ahnung anstrengender Zukunft durchschimmern.
Lags vielleicht auch an dem, was sich in dieser söllhuberschen Heunacht ereignet hatte? Der Bauer hatte sie gutmütig genug, wenn auch verständnislos aufgenommen, vom Ende der Zeiten hatte man hier in Rott noch nichts läuten hören und der Pater Umgang, eifrig wie eh und je auf Proselyten-Treibjagd, hatte die Söllhuberischen so wenig wie ihre Nachbarn von der Notwendigkeit solchen Aufbruchs überzeugen können. Nach Tuntenhausen, soso: das verstand man, das ging ja immerzu lebhaft hin und her, und um Gottswillen sollte sie im Heu nächtigen, die Pilgrame, das war man Unserer Lieben Frau schon schuldig. Der ganze Troß kuschelte sich also im Stadel ein, in den frisch eingefahrenen Heuwänden, dem Pater wurde ein Strohsack in einer Besenkammer konzediert und den Jungfern zwei auf dem Boden, und auch dem Doktor hätte man, angesichts seines akademischen Status, wohl eine besondere Liegerstatt aufgeschüttelt, aber er lehnte hartnäckig ab, nahm seine wenn auch aufgeklärte Pilgerschaft ernst und begnügte sich, wenn auch etwas erhöht vom übrigen Volk, mit einem Schüppel neben einem Gadenfenster, durch das der Mondschein drang, lag trotz schwerer Knie und Waden noch lang wach auf seinem Stück Rupfen, seine Sinne bezweifelnd und befragend wegen der unheimlichen Entführung, deren Zeuge er gewesen, wegen ihrer allgemeinen oder auch nur der persönlichen Bedeutung für ihn, den unselig Seligen. Er

war flach hineingerutscht in den Schlummer, hatte von Nereiden und Schaumrössern geträumt, die im Inn herumturnten, und die Thetis wurde dann, wie's so zu gehen pflegt in Sommerträumen, sehr eindeutig, war in einem Hui in seinen Armen, den keineswegs unwilligen, war auch keineswegs gebirgswasserkühl, sondern hitzig bis dorthinaus, und er roch das Heu und gewahrte im Augenwinkel den niedersteigenden Mond, ohne daß solches Karessieren aufgehört hätte; mit einem Wort, Cyriak Fernbrugger wurde geliebt. Und zwar entschlossen, wiederholt und hiesig. Das war nicht der Leni Art, soviel kapierte er schon im Traum und in anhebender Wachheit erst recht, war jedoch Mannsbild und Kavalier genug, um solche Einsicht nicht dazwischentreten zu lassen, das heißt zwischen sich und die heißen Gliedmaßen, die flüsternde Wonne, die halbverschlafenen Ermutigungen (eine davon lautete, ohne daß er oder auch die Wispernde es verstanden hätten, *»try me again . . .«)*. Cyriaks Beichtspiegel war in diesem Bereich sicher nicht laxer als der christkatholisch-churbairische, vielleicht sogar auf agnostische Weise strenger; doch weder im Traum noch danach fiels ihm ein, von sich oder der heuduftenden Thetis so etwas wie Manier und Gesittung zu fordern, vielmehr fiel ihm, dem überraschten Denker, nur ein ungemein tröstliches philosophisches Wort zu: prästabilisierte, vorherbestimmte Harmonie. Er wußte nicht, wie lange das so dauerte, glaubte, wenn er sich angestrengt erinnerte, noch ein töricht-erheiterndes »Küß die Hand Euer Ehren« zu vernehmen, ehe die Signale der Dämmerung durchs Gadenfenster drangen und unten, auf den Tannenbrettern des Stadels das erste Stampfen von Stiefeln, aus den Heuschwaden das gähnende Aufwachen der restlichen Compagnia zu hören war.

Und jetzt sausen wir in die Klosterkirche zurück, stellen wir den Cyriak Fernbrugger nach solcher Aventure mit der Kathi (denn wer sonst, parbleu, sollte es gewesen

sein?) wieder beim zweifelgezwickten Dialog mit der Kaiserin Kunigunde oder dem ignaz-güntherisch überhöhten Zukunftsbildnis der Leni. Unschwer gewahren wir, daß da in seinem Löken wider den Stachel auf immer geheimnisvoller Bindung, in seiner plötzlich erwachten Fähigkeit, durchs Perspektivrohr der Zukunft anderes als nur besoffenen Glanz zu erblicken, eine neue Wirkung sich ankündigt; vielleicht auch eine Versuchung? Versuchung zum trauten Doktorheim mit fröhlich turtelnder, entschlossen karessierender Tochter der Landschaft, unberührt und also unversehrt vom Zauberstab der wie immer bedingten Erwählung?
Belassen wirs genau dabei, lassen wir den Cyriak einen fast wilden Blick um sich werfen: wo sind die andern Pilger? Haben sie sich weggeschlichen nach der Frühmeß, ihn seinen Meditationen überlassend? Sapristi, das könnt wohl sein. Könnt sogar sein, daß der Pater Umgang, nervös geworden ob der wachsenden Harmlosigkeit der Wallfahrt, gewillt, den möglichen freymäuerischen Spötter nicht um sich zu lassen in solcher Lage, schon lang den Aufbruch befohlen?
Genau so ists. Wie Cyriakus zum Söllhuber zurückkehrte, war der Hof leer und verlassen bis auf die Kuchlmenscher, die Bauersleut waren draußt auf sommerlichen Feldern, und die Pilgrame samt ihren drei Wagen entschwunden – ummidummi, wie die Saudirn vage deutete, die dreckige Pfote nach Westen gestreckt.
Freilich, das war die Direktion, der Weg nach Tuntenhausen über Lampferting, und länger als höchstens eine halbe Stund konnten sie nicht voraus sein. Ein rascher Überschlag, das mußte leicht sein – so kommod sollte ihm der Peregrinus de Colle Sancto nicht auswitschen. Und im Geschwindschritt, eher animiert als gemindert durch die Ereignisse der Nacht, nahm er die letzten Meilen des Pilgerwegs unter die guten Stiefel, schwang seinen buchsbaumenen Spazierstock und pfiff, aus purer fröhlicher

Bosheit, das famose Quartett der vier Elemente aus der Schluß-Apotheose des kapuzinerischen Opus Magnum:

Gott Vater! wir zerflüssen
Ja gar zu deinen Füssen
Vor lauter Süßigkeit, vor lauter Süßigkeit,
Vor lauter Trost und Freud, vor lauter Trost und Freud.
Wir thuen dich auch preisen, daß du dich thust erweisen,
eieieieieieisen . . .

Der Weg war nicht reizvoll, er führte durch Krüppelwald und Filz, an geduckten Anwesen vorbei, und von Pilgerscharen, auch nur von einem einzigen demütigen Pilgerlein war weit und breit nichts zu sehen – sei's drum, wer reißt sich ums Ende der Zeiten, wenn es Sommer ist und man ereignisreich im Heu übernachtet? Doch halt: da, fünfzig Schritt vor ihm, schon verzeichnet von der Wärme, die über Wagenspuren und saurem Gras zitterte, war doch eine Figur auszumachen, eine Pilger- oder vielmehr Pilgerinnen-Gestalt, ein altes Weiblein vermutlich, die rechte Schulter schief nach vorn geschoben und überhaupt etwas abgewirtschaftet. Er beschleunigte seinen Marsch und brauchte ein paar Minuten, um sie einzuholen, sie war, bei aller scheinbaren Hinfälligkeit, doch recht flink zu Fuß, und das war wohl berufsbedingt, denn es war die Klosterausgeherin, das Woverl. Wie sie ihn gewahrte, nickte sie recht eifrig den Kopf auf und ab, zahnte freundlich: »Aa unterwegs nach Tuntenhausen, freili freili Euer Ehrn, wolln mer das Spektakel net missn, die Sündflut, hehe!« Und da durchfuhrs ihn, den widerwilligen Dramaturgen: hatte nicht sie, die Klosterausgeherin, bei allen bisherigen Präsentationen des erschrecklichen Stücks die Hexe Apollonia gespielt – eine durchaus lächerliche und widerwärtige Rolle? Dem Neptunus zur Hand gehend zwecks Erzeugung von Rieseln und Hagelschlag, mit Schnaps abgelohnt und auf dem Geißbock reitend?

Und war er nicht froh gewesen, daß eben diese Rolle, unter dem legitimen Vorwand der notwendigen Aufwand-Verkürzung, aus dem Spektakel verschwunden war? Den allerdüstersten Aberglauben hatte der Pater Peregrinus da eingespannt für seine eigenen, auch reichlich finsteren Zwecke... »... wie wanns ging ohne Apollonia, sag i«, so kichernd die Ausgeherin neben ihm, »wie wann die Sündflut kommen waar ohne Riesln und Hagel, da muaß scho die Hex dabei sei, halten zu Gnaden Euer Ehren... Kann ma die Hex net reduzieren, wann ma scho alls andere reduziert... frei'n si doch die Leut', wann die Apollonia auffahrt mi'm Gaisbock, huiii, da lachns und 's gruselt ihnen dennoch, was sag ich, ohne die Hex gehts amal partout nicht.« Er fixiert sie von der Seiten, sie schaut ihn devot von unten an, wegen ihres krummen Buckels, mit biederen Triefaugen, sind aber so bieder wiederum nicht, und Schritt halten tut sie beim forcierten Marsch, weißgott, so eine Klosterbötin kanns mit einem kurfürstlichen Grenadier aufnehmen, allemal...

»Sie hat Glück gehabt«, sprach Cyriak ausweichend. »War Zufall, daß uns ein sakrisches Gewitter überkommen hat unterhalb Rott.«

Die biederen Triefaugen zogen sich zusammen, wußten mehr als er, sapristi, warum sind ihm heut die Weiberleut alle über: »Beim Söllhuber habts logiert, weißscho, weißscho, die Hex kennt si aus, hehee...« Das machte ihn vorsichtig, machte ihm den Mund zu, lachhafterweise, was sollte ein illuminierter Medicus sein Benehmen auf Hexen abstellen. (Vor allem dann, wenn sie bei Erwähnung des Söllhuberschen Anwesens kupplerisch blinzelt...?) Jedenfalls schwiegen dann die zwei, während sie in äußerst ungleichem Geschwindschritt – der Doktor stramm und gleichmäßig, das Woverl mit einem Gezokkel, das nur durch göttlichen Gnadeneingriff überhaupt weiterzukommen schien – Lampferting anstrebten und erreichten.

Grad zur rechten Zeit, so schien es. Die drei Frachtwagen waren auf dem leicht aufgewölbten Buckel des Dorfplatzes zusammengestellt; nicht zu friedlicher Marschpause, sondern zur Austragung eines fast hitzigen Arguments, das die Dorfkinder, alle barfuß, in dürftigen Jankern und Kitteln, blöden oder schlauen Blicks, Finger im Mund oder in der Nasen, als Publikum genossen.
Fast schiens da, so merkte Cyriakus, zur Rebellion gegen den Hochwürdigen Herrn Spielleiter zu kommen. Denn der, wieder vom Bock heruntergestikulierend, enthüllte seinen Plan für das erste Spiel, die erste Aufführung, gewissermaßen die Generalprobe auch: nicht erst in Tuntenhausen, sondern jetzt gleich hinter Lampferting, auf dem Bichl, den sie Aschber- oder Asperberg nennen, sollten sie Wägen zum offenen Viereck stellen, die Bühne aus ihren Bestandteilen errichten wie oft geübt. »Dort ists gut sein, wie's im Heiligen Evangeli geschrieben steht, und dort, gleichsam auf einem Berg Sinai, wollen wir die Blitz- und Donnerkeil der Buße schärfen und abilassen. Ist auch ein guter Fleck in Respekt aufs Publicum, meine Lieben: da kommen von Norden her, von Ebersberg und Grafing, auf erprobtem Pilgerpfad und notwendigerweis die Pfarrwallfahrten zu unserm Gnadenort, müssen unterhalb Kronau über die steinerne Brucken ...«
Murren wurde laut und lauter. Wär wohl eine recht spinnerte Geschicht, da die Wägen auf den Aschperberg hinaufzuschinden, wenn es so weiterginge wie bisher mit den bußfertigen Pilgerscharen, wo sich denn die versteckt hätten vor dem Ende der Zeiten, da sei's doch wohl gescheiter, gleich nach Tuntenhausen durchzufahren und zu marschieren, da ums Heiligtum herum sei immer frommes Volk, ob Endzeit oder nicht, da brauche man sich vorher nicht abzwapseln, und womöglich wieder irgendwo im Heu kampieren, wenns zu spät würd mit dem Abbauen nach der großen Schlußarie.
Das, merkte Cyriakus, waren Fundamentalzweifel, mehr

als geistliche Furcht und Milleniumserwartung hatte die Ereignislosigkeit der Wallfahrt die Gemüter zermürbt, die sommerliche Verschlafen- und Verstocktheit der Landschaft, und insbesondere die letzte trübwarme Meile in Schnaken- und Bremsenschwärmen, mit den fauligen Gerüchen aus Filz und Torfstich. Den Pater selber hielt sichtbarlich nur seine hagere Hartnäckigkeit zusammen, das Wasser rann ihm aus dem rötlichen Haarkranz und der blanken Stirn über Brauen und Wangen, während er fuchtelnd seine Argumente beschirmte: »Aber spannt ihrs denn nicht, Geliebte im Herrn, daß dies, die scheinbare Ödnis um den Heiligen Ort, grad der letzte mordsmäßige Angriff des Vitzliputzli, des Großen Feindes ist, nachdem die Freigeisterei schon retirieren mußt vor dem Banner der christkatholischen Wahrheit? Daß der luziferische Kartenfälscher uns ein letztes Irrbild in die Augen streut?«

»Irrbild, Irrbild!« juckte der Stieflschuster auf, Noahs grämliche Art begann wie Sommertriebe aus seinem Gemüt zu schlagen, »Ist das ein Irrbild, wannst partout und überhaupt nix zu sehen kriegst?« Und: »En effet«, so der Paruckenmacher Äolus, der ärgerlich-geziert aus emaillierter Tabatière schnupfte, »da müßte doch wahrhaftig die Apokalypsis des Sehers von Patmos recht fehlerhafte Data enthalten, wenn diese ...« (er schlug einen Kreis mit gespitzten prisenhaltigen Fingern) »... diese sommerliche Inertia ...«

Die Kinder lachten, hüpften von einem kotigen Bein aufs andere, »Aschberberg«, schrillten und zwitscherten sie, »Aschberberg ...« Und ein blödes Mäderl mit Pfannkuchengesicht und eng beeinanderstehenden Äuglein blökte wie eine Geiß: »Nato Nato Nato!«

Da war es, erstaunlicherweise, Leni, die der Waage den notwendigen kleinen Drücker gab. Sie hatte den Pater, so bemerkte Cyriak, während des ganzen Disputs kaum angeblickt, sondern in sich hineingehört wie die Kaiserin

Kunigunde, hatte ihre lange weiße Rechte über die rosigfleischige der Kathi gelegt, welche sich bei ihr eingehakt. Aber auf einmal hob sie den Blick, redete nicht lauter, als es sonst ihre Art war, und alles, wie gewöhnlich, hörte ihr zu: »Machma uns doch auf den Weg, nix wie gehorsame Pilgrame, müssen doch eh um den Aschperberg rum in der Reibn fahren, wird sichs schon weisen dann, ob und wie uns der Wille Gottes weiterweist.« – »Recht so, meine Tochter!« fuchtelte der Pater, »recht so! Aus dir spricht die Weisheit, so spielt vor dem Angesichte Gottes, auf gehts!« Weiß sie abermals mehr als wir alle? wunderte sich Cyriak. Die Andern nickten langsam, aber billigend, die Kutschierer ließen die Peitschen schnalzen, hü! und hinaus gings nach Westen aus Lampferting, auf dem Karrensträßlein, das rechter Hand um den Asperberg herumläuft.

Und da war denn gleich zu sehen, daß es mit der Endzeit doch die richtige Bewandtnis haben mußte: der ganze Bichl war aufs unbegreiflichste verändert. Keine fünfzig Klafter oberhalb des Wegs lief ein Zaun mit, wie ihn noch keiner von den Wasserburgern gesehen hatte: gefertigt aus lauter kleinen Vierecken aus Draht, an metallene Pfosten geheftet. Und drüber hatte man eine richtige Burg gebaut mit Verliesen und Plattformen, über die waren gewaltige grauschwarze Helme gestülpt, standen wie bis zum Hals vergrabene geharnischte Riesen da oben. Nur einer war abgenommen, da, wo er auf seinen Halsberg aufsitzen sollte, war eine kleine runde Bastion, und auf der knäuelten sich, die spitzen Schnauzen nach Nordosten gerichtet, drei stählerne Fisch-Vögel oder Vogel-Fische mit starren, nach hinten geschrägten Schwingen. Das war nichts, was je aus einer Arche Noah herausgefludert war, vielmehr war hier großer mechanischer Erfindergeist am Werk gewesen. »Seht da!« rief der Pater stentorisch und wies aus gleitendem Kuttenärmel hinauf. »Schauts es Öng an, was der Menschen Ingenium zum

Preise Gottes zu bilden vermag! Aufs Sinnreichste erdachte Flugmaschinen, möcht ich eine ganze Collektur verwetten, wanns erlaubt wär! Ja, wir sind in ein anderes Säkulum geraten, was im großen Gewebe der Ewigkeit weiter nicht verwunderlich ist, frisch voran!« Cyriak und die anderen Pilger waren nicht so heilsgewiß wie der Peregrinus, spähten vielmehr recht durcheinandergebracht hinauf zu den Helmen und Vogelmaschinen, insbesondere da nun auch von droben einer herunterlinste, ein grauschwarzer Scherenschnitt gegen den diesigen Sommerhimmel, mit einem Eisenhelm angetan und einer kleinen, aber wohl recht gefährlichen Muskete, die er über die rechte Schulter gehängt hatte. Leni aber und Kathi waren totenblaß geworden, hängten sich aneinander, als gelte es einen bösen Orkan zu bestehen, und hielten den Musik-Wagen zwischen sich und der Fortifikation da droben.
»Soldateska, des Kurfürsten Artiglieria wohl«, meinte der Hafner und bot dem Cyriak (von dem er noch nicht wußte, daß er sein Schwier im Fleische war) aus verbeultem Blech eine Prise an. Der schüttelte nur den Kopf, betrachtete die Jungfern, dann wieder die formidable Festung mit ihren Maschinen. »Kein Kurfürst hat so viel fiskalisch zuhanden«, brummte er. Das blöde Kind auf dem Dorfplatz in Lampferting hatte »Nato« geblökt. Das klang italienisch, hat vielleicht in irgendeiner Zukunft (und in der Zukunft fanden sie sich wohl jetzt) eine geeinte Italia bis hieher über den Alpenkamm vorgeschoben? Die Leni und die Kathi, soviel stand fest, erinnerten sich oder argwöhnten ein Geheimnis, das wohl mit ihrer Eskapade in dem Maschinenwagen zu tun hatte...
Als die Pilger, wenige Schritt oberhalb der Kronauer Attl-Brücke, um die Reiben in Richtung Ostermünchen und Tuntenhausen bogen (seit wann trug ihr breiter Turm statt zweier Schnörkelhelme eine hohe Doppelspitze?), da gewahrten sie erst, wie sehr der Asperberg umgemodelt

worden. Eine gleichmäßig graue Straße lief steil den Hang hinauf, rannte unter einem Gatter aus Draht-Vierecken weiter bis zu einem stumpfen grauen Turmstück, um das Büsche gepflanzt waren. (Sie hatten dies auch schon bei den Bastionen mit den Helmen bemerkt: auf saubere Sicht gegen den Feind kams denen da oben wohl nicht an.) Weiter nach rechts drehte sich an einem langen Mast ein gewaltiger Sieblöffel, drehte sich ohne Rast und Ruh, als gelte es alle Winde des Gevatters Äolus erst einmal durchzuseihen, eh sie weiterziehen durften nach Ost oder West, Nord oder Süd.

Das Gittertor war zugesperrt, der Asperberg war verschlossen. Doch von wem und wofür? Es war natürlich der belesene Medicus, der als erster das viereckige Schild am rechten Rand der grauen Stein-Straße gewahrte, und es war seine unerschrockene Neugier, die ihn vorwärts schubste gegen das aufsteigende Grauen zu, das die anderen Pilgrame in herdenwarmem Knäuel unten auf der Ostermünchener Strecke festhielt, das ihnen furchtsame Augen ins Gesicht setzte, selbst dem umtriebigen Pater Peregrinus. »Was-was steht geschrieben, mein Sohn?« fragte er hohl und ein bißl töricht.

Die Buchstaben der Inschrift waren präzis und kalt gestanzt, er mußte sich, nach den ohngefähren Lettern seines Jahrhunderts, erst ans Bild dieser Setzkunst gewöhnen. Aber dann las er, während ein leichter Wind aufsprang: »Achtung ...« (Italiener warens also nicht da oben) –

> *Achtung! Militärischer Schutzbereich!*
> *Es ist verboten, die militärische Verteidigungsanlage zu fotografieren oder Zeichnungen, Skizzen oder andere bildliche Darstellungen davon anzufertigen (§ 5 Absatz 2 Schutzbereichsgesetz).*
> *Zuwiderhandlungen sind Ordnungswidrigkeiten und können ...*

IV

Der Pfad des Kreuzfahrers

O! Ihr, die ihr zur Pilgerfahrt
aufbrecht, wo seid ihr?
Wo seid ihr?

Der innig Geliebte ist hier
(ganz in eurer Nähe), kommt!
Kommt!

Rumi (persisch, 17. Jahrh.)

Erinnerungen an Graf Innozenz Maria II

*Aus »*Des Königs Zeichen ziehn voran *– 27 Jahre christlicher Politik« von H. H. Domkapitular Placidus Meisinger (1882)*

In einem Punkt allerdings bekannte sich Graf v. B. rückhaltlos zum Geiste seines und unseres Jahrhunderts: in der Auffassung des Christlichen in der Kunst. Die herzgewinnende Sanftmut und Schlichtheit, wie sie sich in Zeichnung und Kolorit, in der Wahl der Gegenstände wie in ihrer Darbietung ausdrücken; vor allem aber die wahrhaft übernatürliche Reinheit, die Überwindung des Geschlechtlichen und der ihm benachbarten sinnlichen Reizungen, die sich mit dem Aufstieg der Nazarener-Schule siegreich durchgesetzt hatte, ernteten den wärmsten Beifall, genossen die volle Unterstützung des Grafen. Es ist Wenigen bekannt, daß drei Dorfkirchen in der Nähe seiner geistlichen Heimat Tuntenhausen ihre Re-Gothisierung, d.h. ihre Reinigung von den Frivolitäten des Zopf-Stils und ihre Neuausstattung im Geiste der Altvorderen, unmittelbar ihm verdanken, und daß er die romanische Wiederherstellung des Freisinger Doms durch Joachim Sighart (die im Innern leider nicht über die Abschlußkapelle des linken Seitenschiffs hinauskam) ermunternd und im Detail verfolgte. Ja, es wird darüber gesprochen, daß er einen beträchtlichen Beitrag zu der Statue des heiligen Joseph leistete, die dort den Altar schmückt. Dessen Züge (wenn man von der Barttracht absieht) erinnern mich noch heute an die meines verehrten Freundes – mag dies auch nur liebenswürdige Assoziation und nicht mehr sein ...

Doch stand für ihn, den Sodalen der Marianischen Congregation, ein besonderes Anliegen im Vordergrund: die Gestalt und die Darstellung der Allerseligsten Jungfrau. In einer Epoche der zunehmenden Verwüstung der Sitten schien es ihm von der Vorsehung gewollt zu sein, daß sich dieser Verwüstung die gleichfalls ständig wachsende Verehrung der *Virgo Intemerata,* der Unbefleckten Jungfrau, entgegenstemmte; eine Verehrung, die in der zunehmenden Engelhaftigkeit des Marienbildes ihren Ausdruck findet. In den Schutz der Himmelskönigin fliehen ja Millionen hilfesuchender Seelen aller katholischen Lande, von den Verlockungen einer zunehmend entchristlichten Welt bedrängt; jugendliche Seelen zumal, die ihr kostbarstes Kleinod, nämlich ihre geschlechtliche Unversehrtheit, zu bewahren entschlossen sind, koste es was es wolle. »Lourdes und La Salette«, pflegte der Graf zu sagen, »Lourdes und La Salette sind ohne unsere deutschen Nazarener nicht vorstellbar. Was die begnadeten Kinder dort erblicken durften, war in den Schöpfungen unserer frommen Künstler vorgeformt.« Natürlich lag es ihm völlig fern anzudeuten, daß Bernadette Soubirou in Lourdes oder die beiden Kinder in La Salette einer durch Künstler vorgebildeten Ein-Bildung erlegen wären; derartige Skepsis lag seiner kindlichen Frömmigkeit fern. Und er wollte sicher auch nicht den hervorragenden Anteil von St. Sulpice an der Entwicklung der zeitgenössischen christlichen Kunst schmälern. Er war indes scharfsichtig genug zu sehen, daß der dämonischen Herausforderung des Jahrhunderts in dem einen, kindhaft reinen Marienbild, sei es nun künstlerisch gesehen oder übernatürlich-seherisch erfahren, der Widerspruch erwuchs, der im Bereich der Spiritualität und der Dogmatik das glaubensstarke NEIN der Päpste Gregor XVI. und Pius IX. zu allen Irrungen der Neuzeit und die Geschlossenheit des erneuerten, organisierten Katholizismus ergänzte.

*

Die Zeichnung, die mir Graf von B. zeigte (man schreibt sie dem Nazarener Führich zu), war von altdeutscher

Innigkeit, aber auch von zeitgenössischer Melancholie geprägt. Eine Mutter, deren Züge vom freudvollen und opferbereiten Leben christlicher Selbstlosigkeit gezeichnet sind, sammelt um sich einige verschreckte Kindlein, ihr Arm ist resignativ-abwehrend dem rechten Bildteil zugereckt, in dem feiste, aufsässige Buben toben. Einer von ihnen hat doch wirklich die steinbewehrte Hand wurfbereit gegen sie erhoben, während ein anderer (sein Hinterteil markiert genau die Bildmitte) eben zu diesem feindseligen Zwecke einen Kiesel aufhebt. Fast ganz rechts steht ein Fremdling, dessen Physiognomie und Haltung alle Kennzeichen des ewigen Verführers aufweisen: eine Pan-Flöte, Attribut heidnischer Verlockung, ist als zusätzliche Charakterisierung kaum noch notwendig. »Ein zeitgerechtes Bild der Mutter Kirche, zweifellos«, so der Graf. »Ein seltsames Bild allerdings, wenn man es in Beziehung setzt zu siebzehn Jahrhunderten, in denen sie in ganz anderen Gestalten vor uns hintritt.« (Ich habe immer vermutet, daß seine eigentliche Liebe nicht der Politik galt, sondern der Kunstgeschichte.) »Da war, in frühchristlicher Zeit, die erhabene Orantin; da war die mystische Mutter der Hildegard von Bingen, der unzählige Kinder aus dem Leibe sprießen (eine Bildsprache, der sich heutiges Feingefühl wohl nicht mehr stellen kann); da war die MEDIATRIX, die Gnadenmittlerin unter dem Kreuz, die das Blut des Erlösers im sakramentalen Kelch auffängt; da war auch die strenge Verwalterin des Heils, da war die Richterin, die etwa vom Kanzeldeckel der Schäftlarner Klosterkirche Blitze der Verdammnis auf calvinisische Ketzer schleudert; da war die Triumphierende im Streitwagen, die über die Leichen der Ungläubigen hinzieht ... Das hier, dieser fromme, wenn auch melancholische Entwurf, ist künstlerisch wohl nicht so ausdrucksstark, aber um vieles passender für unser Säkulum. Denn was will er uns sagen? Es gilt, die kleine Herde zu hüten – es gilt, die Kinder, die noch nicht verführt sind, inmitten des Geheuls der schon Abgefallenen zu bewahren – gegen die Frechen, die trefflich auf allen Instrumenten des Zeitalters zu spielen verstehen. Sie und ich, die wir mitten in dieser Auseinandersetzung stehen, wissen sehr wohl, was hier gemeint ist.«

Ich gab ihm zu bedenken, daß unsere gemeinsame politische Arbeit für die und mit den treuen bayerischen Bauern und dem übrigen katholischen Volk wohl nicht nur auf Verteidigung, sondern auf herzhaften Angriff ausgelegt sei; nicht umsonst seien die im Staate mächtigen Antiklerikalen so nervös angesichts einer Volksbewegung, die man unter dem diffamierenden Stichwort der »Ultramontanen« zu verleumden sucht. »Sie haben natürlich recht«, erwiderte er. »Aber das ändert nichts an der Lage, die unser Bild beschreibt. Gerade darin besteht die Paradoxie unseres Auftrags: die Gläubigen als Lämmer im Gehege der Kirche zu versammeln, um sie dann als furchtlose und fürchterliche Löwen in die Arena entsenden zu können. Löwen sind leider, soweit ich unterrichtet bin, unverbesserliche Einzelkämpfer. Die moderne Demokratie aber, auf die wir unausweichlich zusteuern, ist ein System von Massen-Gewichten. Gerade hier, so fühle ich, liegt der noch gar nicht erkannte Vorteil des Katholizismus.«

Ich muß gestehen, daß ich geraume Zeit benötige, um die ganze Weite dieser furchtlosen Analyse zu begreifen. Der politische Katholizismus könnte sich manchen schmerzlichen Umweg ersparen, wenn er – was ich immer noch hoffe – diese zutiefst hoffnungs- und glaubensvolle Perspektive von Graf Innozenz Maria zu seiner eigenen machen könnte. Er könnte dann nicht nur dem Liberalismus, sondern auch den aufsteigenden Gefahren des Sozialismus ein gebieterisches Halt zurufen.

Sonne und Wolken über Busselwang

Als wir unseren Helden Innozenz Maria am Würmsee verließen, war sein Zustand wenig erfreulich. Suchen wir ihn deshalb an einem schönen Junitag in der entspannten Atmosphäre seines Ansitzes Busselwang auf!
Schloß Busselwang, obwohl nicht in erstklassigem baulichen Zustand, war doch ein Hort des Gemüts-Reichtums. Es war (und ist) ein mehrstöckiger Bau ohne Türme, mit zwei putzigen Dachreitern – ein Schlössel eher als ein Schloß; der übersichtliche Innenhof wies (und weist) die Form eines ungleichmäßigen Trapezes auf, alle Stockwerke außer dem Erdgeschoß haben Arkadengänge auf drei der vier Trapezseiten, die kurze (vierte) Westwand hat so zwangsläufig den Charakter eines Hintergrunds für Darbietungen musischer Art.
Es war logisch, daß nach dem Zweiten Weltkrieg Schloß Busselwang eine lebhafte Konzertkultur hervorbrachte (man wird darauf zurückkommen). In Innozenz Marias Epoche wurde natur- und standesgemäß an dergleichen verfremdete Verwendung noch nicht gedacht. Er und seine Gemahlin Hildegard, geborene von B.-Stillweiher, standen in einem der Bogengänge des zweiten Stocks, plauderten, gaben durch gelegentliches Einziehen der Hinterteile schweigsam hastenden Domestiken die Passage frei und spähten in den Innenhof hinab, aus dessen rotem Pflaster eine Sandgrube ausgepart war, flankiert von zwei hölzernen Kübeln mit Zwergorangenbäumen. Dort spielte sich an jenem sonnigen Morgen das Leben der nächsten Generation ab.
Sohn Zyprian, 9, die Leseratte, saß an einen der Kübel gelehnt, überleuchtet von den winzigen goldenen Planeten im starrgrünen Gelaub, versunken im *Lederstrumpf,* er war bis zum dritten Band, dem *Pfadfinder,* vorgedrungen und erwartete den künstlerisch zwingenden Ausgang,

nämlich den Sieg des feschen französischen Generals Montcalm über die langweiligen englischen Beefsteak-Fresser. (Realpolitische Logik hat die Seele der B.s. noch selten belästigt.) Tochter Amélie, 12, und Tochter Gisela, zweieinhalb, spielten mit sinnfreiem Eifer in der Sandgrube, stellten Holzklötzchen verschiedener Größe und Form aufeinander, bis nach dem achten oder elften oder auch schon nach dem fünften Stück der Turm zu wackeln begann. Dann kreischten die beiden Mädchen vor Wonne, hieben von rechts oder links gegen ihre Konstruktion und ließen die Bauelemente in den Sand oder aufs Pflaster klatschen – der Wiederaufbau konnte beginnen. Amélies Schwachsinn machte die beiden zu idealen Spielgefährten, Amélie war der Sonnenschein des Hauses. Zudem: anormale Kinder gehörten bei den B.s. seit jeher zu den Normalitäten des Lebens. Auch wenn sich das, was Hildegard zur Zeit unterm Herzen trug, als siamesische Zwillinge entfalten sollte, würde dies dem Zusammenhalt der Seelen keinen Abbruch tun.

Innozenz Marias trübe Laune war so fast nur psychosomatisch – oder politisch begründet. Heute war die Politik an der Reihe: Warum ging es mit den Genossenschaftskassen so zäh voran? Warum diese Stockung, warum die Fehlschläge in Halfing, Rottalmünster, Wolnzach? Die Gründungen waren von Prälat Meisinger und ihm behutsam genug angelegt, erschöpfend genug ausposaunt, verlockend genug dargeboten worden. Aber die Bauern näherten sich nur mißtrauisch, schnüffelten daran herum wie Hunde an unvertrauten Duftmarken. »Solidarität!« seufzte er. »Das fehlt ihnen.«

»Was ist das für ein Wort? Ein neumodisches für Nächstenliebe?« – »Nicht ganz und mehr.«

»Wie der Tannleitner abgebrannt ist, hat der Lettlschmied einen Schmalzkübel, eine Geiß und vier Laib Brot geschickt, die Kramerin hat unbegrenzt anschreiben lassen, und die Jungmannschaft hat beim Neubau ...«

»Nächstenliebe, freilich«, entgegnete er und zog wieder das Hinterteil ein, weil Finni mit einem Packen Bettwäsche durch den Bogengang zog. »Zur Nächstenliebe muß etwas Anderes, was – Kollegiales treten. Die Arbeiter haben das.«

»Meinst du, das wird je ein katholisches Wort, Solidarität?«

Er stützte die Ellbogen auf die Geländebrüstung, seine Unterarme und Hände ragten ratlos in den Innenhof hinaus, Amélie schrie »Babba Mamma Selli« und hieb drei Klötzchen aus dem Sand aufs Pflaster. Franz und Kathi schleppten Böcke an die Südwand, plazierten sie unter einem Pfeiler, legten Bretter darauf: es mußten Lampen geputzt werden. »Man soll keine Tragödie daraus machen, ich weiß.« Hildegard lächelte aprilhaft: »Tragödien, die hätten doch ein Ende, oder? Ein ganz bestimmtes.«

»Das klingt ja noch schlimmer«, lachte er etwas unwillig und richtete sich steif gerade. Er sah, daß Amélie plötzlich ganz ruhig dasaß, daß sich ihre glasblauen Augen nach innen zur Nasenwurzel drehten. »Glopp«, sagte das Kind dumpf. »Stelsch, Mmmm.« Gisela starrte die Schwester mit weinerlich herabgezogenen Mundwinkeln an, eine sandige Fingerspitze zwischen den Lippen.

»Sie sagt so sonderbare Sachen in letzter Zeit. Wir verstehn sie nicht – aber das gehört wohl dazu ... zu Kassandra. Oder?«

»Nein, Nozerl, nein!!« Hildegard schrie es fast wütend. Sie rüttelte an seinem Arm, dann umschlagend, sanft: »Verzeih. Du tust schon, was richtig ist, wir habens tausendmal besprochen.« Und impulsiv: »Weißt du was? Wir reiten nach Tuntenhausen. Zusammen. Dann hast du immer weitergewußt.«

Er küßte ihre Hand. »Manchmal, weißt du –«

»Kein – Kompliment! Das ist empörend. Ich ziehe den Reitdreß an. Was brauchst du?«

»Nichts, eigentlich«, zögerte er. »Ja doch, Stiefel.«
»Stiefel, natürlich. Wo steckt der Max? – Max!!«
– – So kam es, daß zwei schöne Menschen, Hildegard und Innozenz Maria Gräfin und Graf von B., an einem Vormittag im Juni 1865 aus Schloß Busselwang ausritten, ausritten durchs leicht bröckelige Rundtor – sie auf einer recht temperamentvollen Fuchsstute, er auf einer gleichmütigen Braunen. Die schmale Brücke über den Schloßgraben lag im brüchigen Schatten der Kastanienbäume, die steinernen Geländer wurden von einem Paar Scaliger-Hunde abgeschlossen – weiß der Himmel, wie sie nach Busselwang kamen, Innozenz Maria wußte es jedenfalls nicht, sein Vater Anton, der passionierte Genealoge, hatte es vielleicht gewußt, er war jetzt im Himmel und wußte es von dort aus. Der Graf spähte besorgt nach Dorf-Armen aus, die ihn durch devot-habgierige Begrüßung in Verlegenheit bringen könnten, sie taten es nicht, der Tag war perfekt. Die Hufe der Pferde stoben zunächst durch den grauen Splittkies unter den Kastanien, dann kanterten sie den Wiesenhang hinauf, wo eben die Pechnelken verblühten, hinein in einen Hohlweg, braun, grün und grausilbern, buchen-überwölbt. Hildegard, obwohl im dritten Monat, war wie stets voraus. Der Samt ihres Reitkleides schluckte das Licht, ihr Haar unter dem Dreispitz verschleuderte es, ein wolkenloses Wetterleuchten, und es zog ihm hier und heute, nach fünfzehn Jahren, die Brust zusammen wie damals, als sie in Stillweiher zum ersten Mal selbzweit ausgeritten waren, es war ein ganz fürchterliches Glück, gleichzeitig da und unwiederbringlich dahin, gleichzeitig Dankbarkeit für und Wut über die Zeit, die unter fünftausend Angelusglocken dahingezogen war wie ein Fluß unter läutenden Türmen, unendlich und doch ans unerkennbare Ende verweisend, dem solche Augenblicke trotzten, dem solche Augenblicke die Ewigkeit abverlangten, weil er doch nie ganz ankam, immer auf Pilgerschaft, zu ihr, zu ihr...

Der Hohlweg entließ nach rechts eine Karrenspur ins wieder Offene, ins schon gemähte Feld, in die Wellenkämme grauer Heuschwaden auf gelbgrünen Stoppeln, vom bunten Staub unzähliger toter Blütenblätter durchwirkt. Das Feld wölbte sich himmelwärts zum Hügelkamm hinauf; die Gräfin, immer vierzig Klafter voraus, war schon oben, legte die Hand an den Rand des Hütchens, wendete dann plötzlich Tamara auf der Hinterhand: »Meingott!« rief sie. »Doktor Erber kommt heute wegen Mellie, ich habs einfach vergessen, machs du gut, du!«, warf ihm eine Kußhand zu und war schon wieder im Hohlweg; das Letzte, was er sah, war das runde, leuchtende Hinterteil des Fuchses. Der Graf hatte angehalten, er schüttelte den Kopf und spürte Schläfenschmerzen wie von zuviel Burgunder, und während er die letzten Klafter zum Kamm überwand, hörte er deutlich das Rollen eines Wagens.

Die Vizinalstraße trat in Schlangenlinie aus dem Wald, passierte die Keuche des Taglöhners Aßmaier und trat dann wieder in die Obhut der Stämme ein. Eine Kutsche, eine ziemlich höfische, mit zwei prächtigen Grauschimmeln davor, bewegte sich vom Punkt A, dem Waldrand rechts, auf den Punkt B, den Waldrand links, zu; selber höchst anmutig bewegte Landschaft, eichendorffische. Ihm war nicht nach Rennen zumute; er trabte gemächlich hinunter und setzte sich hinter das Gefährt.

Wäre es nun denkbar, werter Leser, daß dieser Tag in derart sanfter Absichtslosigkeit oder doch in sanft-frommer Absicht allein weiterliefe – daß Innozenz Maria im angenehmen Kielwind der offenen Kutsche, hinter einem angejahrten Paar (einem Herrn in Grau mit Strohhut und einer Dame in türkisenem Taft mit schleiergebändigtem Hut) in Sonne und Buchenglanz, sein erstrebtes Heiligtum ohne weitere Zwischenkunft eines Schicksals, seines Schicksals erreicht? Natürlich nicht. Die Wasser des Geschicks stauen sich gerade während so trügerisch-friedlicher Intervalle, dann öffnen sich die Schleusen, die Flut drängt zutal ...

Doch dies ohne äußerliche Dramatik, zunächst. Lediglich der graue Herr wandte sich nach ihm um, ein kräftiges Gesicht mit grauem Spitzbart und grauen Schläfenlocken wurde sichtbar, und eine tönende Stimme sprach: »O welch merkwürdiger Zufall! Anhalten, Joseph! Anhalten!«

Da war jemandem (und zwar jemandem aus besseren Kreisen, den er sofort erkennen würde) um Gesellschaft zu tun. Seit dem wirrbewegten Kavallerie-Abschied von Hildegard auf der Hügelwiese hatte er keine Zeit gehabt, sich zu überlegen, ob er denn überhaupt Gesellschaft wünschte – und er bekam auch keine mehr. Die Kutsche kam zum Stehen mit all den ledrigen und steinigen und eisernen, jedenfalls wichtigtuerischen Geräuschen, die dazugehören, und ehe er noch an den linken Schlag gelangte, öffnete sich dieser: »Graf B.!« Es klang nach »Jraf«, das Schicksal schlug norddeutsch zu, entsprechend bestimmt und unerbittlich verfrachtete es ihn ins viersitzige Innere: »Joseph! Binden Sie das Pferd (Ferd) hinten an die Bremse. Keine Widerrede Jraf, also wahrhaftig ...«

»Epatant, würd ich auch sagen.« An die männlich-norddeutsche Stimme schloß sich eine weiblich-südliche an, Innozenz Maria identifizierte beide. Er saß unter heimischer Sonne dem Ministerialrat (Vortragenden Ministerialrat!) Gustav Adolf von Pahl und der lorgnonbewaffneten, taftenen Kampfkraft der Freiin Karla von Preradović gegenüber. »Unterwegs nach Tuntenhausen, äh?« dröhnte Pahl. »Dacht ich mirs doch. Wir befinden uns in der Amphiktyonie Ihres delphischen Heiligtums, jewissermaßen. Oder besser Ihres ephesischen, schließlich handelt es sich um eine archaische Jungfrau-Göttin, hähä. Eine gute alte deutsche Meile noch, wie? Wird ja wohl demnächst in welschen Kilometern gemessen, tja ...«

»Lassen Sie, *mon cher*«, so die Freiin. »Das Metrische hat

seine eigene Unerbittlichkeit, seine eigene Etikette. Mir g'fallts.« Sie artikulierte sich diszipliniert-österreichisch. Pahl warf den Kopf zurück, sein Spitzbart wackelte von vitalem Gelächter. »Gottvoll (jottvoll)! Ausgerechnet das österreichische Ingenium strebt nach dem starren jakobinischen Schema! Naja, *les extrêmes se touchent,* nichwah? Sie wundern sich natürlich, Graf ...« (eine kräftige Hand mit Siegelring legte sich auf sein Knie), »Sie wundern sich natürlich über dieses Gespann. Kein Wunder, daß Sie sich wundern, hähä! Aber uns verbindet seit Jahren eine Art von – na, Haßliebe wäre zuviel gesacht, also ein Messen der Kräfte jewissermaßen, unsere süperbe Freundin bemüht sich seit Jahren, mir die Dimensionen des Südens näherzubringen, mit leider wenig Sückßäh, hähä. Hat mich heute zu diesem – na, katholischen Seitensprung überredet, haben ja auch prachtvolles Wetter, nichwah?«
»Verlorene Liebesmüh.« Die Freiin raschelte und warf einen optisch verschärften Rundblick auf den Mischwald, durch den sie jetzt fuhren. »Wann einer schon Gustav Adolf heißt.«
Was sich hier in komfortabler Kutsche dem Grafen anbot, war vor allem politisch eine wunderliche Verschlingung – unaufdringlich obszön wie das YinYang-Muster der Chinesen: Wiener Legitimismus, ja Vormärz, verknäuelt mit Pahls nordlichterndem Fortschritt, der durch Max den Zweiten und neuerdings durch diesen Musikanten Wagner den Ton der besseren Öffentlichkeit in München bestimmte. Die Paarung wirkte seltsam absichtlich, sorgfältig absichtlich in ihrer Abstrusität. »Ich bin in der Tat etwas überrascht ...«
»Was Sie erleben, Verehrtester, ist die versöhnende Wirkung Bayerns. *Liberalitas Bavariae,* tja. Vielleicht haben Sie die in der politischen Anspannung, in der Sie arbeiten, etwas aus den Augen verloren.«
Ein starkes Stück: ihm, dem erdverwurzelten Gutsherrn,

weniger Gespür für die bayerische Gemütsart zuzuschreiben, als diese höfisch-hauptstädtischen Geschöpfe aufbrachten. Aber er, Innozenz Maria, ließ sich nicht erregen. Er wußte ja längst, daß die boshafte Mutter Natur den Preußen die Gabe vorenthalten hat, zu wissen, wann sie unerträglich werden. »Sie scheinen anzunehmen«, antwortete er ruhig, »daß meine politische Arbeit der Entzweiung, der scharfen Trennung der Geister gewidmet ist. Das Gegenteil ist der Fall. Es geht meinen Freunden und mir um die Erhaltung des organischen Charakters des Gemeinwesens, den heute wohl jedermann außerordentlich bedroht sieht.«
»Bedrohung des Organischen, richtich!« rief Pahl fast triumphierend aus. »Aber wird sie durch demokratische Volks-Politik abgewendet? Sehen Sie ...« (wieder die verdammt-kräftige Hand auf seinem Knie) »... die eigentliche bayerische Staatsräson sieht das anders. Aber lassen wir mal den alten Napoleon beiseite. Denken wir an die anderen historischen Erfahrungen mit dem katholischen Populismus. Es macht seit neuestem ein Lied seinen Weg (Wech) gerade in Bayern, wo es nun wahrhaftig nicht hingehört, das Andreas-Hofer-Lied ...« Und wirklich, Pahl scheute sich nicht, die laue Juniluft mit dröhnendem Bariton zu erschüttern:

»Zu Mantua in Banden
der treue Hofer laach ...«

»Das Lied reimt sich bei Ihnen konsequenterweise nur auf norddeutsch, *mon cher.*« Die Preradović schnitt mit kaltem ärarischen Akzent den Gesangsfaden ab. »Laach statt war, Feinde Schaach statt Schar. Eine prophetische Gewaltsamkeit, würd ich sagen.« Pahl reagierte keineswegs feindselig, sondern mit bewährtem Gelächter: »*Touché*, verehrte Freundin, *touché!* – Zudem, wir können den Sandwirt beiseite lassen, die spanische Guerilla gegen Napoleon illustriert noch genauer – und bestürzender.

Kleriker mit Patronengurten, die todessüchtige Partisanen anführen, wirksamster Aufstand unter dem Banner der Jungfrau ...«
»Sie fürchten demnach«, unterbrach ihn Innozenz Maria, immer noch ohne Erregung, »daß ich eines Tages an der Spitze einer blutrünstigen Bauernlegion gegen München vorrücken würde, wenn uns dort der Liberalismus zu weit geht? Unter dem Banner der Madonna vom Siege? Das entspräche nicht ganz unserer Familientradition.« Diesmal lachten alle drei, herzlich und in verschiedenen Tonarten der Falschheit. Als erste hörte die Freiin auf, spähte am Rücken des Kutschers vorbei nach vorne, wo das freie Feld sichtbar wurde, nahm eine Tabatière aus ihrem Retikül und schnupfte mit vollendetem Anstand. »18. Jahrhundert, ich weiß, ich weiß. Ich mag halt das unsere nicht so besonders. Unser Freund, der Graf, übrigens auch nicht, oder? Hm. Was Ihre Lage bei Hofe, hm – prekär macht, sind nicht die Bauern, Graf. Es ist dieser Dings, dieser Katholizismus. Was ist das eigentlich? Das Eigengewicht von Leuten, die keine andere gemeinsame Eigenschaft haben, als katholisch zu sein. No, bin ich das nicht? Oder der König? Also was is dös? A Partei? Oder eine *levée en masse?*«
Es ging doch nicht ganz ohne Erregung. »Ein Glaubensbekenntnis«, erklärte der Graf knapp.
»Das in jeder Sonntagsmeß ohnehin gebetet wird. No?« Und ganz plötzlich schloß sich Pahls Bariton an den Kontertenor der Preradović an, eine wohldurchdachte Motette: »Soweit der Hof, beziehungsweise die katholischen Höfe, Verehrtester! Dazu kommt, daß speziell der bayrische mehr oder weniger der Sache des Fortschritts huldigt. Somit eröffnet sich für Ihre Bewegung ...«
»18. Jahrhundert, Fortschritt – Das ist wirbelig. Sehr. Mir ist ein bisserl schlecht, Pardon.« Innozenz Maria erhob sich unvermittelt in der rollenden Kutsche, legte die Rechte an die Brüstung, öffnete im gleichen Augenblick

die Tür und sprang athletisch in einer kühnen Drehung ab. Da sie fast im Schrittempo fuhren, stolperte er nur leicht, doch die Pferde, irritiert durch die Schwerpunktverlagerung und das Geräusch des Sprungs, trabten ein paar Schritte, nahmen die Stute des Grafen mit, die erschreckt den Kopf nach oben warf, soweit es der fesselnde Zügel zuließ. Und dann hörte Innozenz Maria, der sich noch zu ebenmäßigem Gange sammelte, einen scharfen schwarzweißen Befehl: »Trab!«

Es war eine gute Abfuhr gewesen, fand er. Wie kam dieser niedere Adel dazu, ihn in die Argumentenzange zu nehmen? Was wollten sie überhaupt von ihm? Er blieb stehen, seine Augen folgten dem Gefährt, das sich rasch entfernte, dem leicht hin- und herschlagenden Schweif seiner Braunen – und nahm dann dankbar die Pracht des Landes auf, das sich aus dem Wald heraus zu sanftgewellten Wiesen und Feldern geweitet hatte. Vorn rechts, keine Viertelstunde rüstigen Gehens entfernt, ragte die Doppelspitze der Wallfahrtskirche über den Friedhof auf dem Hügel, über die wenigen Anwesen empor, ganz von ferne hallte getragener Pilgergesang, Heuduft lag im Äther. Er atmete tief ein, er war frei, wenigstens ein kurzer Fußmarsch zur Himmelskönigin war passend, passend durch sein Land und das Land der *Patrona Bavariae*. Er setzte den rechten Fuß nach vorn, und eh er niederging, eh seine Sohle die Straße traf, änderte sich alles. (Nicht im Rahmenwerk unserer Voraussetzungen, werter Leser. Nicht im Gewebe einer Aktion, die auf Ewigkeit angelegt ist. Nur: wie hätte Innozenz Maria dies wissen sollen? Er war nicht vorbereitet.)

Das erste Signal der Veränderung war taktil. Die Sohle, die sich auf die Straße senkte, traf nicht mehr den vertrauten, zermahlenen Splittstein der Vizinal-Fahrspur, sondern eine gleichmäßig graue, dunkelharte Ebene. Und dann *sah* er: ein doppelt so breites Band aus dieser dunkelgrauen Härte, nicht mehr kurvig, sondern in einem einzigen weiten Bogen führte es nach Tuntenhausen, in ein von sperrigen weißen Gebäudeblöcken verstelltes, wenn auch noch turmüberragtes Tuntenhausen. Das Grün der Wiesen schien eintöniger, vertraute Einzelbäume und Buschgruppen waren verschwunden, die Luft roch schärfer – und an sein Ohr drang aus wechselnden Entfernungen auf- und abschwellendes, hohles, feindseliges Dröhnen.

Das wirkliche Bilderrätsel aber war doch die neue dunkelgraue Straße. Sie war mit Schildern an Metallstangen gesäumt, von denen er keines verstand, von weißschwarzen Pfählen aus künstlichen Stoffen mit Funkelglasaugen und -streifen – lauter Forderungen und Mitteilungen auf Blech, in Zahlen, Kreisen, Vier- und Dreiecken, in weiß und rot und gelb und schwarz. Eine andere, ganz und gar fremde Lebensform war hier am Werk gewesen – eine maschinelle Rasse, eingeengt und eingeübt auf Bild- und Zahlsignale, die sie elektrisch schnell durchraste...

Er merkte nicht, daß er den Atem anhielt. Er merkte es erst, als das Bild so rasch verschwand, wie es aufgetaucht war, und als er leise stöhnend die verbrauchte Luft aus den Lungen stieß. Laß, fiel ihm ein, laß diesen Kelch...

Aber er war ja schon vorüber, augenblicklich, wahrhaftig in einem einzigen Lidschlag, der Blick ins Unmögliche war schon vergessen, das Sommerland lachte wieder, und nun lachte auch er ausgiebig: etwa hundertzwanzig Schritt vor ihm, auf der nun wieder selbstverständlichen, geschlängelten, von blühenden Rainen gesäumten Vizinalstraße, stand klein und wahrhaft demütig Gustav Adolf von Pahl. Er stützte sich auf seinen erlesenen Spazierstock, den er etwas schräg nach außen in die Randblumenpracht stemmte; in der Linken hielt er den Strohhut, den er, den Arm abgewinkelt, zaghaft und versöhnungsbereit nach oben hielt, einer Parlamentärsfahne ähnlich.

Hinter ihm, von ihm weg, rollte die Kutsche mit Braunem, Taft und Schleierhut weiter den weihevollen Turmspitzen zu. Innozenz Maria trat an und intonierte ein Wanderlied:

»Wohlauf die Luft geht frisch und rein!«

– bewegte sich so, heiter, überlegen, alles andere als feindselig, dem Wartenden entgegen. Er traf fast genau zum Ende der ersten Strophe bei ihm ein, begrüßte ihn mit einer providentiell aufblitzenden Anekdote: »A propos Fortschritt, Herr von Pahl: Wissen Sie, was sich kürzlich im Landtag ereignet hat? Einer meiner Freunde, ein konservativer Abgeordneter, hat gegen eine Papierfabrik in Oberfranken interpelliert, die durch giftigen Abfall eine halbe Meile Fischwasser ruiniert. Und die Antwort von freisinnig-fortschrittlicher Seite? ›Wenn es um den Fortschritt geht, haben Mensch und Fisch zu schweigen‹«!

Pahl ging auf den Ton, der den Ausweg unverbindlicher Neckerei anbot, nicht ein; er wirkte dringlich und verlegen. »Ist mir kolossal peinlich, verehrter Graf, entschuldige mich, auch im Namen unserer Freundin, tja. Haben da an Höheres gerührt, das mir, seien Sie versichert, meinerseits das Höchste im Leben ist. Natürlich keinerlei, äh, mesquine Absicht damit verbunden. *Hony soit qui mal y pense* undsoweiter. Es geht mir wie Ihnen ...« (exakt faßte nun Pahl Tritt neben ihm, auch ohne Wanderlied) »... um möglichst gedeihliche Entwicklung unseres Königreichs, die allerdings auf die Dauer nur mithilfe der von Preußen geschaffenen Fakten, denken Sie an den Zollverein – aber lassen wir das. Steriles Theorienschustern: nicht hier. Nicht heute. Nicht angesichts dieses enormen Sommertags. Tja.« Er fächelte jetzt mit dem Strohhut, und tatsächlich merkte Innozenz Maria, daß es schwül geworden war. Links hinter ihnen baute sich aus schwarzen, lichtgesteppten Wolkenkissen eine Wetterwand auf.

Der Graf schwieg. Es wurde ihm klar, daß der Ministerialrat ein Anliegen hatte, ein ganz bestimmtes, das ihn zu

diesem Canossa-Warten am Wege gezwungen hatte, nicht zuletzt wegen seines, Innozenzens, Absprung. Aber er fand es nicht passend, Pahl über den Graben der selbstgeschaffenen Peinlichkeit zu helfen. Und so mußte dieser schließlich selbst den Sprung tun: »Letzten Endes«, platzte er heraus, »letzten Endes geht es doch nur um die Frage: was wird aus Ihrem, zugegebenermaßen hochedlen Ansatz, wenn es zu einer Bauern*partei* kommen sollte? O bitte ...« (beschwor die vitale Rechte auf dem Ärmel des Grafen) »... bitte, ich nehme keinen Moment an, daß das Ihre Intention ist, daß Sie auch nur irgendwie, wurde bereits betont. Aber die Eigengesetzlichkeit politischer Verläufe ... Wissen Sie, daß Ihr Freund, dieser Prälat Meisinger, zur Zeit mit – hm, mosaischen Geldern ...?«
Er wußte es nicht, wußte es wirklich nicht, blieb vor Überraschung einen Augenblick stehen und erkannte das sofort als plumpen Fehler. Meisinger hatte also vermutlich diesen Rosenzweig – aber was wollte er damit? Was hatte er mit ihm vor? Was konnte eine Import-Export-Firma, noch dazu eine jüdische ...
»Tja, was hat er vor, nichwah?« drängelte Pahl. »Wollen die Israeliten einfach Zuneigung kaufen? Aus den Instinkten bedrängter Jahrhunderte heraus die künftigen oder doch möglichen Sieger besänftigen? Wäre vorstellbar. Als die Tiroler Bauern 1809 Innsbruck besetzten, soll es ja zu Pogromen gekommen sein, tja, bei der exzellenten Witterung dieser Rasse, Jraf ... Natürlich keine Insinuation, ich wiederhole. Eigengesetzlichkeit: genagelte Stiefel im Landtag, Abstimmungsbataillone, von politischen Prälaten gegängelt – die bayerische Bauernpartei. Geeint gegen Berlin und den Fortschritt. Denn die deutsche Frage steht zur Entscheidung an, Verehrtester, noch innerhalb des nächsten Jahrzehnts, da gibt es *absolument* keinen Zweifel mehr, die Mittelstaaten müssen sich auf die eine oder die andere Seite schlagen, und mit dem Faktum des Zollvereins ...«

»Sie muten mir wieder einmal zuviel zu, Herr Rat.« Innozenz Maria schritt nun unwilliger aus, zumal eine kühle Brise über die Felder zu fächeln begann. »Weder mit der deutschen Frage noch mit der innerbayerischen Parteibildung ist mein Programm befaßt.« Sie hatten den Ortsrand erreicht, zwischen zwei Anwesen beziehungsweise zwischen ihren Misthaufen führte der Weg bergan zum Friedhof, der das Heiligtum umgürtete. Die Ammoniakfahnen flatterten im stärker angaloppierenden Wind, Innozenz Maria fühlte den Pfahl im Fleische, die Verbannung in den allgegenwärtigen Kot: *ad te clamamus exules filii Hevae,* wir verbannte Kinder Evas, die aus dem Tränental rufen, *in hac lacrimarum valle*... Bernhard von Clairvaux hatte das Gebet verfaßt, der Sturmwind des Mittelalters, der einen Speikübel neben sich im Mönchschor stehen hatte, weil er das Essen in ganzen Brocken hinunterschlang, so Gaumenlust ertötend. Pahl neben ihm mußte die Krempe seines Strohhuts festhalten, unter ihr hervor drangen letzte nördliche Beschwörungen: »Zweit- und Drittfolgen, Jraf, und Ihre eigene Position bei Hofe, Majestät selbst...« Und dann, vorläufig besiegt: »Gehe ins Wirtshaus Verehrtester, im Freien zu stürmisch, und Ihr Tempel ist mir zu mytholochisch, hähä, bis gleich, Sie kommen doch nach, ja?«
Innozenz Maria nickte vage und großmütig, sprang ein paar Staffeln zur Gottsackertür hinauf, gewahrte, daß Joseph, dessen Kutscherpelerine wie die eines Tiroler Krippenhirten flatterte, sowohl den Zweispänner wie auch seinen Braunen umsichtig unter ein Scheunendach bugsiert hatte. Da diente einer noch gern und mit Stolz, er winkte ihm fast brüderlich zu, er öffnete das Gatter des Gottsackers, und in diesem Augenblick riß die Gewitterwand, die sich nun rascher aufstockte, zum ersten Blitz auseinander – durchzuckt von einem mehrfach gebogenen, mehrfach geknickten Licht-Draht, der weiß verglühte. Der Donner folgte in etwa acht Sekunden, Inno-

zenz Maria schob bereits die Tür im rechten Torflügel auf und betrat das Heiligtum.
Schon war es Herberge im Sturm, schon kerzentrauliche Heimat unter nebligen Kreuzgewölben. Die Pilger, deren Gesang er über die Felder gehört hatte (es waren die Dorfschaften Dettendorf und Lampferting, die hier den Jahrtag eines alten Gelübdes einhielten) murmelten jetzt den Rosenkranz, der sich in unverständlichen Dünungen hob und senkte. Die Statue der Himmelskönigin und ihres Sohnes auf dem Hochaltar blinkte verstohlen in den Reflexen der Flämmchen, nah und ganz weit weg. Rechts und links von ihr, auf der Höhe der Trennwand, hinter der der Chorumgang verlief, starrten die bunten armdicken Säulen der Votivkerzen. Innozenz Maria war so daheim wie in Busselwang, hinter sich wußte er das Erbbegräbnis, die gotische Kapelle mit den sterblichen Hüllen der B.-Titlmoos, in der er anstandslos ewigen Freuden entgegenharren würde, wenn es soweit war, vor sich sah er die gebeugten Rücken seiner Chiemgauer, über ihnen das feste hiesige Antlitz der Muttergottes, das schon durch die frühesten Träume seiner Jugend gezogen war. Geübt kniete er nieder, legte die Hände vor die Augen, suchte nach der Süßigkeit der Versenkung und fand sie nicht.
Woran lag es? An den Blitzen, die durch die Intervalle seiner Finger zuckten, am Donner, der über den Wogen des Rosenkranzes barst? Das war es sicher nicht. Das teilte nur Geborgenheit mit, Geborgenheit gemeinsam mit den Pilgern. Etwas Anderes irritierte ihn, kratzte an der Zellentür seiner mönchischen Übung. Es war eine ganz lächerliche und banale Frage: wo war die Preradović abgeblieben? Was brach hier ab, welche geplante Vorstellung oder Verstellung?
Er beschloß, seine Unruhe als himmlischen Fingerzeig zu deuten. Sie stand im Wege, die verschwundene Freiin, so wie dieser Pahl mit seinen lächerlichen politischen Argumenten auf der Vizinalstraße gestanden hatte – aber sie

mußte hier in der Kirche sein, wo sonst? Er erhob sich von den Knien, schlug das Kreuz und schritt lautlos im rechten Seitenschiff nach vorn, an den murmelnden Betern vorbei.

Und natürlich hatte er sich nicht getäuscht. Er fand sie bei der intensiven Betrachtung eines Votivbildes, eigentlich eines Votiv-Altärchens aus dem 16. Jahrhundert an der rechten Wand. Ein Truchseß hatte es gestiftet, ein Offizier, der in den fernen Tagen des bayerischen Imperialismus Anno 1583 beim Sturm auf die Festung Cham beteiligt war. Feindeinwirkung hatte ihm arges Kopfweh beschert, und die Seitenflügel des Altärchens zeigten ihn in verschiedenen Stadien ärztlicher Behandlung, die hauptsächlich in der Anwendung von Schraubzwingen, Sägen, Bohrern und anderem Martergerät bestand. (Selbstverständlich hatte erst die Muttergottes von Tuntenhausen geholfen.) Wegen der herrschenden Gewitter-Dunkelheit hatte die Freiin ein Votivkerzlein gekauft und angezündet, das ihr Kinn, ihre Vogelnase, ihre Kieselaugen zusammen mit dem treuherzigen Bildbericht erhellte. »Recht viel weiter sein's heute auch noch nicht, die Doctores«, flüsterte sie heiser. »Schon g'scheiter, man verlobt sich gleich. – Haben Sie sich eigentlich schon verlobt – hieher?«

Hinter einem *Gloria Patri* hörte der Rosenkranz plötzlich auf, eine tobende See, durch göttlich-zartes Klingeln besänftigt, Weihrauch wölkte darüberhin. »O doch ja«, flüsterte er rascher als er wollte. Kinn und Nase der Preradović über dem Kerzlein sahen nach Piraterie aus, und es fiel ihm ein, daß der Name aus dem Dalmatinischen kam, sogar uskokisch war, er verwies auf die durchorganisierte Seeräuberei, die von Senj aus die Venezianer aufs Blut geschunden, noch dazu (in kompletter Unverschämtheit) unter dem kaiserlichen Doppeladler. »Hat's was geholfen?«

»Pst, der sakramentale Segen«, flüsterte er streng und

töricht. Beide wandten sich um und knieten auf dem Steinboden, während der Koadjutor von Lampferting, das Pallium korrekt um das Standbein der Monstranz geschlagen, den Segen erteilte. Es hatte nichts geholfen; was ging das die Preradović an?
Die Pilger standen auf, sie sangen:

»Meerstern ich dich grüße, / o Maria hilf!«

Nebeneinander schritten sie, ehe die Pilger aufbrachen, zum Ausgang, die Preradović fragte seitwärts: »Wegen Ihrer Hartleibigkeit, was?« Er würdigte sie keiner Antwort. Das Gewitter hatte seine Gewalt verausgabt, es hatte die Regenschleuse aufgestoßen, man hörte draußen das tröstliche Rauschen. Fast zwangsläufig traten sie beide ins B.sche Erbbegräbnis ein. Es war immer noch dämmrig, die Pilger draußen sangen zuende:

»Maria hilf uns allen / in unsrer großen Not!«

»Ich wüßte nicht, was Sie das anginge«, sagte Innozenz Maria entschlossen. Der Tag zwang ihn zu brüsken Entschiedenheiten, die er gar nicht liebte. Die Freiin blickte ihn an, lächelnd, soweit sie das überhaupt fertigbrachte, nicht ohne Mitgefühl. »Noja, man nimmt Anteil. – Hörn S', da gibt es eine neue Methode, sehr interessant, eine Naturheilerin. Obereder heißt sie, hat einen Hof zwischen Tegernau und Grafing da oben, gar net weit von hier. Zuständig für eine epatante Fülle von Bresthaftigkeiten. Vielleicht bin ich befangen, mir hat's sehr g'holfen, ich geh da noch manchmal hin, sozusagen aus Loyalität. Hechsenraith heißt das Anwesen, steht für sich. Ich will Sie nicht beeinflussen, nur als Referenz.«
»Danke«, sagte Innozenz Maria abrupt. Warum hörte er dergleichen überhaupt zu? Dieser Zudringlichkeit? Das Gewitter war fast zuende, der Regen rauschte jetzt, leise wie alles wahrhaft Siegreiche. Er wandte sich ab, war mit wenigen Schritten an der Kirchenpforte und trat hinaus.

Ohne des Regens zu achten, durchmaß er den Friedhof, rannte hinüber zum Vordach, wo der Kutscher mit dem Zweispänner, den beiden Grauschimmeln und dem Braunen wartete, er drückte ihm eine Münze in die Hand, schwang sich in den Sattel so wie er war, barhaupt, ohne Mantel, gab dem schnaubenden Pferd Bella die Sporen und sprengte fort, zurück ins Vertraute, zurück nach Busselwang. Jetzt noch ins Wirtshaus? Nach kaiserlich-balkanischer Aufdringlichkeit zurück zu norddeutsch-politischer? Er dachte nicht daran. Die weiße Kälte, die ihm über Stirn und Schultern, in den Kragen und ein Stück die Leinenärmel hochrann, befreite ihn, machte ihn fähig zum Nachdenken und Nachfühlen.
Warum kam es ihm vor, als sei etwas Ungeheures geschehen? War überhaupt etwas geschehen? Zwei bornierte Menschen hatten ihn bedrängt, jeder auf ganz verschiedene Weise, aber offenbar verabredet. Er hatte eine unbedeutende Halluzination gehabt, eine Art Fata Morgana, die ein bisher verborgenes Talent (oder die bisher unbekannte Bürde) des Zweiten Gesichts sein mochte. So weit so gut. Oder so schlecht. Und das wars. Oder wars Meisinger? Dessen Vorgehen auf eigene Faust? Ja, das konnte bedenklich sein, war bedenklich. Da war ein offenes Wort, eine gründliche Aussprache vonnöten. Innozenz Maria haßte offene Wörter, gründliche Aussprachen, sie waren fast immer verdruckst und oberflächlich, soviel Erfahrung hatte er. Der Regen wurde dünner, dafür kam er nun in den tropfensprühenden Wald, ließ die dampfende Bella in Trab fallen, preßte fröstelnd das Wasser aus den Haaren und den Ärmeln. Doch, sie würde stattfinden müssen, diese Unterredung. Gingen Meisingers Pläne weiter, vielleicht viel weiter als die seinen? Es fiel ihm auf, wie wenig er den Prälaten wirklich kannte, nicht viel besser als ein Reisender im Eisenbahncoupé den Andern kennt. Man hat einen Teil der Strecke gemeinsam, wohl auch das Fahrtziel eine Zeitlang, das ist alles – aber der

Glaube? Das Bekenntnis, das doch die allertiefste Gemeinschaft stiftet, die es geben kann?
Schon war er bei der Aßmaier-Keuche angekomen, rechts ging es den Hang hinauf, hinter dem Busselwang lag. Er klatschte Bella auf die Hinterhand, das fromme Tier nickte und nieste, kanterte seitwärts die Wiese empor.
Und dann, genau auf dem Kamm, fiel es ihm ein. Es fiel ihm ein, während er über den jungen Buchenwald auf die Dächer des Schlosses und über sie hinweg in den sich öffnenden Himmel blickte, auf ein breites Stück Regenbogen, das sich kraftvoll und zart ins Blaue erhob.
Es fiel ihm ein, daß er die Kutsche, den Zweispänner mit Pahl und der Preradović, hatte anfahren hören. Das erkannte er doch, dieses Mehr an Lärm, wenn sich Hufe und Räder entschließen –
Er hatte sie anfahren hören, während er noch zu Hildegard hinaufgeritten war. Die Kutsche hatte also auf der Straße gestanden, kurz vor dem Aßmaier-Anwesen. Sie hatte ganz offensichtlich gewartet. Gewartet worauf? Auf ihn? Auf ihn. Und warum war sie plötzlich losgefahren?
Weil sie ein Zeichen erhielt. Das war logisch, das war zwingend. Und welches war das Zeichen?
Hildegard war bis zum Kamm geritten, hatte die Hand vor die Augen gelegt – und war umgekehrt. Oh, da war nichts zu beweisen, er war sicher, daß Dr. Erber wirklich zu Amélie gekommen war, er war sicher, daß ...
Nichts war sicher. Oh, bestimmt stand hinter dieser kleinen Intrige zarteste Rücksichtnahme, subtilstes Eingehen auf seine schwankende Stimmungslage. Bestimmt wollte man, wollte die Gattin sein Bestes. Das wollten immer alle für ihn, man sorgte sich um ihn, man sorgte sich für ihn, immerdar und jederzeit. Aber es war trotzdem eine Intrige, man hatte ihn belogen, wenn auch auf umständlichste und behutsamste Weise.
Worum ging es der Intrige überhaupt? Waren in ihr beide Gesprächspartner vorgesehen, oder nur einer? Wollte Hil-

degard, daß er von Meisingers mosaischen Extratouren erfuhr? Oder, daß er die feindselige Stimmung gegen sich bei Hofe und in der Bürokratie aus berufenem Munde zu hören bekam? Oder (auch das war möglich, so grotesk es auf den ersten Blick erscheinen mochte), wollte man ihm auf dem Umweg über die Preradović die Heilkur bei dieser Frau Obereder in, wie hieß der Hof gleich, Haxenreuth oder so ähnlich, nahelegen – einen Ausweg aus der steten Demütigung?

Er stand frei auf dem Hügelkamm in frischer Brise. Bella zitterte, und plötzlich merkte er, daß ihn fror, fror bis ins Mark.

Er schlug dem Gaul die Sporen in die Flanke, Bella wieherte erschrocken und fegte im Galopp durch die nassen Heuschwaden zutal, auf den Hohlweg zu. »Faeces!« schrie der Graf. »Dünger! Kot!«

Stärkeres erlaubte ihm Wiesenmünster nicht. Selbst in diesem schwarzen Augenblick nicht.

Schwierige Korrespondenzen I

I

Busselwang, 2. Juli 1865

Hochwürdiger Herr Geistlicher Rat, verehrter Freund, –
Persönliche Umstände (vor allem gesundheitlicher Natur) zwingen mich, Ihnen auf diesem Wege eine Schwierigkeit zu unterbreiten, die eigentlich nach mündlicher Aussprache verlangt. Freilich, es ist auch denkbar, daß gerade die Exaktheit, welche die Bedingung schriftlicher Formulierung ist, der Klärung des Tatbestandes zugutekomme; daß wir, in den Worten der Schrift, geführt werden, wohin und wie wir nicht wollen, und gerade dadurch in der Nachfolge Petri wandeln (Joh. 21,18).
Doch *in medias res*. Kürzlich wurde ich aus Kreisen, welche weniger dem Hofe als der Ministerial-Bureaucratie nahestehen, auf ein Sie betreffendes Gerücht hingewiesen, das sich bei mangelnder Aufmerksamkeit zum Skandal, zumindest zu einem *scandalum pusillorum* auswachsen könnte. Man scheint in den genannten Kreisen zu hören und zu verbreiten, daß unser gemeinsames Werk materielle Unterstützung aus einer Quelle erhält, die uns mehr Schaden als Nutzen bringen könnte. Das Stichwort, das fiel, lautet: »Mosaische Gelder.«
Nun haben wir lange genug Schulter an Schulter unter den *vexilla regis* gestanden, daß ich mir wenigstens einen Verdacht erlauben kann, wie das unsinnige Gerücht entstehen konnte. Ich erinnere mich an die arglose Freundlichkeit, mit der Sie seinerzeit im Hôtel BELLEVUE auf Kommerzienrat Bernhard Rosenzweig eingingen, und ich kann mir vorstellen, daß der Schlange der Verleumdung, die ja kaum wirkliche Ausgangsstoffe zur Produzierung ihres Giftes benötigt, jene belanglose Episode

vollauf genügte. Dennoch (und ich brauche Ihnen das nicht näher zu explizieren) ist Schlangenklugheit auch uns geboten, wenn unsere Sache nicht Schaden leiden soll; Klugheit, die umso nötiger ist, wenn es sich um Finanzielles handelt. Der Geist dieses kommerzialisierten Jahrhunderts wittert ja stets und sofort ein *do ut des,* wittert Angebot und Nachfrage hinter dergleichen, einen Zug auf politischem Schachbrett, eine Konzession an den Machiavellismus – *sapienti sat.* Es wäre deshalb sehr freundlich von Ihnen, wenn Sie, verehrter geistlicher Freund, mit einigen Worten den möglichen Anlaß eines derartig mesquinen Gerüchts erhellen könnten. Es wäre mir dies umso erwünschter, als ich mich der erwähnten Insinuation gegenüber zunächst außerstande sah, mit Auskünften zu antworten, die sie ein für allemal entkräftet hätten.
Seien Sie versichert, daß es mir in der ganzen Affäre mindestens ebensosehr um Ihre makellose Reputation wie um unsere gemeinsame Sache zu tun ist. Die Widerstände, die uns von allen Seiten erwachsen; das herzlose Nichtbegreifen, das man unseren Bestrebungen entgegenbringt, sollen sich nicht mit Argumenten wappnen dürfen, welche an sich belanglos, aber in der *Ambiance* unseres Zeitalters von unheilvoller Wirkung sind. Schon das Wort »Antisemitismus« ist mir (übrigens aus den widersprüchlichsten Gründen!) zuwider, ja absolut widerlich, und ich halte es für eines der ehrenvollsten Ereignisse der Kirchengeschichte, daß Bernhard von Clairvaux für seine mächtige Fürsprache zum Ehrenbürger der jüdischen Gemeinde von Worms (oder war es Speyer?) erhoben wurde. Andererseits muß uns auch der leiseste Hauch des Verdachts, daß wir aus derartigen Quellen finanziert würden, unendlich schaden – Sie wissen das bestimmt noch viel besser als ich.
Soviel zu diesem unerquicklichen Punkt. Wie steht es in der Oberpfalz? Kommen wir dort voran? Oh Burglengenfeld, unser Schmerzenskind ...

In der Hoffnung, Ihnen mit dieser ennuyanten Affäre nicht allzuviel Ungemach zuzumuten, und mit der festen Überzeugung, daß Sie mich nicht mißverstehen,
Ihr allzeit und treu geneigter

Innozenz M. v. B.

2

München, 5. Juli 1865

Ew. Gnaden, hochzuverehrender Herr Graf!
Ihr gütiges Schreiben vom 2. *currentis* hat unser bescheidenes Bureau in der Herzogspitalgasse *recte* erreicht, und ich beeile mich, Ew. Gnaden postwendend zu antworten.
Erfreuliches zuvörderst: in Burglengenfeld wenden sich, so scheint es, die Dinge zum Besseren. Dortselbst, wo wahrhaftige ländliche Armut herrscht; wo zwei Jahre der Kartoffelfäule ähnlich fürchterliche Konsequenzen wie *annis* 1845 bis 48 in Irland haben würden; Verhältnisse, die jedermanns Herz rühren, jedermanns Nächstenliebe zur Tat rufen müssen, hat unsere Credit- und Spar-Association endlich Fuß gefaßt. H. H. Kooperator Martin Steindl, unser Korrespondent und *spiritus rector* daselbst, hat mir die Akte mit den Neu-Admissionen und den Contocurrent-Eintragungen zugesandt, ich lasse sie bereits kopieren, und sie werden Ew. Gnaden mit der nächsten Post zugehen. *Deo et B.M.V. gratias,* allwelche uns solches zu erleben gnädigst gestatten! Dank sei aber auch Ew. Gnaden gesagt, der Sie nie am endgültigen Triumph der guten Sache gezweifelt und uns immer mit solcher Gewißheit auf den richtigen Pfad zurückgebracht haben!
Was in B. noch zu Stockungen führen könnte, ist – *miserabile dictu* – die noch immer uneinsichtige Haltung der kgl. Behörden, insbesondere in Gestalt des Bezirksamtmanns Hoy, der (dies strikte *in camera caritatis!*) seinen Aufenthalt in der Oberpfalz als eine Art von Arrest be-

trachtet und mit allen Kräften danach strebt, sich beim kgl. Ministerium des Inneren in günstiges, d. h. liberales Licht zu setzen. *Quoad usque* –? wäre man versucht zu rufen, würde es uns die Nächstenliebe nicht untersagen...

Zur Expektoration gewisser Kreise betr. »mosaische Gelder« genügt wohl der Hinweis, daß die einmalige und völlig spontane Spende eines moderaten Betrags durch Herrn Komm.-Rat Rosenzweig gänzlich unter dem glänzenden Eindruck zustandekam, den die Ausführungen von Ew. Gnaden im BELLEVUE auf ihn machten. Ich sah mich (und Ew. Gnaden wäre es in meiner Lage kaum anders ergangen!) schlechthin überfordert, auch nur zu versuchen, diesen trefflichen Kaufmann zu brüskieren, etwa durch eine Zurückweisung; zumal ich Ihren Abscheu vor jeder Form von »Antisemitismus« voll teile.

Mit der Versicherung meiner steten, aufrichtigen und unwandelbaren Hochachtung und Treue verbleibe ich

Ew. Gnaden untertänigster Diener

Placidus Meisinger.

3

Busselwang, 9. Juli

Hochverehrter Freund, Hochw. Geistl. Rat,

wie Sie sich denken können, hat mich Ihre prompte Rückantwort sehr erfreut. Mittlerweile ist auch die Kopie des Burgl.er Faszikels hier eingetroffen, und man kann dem großartigen Kooperator Steindl nur zurufen: *macte virtute!* Lassen Sie ihm das zukommen, bitte – vielleicht ermutigt ihn der Applaus aus dem in vielerlei Hinsicht so fernen Oberland.

Erlauben Sie mir, daß ich, wie erleichert auch immer durch Ihre Auskunft, noch einmal auf jenen Tatbestand eingehe, den wir verkürzend die »Affäre Rosenzweig«

nennen wollen. Da ich die eigenen Begrenzungen kenne, möchte ich doch zweifeln, daß ein Mann vom bekannten geschäftlichen Scharfsinn von Komm.-Rat R. allein aufgrund der »silberzüngigen« Ausführungen eines Landedelmannes sich entschließen sollte, die ihm so fernliegende Sache der katholischen Bauernschaft materiell zu fördern. Darüberhinaus hängt, wie ich meine, doch sehr viel von der *Höhe* einer solchen Unterstützung ab; leider hat man gelernt, davon gleichsam thermometrisch die Höhe politischer Verpflichtung abzulesen. Um Ihnen wenigstens einen ahnungsvollen *Pesthauch* dessen zu vermitteln, was hier gemutmaßt werden kann: ich wurde darauf hingewiesen, daß ›populistisch‹ katholische Bauernaufstände wie etwa der Tiroler von 1809 von antijüdischen Exzessen begleitet waren, und daß ein Teil der israelitischen Gemeinde genug Weitblick besitzen könnte, um einer solchen Eventualität rechtzeitig durch entsprechende Sympathiekundgebungen zuvorzukommen – genug, genug davon...
Mißverstehen Sie es also nicht, wenn ich Sie bitte, mir eine Kopie des Tages-Journals zukommen zu lassen, aus der sich besagter Thermometerstand, d. h. die Höhe des Interesses von Komm-Rat R. an unserer Sache ablesen läßt.
Dem »Clerusblatt der Erzdiözese München-Freising« entnehme ich, daß Sie der Würde eines »Archimandriten von Baalbek« teilhaftig wurden. Warum lassen Sie mich dergleichen nicht wissen, ehe ich es durch die kalten schwarzweißen Kolumnen der Amtspresse erfahre –? Meinen Glückwunsch haben Sie jedenfalls.
Ihr stets geneigter

Innozenz M. v. B.

4

München, 15. 7.

Ew. Gnaden, *amice celebrissime* (wie ich zu formulieren wage)!

Jede Nachricht von Ihnen ist mir zunächst eine aufrichtige Quelle der Freude. Um so bestürzter war ich, als ich die letzte Post von Ew. Gnaden Hand überflog: wieviel unnötige Mißverständnisse, wieviele Machinationen der Meduse der Mißgunst waren wohl vonnöten, um Ew. Gnaden zu solchen Äußerungen zu veranlassen –?

Doch zuvörderst zur gemeinsamen Sache: der Herr Bezirksamtmann Hoy hat seine Versetzung ins sonnige Unterfranken erfahren, wodurch die örtl. Verhältnisse in Burglengenfeld aufs erfreulichste bereinigt werden. Dies, zusammen mit Ew. Gnaden Ermutigung für H. H. Koop. Steindl, wird in unserer teuren Oberpfalz zweifellos als *nutus ab excelsis,* als Wink von oben empfunden und dankbar registriert werden!

Aber zu dem, was Ew. Gnaden unnötig zu beunruhigen scheint! Unser Journal weist selbstverständlich eine Dotation durch Herrn B. R. NICHT aus. Er hat dies sogar ausdrücklich zur Bedingung gemacht – aus Gründen, die durchaus einleuchten. Die gesellschaftliche Position des Hauses R. ist aufs engste mit der großbürgerlich-liberalen Tendenz der Hauptstadt verwoben, die ja, wie wir wissen, unsere Linie mit einigem Mißtrauen verfolgt. Sie selbst, Ew. Gnaden, konzedieren B. R. beträchtlichen geschäftlichen Scharfsinn – er hat genügt, um die edle Aufwallung einer Spende mit der Bitte um absolute Diskretion zu verbinden. Gerade der Inhalt Ihres Schreibens zeigt, wie richtig diese Bitte war...

Was nun den »Pesthauch« angeht: derlei Spekulationen sind schlicht und klar Unsinn. Natürlich hat mir Herr R. nicht an Ort und Stelle eine Anweisung ausgeschrieben; wir haben uns vielmehr an einen hauptstädtischen Treff-

punkt verabredet und dort unterhalten, und Herr R. kam dort auf die Flugschriften zu sprechen, die wir zur Aufklärung und Ermutigung der Bevölkerung hinaussenden müssen, und in denen (rein illustrativ) die Erfahrungen der ärmeren Bauernschaft mit »jüdischen Vergantern« etc. etc. berührt werden. Herr R. meint, daß hier wohl ein sehr einseitiges Bild geboten werde: seine Race, seit dem frühen Mittelalter in unerfreulichste Berufe abgedrängt, vollziehe vielerorts und sozusagen zwangsweise einen Prozeß, der nicht von ihr veranlaßt sei, ja den sie selbst durchaus in seiner Fragwürdigkeit durchschaue. (Er kam in solchem Zusammenhang sogar auf den Juden Karl Marx zu sprechen, den er natürlich ablehnt, der aber gerade diesen Prozeß in seinem Traktat zur Judenfrage ohne Vorurteil herausgearbeitet habe.)
Argumente, so meine ich, denen zuzuhören sich lohnt. Ich versichere Ew. Gnaden, daß ich in diesem Zusammenhang keinerlei konkrete Änderungen in Aussicht gestellt habe – was ich ja ohne sofortige Rücksprache mit Ihnen nie tun könnte. Daß Herr R. dennoch bei seiner Zusage blieb und sie wahrmachte, sollten wir ihm deshalb doppelt hoch anrechnen.
Prinzipiell ist dazu zu sagen: ich habe mich im Laufe unserer Zusammenarbeit immer darum bemüht, den *labor improbus,* d. h. die mühsame Detailarbeit, von Ew. Gnaden möglichst fernzuhalten. Es wäre meiner langjährigen Erfahrung nach für Ew. Gnaden ebenso inopportun wie unserer Sache schädlich, wenn Situationen entstünden, in denen Ew. Gnaden *persönlich* sich dem Geschrei des Marktes stellen müßte. Eines ist die Lauterkeit der Absicht, ein anderes die schnöde Welt der politischen und sozialen Interessen, in denen wir uns wie in einem Gefäß voller Gaswirbel bewegen.
Augustinus hat den Weg der Kirche als eine *peregrinatio per impios,* als Pilgerfahrt durch gottloses Land definiert. Ich erinnere mich auch an tiefschürfende Gespräche mit Ew.

Gnaden, in denen die erhabene Gebetsformulierung von den *exules filii Hevae*, den *verbannten Kindern Evas*, auftauchte. Meine Verbannung, Ew. Gnaden (ich ringe mir das Wort ab) ist keineswegs minder bitter als die Ihre.

Es verbleibt mir, Ihnen für Ihre Glückwünsche zum »Archimandriten von Baalbek« zu danken. Die Würde ist bescheiden genug, ich habe sie mir durch eine gezielte Spende an die Stelle verschafft, die Ihnen wohl bekannt ist. Man kann einige der Nothilfen bekritteln, mit denen diese schwerringenden Diasporakirchen des Nahen Ostens auskommen müssen; ihnen in ihrem Ringen beizustehen, scheint mir auch unter den erwähnten Umständen nichts Geringes.

Im ruhigen Bewußtsein unserer unauflöslichen Verbundenheit verbleibe ich,

Ew. Gnaden untertänigster Diener und Gehilfe

Pl. Meisinger

5

Telegramm

An das
Sekretariat des Christl.-Patriot. Bauernvereins
München, Herzogspitalstraße
WIEVIEL

I. M. v. B.

6

Ew. Gnaden – in äußerster Eile vor Abreise diesen Kurierzettel. Flehe EG an, in bes. Angelegenheit nicht zu drängen – Diskretion betr. die Spendensumme ist *conditio sine qua non* weiterer Zusammenarbeit. Summe wurde teilw. zur Aussetzg. v. Prämien für Neuanmeldg.en resp. Bei-

bringg. weiterer Mitgl. verwendet, vor allem im Raum Bu.feld. Insofern unmittelb. Sukzeß.
Fahre nach Bu.feld, um dringd. Angelegenh. zu regeln, die mich ca. 2 Wochen festhalten. Anschl. Aussprache wäre sehr opportun. Ew. Gn. geh.ster Diener – Pl. M.

(Weitere Schreiben in dieser Angelegenheit nicht bekannt)

Erinnerungen an Graf Innozenz Maria III

Aus unveröffentlichten Papieren von Domkapitular Pl. Meisinger

Promemoria
eines Gesprächs mit I. M. v. B.
Graf I. M. äußert sich über Fragen des Fortschritts. Bejaht denselben in ganz bestimmter Hinsicht: »Was Sie vielleicht überraschen wird – ich wünsche mir rapide Fortschritte vor allem in der öffentlichen Hygiene.« Geht auf Pettenkofers Jahrhundertwerk ein: die Canalisation von München. »Die Hauptstadt ist damit von jahrhundertalten Lasten und Gefahren des Kotes befreit.« Erwähnt die Cholera von 1853 usw. Erhofft sich dringend notw. Signalwirkung.
Ich (im Folgd.: Pl. M) gewahre zunächst keine Berührungspkte. mit dem Landleben. Dort Canalnetz offenbare Unmöglichkeit: zu dünne Besiedelung, exorbitante Kosten usw.
Lebhafter Widerspruch des Gr. Sieht zunächst sept. Tanks u. dgl., wenn möglich Zweikammer-System. »Es muß uns gelingen, uns des Gestanks, der Misere der Vorzeit zu entledigen.« Schildert seine endgültige Vision: eigene und tierische Rückst. vergessen können, sie hinabsenden die Isar, die Naab usw. in die Donau, den Balkan, evtl. in die bulgar. Sümpfe von Srebarna: »Dort hausen die Pelikane. Wissen Sie, daß das äußerst unreinl. Tiere sind? Ihre Nistplätze sind Sumpfränder – Inseln od. Halbinseln, die ausschließlich mit ihrem eig. Kot befestigt sind.« Oder auch die Sümpfe der Dobrudscha: Das Donau-Delta ideal geeignet zu Aufnahme und Vergärung. Desgl. Rückstände von Gewerbsprozessen usw. »Unsere Kindeskinder sollen ausschließlich die Licht-Seiten unseres Wan-

delns und Handelns, unserer Anstrengungen, unserer Landschaft erleben.«

Pl. M weist auf immense wirtschaftl. Schwierigkeit hin: Regeneration der Boden-Fruchtbarkeit. Wie soll diese ohne Stalldünger usw.?

Ungeheuer lebh. Reaktion des Grf. Erwartet gerade hier den entscheidenden Fortschritt. »Denken Sie an Liebig!« Notwendg. Dünger wird in sauberen Fabriken durch menschl. Kunst hergestellt, möglichst geruchl., in ordentl. Jutesäcken abgepackt, nach Art und Verwendg. gekennzeichnet, in genossenschaftl. Hallen gelagert und dann verteilt. »Dies ist mindestens ebenso wichtig wie irgendetw. anderes, was wir für unsere Bauern tun wollen.«

Pl. M weist den Gr. auf die enormen Mehranstrengungen hin, die im Schienen- und Straßenwegbau, für die Herstellg. der nötg. Fahrzeuge, der Lagerhallen usw. erforderl. wären. Ob damit die Creditabhängigk. der Bauern nicht verstärkt würde – also genau die Abhänggk., die wir mit unserm Programm wenn nicht vermeiden, so doch verringern wollen.

»Nicht, wenn alles genossenschaftlich durchgeführt wird. Und das Wichtigste wird sein: der gesellschaftl. Fluch wird vom Bauern genommen. Warum nennt man ihn, z. B., SAUBAUER? Warum haftet diesem fundamentalen Beruf das Odium des Rückständigen, Dummen, Groben an? Es ist die Dunstwolke des Mistes, die ihn umwabert – scheinbar unvermeidlich, untilgbar. Der Geruch, verehrter Freund, ist einer der hartnäckigsten Sinne überhaupt. Er fixiert: Heimat, Rang, Status, den Platz des Menschen im Leben. Wird dieses Hindernis durchstoßen – wer ist dann der Bauer? Ein freier Herr, ein Fabrik-Herr, der die wichtigsten und edelsten Produkte fertigt: die Subsistenz des Lebens selbst.«

Pl. M erinnert den Grafen an ländl. Stolz. Dieser herrscht gerade bezügl. des Reichtums an Kuh- und Roßmist,

Status im Dorf an Höhe und Breite des Düngerhaufens gemessen. Ob er glaube, daß unter solchen Umständen Bauern zu anderem Denken erzogen werden könnten? »Sie mögen dies noch nicht begreifen. Sie mögen noch in halbblinder und halbtauber Gemeinschaft mit ihren Tieren dahinleben.« Pl. M ist jedoch überzeugt, daß unsere Bauern durchaus zu neuem Denken erzogen werden können, zur »Hochzeit von Nährstand und Reinlichkeit«.
Pl. M kommt in späterem Zusammenhang darauf zu sprechen, ob intensive Liebe des Gr. zur Reinlichk. auch mit seinen Ansichten zur Kunst zusammenhänge. »Durchaus, durchaus! Ich sehe hier in der Tat Entwicklungslinien, die sich gegenseitig voranbringen. Denken Sie an die künstlerische Sprache des Zopfstils, der alten Devotional-Literatur. Heute finden Sie schon überall die lieblichen Darstellungen des Allerh. Herzens Jesu, der Allersel. Jungfrau usw., die dem nazarenischen Programm entsprechen.« Zitiert Horaz: *omne limum fugiente penna,* Flügelschlag, der jedem Kot entflieht.
Kurzes Gespräch über die Rolle des Sinnl. in der Kunst. Pl. M verweist hier auf die Rolle des Pelikans in der mittelalterl. Symbolik (Sinnbild Chr.i, der die Jungen mit Seinem Blut ernährt). Der Gr.: »Das ist abwegig. Sehe hier keinen Zusammenhang. Sie meinen, wegen der Pelikane in Srebarna? Auch hier ein Fortschritt zu verzeichnen: naturwissenschaftl. Aufhellung der tatsächl. Gegebenheiten.«

Heilung in Hechsenraith?

Reiterhof Hechsenraith stand weiß auf blankem grünem Emailblech, ein schwarzer Roßkopf darüber, ein roter Pfeil darunter; wies nach links in den Waldweg. Graf Innozenz Maria saß in einer winzigen zweirädrigen Kalesche (modisch als Sulky bekannt) und starrte abwechselnd auf das Schild und in den Schlund des dunkelgrünen Tunnels. Es war ihm klar, daß mit dem Schild etwas nicht stimmte: solche Materialien, solche Farben waren nicht zu haben – oder zumindest hierorts nicht üblich. Rechts fiel eine Böschung erst steil, dann sanft nach Osten zu zwei Höfen mit einer Kapelle ab, aus der es dünn und erzieherisch bimmelte – hieß das »fahr zu, fahr zu« oder »halt ein, halt ein«? Ambivalenz jeder Himmelsweisung. Rings weitete sich der untere Chiemgau zu brisenbewegten Hügelketten, grünblaugrau im Schönwetterdunst, mit bespitzten, bezwiebelten, gesattelten Kirchtürmen: Frauenneuharting, Jakobneuharting, Tegernau, dahinter Grießstätt und, wenn er sich nicht täuschte, Vogtareuth. (Oder war es Halfing?) Dann die Alpen, mit Wolken-Pailletten besprenkelt; sie schlossen das Panorama so zuverlässig ab wie die Rückwand einer Bauernbühne. Sein Pferd, eine Stute namens Linda, zuckte mit Haut und Ohren gegen die dröhnenden Bremsen an, formte einen analen Ring und ließ drei ebenmäßige Bälle fallen, sein Weh in animalischer Unschuld verhöhnend.

Herkules am Scheidewege: er dachte an die antike Schulbubengeschichte – Ruhm oder Tugend? Scheidewege sind selten so schlicht ausgelegt. Nach Ruhm war ihm nicht eben zumute – und Tugend? Sein vorherrschendes moralisches Gefühl war Selbstverachtung, eine weder christlich noch antik gebilligte Emotion. Warum also nicht Hechsenraith, warum nicht diese Obereder? Was er litt, war nicht kostbar, sondern liederlich. Keine heilige

Dialektik änderte etwas daran. Wenn er versucht war, sich auf so etwas einzulassen, genügte ein Blick in den Spiegel: die Kiefern, die lappig wurden, die schwarzen F-Löcher im Wangenfett, die vorgetriebenen Augen eines Hamsters. Tierisch. So, wußte er, kam man nicht in den Himmel – ganz abgesehen davon, was sein Befinden dem heiligen Stand der Ehe antat. Zwischen Nabel und Schritt war sein Leib ein Wackerstein, ein Sack voll Gift und Schmerzen, und seine Seele flatterte drumherum wie ein Rabe um den Kyffhäuser, konnte sich nicht mehr aufschwingen zu wahren Höhen, konnte auch nicht mehr hinauseilen zu den Hilfsbedürftigen. Tobte gegen die Uneinsichtigkeit des Bruders Esel, der seine sperrige Last nicht abwerfen wollte.

Und gerade in solchem Zustand war ihm auch noch Mißtrauen aufgeladen – ein trübes, sumpfiges, erstickendes Mißtrauen, für das er sich wiederum doppelt verachtete, weil er nicht über die Kraft oder über die Mittel verfügte, es so oder so zu beenden.

Hildegard – und Meisinger.

In ihrer Ehe hatte Diskretion immer als hohe Tugend gegolten, sie hatten sie gehegt und gepflegt, sie hatten sich in immer zartere, pastellfarbene Andeutungen zurückziehen können, in die schattenlose Schönheit eines Aquarells. Wie da heraustreten? Etwas formulieren wie einen rüden Verdacht? Und was den Prälaten betraf: er gestand sichs, daß er sich fürchtete. Nur wußte er nicht genau, was er mehr fürchten sollte: die Gekränktheit Meisingers, die nach stattgehabter Rechtfertigung auf jeden Fall zurückbleiben würde – oder eine entsetzliche Entblößung, die Entblößung eines Priesters des Herrn. Er konnte sich einen solchen Tatbestand nicht vorstellen; und er konnte es sich nicht vorstellen, ein Tagesjournal, ein Kontobuch oder dergleichen zu durchwühlen, mit einer Polizeinase. Sein seelisches Zwerchfell war so überbelastet wie sein physisches. Letzten Endes war alles eine Stilfrage: weder

eheliche Säbelduelle am Frühstückstisch noch Kontortyrannei entsprach seinem Stand in Zeit und Leben.
Helfe also, was helfen mag. Hatte es in solcher Not einen Sinn, auch noch der Preradović zu mißtrauen?
Er stöhnte, hob seinen verfluchten Wackerstein kurz vom Ledersitz, schnalzte »Hüh« mit Zunge und Zügeln, lenkte nach links. Linda schlug ein letztes Mal mit dem Schädel durch die Bremsenwolke, bog von der Vizinalstraße Schalldorf-Grafing in den Waldtunnel ab. Als die Kutsche vorbei war, stand an der Einfahrt kein klares, dauerhaftes Metallschild mehr, sondern ein rissiges graues Brett, an einen rissigen grauen Pfosten genagelt, auf dem gerade noch HE ENRAI zu lesen war – so wie sich das eben für einen einschichtigen Hof im 19. Jahrhundert gehört.
Innozenz Maria sah es nicht mehr. Hätte er es gesehen – hätte es ihn entsetzt? Verstört? Vermutlich nicht mehr. Oder nicht mehr viel. Seit der Vision auf dem Weg nach Tuntenhausen stießen ihm solche Sekundenrisse, solche Sprünge durch einen flüssigen Zeit-Spiegel des öfteren zu. Es spricht für seine Frömmigkeit, daß sie ihn nicht besonders verwirrten: gaukelnde Luftgeister, so weiß der Fromme, vermögen die Sinne zu täuschen, – Gottes und der Welt Wirklichkeit verändern sie nicht. Was ihn ärgerte, war die Häßlichkeit der meisten Gesichte: das krank-monotone Grün der Wiesen, das Stahlgrau der Straßen, die hilflosen Disproportionen von Phantom-Häusern, welche plötzlich sekundenlang die Dorfränder verunstalteten. Bauten, wirtschafteten so die Enkel der Bauern, für die er kämpfte?
Der Waldtunnel war dunkel, aber kurz. Er ging in eine Linkskurve über, nach rechts fiel das Gelände wieder ab, sanft diesmal, eine von Wäldern umstandene Wiese. Der Weg war kaum mehr als eine Doppelspur, mit einem fetten, blumenbestickten Mittelstreifen zwischen den Rillen. Aber am Waldrand (er mußte die Zügel nicht anziehen, das Pferd blieb von selber stehen) erschien eine

Verheißung; erschien in völliger Stille. Ein Mädchen auf einem weißen Roß, in schwarzer Jacke und Samtkappe auf strömenden und bebenden weißblonden Haaren, in einer himbeerfarbenen Hose und schwarzen, glänzenden Stiefeln. Sie glitt traumhaft und träumerisch am Waldrand, an Schlehen und Vogelbeersträuchern entlang, keine Himmelsjungfrau, sicherlich keine, aber doch eine Feenkönigin:

... wenn du meine Lippe küßt,
bist du mir sieben Jahr verfalln ...

Kein Glöcklein klang, kein Wind seufzte, Innozenz Maria zwinkerte heftig – um die Vision festzuhalten? um sie zu verscheuchen? Sie verschwand jedenfalls, die Luft-Fee, sickerte ins Walddunkel ein, in die Landschaft, in der nun Hechsenraith auftauchte, der Reiterhof.
Der nun, so schien es ihm, stand unter anderem Gesetz, wenn auch keineswegs geheimnislos: ein großes, äußerst sauberes Anwesen, mehrere Bauten verschiedener Höhe und Länge, in wechselnden Winkeln gegeneinander gestellt, mit Dächern, deren Farben von moosbewachsenem Schwarz über italienisches Orangerot bis zum matten Grau spielten. Der große Pferdestall, mit dem gekalkten Mauersockel und den silbrigen Wänden aus ungesäumten Brettern, stand für sich allein. Kein Personal war zu sehen und zu hören, als die Kalesche einfuhr; irgendwo zur Rechten, um die Ecke einer Remise, klirrte Eisenzeug, ein Wasserstrahl trommelte abrupt in einen Kübel, hörte ebenso abrupt wieder auf – kein Hund bellte, kein Huhn gackerte. Wer war er? Wo war er? Parzival im abweisenden Schloß des Fischer-Königs? »Heda!« sagte er halblaut, es war ein törichtes Kommando, wenn es überhaupt eines war, er haßte es zu kommandieren, und er traf es nie gut mit den kleinen Leuten. In Tegernau, keine halbe Meile entfernt, hatte er nach Hechsenraith gefragt, man war dummschlau zurückgewichen und ausgewichen, hatte

etwas von »auf Dichau zua« gestottert, niemand wollte etwas von oder über Hechsenraith wissen. Aber wer hatte ihm sonst genauere Auskunft gegeben? »Obereder; ja, Obereder...« vage Seitenblicke, »soll sehr erfolgreich sein, ja, Sympathie-Behandlung, im Sinne von Mesmer oder so, eher naturgemäß, die Schulmedizin ist natürlich dagegen, aber die Erfolge...«
Er kletterte vom Sitz, schritt einsam durchs offene Doppeltor in den Stall, der fremd roch, weil er nicht roch – höchstens nach Erde und besonnten Brettern. Die schulterhohen Boxen rechts und links vom gefegten Mittelflur waren sauber, er spähte über die eine oder andere Bordwand. Der Boden der Boxen war schwarz, nur ein paar Strohhalme lagen herum, und in jeder (bis auf zwei) stand ein frischgebundener Reisigbesen. Zuviel der Reinlichkeit, fand er, und dachte daran, daß man »Hachse« auf bayerisch mit x schreibt. Er fröstelte, hörte von der Ferne Hufe, die sich näherten. Er rannte, so schnell sein Wackerstein es zuließ, auf den Hof zurück, vor das Wohnhaus, das altan- und blumengeschmückte, aber die Fee war nicht da. Dafür stand da mit schwarzem Haarknoten, schmaler Nase und starrgeblümten Miederkleid die Obereder, wer konnte es sonst sein, stand und sah ihn schwarzäugig-still an, stieß nur den Kopf etwas vor und sagte »Grüsgood«. Sie war nicht jung, sie war nicht alt, hatte eine glatte Stirn und eine sehr tiefe Stimme. »Frau Obereder, nehme ich an«, sagte er unbeholfen wie Parzival. »Ich bin auf Empfehlung von Freiin Preradović hier, mein Name ist –«
»Weißcho, weißcho«, unterbrach sie. »Der Herr Graf von B. wird schon erwartet.« (Woher? Wodurch?) »Bitte folgen zu wollen.« Sie wandte sich um, Gehorsam gewohnt. Es gelang ihm, ihre Bewegung zu unterbrechen: »Das Pferd muß versorgt werden.« »Das macht der Naz.« Sie drehte nicht einmal das Gesicht nach rechts, wo ein drahtiger Bursch aus einer der Remisen kam. Er winkte leger, er hatte ein verdrücktes und verdrecktes Hütlein

sehr schief auf den Locken und einen großen, kurzhaarigen Hund am rechten Schenkel – einen von den tödlichen, die nicht bellen. Er steuerte hohl zwischen den Zähnen pfeifend auf die Kalesche zu, die Obereder lachte mit Kontertenor: »Jaja, die Freiin Preradović.« Der Naz war bei Linda, klopfte ihren Hals, spielte an ihren Nüstern, sie schnoberte verzückt. »Jaja, die Karla Preradović«, wiederholte die Obereder und schritt, ohne den Grafen nochmals aufzufordern, in den weiten kühlen Gang. Er mußte diesmal folgen. An den Wänden des Flurs hingen farbenfrohe Hinterglasbilder, Töpfe mit Bauernblumen. Die Obereder blieb stehen und wies auf die Geländerstiege, die an der linken Seite des Flurs nach oben führte, rezitierte leiernd und geübt:

»Der Herr Graf haben das Zimmer Nummer Drei. Der Herr Graf wird sich frischmachen wollen. Handtücher und Seife liegen oben. Die Bagasch wird hinaufgeschafft. Der Herr Graf ist in einer halben Stund eingeladen auf einen kühlen Trank« – (eine steife Handbewegung nach rechts) – »in der großen Stuben. Dort wird auch das therapeutische Gespräch beginnen.«

Therapeutisch! Knapp unterhalb seiner grämlichen Pein entdeckte der Graf Amüsement – das Ganze war doch ziemlich lustig. Er setzte Fuß um Fuß auf die Treppenstufen, er schwenkte nach rechts ab in den Flur des ersten Stocks. Die Türrahmen waren honigfarben gebeizt, Rehgwichtln und Gemälde hingen dazwischen, die Balkontür an der Flurstirn stand offen und winkte Sonne herein. Norddeutsche Malerfürsten richteten sich so ihre bayrischen Sommersitze – doch woher kam die Obereder? Sie sprach mit hiesigem Tonfall, sah aber eher nach sehr fremdem Volk aus, der Bursch, der Naz, noch mehr. Bewahrte sie Reste hermetisch-zigeunerischer Kunst? Er öffnete Zimmer Nummer Drei und fiel, obwohl er sich gegen jede weitere Überraschung gefeit glaubte, in die nächste:

Der Raum war türkisch-bulgarisch-griechisch ausgestattet – das heißt, ausgeschmückt. Das Doppelbett, glänzendschwarz, war mit Explosionen von Perlmutt besprengt; in seinem Giebelfeld umhalsten sich, messinggetrieben, Amor und Psyche. Zwei Nachtkästen in gleicher balkanischer Manier, aber rotlackiert; ditto ein schwarzer Kleiderschrank, zwei zierlich gedrechselte Stühle, schwere olivfarbene fransengebordelte Plüschstreifen an den Fenstern, mit bequasteten Mittelzungen. Wie konnten Fenster in einem bayrischen Bauernhaus so hoch sein, ohne die Fassade völlig zu ruinieren? Ja, wie konnte überhaupt der Raum – Er würde sich das alles genau ansehen müssen, aber demnächst, demnächst. Er warf sein Jackett auf die Brokatdecke des Betts, über Amor und Psyche hing eine langgestreckte Magdalena, feucht und in verdächtigen Gewitterfarben wogend. Kreuz war keins da. Er sah sich nach dem Waschtisch mit Handtuch und Seife um – nichts war vorhanden. Er öffnete den Perlmuttschrank, der einen exotischen Duft und ein paar Kleiderbügel enthielt. Hatte die Obereder einfach geschwindelt? Ausgeschlossen, so primitiv gings hier nicht zu. Und schon gewahrte er die Tapetentür, drehte den runden Glasgriff. Die dritte, die höchste und passendste Überaschung sprang ihn an.

Übersehen wir die Einzelheiten des blendendhellen, messingblitzenden, porzellanschimmernden Raums; überhören wir die Chöre heißen und kalten Wassers, die der Graf alsbald aus den Armaturen zauberte; überspüren wir den lammzarten Flausch der Badetücher, überriechen, überschmecken wir die Crêmes, die Flacons und Tuben, die der spiegeltürige Wandschrank und die gläserne Konsole bieten. Doch was uns nicht zu übersehen erlaubt ist, das ist die gleißende Riesenmuschel, die, mit poliertem Eichenholz bedeckelt, aus dem San-Block ragt. Was wir nicht überhören dürfen, ist das Rauschen der Spülung, die der Graf (noch zu reinem Probezweck) durch einen leichten

Druck auf die Handplatte auslöst. Innozenz Maria begriff sofort. Er saß auf dem Deckel, den Kopf zurückgelegt und die Augen geschlossen, hörte aus vier Hähnen kalte und heiße Reinlichkeit in Badewanne und Waschbecken schießen, spürte auf den Lidern das kühle Leuchten der Lampenstäbe, wußte sich verstanden. Was ihn betraf, hatte das therapeutische Gespräch bereits angehoben. –

Heiter kehrte er ins balkanische Zimmer zurück und fand dort ohne Verwunderung seine halb ausgepackte Bagage vor. Auf dem Bett lag, in Sorgfalt ausgebreitet, ein dunkelgrüner Kaftan mit breiter gestickter Borte; auf dem Nachtkästchen befand sich eine Tasse mit dampfendem Aufguß, dessen Purpurfarbe an Malventee erinnerte.

Patient zu sein, war eine selbstauferlegte Pflicht. Er nahm also beides an, das heißt, er schlürfte, während er den Kaftan umlegte, das Getränk in von der Hitze vorgeschriebenen kleinen Schlucken. Es schmeckte süß und scharf; mit einem Hauch von Cardamom und Pfefferminz, sowie einigen Geheimnissen darunter, die Neugierde, Lust und etwas Furcht weckten.

Graf Innozenz Maria warf den Kopf in den Nacken, trank die Neige aus der Tasse und stellte sie auf ihren Untersatz zurück; sie war mit einer thrakischen oder nordgriechischen Volksszene bemalt. Dann betrachtete er den karminroten Teppich, auf dem er stand. Die Sonne stanzte aus ihm weiße Parallelogramme, diese stiegen auf wie Flugdrachen oder Meerestiere, verschwammen an den Rändern. Er sank aufs Perlmutt-Bett und schlief ein, sobald sein Kopf das Brokatkissen berührte. –

Zwei Geräusche kämpften in seinem Kopf und weckten ihn: das nicht allzuferne pädagogische Glockengebimmel, das er schon kannte, und das ganz nahe Heulen eines großen Hundes, haßerfüllt und angstvoll. Kampf zwischen Licht und Dunkel. Kampf zwischen dem erzenen Mund von Ormuzd und dem geifernden Rachen Ahrimans. Er hatte geträumt, er wußte nicht was, das Zimmer war ihm vertraut – aber dennoch wußte er, er war in äußerster Ferne gelandet, auf einer gänzlich unbekannten Insel abgesetzt.

Vage Erinnerung, etwas versäumt zu haben – richtig, ein therapeutisches Gespräch. Keine schülerhaften Gewissensbisse: dies Verschlafen war das Werk der Direktion, die hatte ihn (kein Zweifel) purpurfarben betäubt. Therapie der Überraschungen. Bisher waren sie gelungen, die Überraschungen – er beschloß eine neue Strategie: sich nicht mehr zu wehren. Er rollte vom Bett ab, prüfte seinen Körper: abgeklungene Beschwerden im Unterleib, dafür Gewichte in Gelenken und Torso, eher ermüdend als peinigend. Das Zimmer fast dunkel, die Quasten der Plüschzungen schwarz vor den azurenen Rechtecken der Fenster. Plötzliches Schweigen von Hund und Glocke, und aus dem Unterholz des Abends stiegen junge Mädchenstimmen, verstört und taumelig wie Nachtfalter auf dem Weg durch Wiesenrispen: »Hachnein Lilo – du hör mal Usch – einfach irre, tschüß Babs ...« Verstand die Laute nicht, wußte gleichzeitig, daß sie nichts hießen, nichts weckten als eine allgemeine fliederfarbene Begehrlichkeit.

Dringlicher, wichtiger für ihn: eine neue, nicht eben kluge, aber robuste Gegenwart in seinem Hinterkopf. Ein Beobachter, der zum General werden konnte. Einer, der die Welt derber, schonungsloser, aber farbiger sah. Fast sofort gewußt, wer er war: ein athletischer Ahn. Girolamo vielleicht, auch Großvater Zyprian. Der Athlet schritt den schummrigen Gang entlang dorthin, wo rötlich pulsendes Licht aus dem Treppenschacht drang; stieg ohne Zögern die hölzernen Stufen hinunter.

Vor jedem der Hinterglasbilder im unteren Flur war eine kleine Ampel entzündet: wieder ein therapeutischer Hinweis, ohne Zweifel. Dem Alten Testament entnommen, exerzierten sie mit den Mitteln des heruntergekommenen

Barock ein seltsames Programm durch. Da war etwa Judith zu sehen, ein fleischfarbenes muskulöses Weib mit ungeheurem Dekolleté, hausfraulich ihr Schwert abwischend, während dem hölzern hindrapierten, kopflosen Holofernes eine knallrote Fontäne entspringt. Da war eine reichgerundete Susanne im Bade, das heißt einem geschweiften Marmorbecken, von sehnigen Greisen beluhrt. Da war eine ähnliche Bathseba in ähnlicher Lage, ja, und sogar eine höchst unpassend verschleierte Tamar, mit Juda in unzweideutigen Handel verstrickt. Dazwischen aber Bildnisse großer Gefahr: die Arche in tobender Sintflut, ein kaulquappenförmiger Wal, der Jonas ins weißblaue Spülicht der See speit, die eherne Schlange in der Wüste, auf die Moses die Todkranken mystagogisch hinweist – und, natürlich, fast die gleiche Natter im Paradiese, Eva (und damit alle ihre Kinder) ins Exil lockend. Kunsthistorisch, wußte der fromme Innozenz Maria, alles längst überwunden – doch grinste der kältere Ahn, ließ ihn einmal anklopfen und ohne Umschweife in die gute Stube treten. »Ich bin verspätet, Sie wissen warum«, sprach er, jeder Verlegenheit ledig.
Verspätet, doch erwartet: »Guten Abend, Herr Graf«, sprach die Obereder. Saß mit dem Gesicht zur Tür hinter einer Tischplatte aus rötlichem Obstholz und legte im Halbkreis Karten aus. Der Raum war indirekt beleuchtet, aus Quellen, die nicht zu sehen waren. Stand Einiges darin herum, reichlich wahllos: trickreiche Faltstühle aus einem weißlichen Metall etwa, mit grellen bäurischen Polsterbelägen; an der Wand eine Kommode, mit weinroter liturgischer Casel gedeckt, und darauf ein Bügeleisen, eine Lichtputzschere, zwei Reliquienkästchen, ein Trachtenhut aus dem Sarntal und Flaschen mit Gläsern. In der Ecke ein biedermeierlicher Pendel-Regulator und ein Spinnrad, das augenscheinlich noch nie einen Fuß Garn gesponnen. Die hintere Wand aber, im Rücken der Obereder, das waren zwei riesige verschiebbare Glasscheiben, durch

welche die schwarze Himmelslinie der Alpenkette und ein paar Sterne zu erblicken waren, in den negromantischen Abend gestickt.

»Bitte Platz zu nehmen, Herr Graf« – und Zeit, die Toilette der Obereder wahrzunehmen, die unerhört war: schimmernd-kostbar die Grande Robe, Seide in mattem Licht spielend; glitzernde Borte, die waagrecht über ihre vollen Brüste lief, sie teils stützte, teils freigab; brokatbestickt der hohe halbmondförmige Kragen, der hinter ihrem braunen Gesicht, ihren steinschwarzen Augen, ihrem straffen Haar von Schulter zu Schulter sich schwang. An ihren Fingern, die den Rest des Kartenpacks mischten, ein halbes Dutzend Ringe, und an einem Arm eine spiralige Schlange aus granuliertem Gold mit Granataugen.

Innozenz Maria folgte der Weisung des Ahnen, wartete einige berechnete Sekunden, ehe er sich setzte: auf der Höhe der Situation, ein Kornett, fest im Sattel eines tobenden Pferdes. »Also?« fragte er knapp, und die Obereder: »Das geht schon ganz ordentlich.«

»Wie heißt sie mit Vornamen?«

Ihre Hände blieben mitten im Mischen stehn – unheimlich, wie wenn ein Mühlrad mitten im Bach stehen bliebe. »Na so was. Heben S' ab, bittschön. Apollonia.« Schob ihm ringglitzernd das unausgelegte Restpack zu. Vorzeitliche zigeunerische Tarot-Bilder auf den Karten. Und er tat ihr den Gefallen, lachte brüsk, mit drei klatschenden Schlägen auf die Kirschholzplatte. An die Glasscheiben krallten sich Musikfetzen aus dem Garten, prallten die verstörten Nachtfalter der Mädchenstimmen. Und die Obereder teilte das Pack, ließ nochmal die Ecken der beiden Hälften ineinanderschnurren, die Steinaugen auf ihn gerichtet. »Zwegen der Seele seind S' da, oder?«

»Auch so kann man sagen. Aber sie ist nicht Gegenstand der Kur.« Innozenz Maria bemühte sich um einigen Unwillen, dem beobachtenden Ahnen machte das Spaß. »Der Zustand meines Körpers dürfte Ihr bekannt sein.

Und der ist meiner Seele im Wege. Er hindert sie an ihrer gottgewollten Entfaltung. Ich habe versucht, meinen – Zustand als himmlische Prüfung zu akzeptieren, bin aber zu dem Schluß gelangt, daß dies falsch wäre. Möglicherweise ist wiederum dieser Schluß falsch, aber –« Er zuckte mit den Schultern und sagte, sich selbst überraschend: »C'est la vie. – Speziellen Dank für das Badezimmer. Ein höchst scharfsinniger Einfall.«

Innerhalb des Kartenkreises, ganz langsam, eine waagrechte Fünferreihe. »Herr Graf ärgern sich über Ihren Leib. Das ist parteiisch.«

»Was soll das heißen?«

»Der Leib«, sie legte eine letzte krönende Karte ganz oben in den Halbkreis, »ist doch der Herr Graf selber, oder? Genau wie die Seele. Wie wärs, wann sich der zur Abwechslung einmal über die Seele ärgern tät? Grund hat er genug. Halten zu Gnaden: da hat der Körper zehntausend Geheimnisse, weiß selber vom Mutterleib her, wie's in ihm zugeht, und dann kommt die herrische Seel und zwickt ihm den Zwölffingerdarm zu. Eisern, wanns eine starke Seele ist. Und die haben S', Herr Graf, eine eiserne, das ist das Kreuz mit Ihnen, und die Seel hat Ihnen draufgenagelt. – Hmmm,« summte sie, der Graf konnte noch nicht erwidern, »der Eichbaum, der Gehängte und der Hund, im Gewölb das brinnende Schwert – net schlecht. Nicht ganz schlecht.« Sie blickte ihn spöttisch an. »Die Namen von die Karten selber sagen gar nix, alteriern S' Ihnen nicht deswegen. Ankommen tuts einzig auf die Konstellation.«

»All dies«, sagte der Graf langsam, bekam es vorgesagt, »ist Therapie, nehm ich an. Ägypten? Oder älter?« Nahbei wieder das Heulen des Ahriman-Hundes, und ein schrilles Mädchen: »Pluto, kusch! Still Pluto!«

»Schaun S'«, (die Apollonia ließ ihn nicht aus den Augen), »wir bringen uns durch. So gut's halt geht. Und es geht ganz gut, weil: wir werden gebraucht. Wir vertreten eben die andere Partei. Damits ein Gleichgewicht gibt. – A Pris' gefällig? Rezept vom französischen Königshof.« Sie entnahm einer Tabatière etwas Schnupftabak, schob sie über den Tisch.

»Gleichgewicht.« Wiesenmünster meldete sich, verzweifelt und von fern. »Das ist unrichtig. Es ist das Wort, das Fleisch wird, nicht umgekehrt.« Dennoch: auch er nahm sich eine Prise, die erste seines Lebens. (Oder vielmehr die zweite: die erste war ein verstohlenes Abenteuer gewesen, in einem Wald bei Wiesenmünster, anläßlich eines Wandertages.) Die Obereder lachte und lehnte sich zurück: »Muß ma' immer gleich historisch wer'n? Es ist wirklich net so schwierig. Sie sind parteiisch, sonst wärn S' net da. Und Sie brauchen die andere Partei, sonst wärn S' erst recht net da. Also. Und dazu die Familiengeschichte, halten zu Gnaden, die hab ich ein bisserl studiert, das schulden wir unsern Kurgästen. Ihr Großvater, der Zyprian, wieviel Bankerten hat er in und um Titlmoos rumplaziert? An die vierzig, heißts. Und der Ahnherr Girolamo in Savoyen soll sogar noch großzügiger disponiert haben. Weil: der hat noch nix gezahlt.«

»Gut recherchiert!« (Wieder Wiesenmünster.) »Aber keine Tradition, auf die wir Wert legen.« Das Nikotin in den Nasen-Passagen begünstigte den Beobachter, machte ihn kälter und scharfsichtiger, spottete über seinen Rückzug. »Auf diesem Gebiet gibt es echten Fortschritt.«

»Aber wenn die Tradition Wert auf Ihnen legt?« Sie stemmte die linke Faust senkrecht auf den Tisch (eine uralte Bewegung) und stand langsam auf. Sie ging zur Kommode hinüber, bereitete in zwei hohen, mit dreiflammigen Lilien geätzten Gläsern eine hellgelbe Mischung, der sie je ein Spreißl Pfefferminz hinzufügte. »Ich hab einen kühlen Trank versprochen. Hechsenraith hält seine Versprechungen – alle. Wern S' schon merken. Also Prost.«

Es wäre jetzt viel Frommes und theologisch Gebildetes zu

sagen gewesen: über den *diabolos* etwa, den großen Durcheinanderwerfer, der die Seelen verwirrt; über die Tugend der Reinlichkeit nicht nur als eine Tugend des Fortschritts, sondern ein Spiegelbild des Aufstiegs der Christenheit aus animalischen Tiefen; über die Rechtgläubigkeit, die etwas anderes ist als Sittenstrenge, und an der die Familie B. durch dick und dünn festgehalten hatte ... aber ach! Nicht einmal das stimmte, es war festgehalten im Familien-Archiv, daß Girolamo, dieser komplette Schweinehund, in Verduzzo Schwarze Messen gefeiert hatte, kein Aufklärer, beileibe nicht, das, was man damals einen Libertin nannte, ein blasphemischer Spötter. Das war also in ihm angelegt, da gab es nichts mehr zu bezweifeln, dies hier (und er war sich über alle Weiterungen klar) war keine Angelegenheit der Überzeugungen, sondern dies war eine asmodäische Liturgie, eine unterirdische Mysterienfeier mit all den Bestandteilen, die seit dem Aufstieg des Christentums nicht ausgestorben, sondern in vielhundert geheimen Kammern aufbewahrt worden waren und immer wieder hervorsproßten und hervorsprossen, wenn ...
Aber: »Scheiße« sprach der Graf, zum ersten Mal in seinem Leben, und bekannte sich damit zu seinem Problem. Er merkte, daß er aufgestanden, daß er um den Tisch herumgegangen war, auf dem noch immer das Brennende Schwert über Eiche, Hund und Gehängtem lag, er merkte, daß er das Glas entgegengenommen hatte, daß er keinen Fußbreit von der Apollonia Obereder entfernt stand, daß er mit ihr anstieß.
Zudem: der Majoratsherr, ob Zyprian oder Girolamo, hatte übernommen. Der Majoratsherr, der alte von B., der immer genau wußte, was er wollte, und immer kriegte, was er wollte. In diesem Augenblick wollte er die Apollonia Obereder, das war weiter nichts als logisch, und sie roch nicht nur nach dem edlen royalen Schnupftabak, sondern nach Moschus und tausend anderen Lastern der

uralten sündigen Welt. »Amor und Psyche«, sagte der Majoratsherr. »Auf eine erfolgreiche Therapie.«
»Laß ma's schön staad angehn, wegen der Seele, die soll ja nicht kaputtgehn«, lächelte die Apollonia mit steinernen Augen. »Wir gehen davon aus, daß der Herr Graf gut verheirat' ist, da halten wir uns ans rein Technische. – Das ist übrigens Pflanzerpunsch, eine Spezialität des Hauses. Mit Bourbon-Whisky.« Der Majoratsherr kippte die kalte Flüssigkeit, die scharf und weich zugleich schmeckte, holte mit der Rechten aus, um die Apollonia zu umfassen, aber die hatte sich ohne Schwierigkeiten entzogen, hatte sich schnell umgewandt und eine kleine Platte hinter dem Vorhang berührt. Dadurch rutschte die eine Hälfte der Glaswand nach rechts, gab den Weg in den Garten frei, und gleichzeitig flammten dort, an Drahtgirlanden zwischen Bäumen und Büschen, birnenförmige Lichter in mancherlei Farben auf.
Die Musik schwieg, und die Mädchen, die in kleinen Gruppen unter den Lichtern, zwischen den Bäumen und Büschen standen, wandten ihre Gesichter der Glastür zu. Ihre Gesichter waren bleich, ihre Augen mit schwarzem Kohlestift umrandet, ihre Lippen halb geöffnet, ihr Blick ärmlich und schutzlos.
Betrachten wir, vom Garten aus, das Ereignis. Betrachten wir den hochgewachsenen Herrn im Kaftan, die Herrin des Hauses in minoischer Robe, beide mit leuchtenden Gläsern in den Händen. Es ist absolut klar, was folgt.
»Ich tät sagen, die Usch und die Lilo«, sprach Apollonia Obereder. »Fürs erste. Eine Woch müssen S' schon bleiben.« Die Musik setzte neu und festlich ein: Mozarts Kleine Nachtmusik.
»Ich folge da ganz Ihrem professionellen Urteil«, antwortete Girolamo-Zyprian von B. und nahm noch eine Prise aus der Tabatière, die ihm Apollonia Obereder hinhielt. Die Granataugen der Schlange an ihrem Unterarm gleißten böse und heiter.

Syllogismus für das Dasein der Hexen

Aus der SÜNDFLUT *des P. Peregrinus de Colle Sancto Hambucher*

VII. Exhibitio

Sobald es zwölfe schlagt, fahrt die Hechse auf dem Gaisbock zum Kamin heraus, und neben ihr zween höllische Pagen, einer mit der Gabel, und der andere mit dem Besen.

NB. Solche Exhibitionen schaden gar nicht, den I^mo^ ists sicher, daß es, gesetzt, es gebete in der Stadt keine Hexe, es gewiß auf dem Lande Hexen giebt, denn warum gebeten denn sonst die Küh oft keine Milch, item, warum Blut anstatt Milch? Warum können viele nicht ausrühren? Warum sitzen oft der beßten Pfarrerköchinn die Dampfnudl in der Pfanne nieder, wenns noch inemal Profeßorinn in der raren Kunst, gute Dampfnudl machen zu können, ist, *et reliqua*. 2do ist das Ding gar gut zur Erhaltung des wahren Glaubens, denn der Bauer kann bey sich argumentieren, was ich seh das ist, das und das seh ich, muß von der Hexe kommen, also gibts die Hex. Man zeige mir den Fehler im Syllogismus ... Und so konserviert sich der altmodische Glauben, vermög dem man an die Hexen ebenso stark, und oft stärker auch noch glaubt, als an Gott Vater. Die Leute müssen einen Glaubauf haben. Der Teufel erscheint selten. Alte Weiber sehens alle Täge, und ich weiß nicht, ob der Teufel garstiger ist, als manches altes Weib ...

Zwei Christen in der Krise

Zwei Christen in der Krise: es macht das Undenkbare möglich, das Unmögliche vorstellbar.
Ists, zum Beispiel, möglich, daß dieser dunkelblonde, schlanke und breitschultrige Athlet mit dem militärischen Oberlippenbart; dieser wenn nicht englische, so doch irische *sportsman,* der in orchestralem Zusammenspiel von Sehnen und Muskeln die Treppe zum dritten Stock des Anwesens Sendlingerstraße 20 hinaufstürmt, Innozenz Maria Graf von B. ist? Er ists, er ists.
Ist es, andererseits, vorstellbar, daß Domkapitular Placidus Meisinger, dieses unerreichte Vorbild christlicher Betriebsamkeit, reglos an seinem Schreibtisch kauert, auf dem sich aufgeschlagene Bücher, Flugschriften, begonnene Konzepte häufen, nichts tut, nichts arbeitet, sondern stockstill auf die trüben, holzrauch-umwitterten Massen der Dächer und Kamine starrt, die sich zum Gaggenau-Viertel zusammendrängen? So ists, so ists.
Ists denkbar, daß Innozenz Maria spontan, ja ungestüm seinen Mitarbeiter aufsucht, dessen Wohnung er in all den Jahren der gemeinsamen Bemühungen nicht einmal ohne vorherige Absprache betreten hat, entsprechend seiner instinktiven Abneigung gegen Aufdringklichkeit jeder, auch der harmlosesten Art?
Ists zu glauben, daß Meisinger all die Dachguckfenster, die ihn aus der spätherbstlichen Trübe anstarren, als die Augen einer Herde empfindet, die, von den grauen Wölfen des Novembers umkreist, stumm und hirtenlos ist? Sicher, die Wände seines Zimmers sind mit Schränken vollgestellt, hinter deren Glastüren, hinter deren altmeisterlichen Buchtiteln und römischen Bandziffern sich uralte Hirtenerfahrung verbirgt – doch (schreckliche Tatsache) sie helfen ihm nichts. Nichts.
Innozenz Maria ließ unwirsch den Messingklopfer gegen

die polierte Doppeltür donnern, die auf ovalem Porzellanschild PLACIDUS MEISINGER, darunter bescheidener, aber unübersehbar DOMCAPITULAR ansagte; wartete auf den leisen und bestimmten Trippelschritt der haushaltenden Schwester Martha.
Der Domkapitular senkte wenigstens zum zwanzigsten Mal ungläubig und hoffnungslos den Blick auf einen geknitterten und geknickten Quartbogen, der vor ihm auf dem Schreibtisch lag.
Martha Meisinger prallte verstört von der Erscheinung des Grafen zurück, den sie doch hinreichend kannte – heute war er von schwarzem Glanz umwabert. (So drückte sie es jedenfalls später im Kreis kaffeeplaudernder Gefährtinnen aus.) »Gott zum Gruß«, sagte er ohne Umschweife, ein Feudaler. »Ich nehme an, daß Hochwürden zuhause ist.«
An den Rändern des Quartbogens pappten Bröcklein von Siegelwachs.
»Ich muß ihn dringend sprechen«, erklärte der Graf und wehte finster an der erstarrten Martha vorbei, sprang fast den dämmrigen Korridor hinab und klopfte einen einzigen Knöchelschlag auf die Tür des Arbeitszimmers.
»Dies«, stand auf dem Quartbogen in wutgepeitschten Schriftzügen, »ist die letzte Anmahnung betr. die 400fl. Nimms vom Juden, hasts vorher genommen, der Jud hat gezahlt, wird zahlen. – Cave. X.«
Und Innozenz Maria wartete nicht nach seinem Klopfen, öffnete vielmehr sofort die Tür und trat ein. Meisinger zuckte sklavisch zusammen, gab seinem Drehstuhl eine Wendung von neunzig Grad und starrte nun den Besucher an, reg- und hilflos wie vor dem Blick der Dächer.
Der Graf gab ihm keinen Gruß. Vielmehr schlug er die Hände auf dem Rücken zusammen, pendelte über Parkett und Teppich, eine zornige Bestie; blieb dann ruckartig stehen, rammte die Hände in die Taschen seines Herringbone-Sakkos und lehnte sich an die Kante eines Walnuß-

Schranks (er enthielt eine altberühmte Serien-Ausgabe der Kirchenväter). »Mein Freund«, sprach er kurz und befehlend, »ich brauche geistlichen Beistand.«
Ein Geständnis also. Gab es Placidus Meisinger brüderlich zurück? Als ein Christenmensch an den andern? Er vermochte es nicht. Wohl zuckten seine kurzen Finger, die auf den Schenkeln lagen, spastisch nach vorn, wurden aber sofort wieder zu Speckstein. »Sie sehen gut aus, Euer Gnaden«, sprach er töricht und hohl, wie jemand, der sich Wortrödel aus entfernt liegenden Zimmerecken zusammensucht. »Sie haben sich seit dem Sommer gut erholt.«
»In der Tat!« Der Graf schnellte von der Schrankkante weg und nahm wieder seine Wanderung im Tigerkäfig auf, blicklos vorbei am schwarzen Standkreuz auf der Kommode. »Sie sagen es: glänzend erholt. Meine physischen Funktionen: einwandfrei. Laufen ohne jede Nötigung ab, mit besten Resultaten. Mein Muskel-Tonus, mein Nervenkleid: Modell für einen athenischen Bildhauer. Ernährung? Ich nehme bei fast jedem Diner fünf Gänge zu mir, bester Appetit dabei. Meine neuen Talente: Ballspiel, Parforce-Ritt. Wäre somit die Zierde jeder britischen Société. Und ...« (er blieb abrupt stehen, wirbelte herum, spießte Meisinger am Dolch seiner Blicke auf) »... ich bin der Elendeste der Elenden. Deshalb ...«
»Ich verstehe nicht«, murmelte Meisinger, auf dessen runder Stirn trüber Schweißglanz erschien. »Sie haben einen guten Beichtiger, Euer Gnaden, ich wäre ein höchst unwürdiges Gefäß für Ihre ...«
»Keine Ausflüchte!« Innozenz durchschlug die dunkler werdende klerikale Luft mit der Handkante. »Hochwürden Doktor Gerhartinger kennt nur den B. von gestern. Den von heute kennte er nicht – kann er nicht kennen. Weil ich ihn selber nicht kannte. – Hören Sie!« Er sprang mit zwei Sätzen zum Schreibtisch, fegte drei Broschüren auf den Boden, setzte sich mit der Seite eines Oberschen-

kels auf die Kante und neigte sich beschwörend über den Kampfgefährten. (Der Graf roch nach teurem Tabak und teurem Toilettenwasser – zum ersten Mal verspürte Meisinger wirklichen Schrecken und wirkliche Teilnahme.)
»Rufen Sie, mein Freund, Ihre ganze Phantasie zuhilfe. Machen Sie sich auf eine Konstellation gefaßt, die Sie, mein Freund, in ihrer Scheußlichkeit nicht ahnen können. O sicher, Sie bekommen im Beichtstuhl dies und jenes zu hören, davon bin ich überzeugt, ich kenne schließlich das Leben. Aber ich – ich! – habe alles überboten, das können Sie glauben. Glauben Sie's bitte.«
»Sie unterschätzen mich – vielmehr, überschätzen mich vielleicht«, murmelte Meisinger; der Schweißglanz auf seiner Stirn gerann zu Tropfen, die sich zitternd gegen die Schwerkraft stemmten. »*Nil humani mihi alienum,* wage ich zu sagen.«
Innozenz Maria lachte schneidend, doch mitleidig... »Hier geht es nicht um Menschlich-Allzumenschliches. Hier geht es um einen höllenhaften Handel, den ich eingegangen bin und an den ich mich immer noch halte, im vollen Bewußtsein seiner Scheußlichkeit. Ich habe mich glänzend erholt, sagen Sie? Stimmt. Im Hörselberg. Ach was, Hörselberg! In einer gottlosen Klinik, vielmehr einer abgöttischen, in der die Unzucht wie Hustentropfen oder Rizinus-Öl verschrieben wird! Hören Sie mich?« Er wurde ruhiger, zog einen Beutel aus Juchtenleder und eine elitäre Bruyère-Pfeife aus den Sakkotaschen, stopfte rumgetränkten Tabak in den rötlichen Kopf. »Tatsache ist«, erklärte er zwischen den Probezügen, während er die aromatische Mischung entzündete, »Tatsache ist, daß die Therapie erfolgreich war. Erfolgreich ist. Diese – Leute wissen, was sie tun, wissen es genau, sie haben eine sehr empfindliche Stelle unseres Jahrhunderts herausgefunden, und sie müssen gedeckt sein, sehr weit von oben, denn die ersten Informationen, die ich erhalten habe ... genug. Sie fragen mich natürlich, wie ich das geschafft habe, über-

haupt schaffen konnte. Tatsache ist: es war nicht schwierig. Es war kinderleicht. In unseren – Traditionsbeständen, unserer Erblinie gibt es die entsprechenden Möglichkeiten zuhauf. Ahn Zyprian, Ahn Girolamo – wir haben kaum darüber gesprochen, keinen Bruchteil der Wahrheit kennen Sie, *caro mio*. Fresser, Säufer, Hurenkerle: feudale Schweine von epischem Zuschnitt. Und ich zeige mich ihrer würdig. Dieses mein Familienpotential wurde mit teuflischer, ja mit teuflischer ästhetischer Präzision zum Leben erweckt. In einem Zimmer östlichen Dekors, in einem Bad von gleißender futuristischer Pracht haben sich Dinge ereignet...«

»Euer Gnaden haben im Sinne Ihrer Ahnen zu sündigen geruht«, flüsterte Meisinger, sein Schweiß rann nun ungehindert und reichlich. »Eine aufrichtige Beichte; eine Meditation über die Erhabenheit des Ehestands, seine geistlichen Wonnen, die doch sicher alles übersteigen, was...«

»Mein Gott!«, schrie Innozenz Maria. »Mein Gott!« Er sprang vom Schreibtisch, er rannte von neuem, schneller als vorher. »Verstehen Sie nicht? Meine Ehe ist glücklich, natürlich ist sie glücklich – und warum? Weil es noch zu streben gilt, zu pilgern – weil ich Hildegard immer noch nicht erreicht habe, nach all den Jahren, nach vier Kindern, aber was heißt das schon – es gibt« (er blieb mit dem Rücken zu Meisinger stehen, verstummte abrupt, musterte den goldenen Titelaufdruck des *Codex Justinianus* und sprach dann langsam, traumverloren) »– es gibt die mittelalterliche Geschichte vom Troubadour Jaufré Rudel, der sich in die Gräfin von Tripolis verliebte, ohne sie je gesehen zu haben – ganz aus der Ferne, ganz auf Distanz, *amor de lonh* heißt das auf provenzalisch. Er nahm das Kreuz, so geht die Geschichte weiter, um sie zu treffen, er traf sie nicht, das heißt, er traf sie dann schon, weil er an der Pest erkrankte und irgendwo an den Küsten des Mittelmeers starb, sein Haupt in ihrem barmherzigen

Schoß – nur war es ihm wie ein Fiebertraum, lachen Sie jetzt ruhig. Ich bin noch immer unterwegs, zwischen ihr und mir liegen noch etliche Raum- und Zeitgrade, aber –« (er fuhr herum, und seine Stimme schwoll wieder im Wind des Zorns) »– das hat nichts mit der Medizin zu tun, die ich nun regelmäßig einnehme, hören Sie? Und sie ist leicht zu beschaffen, konnte ich mir gar nicht vorstellen, vielleicht hat mich das Hexenweib entsprechend inspiriert, ich weiß nicht – jedenfalls: im Handumdrehen, *sapristi!* Aber das Gewissen, mein Freund, das gute alte, das unreduzierbare, man könnte es bildhaft das Über-Ich nennen, wie es da oben thront und doch mitten in uns, eine treffende Bezeichnung wäre das, kurz und gut, *caro mio,* ich bin gespalten von oben bis unten, eine mörderische und doch kraftvolle Lage, ich kann nicht zurück, verstehen Sie? Ich kann sie mir nicht mehr vorstellen, meine alte Schnecken-Existenz, weder heidnisch noch christlich kann ich mir das vorstellen, dieses trübe Kriechen durch den Schleim der feindseligen Leiblichkeit. Aber dennoch, dennoch! weiß ich an der anderen Hand nicht, daß ich verdammt bin? Daß ich zumindest der Verdammnis entgegenrenne, wenn ich ...«
Da hob Meisinger die Augen; hob sie mit unendlicher Anstrengung, hob mit gleicher Mühsal die Lider und blickte den Grafen an, der flammend, in dunkles Licht gebadet, inmitten der alten trüben Wände, des alten trüben Holzes stand. »Sie Unschuldiger«, sagte er zitternd. »Wie ich Sie beneide.« Dann neigte er sich nach vorn, bedeckte sein Gesicht mit den Händen und weinte.
Wer, der je solche Augenblicke durchlebt hat, Augenblicke der stürzenden Mauern, der niedergerissenen Konvention – wer hätte da nie erlebt, daß geheime Kräfte zuwachsen, unerklärliche Potenzen des Begreifens? Genau der Augenblick war da, den er vorwegfürchtend, vorwegverzweifelnd immer gescheut hatte, der Augenblick schamferner Offenheit – und mehr, viel mehr würde

zutage treten, als er je zu fürchten gewagt. Aber gerade deshalb (und, vielleicht, wegen der neugewonnenen, schwarzen Entschlossenheit?) fand er sofort die Federkraft, die nun geboten war. Er stand nur eine Sekunde unbeweglich, dann näherte er sich mit seinen neuen, animalischen Schritten dem Schreibtisch, griff an Meisingers Schulter vorbei nach dem zerknitterten Bogen, las im sinkenden Licht und fragte, sicher wie der Pfeil des Jägers, fragte und traf gleichzeitig zwei Ziele: »Rosenzweig-Geld? Man erpreßt Sie?«

»Ja, Erpressung«, schniefte der Prälat. »Hölle. Die Hölle. Einige Augenblicke der Schwäche – ein Leben in der Hölle. Übrigens –« (er hob kurz das runde verheulte Gesicht, und durch sein Elend schoß ein Blitz-Blick uralten Hasses, den der Graf von seinen Dorfarmen kannte) »– Offiziere. Einer von Adel.«

Innozenz Maria stellte verblüfft fest, daß er sich schämte. Noch in seinem Bekenntnis hatte er (tief unterhalb jeder Gewissenserforschung) seine feudale Überlegenheit, den selbstverständlichen Vorsprung seines Laster-Prunks vor jeder möglichen Erfahrung des wackeren Bauernprälaten angenommen. Und nun? Unter seinem gräflichen Sündenkreis sah er noch viel tiefere infernalische Schluchten klaffen, in denen Meisinger, ausgerechnet sein Meisinger, sich wand. Das Phänomen, um das es hier zweifellos ging, war ihm klar, aber erleben konnte er es nicht, nur zur Kenntnis nehmen, – wie man etwa das seltsame hermaphroditische Liebesleben der Schnecken zur Kenntnis nimmt. Ein einziges Mal, erinnerte er sich ohne Schrekken, war dergleichen lebendig an ihn herangetreten: in Wiesenmünster, wo ein Rohling aus der Untersekunda beim Hören seines Vornamens krächzend gejodelt hatte: »Mizzi, Mizzi, da müßma nachschau'n!« und ihm zwischen die Beine griff. Er, der damals Dreizehnjährige, hatte ihn fast erschlagen, das Themenfeld wurde nie mehr erwähnt. Er setzte sich seitwärts auf den Schreibtisch wie

vorhin, blies den Rauch rituell von sich und sprach gleichmäßig, voll gebändigten Mitleids: »Sie hätten sich an mich wenden sollen. Dies ist pur und simpel eine Cochonnerie, und dergleichen erledigt man gesellschaftlich. Glauben Sie mir. Ich mache das.«
Meisinger sah nun nicht mehr auf, aber etwas an seinem Oberkörper wurde hartnäckig und feindselig. Er sprach fast unverständlich in seinen Abgrund hinein: »Euer Gnaden verstehen das Entscheidende nicht. Euer Gnaden sind, halten zu Gnaden, ein Mann von Welt; da ist sowas nach Ihrer Art zu regeln. Ich, Herr Graf, komme aus dem Nichts. Aus den Misthaufen, die Sie verabscheuen –«
»Na, na ...«
»O doch, bitte, ich weiß das. Es gab und gibt einen einzigen Weg für mich, einen einzigen Pfad ins Licht und zum gesellschaftlichen Respekt, und das ist der Pfad der Kirche. Was ich für mich selber erringen konnte, das war nur über die Kirche möglich. Und das läßt sich nicht gesellschaftlich regeln. Ausgeschlossen. Unerträglich. Sie müßten mit – hochgestellten Leuten reden, gewisse Dinge würden hinter vorgehaltener Hand, bleibt nie ganz geheim ... Es wäre der Zusammenbruch. Die letzte Erhabenheit, die das verderbte Jahrhundert kennt, die letzte Bastion der Sittlichkeit entblößt, am Pranger ...«
»Meisinger, ich bitte Sie!! Das ist theologisch einfach falsch! Die ewige Wahrheit in ihrem Glanz ist doch völlig unabhängig von der – moralischen Befindlichkeit ihrer Diener. Sonst wären wir doch längst ... Denken Sie an die hohen Prälaten der Feudalzeit, denken Sie an Päpste wie Alexander den Sechsten ...«
»Nein, nein«, so stiernackig und dumpf der Domkapitular. »Das galt einmal, in glaubensstarken Zeiten. Heute sind wir die kleine Herde, vom Hochmut der Welt umgeben. Denken Sie an die Mutter Kirche von Führich. Heute hängt alles von der moralischen Glaubwürdigkeit, von der Untadeligkeit der Hirten ab, das Vertrauen muß

unbedingt sein. Und die Leute, die Sie ansprechen müßten, gehören nicht zur kleinen Herde, längst nicht mehr. Es würde gelacht, verstehen Sie? Gelacht. Die Fundamente würden wanken, die Pfeiler. Nein, Euer Gnaden, ich bin an dieses Kreuz geschlagen und tue den Mund nicht auf.«

»Und unsere Sache, Meisinger? Unser Land? Unsere Bauern?«

Schweigen und Dunkel. Die beiden Christen nahe beisammen, der hochgewachsene Aristokrat, hinabgebeugt zum formlosen schwarzen Elendsprälaten, beide stumm. Keiner von ihnen entzündete ein Licht. Dennoch: etwas veränderte sich, eine fast unmerkliche Süße tropfte in die Stubenluft, eine ganz schwache Brise aus dem Jenseits fächelte sie. »Ich tue den Mund nicht auf«, wiederholte Meisinger, das Schweigen brechend; wiederholte und sprach doch ganz anders, mit einer Kraft, die sich in anonymen Jahrhunderten des Pflügens und Hackens, des gekrümmten Lastenschleppens angesammelt hatte. »Ich kann nur aufopfern – in einem mystischen Sinne. Und es gibt einen Halt. Ich muß von einem Geheimnis sprechen, das auch für den Herrn Grafen in seiner gegenwärtigen Not von Bedeutung sein kann.«

»Sie meinen dies im Sinne geistlichen Beistands?«

»Sicher, sicher«, antwortete Meisinger, fast lebhaft werdend vor Selbst-Überraschung. »Ich habe nicht daran gedacht, aber so ist es. Schon ist Gnade am Werk, so ist zu vermuten.«

»Sprechen Sie.« Graf und Prälat hatten sich aufgerichtet, sahen einander nicht an, hefteten vielmehr ihren Blick auf eine noch nicht beschreibbare Hoffnung in der Nacht. »Unser Jahrhundert«, murmelte Meisinger, ein sanfter Bach unter Erlen und Bilsenkraut, »ist die Zeit begnadeter Erscheinungen und mystischer Gaben. Ich erinnere an Lourdes, an La Salette, wir haben uns oft darüber ausgesprochen. Denken Sie an Clemens Brentano und sein gewaltiges Werk über Katharina Emmerick. Und es gibt mehr, gibt sie heute. Es gibt Maria Mörl in Tirol. Es gibt Kreszentia Wolf und Maria Kohlhammer hier in München. In dem Maße, in dem der Welt der Sinn für die Wirklichkeit höherer Erfahrung abhandenkommt, wächst dieser Sinn der kleinen treuen Gemeinde wieder zu durch Seherinnen, Opferseelen. Jungfrauen sinds zumeist, welche die umfassende geistliche Liebe und das mystische Leiden kennen; die stellvertretend für uns sühnen in diesem Tal der Tränen ...«

»*Exules filii Hevae*, ich verstehe. Durchaus. Und Sie haben ...«

»Ja. Ich habe Trost und Halt gefunden – bei der Hohen Hirtin.«

»Merkwürdig.« Kurz und blendend versengte den Grafen die Erinnerung an Apollonia in ihrer vorzeitlichen Robe, an die güldene Schlange und die steinschwarzen Augen, die Herrin urweltlicher Herden. Sie trat sofort wieder ins Dunkel zurück. »Ist diese – Hirtin eine solche Seherin?«

»Nein, nein! Das heißt ja, es gibt eine Seherin, aber sie ist nur die Dolmetscherin der Hohen Hirtin, ihr demütiges und bedingungsloses Werkzeug. Carolina Pfiestermeister, so heißt sie, hat sich als Oblatin dem Missionsorden der Clementiner angeschlossen, lebt in Verborgenheit beim Kloster Erlbach, in einer kleinen Villa als Gesellschaftsdame einer hochgestellten Person.«

»Und diese Pfiestermeister –«

»Carolina Beata, so nennen wir sie –«

»Sie ist der Zugang, der mediale –?«

»Der mystische.«

»Zur – Allerseligsten Jungfrau?«

»Nein, zur Hohen Hirtin. Natürlich sind Spekulationen möglich, aber wir, die ›Kinder der Hirtin‹ (so nennen wir uns, eine kleine stille Gemeinschaft) dringen nicht weiter in dieses Geheimnis, es wäre Vermessenheit, es wäre vor allem Anfang der Selbst-Leitung, Betätigung des Eigen-

willens, und den aufzugeben ist das erste Erfordernis. Es ist...«
»Und von dort kommt Ihnen Rat und Trost?«
»Ja. Steter Rat, unverhoffter Trost. Wir formulieren alle unsere Anliegen, unsere Nöte, unsere Wirrnisse schriftlich: äußerste Offenheit ist da selbstverständlich. Wir verschließen sie in Couverts und übergeben sie der Carolina Beata. Sie öffnet diese Briefe niemals, vielmehr beantwortet sie diese des Nachts, völlig ausgeliefert dem heiligen Geheimnis, in der Stille der Ewigkeit. Rat, Trost, Weisung – es strömt durch sie, und sie hat auch andere Visionen, in denen sie vor Zeugen zur Hohen Hirtin spricht und von ihr Antwort erhält, sie...«
»Das«, unterbrach der Graf versonnen, »ist doch alles sehr merkwürdig. Man wird, – ich meine, die Kirche wird die Echtheit prüfen müssen. Man ist da zum Glück doch sehr gewissenhaft geworden...«
»Echtheit? O ja, äußerste Echtheit!« Meisinger öffnete seine Augen weit, das Weiße in ihnen glitzerte, seine Stimme glitt in eine Strömung tränenschweren Entzükkens. »Die Clementinerpatres sind anerkannte Experten, und Pater Humbacher, Seelenführer und Beichtvater der Beata, hat sogar ein rigoroses wissenschaftliches Werk über diese Erscheinungen geschrieben, sehr rigoros – aber das ist ja nicht das Wesentliche. Der wesentliche Echtheitsbeweis ist das, was man erlebt, was in einen einströmt, wenn man sich der Höheren Führung anvertraut (so nennen wir dies, wir Kinder der Hohen Hirtin), wenn der eigene Wille untergeht, der eigene Hochmut; wenn der letzte Rest von Selbstleitung hinweggeschmolzen ist. Die Kraft, die man dann plötzlich spürt, das Unerträgliche zu ertragen. Das ist kein Trug, glauben Sie mir, höchste Persönlichkeiten, Fürsten der Kirche (ich darf keine Namen erwähnen, aber Sie würden staunen!) haben denselben Frieden, dieselbe Führung gefunden und sind zutiefst, bedingungslos dankbar. Oh Herr Graf!« Meisinger ergriff

stürmisch seine Hand, »Euer Gnaden, nun wird diese Stunde begreiflich, glauben Sie nicht auch? Sie entspricht so genau den verborgenen Wegen der Hohen Hirtin! Sie hat uns zusammengeführt, zwei Zerschmetterte, zwei verschmachtende Kinder Evas, geschlagen wie Carolina Beata selbst, die ja sühnend an ihrem wunden Körper so viele Leiden der Sünde trägt... Kommen Sie, kommen Sie, Graf von B., es ist der einzige Beistand, den ich zu geben vermag – der einzige, aber der einzig mögliche. Geben Sie Ihren Willen auf, schütten Sie Ihr Herz aus, stellen Sie sich anheim der Höheren Führung!«

Draußen herrschte nun Finsternis, im Zimmer war sie körperlich zu fühlen. Innozenz Maria lauschte; ganz fern glaubte er die kleine Glocke bimmeln zu hören, die, wie er sich erinnerte, in einer Kapelle des Weilers Hagging hing. Was rief sie ihm diesmal zu? »Halt ein, halt ein?« oder: »Fahr zu, fahr zu? –«

»Dies erfordert Bedenkzeit«, sagte er tief und leise. »Dies alles ist, wie Sie verstehen werden, sehr verwirrend für mich. – Im übrigen stelle ich eine Bedingung. Sie werden mir erlauben, in aller Diskretion etwas in Ihrer Angelegenheit zu unternehmen. Es handelt sich nicht nur um Ihr Seelenheil, wissen Sie. Unsere Sache...«

An Meisingers erstauntem Aufblick erkannte er, daß dieser schon lang nicht mehr an die Sache gedacht hatte.

Schwierige Korrespondenzen II

1

Billett

aus dem Kabinetts-Sekretariat S. M.

an:

Wolff Edlen von Pf. auf Zyg, Rittmeister beim I. Chevaux-legers-Rgt. zu München

Erwarten von Ihrer Hand wie mündlich insinuiert Gesuch innerhalb der nächsten drei Wochen, um Allerhöchste Indignation zu vermeiden.

(gez) *unleserlich*

Andere Hand:

PS – Weisen Sie unter Fahneneid an, wg. äußerster Delikatesse der Materie dieses stantepede zu zerstören –

HvG

2

Brief

von P. Marianus Humbacher O. P. Cl, Kloster Erlbach, an H. H. Domkapitular Placidus Meisinger, München, Sendlingerstraße 20

Carissime Frater, piissime puer Dominae Pastoralis!

Zunächst und vor allem: es freut mich von Herzen Dir, dem kindlich-treuen Sohn und Knecht der Hohen Hirtin, den EDELSTEINGEDANKEN mitteilen zu dürfen, der uns durch die gnadenreiche Inspiration der TAUBE für den Monat Dezember zugerufen wird: »Ob Tausende zu deiner Seite fallen und Zehntausende zu deiner Rechten – dich wird das Unheil nicht erreichen« (Ps. 90, 7).

Es drängt mich, Dir in strikter Diskretion zu offenbaren, wie wundersam uns dieser Gedanke vermittelt wurde. Durch ANIANUS erfuhren wir vor kurzem vertraulich, daß eine Wetterwand voll drohender Blitze gegen die KLEINE HERDE der KINDER DER HIRTIN heraufzieht. Der Wechsel auf dem Stuhl des Erzbischofs von München-Freising und die damit verbundenen Umwälzungen haben den Mißgünstigen, den reißenden Wölfen, den »Unbeschnittenen an Herz und Ohren« die langersehnte Gelegenheit verschafft, in unsere Hürde einzubrechen. Und so soll in Kürze ein mit allen Vollmachten ausgestatteter Inquisitor (vermutlich W. H., *sapienti sat*) in unser stilles Erlbach gesandt werden, um uns alle, insbesondere jedoch die TAUBE, einer hochnotpeinlichen Untersuchung, einem regelrechten Scrutinium, zu unterwerfen.
Gewiß haben wir versucht, diese schwarze Post möglichst lange von der TAUBE fernzuhalten, um ihrem heroischen Sühneleiden (die mystische Wunde hat sich wieder geöffnet und entzündet, ihre Kopf- und Gliederschmerzen sind qualvoll) nicht noch weitere Lasten hinzuzufügen. Aber Du weißt von ihrem übernatürlichen Ahnungsvermögen und, vor allem, von der Unbestechlichkeit und der durchdringenden Schau der HOHEN HIRTIN: während der sonntäglichen Entrückung im Oratorium erklang dreimal das seherische WEHE, und durch den Mund der TAUBE mußten wir uns die bittersten Vorwürfe anhören für ein Mitgefühl, das wir in gutem Glauben zu üben meinten, das jedoch, so die HIRTIN, nicht geistlichen Ursprungs, sondern eine typische Äußerung von SELBSTLEITUNG sei. Dabei, mitten in dieser erhabenen Ermahnung, funkelte der EDELSTEINGEDANKE auf, den ich Dir eingangs mitteilen durfte.
Man fragt sich, was einen gesalbten Hirten der Herde bewegen mag, eine so wütende Verfolgung in Gang zu setzen. Vollzieht sich nicht landauf landab die Entweihung des Heiligen? Die TAUBE setzt ihm das unablässige

Gebet entgegen. Wird nicht tausendfach, zehntausendfach gegen die Gebote Gottes gesündigt? Die TAUBE beantwortet alle diese Missetaten mit tausendfachem, ja zehntausendfachem Sühneleiden. Die schrecklichen Erlebnisse, die sie durchlitten hat; die überwundenen Besessenheiten durch unreine Geister; der Schimpf, den sie durch die finstere Leidenschaft jenes Z. erduldet hat, klaglos am eigenen Leibe erduldet; ist dies alles nicht ein mehr als genügender Ausweis für die Echtheit ihrer Erwählung?
Aber wir können uns an den EDELSTEINGEDANKEN des Monats halten, *carissime frater.* Es deutet alles darauf hin, daß ein neuer Sohn zur HERDE stoßen wird, ein Fürst der Kirche, der unserer Mission in einer kalten und gottfernen Welt neue Antriebe zu geben vermag. Und was Du uns von der möglichen Bereitschaft des Gr.v. B. mitgeteilt hast, sich den Weisungen der HOHEN HIRTIN zu unterwerfen, kann unser aller Herzen nur mit Freude erfüllen. Es ist wahrlich mit Händen zu greifen, daß uns auch im finstersten Tal der Stab und Stecken helfender Gnade aufs tröstlichste geleitet.
Versuche auf jeden Fall herauszufinden, wann der besagte Inquisitor nach E. zu kommen gedenkt. Wir sind es der HOHEN HIRTIN und ihrer KLEINEN HERDE schuldig, jede mögliche und ratsame Vorbereitung zu treffen.
Zur Linderung, wenn nicht zur völligen Behebung Deiner jüngsten Schwierigkeiten steht eine Summe bereit, die wir Dir zukommen lassen.
In gefaßter Hoffnung

MARIANUS

3

Brief
von Innozenz Maria Graf v. B.-Titlmoos
an H. H. Domkapitular Placidus Meisinger

Mein Freund, –

– in Eile wenige Zeilen, um Sie wissen zu lassen, daß ich bemüht war, ein Versprechen zu halten, das Sie mir verwehren wollten. Sie können ziemlich sicher sein, daß besagte Cochonnerie ein für alle gnädiges, vielleicht sogar allzugnädiges Ende gefunden hat. Indiskretionen sind ausgeschlossen, wegen des Ranges der Beteiligten. *Suffit.* Bei genauer und langer Gewissenserforschung neige ich mehr und mehr dazu, den von Ihnen so warm empfohlenen Weg doch zu beschreiten. Fragen persönlichen Wohlbefindens, das ist mir klar, haben dabei vollständig zurückzutreten. Dabei tritt merkwürdigerweise eine Erwägung in den Vordergrund, die ich nur unvollkommen wiedergeben kann.

Durch Ihre gütige Vermittlung war es mir möglich, in der besagten Villa in Erlbach eine kurze Visite abzustatten. Mein irdischer Eindruck, um es so zu formulieren, war dabei ziemlich zwiespältig: die Mischung von Unbedingtheit des Anspruchs und psychisch-physischer Hinfälligkeit, die ich konkret zu fühlen glaubte, widerspricht zunächst meinen (wohl ererbten) Instinkten und, das ist zuzugeben, den gar nicht so vordergründigen Prämissen meiner gegenwärtigen Erholung. Doch gerade dies ists, was mich in die von Ihnen aufgezeigte Richtung und Entscheidung drängt. Läuft nicht alles, was in diesem Zusammenhang zu bedenken ist, auf den uralten Widerspruch zwischen Geist und Fleisch zu? Ist nicht gerade der Widerwille, der uns ergreift, wenn uns vergeistigtes Leid, leidender Geist entgegentritt, ein SCHRECKEN – ein Schrecken vor der Konsequenz, die in wörtlich, das heißt ernst genommener Unterwerfung unter den Willen des

Himmels steckt? Und ist es nicht konsequent, daß sich dieser Schrecken dann verdoppelt, wenn – wie im Falle der Person, die Sie Carolina Beata nennen – plötzlich und unvermittelt zweifelsfreie Gewißheit höherer Wahrheit, ohne Zögern vorgetragener Führungswille hervortritt?
Ist dies nicht genau der geistliche Fortschritt, den unser Jahrhundert zweifellos hervorgebracht hat, daß wir es gelernt haben (vielleicht auch wieder gelernt haben), dem Trug der Sinne und damit einem irreleitenden Ideal der »Schönheit« im verführerischen Kodex der Renaissance und des Barock entschieden abzusagen – erinnern Sie sich an unsere Gespräche über Kunst! Und dies muß umsomehr gelten in einer Landschaft wie unserem geliebten Vaterland Bayern, in der der Dunst der Ackerbreiten, die uralte Bindung an allerkonkreteste Lebensprozesse um so viel stärker ist als, sagen wir, im protestantisch ausgedünnten Norden.
Nein. Auch wenn ich noch nicht das Stadium kindhafter Unterwerfung erreicht habe, das Sie mir so bewegend geschildert haben: es ist logisch, was Sie vorschlagen, und meine Lage *in spiritualibus* erlaubt es nicht, einer Reserve zu huldigen, die dieser Logik widerspricht.
Zwei Punkte sind es, die mich noch zögern lassen. Da ist zum Einen die Zukunft unseres Hilfswerks für die Bauernschaft und für den bayerischen Katholizismus insgesamt, welche ich nur aus sehr ernsten Gründen im Stich lassen dürfte. Und da ist zum andern die Wohlfahrt meiner Familie. Hier geht es wiederum nicht um egoistische Interessen, vielmehr lehrt mich eine uralte Überlieferung meines Standes, die Kontinuität des Namens unseres Geschlechts und seines Platzes in der vaterländischen Geschichte auch als religiöse Pflicht zu sehen.
Aber sind das, wenn ich Sie recht verstehe, Gesichtspunkte, die bei völliger Offenheit von Ihrer Hohen Hirtin nicht ohnehin in ihre Entscheidung einbezogen würden?
Aufrichtig der Ihre Innozenz Maria v. B.

4

Brief

von Professor Emeritus Dr. Magnus Kalterer an
H. H. Professor Dr. Willibald Hierneis, München

Liebwerter Freund, –

– nicht ohne Wehmütigkeit nehme ich zur Kenntnis, was Sie mir über die wahrhaftig nicht mehr allzuneuen, aber stetig an Boden gewinnenden Tendenzen in unserer baierischen katholischen Welt anvertraut haben.

Wahrhaftig, ich bin in hohen Jahren, Scheitel und Brauen sind gebleicht, und ich bilde mir nicht ein, Gottes Weisheit mit dem Löffel gefressen zu haben. Zudem hab ich mich zeitlebens in Demut dem allerhöchsten Hirtenamt unterworfen. Aber dem Sohn Adams, und das heißt auch dem Sohn der hiesigen Erde, ist doch wohl ein bisserl Bitterkeit erlaubt angesichts einer Richtung, die mehr und mehr darauf hinzustreben scheint, eine hochgemute Tradition auszulöschen – eine Tradition, die fast zwei Generationen baierischer Spiritualität recht segensreich gebildet hat. War es nicht unsere Aufgabe, ja unsere Aufgabe von oben gewesen, einer schlechthin unvermeidlichen Aufklärung einerseits gerecht zu werden, ihr aber andererseits etwas Herz- und Dauerhaftes entgegenzusetzen? Frohen Mutes sind wir unter dem Banner unseres Vaters Johann Michael Sailer ausgezogen, die wahre Frömmigkeit in den Seelen selbst zu verankern, so wie er, der gute Sailer, es uns allen vorgestellt und vorgelebt hat. Da war nichts von enger Gewissensqual zu merken, vielmehr war uns Verständnis, schlichtes Gottvertrauen, Eingehen auf die Nöte einfacher Seelen das oberste Gebot.

Nunmehr aber, das scheint mir unser jüngster Plausch bei anregendem Tee zu bestätigen, drängen ganz andere Mächte ins Licht. Unduldsamkeit ist das Gebot der Stunde; es regiert wieder der Buchstabe anstelle des Geistes, und man ist schlechthin nicht mehr gewillt, etwas

anderes als den blinden Gehorsam gelten zu lassen. Man spricht dann von »kindlicher Frömmigkeit« – oh liebwerter Freund, heißt das den Kindern nicht bitter unrecht tun? Kinder (das weiß der Großvater Mang in achtfacher Auflage) sind eine riesengroß geöffnete Ohrmuschel, sind ein einziges neugieriges Fragezeichen, und es ist, glauben Sie mir, ein Unrecht, das Ohr einfach zu verschließen, das Fragezeichen auszustreichen, auf den hohlen Küraß der Autorität zu hämmern und sich damit das liebreiche Eingehen auf diese Neugier zu ersparen.
Und gerade jene, die so rigoros auf den Buchstaben pochen, laufen dann so wunderlichen Phänomenen wie der von Ihnen erwähnten Schwärmerin bei den Clementinern in E. nach. Oh, ich habe es erlebt unter den großen Geistern unserer Bewegung, gerade in den letzten Jahren: was da an Drang »höher hinaus« sich noch in den Gemütern regen mag, das wirft sich nun blindlings ins Obskurantische. Ich will und darf Ihrem besonnenen Urteil in diesem speziellen Fall nicht vorgreifen, ich spreche ganz ins Allgemeine – ja, ich wünschte mir von Herzen, daß wenigstens die eine oder die andere unter diesen Frauenspersonen (um solche handelt es sich ja immer) wirklich und wahrhaftig ein Gefäß der göttlichen Gnade sein möchte. Aber ich bin auch Arzt; und wenn ich auch einer altmodischen Richtung angehören mag, habe ich doch Erfahrungen genug zusammengespart, um lebhafte Unruhe, tiefen Zweifel zu empfinden. Es mag späteren Generationen vorbehalten sein, da gründlicher in die Tiefen der Wissenschaft einzudringen; so will ich es für diesmal bei den vorläufigen Bemerkungen eines alten Mannes belassen, für den die meisten dieser Unglücklichen nichts anderes sind als Kinder Evas in einer besonders schutzlosen, besonders bemitleidenswerten Weise, die sich (ohne es zu wissen und zu wollen) in höchst bedenkliche Maskeraden geflüchtet haben. Schlimm ist dann nur, was folgt: *optimorum corruptio pessima* –

Genug davon. Vielleicht sind dies alles nur Flausen eines alten Mannes, dem es nicht in den Kopf will, daß von alldem, was er mit so vielen und treuen Freunden und Weggefährten beglückend erlebt hat, nun nichts mehr gelten, daß vielmehr die Strenge des Buchstabens, vereint mit willkürlicher Unterwerfung unter einen ängstlichen Obskurantismus, das Gebot der kirchlichen Stunde sein soll.

In Treuen Ihr Magnus K.

5

Dienstliches Schreiben
des Rittmeisters beim I. Chevauxlegers-Rgt.
Wolff Edl. von Pf. auf Zyg
an das Kgl. bayer. Kriegsministerium zu München

P. P.

Widrige persönliche Verhältnisse nötigen mich, bei einem Hohen Kriegsministerium submissest um meinen Abschied einzukommen.

München, den 3. Januar 1868.

Wolff Edl. von Pf.

6

Botschaft
der Hohen Hirtin *an*
Innozenz Maria Graf von B.-Titlmoos
(ein vorhergegangenes Schreiben des Grafen, auf welches Bezug genommen wird, ist nicht auffindbar)

Die Hohe Hirtin gibt kund und zu wissen:

Recht hast du getan, dich in Demut den Kindern und Knechten meiner Kleinen Herde zuzugesellen und dich, wenige Zoll vom ewigen Abgrund entfernt, der Höheren

FÜHRUNG anzuvertrauen. Wisse, daß mystische Tränen deinetwegen in empyrischen *(soll wohl heißen: empyräischen, d. Hrsg.)* Sphären vergossen wurden, ob der frevelhaften Wege und Irrwege, die du, unwillig, dich dem Sühneleiden zu unterwerfen, eingeschlagen hast. Ginge es nach den Gesetzen ewiger Gerechtigkeit, die sich der SOHN vorbehalten hat, wäre deine Sache verloren. Aber der ewige Ratschluß hat das Reich der Barmherzigkeit Seiner Mutter und durch sie der HOHEN HIRTIN anvertraut. Und so hast du, verirrtes Kind, das einzige Tor gefunden, durch das du noch in Gnade und Vergebung einzutreten vermagst.

Du hast eines körperlichen Ungemachs wegen einen Pakt mit den höllischen Mächten geschlossen – darum hat es sich ohne jeden Zweifel gehandelt. Er hat dir trügerische Erleichterung verschafft. Und um dieser tügerischen Erleichterung willen hast du dein Ewiges Heil drangegeben, so dreist wie einst Doktor Faustus.

Aber noch näher steht deinem Schicksal das des Sängers Tannhäuser, der sich im Berg der Venus verlor. O, wenn du wüßtest, welches Sühneleiden dieser Wollust halber meine erwählte Tochter, die TAUBE Carolina Beata, Tag für Tag auf sich zu nehmen hat! Aber gerade dieses Tannhäuser-Geschick weist mit unfehlbarem Gnadenfinger auf die richtige Bahn und die Möglichkeit deiner Rettung.

Denn ist Tannhäuser nicht nach Rom gepilgert, um Vergebung zu finden? Auch dir steht dieses Sühne- und Reuctor weit offen. Ja, es ist die Not der Kirche selbst, die dich dorthin ruft.

Der Heilige Vater ist, wie wir alle wissen, aufs Schrecklichste von den gottlosen Mächten bedrängt, die ihm das Patrinomium *(muß wohl heißen: Patrimonium, d. Hrsg.)* Petri, den Kirchenstaat, entreißen wollen. Rings um den winzigen Rest seiner Lande schließt sich die gottlose Herrschaft des sogenannten Königreichs Italien. Be-

trachte nur mit mir den GIUSEPPE GARIBALDI, jenen riesigen Sohn der Nacht, der nur darauf wartet, mit seinen roten Legionen auf das Heilige Rom einzustürmen! Ganz Südamerika hat er in Aufruhr versetzt; alle frommen Fürstentümer und das Königreich Beider Sizilien sind vor ihm gefallen, sein Flammenhemd und sein mephistophelischer Umhang, seine buschigen Brauen und sein Brigantenhut stehen einer Gewitterwand gleich an den wehrlosen Grenzen des Kirchenstaats.
Du, Innozenz Maria, gehörst dem alten europäischen und katholischen Schwertadel an. An diesen Adel ergeht jetzt der uralte Ruf des Kreuzzugs, den schon der heilige Bernhard an Europas Ritter gerichtet hat: DEUS LO VOLT!
In Rom sammeln sich die treuen Paladine der Christenheit aus vielen Ländern, um die legitimen Ansprüche des Heiligen Vaters auf seine Lande zu verteidigen. Eile, Innozenz Maria, eile nun in die Heilige Stadt, eile nach Rom, nimm auf das Schwert, richte seine Spitze furchtlos gegen den entsetzlichen GARIBALDI und gegen allen Hochmut der liberalen Gottlosigkeit, die unser Heiliger Vater in seinem »Syllabus der Irrtümer« so unzweideutig verurteilt hat, reihe dich ein unter das Banner der Unbefleckten Empfängnis, das endlich wieder, jenseits allen weltlichen Zweifels, die Ritter der Christenheit vereint!
So geben wir kund und zu wissen: Du wirst dich nach Rom begeben. Du wirst Quartier nehmen im Kloster Santo Stefano Rotondo. Du wirst dich dortselbst an den Bildern der Märtyrer in der Rundkirche erbauen, welche durch die flüchtigen Qualen ihres Körpers einen ewigen Sieg für die Kirche erfochten. Erkennst du, Innozenz Maria, darin den Finger ewiger Weisheit, der auf dein eigenes Schicksal weist?
Denn was dein eigenes kleines Leiden betrifft, Innozenz Maria, das du sicher angesichts deines gräßlichen Irrtums verdient hast: Ich, die HOHE HIRTIN, der das Reich der

Barmherzigkeit anvertraut ist, sage dir voraus und gebe dir kund:
Dieses winzige Übel wird jenseits aller deiner Erwartungen geheilt werden. Jenseits all deiner Wünsche, jenseits aller Schein-Hilfe durch die tückische Macht, der du gehuldigt hast, wirst du endgültige Gnade auch im Diesseitigen erfahren. Bedenke, nichts ist endgültiger, nichts unbedingter für christliche Ritterschaft als der Kreuzzug: DEUS LO VOLT – Gott will es! Blicke in dich, Innozenz Maria, war es nicht dies, dieser einfachste Befehl, auf den du zeit deines Lebens gewartet hast? Nun wird es dir zuteil. Und hege keine kleingläubigen Sorgen wegen deiner Sache in der Heimat, denn dein treuer Freund, Mein Kind und Knecht PLACIDUS wird diese Arbeit fortführen und zu gutem Ende bringen. Wirf auch diese Sorge hinter dich, wirf dich in die Freiheit des Gehorsams, der auch für die Deinen sorgen wird. Deine irdische Pilgerfahrt wird sich erfüllen, und es wird dir die Krone des Lebens zuteil werden. Du wirst in die Augen der Ewigen Barmherzigkeit blicken und dann verstehen, wie sich alles, auch deine Sünde und deine Pein, zu himmlischer Harmonie fügt.
Gegeben zu Erlbach, den 11. Februar 1868.

Domina Pastoralis per orem
Columbae suae
CAROLINAE BEATAE*

7

Bericht
von H. H. Professor Dr. Willibald Hierneis O. P. an das Erzbischöfl. Ordinariat zu München
(stark gekürzt)

... bei meiner Ankunft war es klar ersichtlich, daß die Clementiner von dem bevorstehenden Scrutinium ver-

---

* Die HOHE HIRTIN durch den Mund Ihrer Taube Carolina Beata

ständigt worden waren. Die Antworten auf meine Fragen trugen alle Anzeichen sorgfältiger Vorbereitung, und die Papiere, die mir vorgelegt wurden, waren offensichtlich durchgesehen und ausgewählt worden...

Die Caroline Pfiestermeister ist jetzt 32 Jahre alt, blaß und bei sehr schlechter Gesundheit. Seit ihrem zwanzigsten Jahre leidet sie an einer Brustwunde, die als mystisch interpretiert wird. Dazu kommen rheumatische Gliederschmerzen und sehr viel Kopfweh migräneartigen Charakters. Es war ihr Wille gewesen, in ein Kloster einzutreten, doch wurde ihr dies von ihrem Vater, einem Apotheker, durch medizinisches Attest vereitelt.

Ihre Antworten beim Scrutinium waren klug und treffend, doch ist hinter ihrer Unscheinbarkeit unbändige Willenskraft zu vermuten...

...Sie ging zwischen dem 20. und dem 25. Lebensjahr durch eine Periode der Besessenheit, bei der drei böse Geister im Spiel waren. In ihrer weltlichen Biographie entspricht dies einer Zeit des Bedrängtwerdens durch einen stürmischen Liebhaber, den natürlichen Sohn eines Edelmannes (*vide* vertrauliche Anlagen). Er war nicht ohne Erfolg *et corrupit eam (er hat sie verführt, d. Hrsg.)*. Gerüchte über eine leibliche Konsequenz jener Verbindung haben sich erhalten, waren jedoch nicht zu verifizieren...

...Ihr Seelenführer war zunächst der Clementinerpater Hanno Birnbaum, seit sechs Jahren ist es P. Marianus Humbacher. Beide sind auch als theologische Schriftsteller hervorgetreten. Die »Botschaften der Hohen Hirtin«, von denen mir etwa vierzig vorgelegt werden konnten, trugen unzweifelhafte stilistische Spuren dieser beiden Autoren. Doch sollte man direkte Einflußnahme oder gar bewußte Täuschung durchaus ausschließen. Vielmehr nehme ich an, daß die *devotula (fromme Schwärmerin)* über ein ungewöhnlich großes Talent der unbewußten Einfühlung verfügt. Ihre Seelenführer und sie bilden zusammen gleichsam ein magnetisch-mesmerisches Feld, in dem ein tropenwarmes Klima der bedenklichsten Verzücktheiten entstehen mußte...

(Der Rest des Berichtes ist lateinisch abgefaßt)

...Die Enthüllung schwerster Ärgernisse ist leider nicht auszuschließen...

Es gehören allem Anschein nach zu dieser »kleingläubigen Herde« *(pusillus grex)* sehr hochgestellte Persönlichkeiten des kirchlichen Lebens, die sich, aus verschiedenen Anlässen in große Seelennot gedrängt, in dieser Hürde zusammenfanden und finden. Da die Tatbestände des Okkultismus und der Häresie nicht von der Hand zu weisen sind, könnte sich daraus in Zukunft unermeßlicher Schaden ergeben. Es ist also weiseste Umsicht am Platze...

...Gegen Ende des Scrutiniums begann jene wehrlose Taube *(columba illa inermis)* unversehens mit dem Säbel zu rasseln, wobei sie sich keineswegs auf die Macht ihrer Hohen Hirtin, sondern auf die guten Beziehungen ihrer adeligen Beschützerin berief: sie drohte mit dem kgl. Kriegsminister...

P. Marianus andererseits unterließ es nicht anzudeuten, daß einer der Söhne dieser Hohen Hirtin in Rom als Kurienkardinal tätig sei...

Dieser Bericht, angefertigt nach der Abreise von Innozenz Maria Graf von B. nach Rom, wurde in einem Archiv abgelegt. Er wurde erst erschlossen und bekanntgemacht durch eine autoritative und bemerkenswert offene historische Arbeit über das Wirken des Clementinerordens in Bayern.

V

Der Pfad des Mörders

Eine Stimme ward gehört in Ramah,
Weinen und Wehklagen:
Rachel trauert um ihre Kinder
Und will sich nicht trösten lassen,
Da sie nicht mehr sind.

Jeremiah 31,15

Wie Gustav Landauer sich die Revolution vorstellte

Betteln wir nicht, fürchten wir nichts, schielen wir nicht; halten wir uns wie ein Hiob unter den Völkern, der in Leiden zur Tat käme; von Gott und der Welt verlassen, um Gott und der Welt zu dienen. Bauen wir unsere Wirtschaft und die Einrichtungen unserer Gesellschaft so, daß wir uns unserer harten Arbeit und unseres würdigen Lebens freuen; eins ist gewiß: wenns uns in Armut gut geht, wenn unsere Seelen froh sind, werden die Armen und Ehrenhaften in allen anderen Völkern, in allen, unserem Beispiel folgen. Nichts, nichts in der Welt hat so unwiderstehliche Gewalt der Eroberung wie das Gute . . .
Mögen, da wir nichts so sehr brauchen als neue, reine Menschen, die aus dem Unbekannten, dem Dunkel, der Tiefe aufsteigen, mögen diese Erneuerer, Reiniger, Retter unserm Volke nicht fehlen; . . . möge uns aus der Revolution Religion kommen, Religion des Tuns, des Lebens, der Liebe, die beseligt, die erlöst, die überwindet. Was liegt am Leben? Wir sterben bald, wir sterben alle, wir leben gar nicht. Nichts lebt, als was wir aus uns machen, was wir mit uns beginnen; die Schöpfung lebt; das Geschöpf nicht, nur der Schöpfer.

Vorwort zur Neuauflage des AUFRUFS ZUM SOZIALISMUS, *Januar 1919, Ss. XVI/XVII*

Ein paar Nummern zu groß

15. Mai 1925 – Großer Saal des Weißauer-Kellers zu Passau. Einundvierzigstes Stiftungsfest der Diudolfia. *Die Stimmung ist gut: beschwingt, aber noch nicht zu weit in der Bier-Liturgie fortgeschritten. Auf der Saalbühne sitzen die* Chargierten; *an langen, senkrecht zur Bühne angeordneten Tischen im Saal die Bundesbrüder, Aktive und Philister gemischt, mit Bändern und Mützen. Sie lauschen eben den Ausführungen ihres verehrten Bundesbruders, Philister* Glück, *der von einem an der Bühnenrampe aufgestellten Stehpult aus präzis, aber nicht ohne Leidenschaft spricht.*

Der Abend ist warm; unter den Lichtern des Saales schwimmen Bänke von Tabakrauch, die sich langsam den beiden offenen Terrassentüren zubewegen und wie Schwärme von winzigkleinen Silberfischen in den Mondschein hinausgleiten.

Glück: Vor allem müssen wir, liebe Bundesbrüder, bei dieser Gelegenheit ganz eindeutig die Vorwürfe und Attacken zurückweisen, die jüngst im Völkischen Beobachter gegen unseren Freund Marco von B. zu finden waren. Man hat ihm mangelnde Reichstreue vorgeworfen, weil er bei der Tagung der Bayerischen Volkspartei in Regensburg mannhaft für die uralte staatliche Eigenständigkeit Bayerns eingetreten ist. Die Leute, die solche Angriffe führen, nennen sich die »Völkischen«. Ich möchte sie hier von dieser Stelle aus fragen, was sie sich unter »Volk« vorstellen, welches Bild vom »Volk« sie haben. Ist das deutsche Volk ein Einheitsbrei, der nur einheitlich von Berlin aus umgerührt werden darf?

Zwischenrufe: Hört, hört! u. ä.

Oder ist das deutsche Volk nicht vielmehr von jeher ein gegliederter organischer Körper, der sich aus dem Eigenleben, der Eigenkraft seiner Stämme immer wieder neue Stärke geholt hat – nicht zuletzt aus dem bayrischen? Ist denn diesen »Völkischen« nicht klar, daß sie eben jener

Weimarer Einheitsrepublik den Rücken stärken, die sie angeblich so erbittert bekämpfen?

Beifall

Und was die Reichstreue unseres Freundes betrifft: meine Herren Völkischen, die Kriegstaten des hochdekorierten Offiziers, seine hervorragende Beurteilung durch die militärischen Vorgesetzten im Leibregiment, vor allem aber eine vaterländische Tat, über die ich hier nichts Näheres auszuführen brauche – *langsam höherbrausender Beifall* – die aber, was persönliche Gefährdung und Kühnheit der Ausführung anlangt, von niemandem in Berlin oder anderswo übertroffen wurde –

Beifall wird frenetisch, Phil. GLÜCK *spricht mit Stentorstimme*

– sind wohl Beweis genug, daß er sich von keinem, aber wirklich von keinem dumm anreden lassen muß!!

Die DIUDOLFEN *sind aufgesprungen, klatschen, trommeln, werfen die Mützen in die Luft, schwenken Bierkrüge und sondern noch auf viele andere Weisen Begeisterung ab; es entstehen Luftwirbel, welche die Tabakschwaden schneller und rokokoförmiger in Wallung bringen.*

Auf der Innterrasse des Weißauerkellers, wo der Festeslärm natürlich gut zu vernehmen ist, und deren nächtliche Weite von starken, schwarzen Gruppen zusammengeklappter Tische und Stühle gegliedert wird, steht an der Brüstung, schmal und vom Silberstift des Mondes konturiert,

OSWALD *v. T. Er hat die Finger beider Hände in die Taschen seines schwarzen Sakkos geschoben, die weißen schlanken Daumen liegen frei auf dem Lüsterstoff. Über dem römischen Kollar erhebt sich sein schönes Haupt mit der gewaltigen Stirn. Er blickt über den glitzernden Inn zu den magischen Massen der Altstadt hinüber: unter der Zentralkuppel und den Zwiebeln des Doms, unter den Türmen der Jesuitenkirche und den Quaderkanten der alten und der neuen Bischofsresidenz sind sie von Mond-Kalk und exakten Schatten gerissen, sind mit den winzigen, warmgelben Lichtpailletten der Straßenlaternen und der Wohnungsfenster bestickt. Er ist sensibel genug, sich dem Zau-*

ber ganz hinzugeben, und gebildet genug, um ihn auch nicht innerlich durch das Zitieren deutscher Mond-Gedichte zu klischieren (und seien sie von Goethe).
Im Saal, so hört er, wird eben die Aufnahme des MARCO *v. B. in die* DIUDOLFIA *zelebriert –*
STIMME EINES CHARGIERTEN:
... wer diesem Antrag, der Rezeption von Marco Graf von B. – Guadagni honoris causa in unseren Bruderbund zustimmt, den bitte ich, sich von den Sitzen zu erheben!
Man hört begeistertes Gerumpel.
STIMME DES CHARGIERTEN:
Einstimmig und ohne Enthaltung angenommen.
Tosender Beifall.
OSWALD *wendet sich um und geht durch Tisch- und Stuhlpakete auf die Terrassentüren zu, sieht durch Qualm und Eifer lächelnd, wie die* CHARGIERTEN *und Philister* GLÜCK *dem neugekürten Diudolfen die Hand schütteln.*
STIMME MARCOS:
Ich bin einfach gerührt, liebe Freunde und Bundesbrüder. Bitte seid mir nicht böse, wenn ich Unstudierter...
Gelächter und kleine Ausbrüche humorigen Unwillens
– nicht die Rhetorik aufbringe, die jetzt angemessen wäre. Ich will euch lediglich versprechen, daß ich versuchen werde, euer Vertrauen und eure Kameradschaft zu verdienen. Das wärs. Danke, Doktor Glück.
STIMME GLÜCKS:
Severin von heut ab. Severin und DU, du Tollpatsch!
STIMME DES CHARGIERTEN: Und jetzt, Brüder, auf zu fröhlichem Cantus! Wir stimmen an das GAUDEAMUS IGITUR!
CANTUS, *von tapfer gehämmertem Klavier unterstützt:*
Gaudeamus igitur, juvenes dum sumus...
OSWALD *entspannt sich, wie ein Theaterinspizient, der einen komplizierten Auftritt abgewickelt hat, und lehnt sich locker, aber wachsam gegen einen Tischstapel. Er wartet auf das, was nun kommen muß, nämlich*

MARCO, *der stämmig und geräuschlos auf die Terrasse tritt und verdutzt seinen Freund gewahrt.*

MARCO: Oswaldo! Das gibts ja wohl nicht.

OSWALD: Und warum nicht, wenn ich fragen darf? *Lacht so entwaffnend, wie nur er es kann:* Es war eine Frage der Zeit, wie lang du es bei sowas aushältst. Und ich habe mich kaum verschätzt.

MARCO *abwehrend:*

Sag das nicht, du. Es ist sehr – konvivial hier. Und Glück ist wirklich ein getreuer Ekkehard.

OSWALD: Womit wir pflichtschuldigst dem hehren deutschen Mittelalter unseren Respekt gezollt haben. – Was ist, gehn wir ein wenig spazieren? Da links von dir geht eine diskrete, aber praktische Treppe zur Innbruckgasse hinunter.

MARCO: Dumm wärs nicht, du hast recht.

Die beiden Freunde steigen über die Treppe hinunter, überqueren einen Hof, auf dem ein Leiterwagen mit leerem Faßgut steht, und treten auf die Innbruckgasse, von der sie ohne Absprache der Innbrücke zustreben – aus der engen Häuserzeile heraus ins Mondlicht. Es überfällt sie von oben und unten – aus dem seidigen Nachthimmel und aus dem strähnigen Wellenzug des Flusses. Zwei Helden wandeln auf dem Glanz von Bifrøst.

MARCO: Es ist nur unangenehm, weißt du, ein bisserl, weil ich ja gar nicht studiert habe. Eine Hochstapelei, gewissermaßen.

OSWALD: Nimms nicht tragisch. Du bist ein Ehrenband an der Fahne.

MARCO: Manchmal frag ich mich, wie du so was meinst.

OSWALD: Schon ein wenig verpflichtend. Oder traust du mir Zynismus zu?

MARCO: Nein, um Gotteswillen. – Das heißt: Ganz ernst ist dirs hoffentlich nicht, denn von Verpflichtungen höre ich dauernd.

OSWALD: Wirklich?

MARCO: Also – um genau zu sein – man redet nicht darüber. Aber –

OSWALD: Wer ist »man«?

MARCO *fast heftig:* Meingott, es war früher alles so einfach. Die Armee, dann die Festung. Das waren klare Verhältnisse.

OSWALD: Ich sage meinem Knecht »geh«, und er geht. Ich sage »komm«, und er kommt.

MARCO: Ja, der alte Römer, der Hauptmann von Kapharnaum, das ist mein Mann. Jetzt ist alles so – beliebig, weißt du.

OSWALD: Du hast doch das Buch geschrieben. Und du sprichst auf politischen Versammlungen.

MARCO: Du machst dich wieder lustig über mich.

OSWALD: Nein Marco. Das Buch war Knochenarbeit, du bist in die Quellen eingestiegen –

MARCO: Schmarrn. Du hast mir die Schmöker angeschleppt, hast die Einmerkerl hineingelegt, hast sogar die wichtigen Zitate angestrichen ...

Die Freunde haben die Innbrücke überquert, sie steigen nach rechts eine weitere Treppe hinab – zur Innpromenade. Wenige Sekunden lang verschwinden sie in der Schleuse des Schlagschattens.

OSWALD *über die Schulter zurück:* Kein Schmarrn. Und schon gar kein solcher wie der, den dein Nachfolger in Landsberg zusammengeschrieben hat. »Mein Kampf«! Hast du je in das Ding hineingeschaut?

MARCO: Ich bin doch nicht blöd.

OSWALD: Na siehst du. Du hast eine einleuchtende, zusammenhängende Darstellung des katholisch-großdeutschen Standpunktes gewagt. Und das wollte geschrieben sein. Spiel das nicht herunter.

Die beiden Freunde setzen sich auf eine Promenadenbank, die Luft steigt nun kühler aus dem Inn empor. Sie blicken zur Innstadt hinüber, auf die Terrasse des Weißauer-Kellers. Kneipgesang dringt zart durchs Mondlicht.

Marco *sinnend:* Ich hab einen Wiederholungstraum, du. Du kennst doch das Wehr in Landsberg, das schräge, wo der Lech an die fünf Meter hinunterschießt. Mir träumt immer, ich sitz oben in einem Faltboot und rudere wie verrückt, bloß daß ich mich halten kann und nicht hinuntersaus.

Oswald: Ein Alptraum?

Marco: Eigentlich nicht. Nicht in allem. Es ist immer sonnig, und die Leute stehen auf der Brücke und schauen zu. Manchmal lachen sie sogar.

Oswald: Ich habe einen Vorschlag. Kennst du Niederschönenfeld?

Marco: Das ist ein Gefängnis, oder?

Oswald: Eine Festung, juristisch gesehen. So wie dein Trakt in Landsberg. Da sitzen die Roten ein: Ernst Toller, der Dichter, und Mühsam. Auch noch andere.

Marco: Da haben sie ja Zeit zum Schreiben.

Oswald: Vielleicht. Wenn einer schreiben muß, dann schreibt er – egal wo. – Aber die Bedingungen sind sehr schlecht.

Marco: Das stimmt nicht. Das müßte ich doch in Landsberg gemerkt haben. Festungshaft ist eigentlich Ehrenhaft.

Oswald: Ich habe Material, Marco. Der Vollzug in Niederschönenfeld ist schlimmer als im Zuchthaus.

Marco: Das gibts nicht. Der Justizminister ist ein Demokrat. – Wenn das auch was ist.

Oswald: Du sagst es: es ist nicht viel. Nicht in diesem Fall. Man rächt sich einfach.

Marco: Was soll das wieder heißen?

Oswald: Man rächt sich für 1918. Und zwar nicht dafür, daß diese Leute den König verjagt haben.

Marco: Wofür sonst?

Oswald: Daß man außerstande war, etwas dagegen zu tun. Daß man die Geschichte verpaßt hat. Und daß er deshalb wohl nie wiederkommen wird.

MARCO: Du bist verrückt.

OSWALD: Entschuldige, das war eine private Prognose, lassen wirs beiseite. – Es geht um Folgendes: unsere christkatholische, konservative Sache über jeden Verdacht erhaben zu machen. Wenn du gegen die Bedingungen in Niederschönenfeld Einspruch erhebst –

MARCO: Also du bist echt verrückt. Das geht mich doch nicht das Geringste an. Wo ist denn überhaupt die Kirche? Was ist zum Beispiel mit Kardinal Faulhaber?

OSWALD *traurig lächelnd:* Ich werde dir nie ins Gesicht sagen, Marco, daß du verrückt bist.

MARCO: Entschuldige. Aber das ist wirklich hirnrissig. Wenn ich mich jetzt für diese Revoluzzer verwende, dann kann das doch nur zu Mißverständnissen führen – zu ganz scheußlichen.

OSWALD *nur noch mühsam heiter:*
Du meinst, man könnte dich oder Kardinal Faulhaber für Bolschewiken halten?

MARCO: Sag mal, redest du eigentlich in Freising, in deinem Klerikalseminar, auch so?

OSWALD *nach einer Pause:* Nein.

Er steht auf und tritt ganz nah an die geländerlose Pflasterkante der Innpromenade heran, unter ihm zischt der Fluß leise und drohend zwischen den Zähnen.

Nein. Und damit behältst du recht. Ich könnte durchdachtes Verhalten vorschützen; daß Regens Rößler kein Verständnis für solche Gedankengänge aufbrächte, daß ich meinen Beruf riskieren und damit meine Berufung verscherzen könnte. Ich könnte mich, andererseits, dramatisieren – der Sünde wider den Geist anklagen, der bewegt oder bewegen sollte. Aber fällig, Marco, ist ein schmerzlicheres Geständnis: unser jeweiliges Milieu, unser Dasein in Zeit und Ort, hat uns und hält uns, hält uns fest und hält uns gefangen. Nur kleinste Schritte sind oder wären möglich. Deine Zeit, dein Ort – sie sind unter anderem da drüben.

Er zeigt über den Fluß auf den Weißauer-Keller. Das Mondlicht macht von seiner Möglichkeit Gebrauch, aus lindem Zauber abrupt in kalte Grausamkeit umzuschlagen: schwarz und weiß tritt die Gleichgültigkeit der Schöpfung hervor. Einige DIUDOLFEN *sind auf die Terrasse des Kellers getreten, stehen schwankend an der Brüstung.*

DIE DIUDOLFEN *singen:*

Im Schwarzen Walfisch zu Askalo-on,
Da trank ein Gast drei Tag –
Bis daß er steif wie ein Besenstiel
Am Marmortische la-a-ag...

OSWALD *lacht abrupt und dreht sich zu* MARCO *um:*
Weißt du, was das Lied eigentlich soll? Der alte Viktor von Scheffel macht sich damit über die damals einsetzende rationalistische Bibelkritik lustig: der Prophet Jonas als Dauersäufer...

Die DIUDOLFEN *singen:*

– da bracht der Kellner Schar
in Keilschrift auf sechs Ziegelstein
dem Gast die Rechnung da-a-ar...

MARCO *setzt sich abrupt nach vorn und schlägt mit beiden Händen auf die Schenkel:*
Was willst du eigentlich, Oswaldo? Ich frag mich und dich, was du eigentlich willst. Du tust so, als ob wir vielleicht gar nicht recht hätten, verdammtnochmal!

OSWALD: Vielleicht sollten wir zurückgehen. Deine Freunde warten auf dich, besonders Dr. Glück. Unhöflichkeit ist auf keinen Fall entschuldbar.

MARCO *steht auf, und die beiden Freunde gehen zur Treppe zurück, steigen zur Innbrücke empor. Der Mondschatten ist länger und dichter geworden.*

Die DIUDOLFEN *singen:*

– da rief der Gast: O weh!
Mein bares Geld ist alles hin
Im Lamm zu Ninive-e-eh...

OSWALD *bleibt mitten auf der Brücke stehen, die sich endlos streckt, legt die Unterarme auf die Brüstung und blickt nach Westen, zu dem der Halbmond niedersinkt:* Die Leute in deinem Traum, die Leute auf der Brücke: lachen sie dich aus? Was meinst du?

MARCO: So kann man das nicht sagen. Manche applaudieren auch: gute Leistung, so etwa. Aber es scheint ihnen nicht recht drauf anzukommen, ob ich den Bach hinuntergehe oder nicht.

OSWALD: Aah. *Schweigen.*

Die DIUDOLFEN *singen:*

– da warf der Hausknecht aus Nubierland
Den Fremden vor die Tü-ü-ür...

OSWALD, *immer noch am Geländer:* Man hört Klagen, daß du Fräulein Palmano ziemlich herzlos behandelst.

MARCO, *nach einer Pause:* Es sind die verdammten Blockflöten. Immer Blockflöten. Telemann, Schütz. Ich mag das nicht. Ich mag Orchestermessen.

OSWALD *lacht leise:* Wie verständlich. – Und was macht der Rundfunk?

MARCO: Hör mir auf damit.

Die Freunde nehmen den Rückweg über die Brücke wieder auf. Zu den Sängern auf der Terrasse gesellen sich immer mehr DIUDOLFEN, *sie bilden einen kompakten Männerchor, der nun fast heroisch zur Schlußstrophe ansetzt.*

Die DIUDOLFEN *singen:*

Im Schwarzen Walfisch zu Askalo-on
Wird kein Prophet geehrt,
Und wer vergnügt dort leben will,
Zahlt bar, was er verze-e-ehrt...

Und während der Mond hinter dem Kloster Sankt Nikola versinkt:

Und wer vergnügt dort leben will,
Zahlt bar, was er verzehrt.

Die Szene ist nun der Salon der Familie von B.-Guadagni in München.
Seine Einrichtung ist durch den Geschmack des eingesessenen Hauses Rosenzweig bestimmt – kein adeliger Trödelkram, keine Bildsammelwände, sondern eine großbürgerliche Strategie der Raumbewältigung im Übergang von Empire zu Biedermeier.
An einem Taburett im Erker über dem Lenbachplatz, mit edlem Ausblick auf den Brunnen (Verkehr ist noch kein Wohnverhinderungsfaktor) sitzen ISABELLA V. B.-GUADAGNI *und ein Herr* EGON PAHL-FUNCKE. *Letzterer, ein soignierter und entschlossener Aufsteiger aus den Realgymnasien des Nordens, ist wie alle Zugezogenen von fanatischer Liebe zu Bayern und seinen architektonischen wie soziologischen Denkmälern erfüllt. Da dies in Konflikt mit den Sachzwängen seines Besuches steht, ist er etwas verlegen.*
ISABELLA *v. B.:* Es hat also nicht sollen sein.
PAHL-FUNCKE: Resignation, Gräfin? Bitterkeit? Wäre völlig unangebracht, wissen Sie. Lediglich eine Frage der Seelenlandschaft. Die von Graf Marco, den ich meinen Freund nennen darf, ist für die abstrakten Vorgänge einer Bürokratie, welche die technische Verbreitung von akustischem Material verwaltet, nicht der richtige Hintergrund. Eine fast – na, biologische Inkompatibilität. Es wäre – tja, totale Verschwendung, ihn künstlich beim Rundfunk festzuhalten.
ISABELLA *v. B.:* Nett sagen Sie das. Aber irgendwo müssen wir ihn doch wohl festhalten. *Steht auf und wandert, mehr aus unterdrückter Energie denn aus Ratlosigkeit, im Salon herum.*
Zunächst hat es ja ganz ordentlich ausgeschaut, er hat in Dings, in Landsberg die Landwirtschaftslehre gemacht, gratis, und wir haben doch Pettenried. Aber da ist alles so eingespielt, – man hat mir klargemacht, daß er da das

fünfte Rad am Wagen wär. Wissen Sie, ich bin Kaufmannstochter; mir leuchtet schon ein, was da passiert ist: die Bodenrente ist in den Kapitalsog geraten, und dann muß man ja jetzt halbwegs tarifliche Löhne zahlen – da wird aus der Feudalklitsche blutige Rentabilität. Oder Bankrott, je nachdem. Aber – *sie wendet sich rasch um und fixiert Pahl-Funcke:* Wo sehen Sie – ich meine jemand wie Sie – noch einen sinnvollen Platz für Leute wie Marco?

PAHL-FUNCKE *schockiert:* Gestatten Gräfin, die Frage ist abstrus. Wie käme eine Nation mit Selbstachtung ohne die Traditionen zurecht, die Ihr Haus verkörpert?

ISABELLA *v. B. ziemlich wütend:* Haus! Wenn ich schon »Haus« hör! Ich bin angeheiratet, ich nehme den Clan nicht fürs Individuum. Es geht um Marco, nicht ums Haus. – Wenn er nur diesen Eisner nicht erschossen hätte. Das war ein paar Nummern zu groß für ihn.

PAHL-FUNCKE *schockiert wie oben:* Die Tat steht für Deutschlands Ehre!

ISABELLA *v. B.:* Wie war das, was hat Heinrich Mann an Eisners Grab gesagt: »Der erste wahrhaft geistige Mensch an der Spitze eines deutschen Staates.« Ich erinnere mich.

PAHL-FUNCKE: Wurzelloser Asphalt-Literat.

ISABELLA *v. B.:* Gilt aber was, vor allem im Ausland. Steht auch für Deutschland, irgendwie. Hat neulich auch über Ihren Rundfunk gesprochen. – Was machen wir jetzt mit ihm?

PAHL-FUNCKE, *der trotz Denkmalsbegeisterung seine Karriere dem Talent verdankt, nie, aber schon nie an einer verlorenen Fahne zu hängen:* Ich bin ganz sicher, Gräfin, er wird seinen Weg machen. Seine Voraussetzungen sind günstig.

ISABELLA *v. B.:* Das schon. Aber da gibts ein besonderes Talent, trotz günstiger Voraussetzungen nicht zu reüssieren. Und zwar hartnäckig. – Danke für Ihren Besuch, Herr Direktor.

PAHL-FUNCKE: Es war mir eine Ehre. Und ich rechne damit, ich rechne fest damit, daß Sie uns beim nächsten Gala-Funkball die Ehre Ihrer Anwesenheit geben werden.

ISABELLA *v. B.:* Gala-Funkball. Ist ja einfach zauberhaft. Kommt der Prätendent auch?

PAHL-FUNCKE *verwirrt:* Sie meinen – Seine Königliche Hoheit Kronprinz Rupprecht? Ich vermute...

ISABELLA *v. B.:* Sie vermuten richtig. – Linda wird Sie hinausbegleiten. *Klingelt mit einer kleinen Glocke.*

PAHL-FUNCKE, *zu dessen Talenten auch Hartnäckigkeit gehört:* Auf Wiedersehen also, Gräfin.

LINA *tritt ein:* Da wär das Fräulein Palmano, Frau Gräfin. Möcht Sie sprechen, sagt sie.

ISABELLA *v. B.:* Wie sonderbar. Ich lasse bitten. Und begleiten Sie den Herrn Direktor hinaus, ja?

Sie geht bewußt zum Taburett zurück, ehe ROSWITHA *eintritt, und wendet sich ihr halb zu.*

ROSWITHA PALMANO *trägt jetzt nicht jugendbewegt, sondern, in planvoller Vorbereitung auf diesen Besuch, dunkelblauen Rock, weiße Bluse mit geriffelter kleiner Krause und ein Collier aus Granaten. Sie wirkt ebenso entschlossen wie in Landsberg, aber ernster. Sie trägt eine flache Umhängetasche.*

ROSWITHA: Ich bitte um Verständnis für diesen Besuch, den Sie ungewöhnlich finden.

ISABELLA *v.B.:* Ungewöhnlich ist, daß Sie so was sagen. Mach ich wirklich einen so – monströsen Eindruck?

ROSWITHA *lacht nicht:* Dann ist es zumindest der Anlaß, der ihn ungewöhnlich macht. – Gräfin, ich bitte Sie aufrichtig und inständig um Ihre Hilfe.

ISABELLA *v. B. ist zunächst verblüfft, lacht dann fast herzlich, scheint jetzt erst zu gewahren, daß* ROSWITHA *steht, weist auf den von* PAHL-FUNCKE *freigemachten Stuhl:*

Also so was! Daß Ihre Generation einen Postillon d'amour in Form elterlicher...

ROSWITHA: Natürlich nicht.

Setzt sich, zieht die Umhängetasche auf den Schoß: Es handelt sich um eine berufliche und eine apostolische Chance für Marco.

ISABELLA *v. B.:* Apostolische –?

ROSWITHA: Laien-Apostolat.

ISABELLA *v. B., die offenbar nicht ganz begreift:* Laien-Apostolat, soso. – Er ist gerade in Passau, beim Glücksdoktor und seinen Diudolfen. Morgen ist er wieder da, Sie können ...

ROSWITHA: Eben das hätte keinen Sinn. – Ich darf sagen, was Sie nicht überraschen wird: Marco hört kaum zu, wenn ich ihm – konkrete Vorschläge mache. Ich nehme an, seine aristokratische Vorstellung von der Rolle der Frau erlaubt es ihm nicht.

ISABELLA *v.B.:* Sonderbar. Heimchen am Herd, das ist kleinbürgerlich. Oder proletarisch. Sie würden sich wundern, was Aristokratinnen alles praktisch vorschlagen. Oft recht makabre Sachen. – Aber erzählen Sie schon.

ROSWITHA *kramt in ihrer Tasche und entnimmt ihr einen schwarzweißen, bebilderten Prospekt sowie ein zusammengeklammertes Maschinen-Skript:* Im Rahmen der Katholischen Aktion ...

ISABELLA *v. B.:* Ist das das Laien-Apostolat?

ROSWITHA, *mit der Geduld einer Grundschullehrerin, die zum zehnten Mal das kleine Einmaleins mit sieben aufsagt:* Laien-Apostolat ist die Aktionsform der Katholischen Aktion. Auf ausdrückliche Weisung des Heiligen Vaters übernimmt der Laie wieder eine aktive Rolle in der Kirche.

ISABELLA *v. B.:* Ich dachte, das machen die Diudolfen und solche Leute ohnehin. Und was die Adligen betrifft, die haben ...

ROSWITHA: Im Stil des XX. Jahrhunderts und mit Blick in die Zukunft. *Sie hat offensichtlich einen Treffer gelandet.* Im Rahmen der Katholischen Aktion ist in Düsseldorf ein katholisches Rundfunk-Büro ins Leben gerufen worden.

Es soll sich um die besonderen Belange der Kirche in diesem hochmodernen Bereich bemühen. Sehen Sie hier – *reicht der Gräfin die Papiere, welche diese etwas ratlos beäugt:* Das ist die Darstellung für die kirchliche Öffentlichkeit, und dies hier sind die vorläufigen Leitlinien.

ISABELLA *v. B.:* Leitlinien. Aha. – Und was soll Marco damit?

ROSWITHA: Es ist providentiell, daß er als Mensch, als Katholik, als –

ISABELLA *v. B.:* Als Eisner-Mörder – das ist wohl auch gemeint.

ROSWITHA: Ich möchte ihm doch nur helfen. Er braucht doch Hilfe. Für diese Phase des persönlichen Übergangs, des Ringens nach Sinn, ist es doch wesentlich, daß er –

ISABELLA *v. B.:* So ist es. So ist es. Aber...

ROSWITHA: – daß er eine Lebens-Linie erkennt, die...

ISABELLA *v. B.:* Eine Leitlinie gewissermaßen.

ROSWITHA, *die das Wort völlig in Ordnung findet:*
Ganz recht, die Leitlinie, die auch im Rückblick – ich meine, die auch den Rückblick sinnvoll macht. – Das Büro wird von Prälat Kerschgens geleitet, aus dem Kölner Ordinariat; ein sehr wichtiger Mann ist Dr. Hohlkoke, er ist gewissermaßen die rechte Hand des Kölner Oberbürgermeisters Adenauer.

ISABELLA *v. B.:* Um Gotteswillen, das ist doch der, der Krach hatte mit unserm Kardinal, auf dem Katholikentag damals –

ROSWITHA: Vor drei Jahren. Die Entwicklungen überstürzen sich, und die Kirche ist aufgerufen, Schritt zu halten. Das haben die Rheinländer schneller erkannt als wir.

ISABELLA *v. B.:* Sie sind ja auch preußisch.

ROSWITHA: Eben. Das war gerade ihre politische Chance, die aus dem preußischen Kulturkampf erwuchs. Das hat den modernen, selbstbewußten deutschen Katholizismus vorbereitet.

ISABELLA *v. B.:* Selbstbewußt, ja. – Und Sie meinen, Marco soll nach Düsseldorf?

ROSWITHA: Nein, gerade das nicht. Das Büro ist erst im Aufbau, es könnte gar nicht so viele hauptamtliche Mitarbeiter zusammenziehen. Und Marco ist doch hier beim Rundfunk. Dieses Apostolat braucht allenthalben Berater und Beauftragte.

ISABELLA *v. B.:* Ein Berater also. Das hieße?

ROSWITHA: Die finanzielle Seite der Sache ist vorläufig nicht so wichtig. Es geht darum, Christus in die Hochhäuser und in die Funktürme hineinzutragen. Es geht um die zukünftigen Chancen – auf längere Sicht.

ISABELLA *v. B.:* Und die wären?

ROSWITHA: Das Zentrum spielt eine unverhältnismäßig wichtige Rolle in der Reichspolitik. Der Rundfunk ist ein Reichsrundfunk, auch die Bayerische Volkspartei wird sich darauf einzustellen haben. Das Personal der Anstalten wird stürmisch anwachsen, der Einfluß des Rundfunks auf die öffentliche Meinung noch schneller. Die Zeit ist nah, wo der Politiker, der am geschicktesten damit umzugehen versteht, den entscheidenden Vorsprung haben wird. Koordination, und zwar frühzeitige, ist in diesem Falle das Wichtigste.

ISABELLA *v. B.:* Ich verstehe. *Lacht, droht scherzhaft mit dem Finger:* Fräulein Palmano! Ich bin fast versucht, »Roswitha« zu sagen –

ROSWITHA *in Abwehr einer vagen Gefahr:*
Bitte, Gräfin, das ist verwirrend –

ISABELLA *v. B.:* Sie sind eine Kauffrau, und ich sollte volles Verständnis dafür haben. Sie wären berufen, die Sanierung des Hauses B.-Guadagni einen Schritt weiterzubringen – nach mir. Sie wissen doch, Export-Import Rosenzweig –

ROSWITHA: Rosenzweig, natürlich. Aber –

ISABELLA *v. B.:* Für mystisch Gestimmte sogar Namens-Ähnlichkeiten: Roswitha, Rosenzweig – na, phantasieren wir nicht. Es nützt auch wenig. Das Dumme ist nur: die Gegenseite ist immer stärker.

ROSWITHA: Ich verstehe nicht ganz.

ISABELLA *v. B.:* Wissen Sie, was Marco auf einen Zettel schrieb, ehe er mit dem Revolver loszog? Unter anderem: »Eisner fühlt nicht deutsch. Er ist Jude.« Können Sie sich vorstellen, daß er in diesem Augenblick an seine arme Mutter gedacht hat?

ROSWITHA: Aber Sie gehören doch längst zu uns, Sie sind katholisch –

ISABELLA *v. B. heftig:* Jeder antisemitische Lump kann sich jetzt auf unseren Namen berufen – das haben Marcos Vorfahren mütterlicherseits nicht verdient. – *Ruhiger:* Aber hören Sie zu. Marco legt nicht viel Wert auf meinen Rat. Der Mann, mit dem Sie sprechen müssen, ist Ihnen bekannt.

ROSWITHA *nach einer bedeutsamen Pause:*
Sie meinen Graf von T.

ISABELLA *v. B.:* Oswaldo, ja.

ROSWITHA *gibt sich sichtbar einen Ruck:*
Ich mag ihn nicht.

ISABELLA *v. B.:* Ganz natürlich.

ROSWITHA *blickt sie scharf an, dann vorsichtig:*
Ich meine – ich verstehe ihn nicht.

ISABELLA *v. B.:* Eben. Er hat das Zeug zu einem Heiligen, und das verwirrt immer.

ROSWITHA: Aber gerade dann müßte er doch diese Freundschaft als Auftrag verstehen. Er müßte darauf dringen, daß Marco sich sammelt, daß er –

ISABELLA *v. B.:* Er ist nicht gegen – Sie. Bestimmt nicht.

ROSWITHA: Ich sagte, ich verstehe ihn nicht. Manchmal kommt es mir so vor, daß er es geradezu darauf anlegt, Marco zu verunsichern, seine Komplexe zu verstärken ...

ISABELLA *v. B.:* Da haben Sie wieder recht. *Seufzt:* Ach ja, und jetzt ist Oswaldo noch radikaler Pazifist geworden.

ROSWITHA: Ein von T.? Mit Dutzenden von ruhmreichen Offizieren im Stammbaum?

ISABELLA *v. B.:* Um Gotteswillen, der Adel kann sehr flexibel sein, wenn es darum geht, sich zwischen die Stühle zu setzen. In dem Punkt sind Marco und er kongenial. Ein Herz und eine Seele, könnte man sagen.

ROSWITHA *voll schwarzer Ahnung:* Ist etwas passiert?

ISABELLA *v. B.:* Der Herr, der eben wegging, ist ein Herr Pahl-Funcke. Ein schlauer kleiner Schweinehund, würde ich sagen. Aber er hat Macht. Zum Beispiel die, Marco beim Rundfunk rauszuschmeißen. Er hat es für richtig gehalten, mir das mitzuteilen.

ROSWITHA: Nein, nein. *Sie beginnt zornig zu weinen, fingert nach einem Taschentuch.*

ISABELLA *v. B.:* Es tut mir leid, wegen Ihres Büros. Und wegen des Laien-Apostolats. Sie haben sich da richtig leidenschaftlich –

ROSWITHA *sammelt sich, spricht über unterdrückte Tränen:* Das ist Oswaldo.

ISABELLA *v. B.:* Nein, nein Kind, es ist schon Marco. – *Sie steht auf und geht, wie vorhin, im Salon herum.* Diese Eisnergeschichte war einfach zu groß für ihn. Er denkt ja nie gründlich nach. Drei Monate zu spät – und Eisner war dabei zurückzutreten.

ROSWITHA: Das weiß man nicht. Es ging um die zweite Revolution, die Bolschewistenrevolution, die wirklich gefährliche –

ISABELLA *v. B.:* Unsinn. Eisner war ein Ehrenmann, das weiß jeder. Er hatte die Erklärung in der Tasche, als er in den Landtag ging. Drei Monate zu spät, und ausgerechnet Marco. –
In großem, für sie ganz untypischem Ausbruch:
Wo waren denn im November alle die Verteidiger der Tradition, die Paladine der Krone? Die Offiziere? Die Maschinengewehre? Wo waren zum Beispiel die Hartschiere, diese Leibgarde von dicken Säufern? Ihr Schwur

war: »Über unsere Leichen zum Thron« – ich hab keine liegen sehen, und sonst auch niemand. Das alles flog weg wie Stroh im Wind, der einzige, der übrigblieb, war mein lieber kleiner dummer Marco. Und jetzt steht er herum, mit diesem Riesen-Posten im Seelenhaushalt.

ROSWITHA *fest entschlossen, ihre Sicht der Dinge zu halten:*
Sagen Sie das nicht. Es ist Oswaldo. Oswaldo möchte ihm einreden, daß das einfach Mord war. Ich beginne das jetzt zu durchschauen, Sie haben mir dabei geholfen, ich danke Ihnen dafür.

ISABELLA *v. B.:* Also ich habe noch nicht erlebt, daß Oswaldo auch nur ein Wort über die Geschichte –

ROSWITHA: Eben. Verstehen Sie nicht? Für Marco muß das doch völlig klar sein, was Herr v. T. denkt, wenn er nur schweigt. Marco ist so gewissenhaft, so zartbesaitet, er ist religiös so leicht zu beeinflussen –

ISABELLA *v. B.:* Von Oswaldo, meinen Sie?

ROSWITHA *kapituliert nun vor ihrem Gefühl:*
Ich erinnere mich. Wir waren Nachbarskinder damals, die von T. und wir, in den neuen Villen da unten am Wittelsbacher-Rondell, wir waren eigentlich immer auf Besuch, ganz informell, und es muß in der Stadtwohnung der T. gewesen sein, ein Mai-Abend, in Oswalds Mansardenzimmer. Die beiden, er und Marco, knieten vor einer Büste der Madonna, einer ganz bleichen, schmerzvollen –

ISABELLA *v. B.:* Ich glaube, ich erinnere mich daran. Kein guter Stil. Sehr wenig lebensvoll. So zwischen Nazarenern und Moderne. Aber das Fortschrittlichste, was es damals an religiöser Kunst gab, glaube ich.

ROSWITHA: Sie müssen damals an die Fünfzehn gewesen sein, sie hatten Kerzen angezündet, knieten und beteten, so innig, so innig – *Sie weint nun gründlich erleichtert.*
Ich habe mich damals in Marco verliebt, entschuldigen Sie.

ISABELLA *v. B.:* Da ist nichts zu entschuldigen. Ihre Erinnerung ist sehr genau, sie paßt auch sehr gut.

ROSWITHA: Wie meinen Sie das?

ISABELLA *v. B.:* Meingott, seit den Nazarenern wird die Muttergottes doch nie mehr als richtiges Weibsbild dargestellt.

ROSWITHA *starrt sie an, von Entsetzen versteinert.*

ISABELLA *v. B.:* Kind, das kommt in den besten Familien vor. Gerade in den besten. Und endgültig ist es ganz selten.

Spiegel der Gerechtigkeit

Aus dem »Dossier Niederschönenfeld« des Oswald v. T.

1. Allgemeine Prinzipien der dortigen Festungshaft.
(Staatsanwalt L. im Gespräch mit dem inhaftierten N:)
»Wer innerhalb von vierzehn Tagen mit mehr als einer Bitte kommt, von dem nehme ich drei Monate keinen Wunsch entgegen. Die Bitte bleibt volle drei Monate liegen und wird nicht berücksichtigt, auch wenn der Inhalt den Fall betrifft, daß Frau oder Eltern gestorben sind.«
(Ders. zum inhaftierten I.:)
»Widersetzlichkeit bedeutet Tod... Wer sich nicht fügt, wird es körperlich zu fühlen bekommen!«
(Zu T.:)
»Es ist selbstverständlich, daß die Angehörigen vom Strafvollzug betroffen werden müssen.«
(Zu L.:)
»Wer seine Gesinnung nicht ändert, wird nicht entlassen.«
(Zum Dichter Ernst Toller:)
»Ich werde Sie schon kleinkriegen.«
2. »Außerordentliche Maßnahmen zur Sicherung« des Festungsgefängnisses im Mai 1921.
- Peinlichste Zensur.
- Körperliche Durchsuchungen beim Verlassen des Hauses.
- Überwachung des Zellengangs Tag und Nacht.
- Öffnen und Sondierung jeder Konservenbüchse.
- Zerschneiden jedes Brotes und jeder Wurst (von draußen).
- Nichtauslieferung von Verpackungen, Umschlaghüllen usw.
- Besuchszeiten um die Hälfte gekürzt.

....

5. Fall X.
X. begeht in Niedersch. Selbstmordversuch.
Erhält Einzelhaft »zwecks Charakterfeststellung«. X. beschwert sich am gleichen Tage.
Erhält zwei Tage später hartes Lager, weil er sich beschwert hat. Reicht Beschwerde beim Oberstaatsanwalt ein. Fünf Tage später erhält er drei Tage Wasser und Brot, weil er gewagt hat, sich wieder zu beschweren.
6. Fall N.
N. wird am 29. Juli 1921 mit Einzelhaft bestraft, weil er »eine Bewegung mit dem linken Fuß beim Rapport machte, mit der er dem Vorstand seine Nichtachtung bezeugen wollte«.
Aufhebung der Einzelhaft erfolgt mit der Bemerkung, »daß er wohl in Zukunft die schuldige Achtung bezeugen und eine derartige Fußbewegung unterlassen werde«.

....

8. Fall X. (2)
X. erhält verschärfte Einzelhaft, weil er beim Betreten des Rapportzimmers die vom 2. Vorstand verlangte vorschriftsmäßige »Haltung« nicht eingenommen hat.
9. Fall T. (2)
T. mit Einzelhaft bestraft, weil er im Zellengang einen Wind gelassen und (nach Meinung des Vorstands) damit dem in der Nähe stehenden Aufseher seine Nichtachtung bezeigen wollte.

....

12. Das Schwalbenpärchen.
Inhaftierter U. pflegte längere Zeit die Freundschaft mit einem Schwalbenpärchen, das vor seinem (Mansarden)-Fenster ein Nest anlegte. Das Nest wurde samt Brut beim »Reinigen« der Dachrinne entfernt und in den Hof geworfen.
13. Fall I.
Der Inhaftierte Julius I. erlitt im Januar 1923 einen schweren Herzkrampf. Ärztliche Konsultation erst am nächsten

Tag. Anstaltsarzt stellt Erkältung fest und verordnet Einreibemittel. Am nächsten Sonntag zweiter, schwerer Anfall. Anstaltsarzt wird nur mühsam aufgetrieben, sehr ungehalten über Störung seiner Sonntagsruhe: »Dem fehlt gar nichts.« I. darf sein Bettuch am Herd wärmen. Verlegung in eine Einzelzelle. Begründung: es seien die Mitgefangenen, die ihn beunruhigten und aufhetzten. Verlegung ins Krankenhaus verweigert.

Aus einem (herausgeschmuggelten) Brief I.s:

»Du hast alles gesehen und gehört. Sie wollen mich hier langsam zu Tode kurieren... Vier Nächte habe ich, von Schmerzen gepeinigt, in einem Korbstuhl im Dunkeln gesessen. Freunde nahmen sich meiner tagsüber an, mit Umschlägen, Einreiben usw.

Am fünften Tag sehr schwerer Anfall, wurde auf ›Krankenstube‹ verbracht: eiskalter Raum, Bett an der Wand, Abortkübel in der Ecke, sonst leer. Man stellte mir einen leeren Blindgänger auf den Tisch an der Wand, mit der Anweisung, wenn ich Hilfe bedürfe, solle ich an den Behälter klopfen, das halle im ganzen Haus, und es komme sofort jemand... Ich bin wie ein zu Einzelhaft Verurteilter abgesondert...«

Am 16. Januar morgens um 7 Uhr wird den Inhaftierten N. und M. mitgeteilt: »Ich muß Ihnen die traurige Mitteilung machen, daß Ihr Mitgefangener Julius I. in dieser Nacht sanft entschlafen ist.«

Starb in Verlassenheit.

Grund seiner Verurteilung: I. war mit Zustimmung der damaligen bayrischen Regierung Hoffmann nach Würzburg gereist, um Vorbereitungen für die Ausrufung der Räterepublik zu treffen. Hielt dort eine Rede.

Das war alles. Das war alles.

(Darunter handschriftlich)

Zitat TOLLER: »Das Bürgertum, in seiner Macht ... bedroht, hat, sehend oder blind, seine Idee der Gerechtigkeit preisgegeben.«

(Darunter, kaum leserlich)
Ne perdas cum impiis, Deus, animam meam –
Marco zeigen! –

NACHBEMERKUNG

Während sich Oswald v. T. im Diakonatsjahr befand, erhielt der Regens des Klerikalseminars der Erzdiözese München-Freising auf dem Freisinger Domberg einen anonymen Hinweis, daß der Diakon O. v. T. ein merkwürdiges Dokument aufbewahre, das Sympathien mit Gottesleugnern und Staatsfeinden vermuten lasse. O. v. T., vom Regens daraufhin angesprochen und zur Herausgabe des Dokuments ermahnt, übergab ihm in geistlichem Gehorsam das Dossier.
Es war Gegenstand ernster Gespräche zwischen Regens Rößler, Subregens Urschaller und dem H. H. Weihbischof Clemens Nießl. Die H. Herrn neigten der Ansicht zu, daß dieses Dokument zumindest zweifelhaft mache, ob bei O. v. T. eine echte Berufung zum Priester vorliege. Angesichts der Bedeutung dieses uralten bayrischen Geschlechts und der sonstigen hervorragenden Gaben des Diakons jedoch beschloß man, ihm lediglich ein ausführliches Gespräch mit dem Spiritual P. Alfons Huber SJ. aufzuerlegen und die evtl. nötigen disziplinarischen Folgen vom Urteil des P. Spiritual abhängig zu machen.
In diesem Gespräch, über das lediglich Stichworte des P. Huber vorliegen, wurde dem Diakon zunächst vorgehalten, daß er sich in einem Lebensabschnitt, der höchste Konzentration auf seinen künftigen hehren Beruf erfordere, mit so abliegenden Dingen wie dem Strafvollzug an Feinden der Kirche befasse. O. v. T. erklärte energisch, daß er keinen der angeführten Fälle persönlich kenne, daß er deshalb auch keine »Sympathien« für sie hegen könne. Gerade aber weil er, wie man wisse, immer aktiv für die Sache des katholischen Bayern eingetreten sei, habe er sich

durch die offensichtliche Ungerechtigkeit dieses Strafvollzugs bedrückt gefühlt.
P. Huber ermahnte ihn, daß der Inhalt dieses Dossiers nicht der Gegenstand des Gesprächs sei – jedenfalls nur in einem ganz allgemeinen Sinne. In dem Sinne nämlich, daß seine absichtliche oder unabsichtliche Bekanntgabe in der Öffentlichkeit der Hl. Kirche einen unermeßlichen Schaden zufügen würde. Hier habe dem Diakon zumindest die Schlangenklugheit gefehlt, die der Herr als Tugend ausdrücklich empfohlen habe. Wenn er, P. Huber, die kurze Schlußbemerkung richtig deute, habe O. v. T. das Dossier tatsächlich weiterverwenden wollen. O. v. T. versicherte darauf, daß dies nicht stattgefunden habe. Es handle sich um eine sehr persönliche Notiz, einen Jugendfreund betreffend. Dann stellte er die Frage, ob es P. Spiritual nicht für möglich halte, in dieser Angelegenheit etwas Grundsätzliches zu unternehmen (!).
Der Spiritual verweis ihm in wenigen Worten diese Hartnäckigkeit. Er erlegte ihm auf, eine Woche lang täglich die sieben Bußpsalmen zusätzlich zum Brevier zu rezitieren und eine Viertelstunde lang vor dem Allerhlgst. Sakrament zu meditieren. Der Diakon dankte für die Zurechtweisung und vollzog die auferlegte Buße.
Das weitere Schicksal des Dossiers war einigermaßen bewegt; man wird darauf zurückkommen.

Das Wehr hinunter

Die Nacht zum 15. Oktober 1926: das Polizeirevier München-Au. Es ist eingerichtet wie alle derartigen Amtsräume, also abstoßend. Der Vorraum mit drei furniersplitternden Publikumsstühlen wird durch eine ölfarbegestrichene Theke vom eigentlichen Dienstraum getrennt, der zwei Schreibtische unter einer einzigen ärarischen Birne (mit grünweißem Glasschirm) enthält.

An einem sitzt Kommissär Mayer, *ein herkulischer und behutsamer Mann, was in diesem Revier zweckmäßig ist. Er raucht eine Virginia und trinkt in kleinen Schlucken aus einem steinernen Bierkrug.*

Wachtmeister Lermoser, *in Pickelhaube und Pelerine, beides glänzend von Nässe, steht im Vorraum neben einem Stuhl, auf dem aufrecht und reglos ein Delinquent sitzt.*

Mayer: Bringens ihn da rein, Lermoser.

Zieht einen leeren Stuhl näher an seinen Schreibtisch heran.

Lermoser: Er ist patschnaß. *Zum Delinquenten:*

Soll ich Ihnen ein Handtuch bringen? Können Sie bitte hinter die Theke kommen?

Delinquent: Nein. Ja. *Steht kerzengerade auf und geht starr auf den Tresen zu –* Lermoser *kann gerade noch rechtzeitig die Halbtür öffnen.*

Mayer: Nehmen Sie Platz. – Ihren Führerschein bitte.

Delinquent: Irgendwo. Immer verlegt. In Wohnung – bei Mamá – oder auch –

Mayer *seufzt:* Das auch noch. – Nehmma's auf, Lermoser.

Lermoser *hat seine Pelerine über einen Kleiderbügel und diesen nebst Pickelhaube an einen Haken gehängt; er ist schmal, bewegt sich leise und kompetent. Er hat sich auch schon an den Schreibtisch gesetzt, zieht Feder und Tintenfaß näher (Schreibmaschinen sind noch nicht in die Außenposten des Staates vorgedrungen) und ist bereit.*

MAYER: Name?
DELINQUENT: Marco.
MAYER: Ist das Vor- oder Nachname?
DELINQUENT: Marco B. Von B.
LERMOSER *vom Schreibpapier aufblickend:* Von B.-Guadagni?
MARCO: In der Tat. Nicht Stillweiher. Nicht Titlmoos.
MAYER: Hm, so. *Räuspert sich:* Es schaut so aus, Herr Graf, daß Sie sich ein Vergehen gegen die Straßenverkehrsordnung haben zuschulden kommen – lassen.
MARCO: In der Tat.
MAYER: Am besten ists, wir lesen ihm die Tataufnahme vor, was?
LERMOSER: Hab ich. *Liest monoton, aber deutlich:* Am 14. Oktober 1926 gegen halbzwölf Uhr nachts fuhr ein Lieferwagen der Marke DKW, Kennzeichen IIA 30721, auf Geschäftsfahrt von Grünwald her kommend, auf der Ohlmüllerstraße in Richtung Innenstadt. Lenker war ein Max Bauernfeind, wohnhaft Giesing, Sommerstraße 10. Er ist im Besitz eines gültigen Führerscheins. Halter des Fahrzeugs ist die Möbel-Firma Palmano-Erben, Sendlingerstraße 21.
Aus der Falkenstraße näherte sich mit hoher Geschwindigkeit ein Kabriolett der Marke Bugatti, Kennzeichen IIA 2125. Es fuhr ohne Bremsvorgang, Hup- oder Lichtsignal in die Kreuzung und prellte gegen den Laderaum des Lieferfahrzeugs, das vorschriftsmäßige Geschwindigkeit eingehalten hatte. Dieser Darstellung des Bauernfeind und zweier Zeugen (siehe Anlage) widersprach der Lenker des Kabrioletts nicht. Der Lieferwagen war schwer beschädigt, aber fahrtüchtig, das Kabriolett erlitt so schwere Schäden, daß es abgeschleppt werden mußte. Beide Fahrer blieben unverletzt. Der Max Bauernfeind konnte, da offensichtlich ohne Schuld oder Mitschuld, entlassen werden, mit der Maßgabe, sich für allenfallsige Rückfragen zur Verfügung zu halten. Der Fahrer des

Kabrioletts war zunächst nicht vernehmungsfähig (höchstwahrscheinlich starker Alkoholeinfluß). Da es stark regnete, ersuchte ich ihn, zur Aufnahme des Protokolls in das nahegelegene Revier München-Au mitzukommen, falls er sich dazu in der Lage fühle. Der Lenker bejahte diese Frage und kam ohne Umstände aufs Revier mit, um die Protokollierung zu ermöglichen.

MAYER: Wenn Sie diesen Tatbestand anerkennen, Herr Graf, ich meine, soweit anerkennen, daß –

MARCO: In der Tat. Sehr poetisch. Überhöhung, ja, Geschwindigkeit. Und auch noch Palmano.

MAYER *erleichtert (er ist von besoffenen Herrenfahrern mehr Bluff und faule Ausreden gewöhnt):* Schreibens drunter, Lermoser: Delinquent erkennt Tatbestand wie niedergelegt etcetera, dann hättma's soweit. – Haben Sie Umstände vorzubringen, Herr Graf, die zu Ihrer Entlastung beitragen könnten? Ich mein, angesichts der Tatsache, daß wir natürlich leider amtliche Anzeige machen müssen?

MARCO: Forschung.

MAYER *konsterniert:* Forschung! Ja so was...

LERMOSER: In Giesing? Da sind Sie doch hergekommen, oder?

MARCO *nach einer Pause:* Zusatzprotokoll. Nehmen Sie auf bitte. In Wohnung am Giesinger Berg. Armeleutewohnung. Ebenerdig.

LERMOSER *zerstreut, da er noch am Protokoll schreibt:* Ebenerdig, so so, Und was war da?

MARCO: Ebenerdig Eisner-Ikone festgestellt. Durchs – Fenster.

MAYER *noch verdutzter:* Eisner – was?

MARCO: Ikone. Andachtsbild. Großphoto. Mit Ampel. *Plötzlich sehr laut:* Mit einer r o t e n Ampel!

MAYER *und* LERMOSER *sehen sich verlegen an, entschlossen, das Historische in seiner Monstrosität gar nicht erst aufkommen zu lassen.*

MAYER: Kein polizeilicher Tatbestand. Privatsphäre.

LERMOSER: Politische Ansichten, soweit nicht gewalttätig ausgedrückt ...
Plötzlich feindselig-freundlich: Sinds da eigens hingefahren, Herr Graf?
MARCO: Forschung, ja. Re-cherchen. Nehmen Sie auf, bitte: Leute sprechen Dialekt.
MAYER: Was denn sonst in Giesing.
MARCO: Eingesessen. Hiesig. Und – Eisner-Bild. Paradox.
LERMOSER *geht unnötig lang mit der Löschwiege übers Protokoll:*
Im Ostfriedhof, im Mai 19, da sind in der Gärtnereibaracke ein paar hundert gelegen, mit dem Paketanhänger am großen Zeh. Von denen haben mindestens neunzig Prozent Dialekt gesprochen. Vorher. – Und der Zug, der Leichenzug fürn Eisner war dreieinhalb Kilometer lang. Dabei die Betriebe, die Knappen von Penzberg – alles Dialekt. Könnens nicht wissen, Herr Graf, Sie waren damals verhindert Herr Graf.
MAYER *etwas wütend und besorgt:* Lermoser –
LERMOSER: Bloß zwecks der Forschung.
MAYER *verlegen zu* MARCO *v. B.:* Also Herr Graf, ich war ja Leiber –
MARCO *lächelt plötzlich herzgewinnend und traurig:* Leibregiment.
MAYER: Lothringen, Flandern, ja. Große Zeiten, große Zeiten. Der Kollege Lermoser hier, der verfügt halt über einen ganz andern Erfahrungsschatz.
MARCO *kichert:* Denn so ein alter Harung, der hat Erfahrung ...
LERMOSER: Beim Soldatenrat war ich, in Namur.
Schiebt MAYER *das Protokoll hinüber.*
MARCO *v. B.:* Soldatenrat, so. Achselstücke runter. Rratsch.
LERMOSER: In Namur warn nimmer viel Achselstücke.
MAYER: Lermoser!

LERMOSER: Die Etappe, wissens. Hat sich blitzartig geleert von Offizieren. Offizieren mit Automobil und massig Gepäck. Materielle Grundlage für die Nachkriegskarriere. Demobilisierung gleich Chaos. Ich war seit der Somme Schreiber, Steckschuß, wissens –

MARCO: Tragödie.

LERMOSER: Naa, da warn ma zuviel. Keine Tragödie mehr, eine Statistik. Ich war also bei der Stadtkommandantur, und jemand hat halt für Ordnung sorgen müssen.

MAYER: Etappenverhältnisse halt, Herr Graf. Nicht unser Erfahrungsschatz beim Leibregiment.

MARCO: Dolchstoß.

LERMOSER: Dolchstoß, richtig. Man hat uns sitzen lassen. Dolchstoß von ganz oben, vom Großen Hauptquartier.

MAYER *mühsam beherrscht:* Lermoser, Du Depp, halts Maul.

LERMOSER: Bloß zwecks der Forschung.

MARCO: Ein gänzlich anderer – Erfahrungsschatz.

MAYER *entzieht sich durch Lesen des Protokolls, brummig zu* LERMOSER:

Da habens Personenstand und Beruf auslassen, Lermoser.

Nimmt selber den Federhalter: Was schreibm ma da, Herr Graf?

MARCO: Ledig.

LERMOSER: Und Beruf? Graf?

MAYER: Schreibma Landwirt.

MARCO: Nein. Kaufmann. Export-Import. Firma Rosenzweig.

LERMOSER: Aha.

MAYER: Halts Maul. – *Zu* MARCO: Bitte zu unterzeichnen. Hier.

MARCO *beugt sich langsam und mit schrägem Oberkörper vor, blinzelt, unterschreibt pedantisch:* Ich geh jetzt immer das Wehr hinunter. Jedes Mal.

MAYER: Welches Wehr?

MARCO: In Landsberg. Das Lech-Wehr. Ich geh jetzt immer runter.

LERMOSER *wirklich interessiert:* Und was passiert?

MARCO: Nichts. Ich wach auf.

LERMOSER: Ahso.

MAYER: Das wärs dann, Herr Graf. – Sollen wir Ihnen einen Mietwagen besorgen? Oder möchtens telephonieren?

MARCO: Nein. Nein. Keine Bemühung, danke.

Steht rasch auf, geht los, LERMOSER *kommt wieder nur knapp zurecht, um ihm die Halbtür zu öffnen.* MARCO *v. B. geht pfeilgerade zur Eingangstür, verfehlt sie um dreißig Zentimeter, rennt mit Kopf und Brust in den Türstock und fällt um.*

MAYER: Jessas.

LERMOSER: Poetisch. Überhöhung.

MAYER: Lermoser, Du Idiot, du redst dich noch um deine Stellung mit deiner saublöden politischen Bildung.

LERMOSER: Soll ich ein Taxi besorgen, Herr Kommissär?

MAYER: Dienstälter wie ich, und dabei hast noch Glück, daß die im Präsidium nicht mehr anspringen auf deine Namur-Gschicht –

LERMOSER: Dieses ist ein Freistaat, Herr Kommissär, oder? – Aber müßma für den Grafen –

Die Eingangstür öffnet sich, und ROSWITHA PALMANO *erscheint in zweckmäßiger Regenkleidung. Sie gewahrt zunächst nur die Polizisten.*

MAYER: Grüßgott Fräulein. Was gibts?

ROSWITHA: Guten Abend. Unser Fahrer hat uns verständigt, daß er in Ihrem Revier in einen Unfall verwickelt –

Sie sieht MARCO *v. B., sinkt neben ihm in die Knie, ruft:* Marco.

MAYER: Sie kennen den Herrn Grafen? Na so was.

ROSWITHA *verschmilzt mit* MARCO *v. B. zu einer pietàähnlichen Gruppe:* Marco. Ich bin da. Du.

Zu den Polizisten: Darf er gehen?

LERMOSER: Wenn er kann, schon.

ROSWITHA: Helfen Sie mir bitte, ich habe einen Wagen da.

LERMOSER *schickt sich an, in den Vorraum zu gehen:* Aber gern Fräulein.

MARCO *liegend:* Nein. *Setzt sich auf.*

ROSWITHA PALMANO: Ich bin da, Marco. Ich bin immer da.

MARCO: Lieb von dir. *Steht grotesk, aber rasch auf:* Sehr lieb von Dir. Verbindlichsten Dank die Herren. War mir große Erfahrung.

MAYER: Kommens gut heim, Fräulein.

LERMOSER: Erholns Ihnen gut, Herr Graf.

ROSWITHA *spitz:* Das wird geschehen. – Komm Marco.

Sie hilft ihm über die kleine Außentreppe in den Regen hinaus. Die Tür fällt zu.

MAYER *nach einer Pause:* Schon sehr merkwürdig.

LERMOSER: Palmano. Das Möbelgschäft. Da kommt also wieder was Bürgerliches in den Stammbaum. Schadt bestimmt nix.

MAYER *abrupt:* Sie Lermoser, der ist warm.

LERMOSER, *schließlich doch nicht der Klügere von den beiden:* Was?? Ausgeschlossen, Herr Kommissär. Bei der selbstlosen Zuneigung von der Dame...

MAYER: Selbstlos, eben. Die richten das schon. – *Überfliegt zerstreut das Protokoll, will schon gegenzeichnen, stutzt und brüllt in gänzlich untypischer Wut:* Jetzt hat das bsuffane Wagscheitl mit »Rosenzweig« unterschrieben!!

Der Tod Gustav Landauers

Ein Augenzeugenbericht

Es war am Abend des 1. Mai 1919, als im Amtsgerichtsgefängnis in Starnberg, wo die nach dem Einzug der Weißen Garden verhafteten Arbeiterräte von Starnberg untergebracht waren, großer Lärm und Spektakel vermuten ließ, daß wieder ein Schwerverbrecher eingeliefert worden sei. Es war dies, wie wir nach einiger Zeit erfahren konnten, unser Genosse Landauer.

Wir wurden nach dem Gefängnis Stadelheim transportiert. Als wir nach Stadelheim kommen, ist der Teufel los. Rufe wie »Den Landauer, den Landauer bringens! Schlagt sie tot, die Hunde!« wurden laut. Von einer Rotte Soldaten in die Mitte genommen, vorwärts geschoben und gestoßen, kamen wir vor das Aufnahmezimmer.

Hier wurde Landauer ein heftiger Stoß oder Schlag versetzt, daß ihm die Gläser herunterfielen. Dann ging die Schieberei wieder los. Unsere Personalien wurden nicht aufgenommen, und wir kamen vor die Tür zum Hof des Frauengefängnisses. Hier wurde Landauer, nachdem er etwas über den verfluchten Militarismus gesagt hatte, von einem Soldaten wieder ein heftiger Schlag mit der Hand ins Gesicht versetzt. Worauf Landauer erklärte, er meine auch den Militarismus der Roten Armee. Hier soll ein Offizier gerufen haben: Halt, Halt, Landauer wird sofort erschossen!

Ich sah nur, nachdem wir bis in die Mitte des Hofes gedrängt worden waren, wie ein großer, starker Mann unseren Genossen Landauer mit umgekehrter Reitpeitsche ins Gesicht schlug, worauf Landauer mit der Hand vor dem Gesicht stürzte. In diesem Augenblick kam ein Soldat an uns drei Arbeiterräte heran und sagte, wir sollten ihm folgen. Da krachte ein Schuß, als wir durch das Tor von dem kleineren in den größeren Hof gingen, ein zweiter folgte. Ich hörte, wie der Führer der Begleitmannschaft (welcher, nebenbei bemerkt, anständig war) noch sagte: bis hierher hätte er seinen Auftrag erfüllt – nun sei er aber machtlos gewesen.

Wir drei wurden von jenem Soldaten und einem Aufseher durch eine Pforte außen an der Mauer von Stadelheim wieder zum Aufnahmezimmer geführt, wo unsere Personalien aufgenommen wurden. Als wir bei dem Gang durch den Neubau durch den kleinen Hof mußten, lag unser armer Genosse Landauer tot in dessen Mitte.

Einer der Soldaten sagte: »Da liegt er jetzt, euer Spezi.«

Die Schrift an der Wand wird lesbar

Der Abend des 30. Januar 1933. Eine bessere Junggesellenwohnung in München-Schwabing. Sie ist geräumig, im Stil der Gründerjahre stuckiert, mit hohen Fenstern; ohne einheitlichen Stil möbliert, doch gemütlich. An der Wand hängen zwei Porträts in dunklen alten Öl-Tönen, ein Rottmann mit italienischen Ruinen und – überraschenderweise – ein Farbdruck der »Sonnenblumen« des Van Gogh (Geschenk Roswithas). In einem kleinen Bücherschrank stehen etliche keusch bewahrte Dichterausgaben mit Goldaufdruck, einige historische Schmöker, ein Handbuch der Betriebswirtschaft und drei oder vier zerlesene Trivialromane in bunten Schutzumschlägen.

Das Wohn- bzw. Gute Zimmer ist angefüllt von vier PHILISTERN DER DIUDOLFIA, *alle im Alter zwischen Dreißig und Vierzig. Sie bewegen sich teils freudig, teils nachdenklich und bereiten offensichtlich eine Feier vor: am 31.1. wird der Wohnungsinhaber,* MARCO *v. B.*-GUADAGNI, *fünfunddreißig Jahre alt. Er soll ganz offensichtlich überrascht werden: ein Sektkübel nebst Flasche ist bereitgestellt, auf einer Kommode werden kalte Platten arrangiert, und der* ERSTE PHILISTER *schlingt ein weißblaues Seidenband um drei Lorbeerzweige, was zusammen so was wie einen Ruhmeskranz ergibt.*

ERSTER PHILISTER: So, jetzt haben wirs gleich.

ZWEITER PHILISTER: Hoffentlich hat er noch nicht mit dem Feiern angefangen.

DRITTER PHILISTER: Meinst du? Im Lohengrin ist er nicht, da haben wir schon rekognosziert.

VIERTER PHILISTER: Wenn man das so genau wüßte bei ihm.

DRITTER PHILISTER: Du meinst, er könnt sich wo anders festsaufen? Nein, so ist er nicht.

ZWEITER PHILISTER: Na na, er hat schon seine Schwierigkeiten. Seine Eintiefungen.

ERSTER PHILISTER: Ja, aber immer mit Stil. Stil hat er, das ist überhaupt zweifelsfrei.

VIERTER PHILISTER: Natürlich, er ist ein Pfundskerl. Aber...

ERSTER PHILISTER: Ein Kamerad, wie er im Buch steht.

ZWEITER PHILISTER: Aber eben mit Eintiefungen und Untiefen.

DRITTER PHILISTER: Das ist das Aristokratische an ihm. Der wirkliche Edelmann. Hat seine Schwierigkeiten, aber...

ZWEITER PHILISTER: Du meinst im rein intellektuellen Bereich.

DRITTER PHILISTER: Eigentlich weniger. Ums einmal so auszudrücken: ein tönernes Gefäß, zu schwach für die Eiche, die man hineingepflanzt hat.

VIERTER PHILISTER: Pfuiteufel, ist das geschwollen. Wie kommst du auf sowas?

DRITTER PHILISTER: Von Goethe. Sagt er über Hamlet. Seine Theorie über den Dings, den Hamlet. *Alle lachen.*

ERSTER PHILISTER: Hamlets hatten wir Anno 19 grad genug. Zauderer, von des Gedankens Blässe angekränkelt...

ZWEITER PHILISTER: Oder von dem Ballast in ihren Hosen.

ERSTER PHILISTER: Er allein hat seine Pistole eingesteckt und ist losgezogen. Da ist schon ein Unterschied zum Hamlet.

VIERTER PHILISTER: Genau. Mit nur zwei Schuß drin. Und beide haben getroffen.

ZWEITER PHILISTER: Meinst du, es ist wegen dem Hitler, daß er noch nicht da ist?

ERSTER PHILISTER: Das wär deppert. Eine Regierung wie jede andere...

VIERTER PHILISTER: No, eventuell doch mit Diktatur der Straße...

ERSTER PHILISTER: In Berlin vielleicht. Nicht bei uns in Bayern. Ich habs aus erster Quelle...

ZWEITER PHILISTER: Was?

Erster Philister: Daß im Falle des Falles keiner von denen über die Mainlinie kommt. Fest steht und treu...

Zweiter Philister: ...die Wacht am Main, gut. Du meinst, daß die bayrische Regierung, der Held...

Vierter Philister: Also auf den Held würd ich mich im Ernstfall nicht verlassen. Der hockt so stark auf seinem Ministerpräsidenten-Stuhl, daß er komplett mit ihm verpappt ist. Wie bei einer besonders erfolgreichen Salvatorprobe, haha.

Erster Philister: Held, Held – den kannst dann vergessen. Der kann gar nicht anders, als den Kronprinzen zum Staatskommissar ausrufen. Was anderes nimmt das Bayernvolk gar nicht mehr hin.

Zweiter Philister: Und die Sozi, machen die mit?

Vierter Philister: Der Erhard Auer, der pappt doch genauso wie der Held.

Erster Philister: Auer, Auer, den kannst vergessen, der ist von gestern. Ein Sprüchmacher. Nein, ich setz auf den Hoegner, der hat wirkliches Format und ist absolut bayrisch. Modern bayrisch, das ist wichtig.

Dritter Philister: Du meinst, das geht mit dem Rupprecht? Dem Kronprinzen?

Erster Philister: Das geht nicht bloß, das ist logisch zwingend. Unsere einmalige Chance, kapierst das nicht? Der Rupprecht als Staatskommissar – der Hitler hat ihn doch seinerzeit, 23, immer mit »Majestät« angeredet, meinst, der kann ihm ein Schnurrbarthärlein krümmen?

Dritter Philister: Die *Patrona Bavariae* verläßt uns nicht.

Vierter Philister: Kommt eigentlich der Glück heut abend?

Zweiter Philister: Mitten in der Schulzeit kann doch der nicht kommen.

Dritter Philister: No, in so ernster Zeit vielleicht...

Zweiter Philister: Seit 1914 haben wir nix als ernste Zeiten. Geh, hörts auf mit der Bierbank-Politik. Ich schlage vor, wir stoßen schon einmal an – auf sein Wohl. *Füllt Weingläser.*

ERSTER PHILISTER: Gute Idee. Von wannen kommt denn der Tropfen?

ZWEITER PHILISTER: Siehst ja, Schloß Casteller. Fränkischen mag er doch besonders.

DRITTER PHILISTER: Hat ja auch was Exquisites, was Adeliges, der Frankenwein – den Duft herbstlicher Parks ...

VIERTER PHILISTER: Herrgott, schon wieder so geschwollen. *Hebt Glas:* Ex – auf unsern Helden.

DIE ANDERN: Vivat, crescat, floreat.

DRITTER PHILISTER: Ich laß mirs nicht nehmen, es ist schon was Besonderes um den Adel. Da können wir Bürgerlichen uns nicht immer ganz hineinfühlen.

ZWEITER PHILISTER: Das Fräulein Palmano scheints aber anzunehmen.

ERSTER PHILISTER: Und kommt nicht weit damit. *Alle lachen.*

ZWEITER PHILISTER: Vorsicht. Zielgerichtete bürgerliche Hartnäckigkeit ...

VIERTER PHILISTER: Aber arisch. Rosenzweig, das ist wirkliche Hartnäckigkeit.

ERSTER PHILISTER: Arisch, arisch! Kannst doch vergessen. Kannst doch als moderner Mensch nicht ernstnehmen. Sogar der Hitler wirds früh genug merken, daß er mit dem Rassen-Schmarrn nicht weit kommt. Er braucht Geld, er braucht den guten Willen der Presse und der Frankfurter Finanzkreise ...

ZWEITER PHILISTER: Also ich weiß nicht – der Saubande trau ich alles zu.

ERSTER PHILISTER: Unverzagt und frisch gewagt. Trinken wir auf Seine Majestät König Rupprecht von Bayern.

DRITTER PHILISTER: Wenn ich auf das Besondere um den Adel anspiele, dann denk ich immer an Busselwang.

VIERTER PHILISTER: Das Schlössel im Chiemgau meinst du?

DRITTER PHILISTER: Ja, bei Tuntenhausen. Ich war da ein halbes Jahr als Hauslehrer. Wie der Glück beim Marco in Pettenried.
ERSTER PHILISTER: Und?
DRITTER PHILISTER: Na also weitgehend heruntergewirtschaftet. Wie das eben so geht. Drum bin ich auch wieder weg, die Stellung war finanziell nicht mehr tragbar.
ZWEITER PHILISTER: Das sind die B.-Titlmoos.
DRITTER PHILISTER: Richtig. Der Schloßherr war – also, eigentlich war der Schloßherr der Älteste, der Zyprian, aber von dem hat keiner mehr was gewußt, ist entschwunden nach Französisch-Kanada, Quebec oder so. Tatsächlicher Schloßherr war der nachgeborene Jüngste, der Jaufré. Der Name kommt sonst im Stammbaum nicht vor, ist was Romantisches drum gewesen. Jeden Tag hat uns der in der Schloßkapelle zur Andacht versammelt, und wenns losging, sagte er: »Herr, rette uns, denn wir gehen zugrunde. – Herr, rette uns, denn wir gehen ...«
ERSTER PHILISTER: Geh weiter.
DRITTER PHILISTER: Wenn ichs sag, dreimal hintereinander, mit bedeutungsschwangeren Pausen dazwischen. Es war, um ehrlich zu sein, nicht bloß das Finanzielle, daß ich da weg bin.
ZWEITER PHILISTER: Der Vater war doch der Innozenz Maria, der bekannte Bauern- und Katholikenführer ...
DRITTER PHILISTER: Richtig. Außerdem war da noch das Fräulein Amélie ...
VIERTER PHILISTER: Hoffnungslose Liebe zum Hauslehrer?
DRITTER PHILISTER: Halts Maul, Sie war schon tot, die älteste Tochter – aber eben nur in einem gewissen Sinne. War debil, nichts Seltenes dort. Sie soll immer durchs Schlössel geirrt sein auf der Suche nach ihrem Papa, hat immer gebabbelt: »Babba tscheid, Babba tommt heim«, er ist nie heimgekommen, weiß man ja, ist in Rom gestorben. Höchstens ins Erbbegräbnis, das schon. Und

da hat sie sich einmal selber irgendwo eingesperrt in dem Fuchsbau, niemand hat sie weiter vermißt, und als sie endlich draufkamen, wars zu spät, ist im Kamin gesteckt, hinüber. Seitdem seufzt sie erwiesenermaßen in den Kaminen.

Zweiter Philister: Und sagt »Babba tscheid«.

Dritter Philister: Eben nicht, das ist das Unheimliche. Sie sagt »Febboni Febboni«.

Erster Philister: Gibts ja gar nicht.

Vierter Philister: Also wennst mich fragst, das ist schon ehrfurchteinflößend, so eine Tradition, mitten in prosaischer Zeit...

Zweiter Philister: Ist der Marco da verwandt?

Vierter Philister: Ganz, ganz weitläufig. Wahrscheinlich bloß über den savoyischen Urahnen, der ein Saukerl gewesen sein muß. Die B.s, das sind gewissermaßen die Mayer im bayrischen Adel.

Erster Philister: Also, das wollen wir ihm doch nicht antun. Ausgerechnet Mayer!

Alle lachen und trinken.

Zweiter Philister: Das mit dem Export-Import hat auch nicht so ganz...

Dritter Philister: Das war nix für seine Seelenlandschaft.

Vierter Philister: Was wird er jetzt machen?

Erster Philister: Da ist immer noch Pettenried. Zumindest materiell wirds ihm nicht naß hineingehen.

Vierter Philister: Schließlich hat er ja Landwirtschaft gelernt in Landsberg.

Zweiter Philister: Und wenns wirklich ganz schlimm kommen sollte mit den Nazi, sie haben ja ausgedehnte Besitzungen in Österreich.

Dritter Philister: Richtig. Das ist der abendländische Aspekt in diesen Familien. Kontinuität. Drum können wir uns da nicht wirklich hineinfühlen. Wo sollten wir schon hin, wenn...

Erster Philister: Also den Schmarrn will ich gar nicht hören. Die Hitlerbande kann doch dem Marco nicht beikommen. Dem Helden vom Februar 19, bittschön, dem Mann, der Eisner niedergestreckt, der die Zweite Revolution im Ansatz erstickt hat. Absolut grotesk.
Dritter Philister: No, Halbjude...
Erster Philister *sehr erregt:* Schmarrn, Schmarrn, Schmarrn! Ich sag dauernd, das kannst vergessen! Überhaupt was heißt Halbjude, seine Mamá hat konvertiert.
Zweiter Philister: Das ist den Nazi wurscht, die gehn auf Erbmasse. Und sie haben ihn doch auch als Separatisten angegriffen.
Erster Philister: Paß auf. Der Hitler spekuliert auf Tradition, muß er ja, in der Regierung mit den Deutschnationalen, bleibt ihm gar nichts anderes übrig. Und es gibt keine besseren Nationalen als die deutschen Juden – die richtigen deutschen Juden, mein ich. Nicht das Gesox aus Galizien, wie der Eisner-Kosnowski.
Dritter Philister: Also ich weiß nicht...
Erster Philister: Stimmt, nix weißt. Ihr redet alle, als ob wir im Mittelalter wären, Spitzhut für die Jidden, gelber Stern, was weiß ich. Dieses ist das zwanzigste Jahrhundert, kapiert? Und überhaupt, merkt ihr dem Marco irgendwas an, ich meine...
Zweiter Philister: Höchstens der Oswald von T.
Erster Philister: Oswald von T.! Den kannst vergessen, der ist abgeschwirrt in die totale Verrücktheit, Pazifist, Urchrist, solches Zeug. Grad mit Müh und Not ist er Jugendbeauftragter des Dekanats München geworden.
Vierter Philister: Also du bist schwer informiert.
Zweiter Philister: Na, sein Einfluß auf Marco – das rein Religiöse...
Erster Philister: Also was sind wir denn, ha? Eine katholische Verbindung, die katholische Verbindung schlechthin. Ist das vielleicht nichts Religiöses? Im Gegenteil, ich würde sagen, was der T. so treibt, das ist höchst

verdächtig im orthodoxen Sinne, irgendwie häretisch ...

Man hört die Wohnungstür gehen.

ZWEITER PHILISTER *erregt:* Das ist er.

DRITTER PHILISTER: Formieren wir uns.

VIERTER PHILISTER *öffnet flink und gekonnt die Sektflasche, hält den Korken mit brutalem Daumen fest.*

Die Tür zum Salon geht auf, MARCO *v. B.-*GUADAGNI *tritt auf. Er ist in sehr guter Stimmung – leicht angeschwipst, aber keineswegs betrunken.*

MARCO: Ja so was! Meine Bude stürmen!

DIE PHILISTER *haben sich zum Halbkreis formiert, der* VIERTE *hat den Sekt entfesselt und schenkt fieberhaft die Gläser voll.*

DIE PHILISTER: Hoch soll er leben – hoch soll er leben – dreimal hoch!

MARCO: Ihr seid vielleicht Banditen!

Trinkt ihnen unbeschwert zu.

ERSTER PHILISTER: Wir haben uns, angesichts des gehobenen Anlasses ...

MARCO: Ruhe! Abso-lu-te Ruhe!

Alle schweigen, starren ihn an. Er entzündet eine Zigarette, wirft sich elegant aufs Sofa.

Habt ihr nix gehört? Nix spitzgekriegt? Prost.

Trinkt ihnen nochmals zu.

DIE PHILISTER: Was meinst du ...

– Ist was – Besonderes –

MARCO: Der Hitler ist Reichskanzler!

DIE PHILISTER: Wissen wir –

– na und –

– der hält sich doch nie –

– höchstens sechs Wochen –

MARCO, *im sicheren Besitz der Wahrheit:*

Irrtum Freunde, Kommilitonen, ich sage euch –

DIE PHILISTER *besorgt:* Marco –

– jetzt keine Panik –

– laß dich bloß nicht –

MARCO: Kommilitonen, die Schrift an der Wand wird lesbar, die Schrift hat sich erfüllet, endlich gibts einen Sinn, das Ganze.

Er drückt die kaum angerauchte Zigarette aus, läßt sich Sekt nachschenken, hebt das Glas mit einer knabenhaften, sehr liebenswürdigen Geste:

Jetzt erschieß ich den Hitler.

Wie Gustav Landauer es fühlte

Ihr Menschen allesamt, die ihr leidet unter diesem Entsetzen: lasset zu euch dringen nicht nur die Stimme, die ich spreche, und die Färbung meiner Worte. Vernehmet vor dem mein Schweigen und meine Tonlosigkeit, meine Ersticktheit und mein Bangen. Sehet dazu meine geballten Fäuste, meine verzerrten Mienen und die blasse Entschlossenheit all meiner Haltung. Erfasset vor allem das Ungenügende dieser Schilderung und mein unsägliches Unvermögen,

DENN ICH WILL, DASS MENSCHEN MICH HÖREN, DASS MENSCHEN ZU MIR STEHEN; DASS MENSCHEN MIT MIR GEHEN, DIE ES NICHT MEHR AUSHALTEN KÖNNEN GLEICH MIR.

AUS »AUFRUF ZUM SOZIALISMUS«, *S. 21*

Die Perspektiven sind gewaltig

Frühsommer 1933. Chefbüro in einem Münchener Stadtpalais. Es wird verwendet, weil der Weg von der Doppeltür bis zum Schreibtisch weit genug ist, um einzuschüchtern. Die Einrichtung ist unterwegs von amtlicher Dürre zu stählern-pompöser Selbstdarstellung. Hinter dem Schreibtisch an der hohen Wand hängt ein Bildnis Adolf Hitlers, derunter, halbwegs klassisch gerefft, eine schwarze Fahne mit den Runen der SS.
Am Schreibtisch sitzt sein Inhaber, den man um diese Zeit den REICHSHEINRICH *zu nennen beginnt. Er sieht aus wie der Sohn eines subalternen Prinzenerziehers – und genau das ist er. Die schwarze Uniform, die er trägt, weist ebenfalls die Zeichen des Übergangs auf: sie könnte unter harmloseren Umständen die eines eitlen Wachmanns sein, meldet aber bereits ihren Anspruch an, Europas künftige Todesengel zu bekleiden.*
Ihm gegenüber steht MARCO *v. B., zerknittert durch einige Wochen Schutzhaft. Seine Kondition verrät allerdings auch jetzt noch, daß er spielend den Bauchaufschwung beherrscht, den der Schreibtisch-Inhaber heimlich und hoffnungslos im Keller des Palais übt.*
REICHSHEINRICH *blättert mit der üblichen herrscherlichen Langsamkeit in der Akte, die vor ihm liegt:*
Sie machen es uns schwer, Graf.
MARCO: Ich kann Ihnen schlecht helfen. Man sagt mir ja nicht, warum ich hier eingekastelt bin.
REICHSHEINRICH *ohne aufzublicken:* Unsinn. Man hat Ihnen ein Revers vorgelegt, das Sie nur zu unterschreiben brauchten.
MARCO: Ja, aber das war zu umfassend abgefaßt.
REICHSHEINRICH: Sie haben mehrfach in privatem Kreis die Absicht ausgesprochen, den Führer zu ermorden.
MARCO: Also echte Absicht war das keinesfalls, man schimpft halt so herum...
REICHSHEINRICH *blickt auf, spricht hohl, kalt und unsicher:*

Das schlampige Gerede Ihrer Kaste. Ich kenne das. Was Sie herumschimpfen nennen, würde völlig genügen. – Man bittet Sie, ein Revers zu unterschreiben, in dem Sie Ihre Loyalität gegenüber der neuen Reichsführung bestätigen, und Sie verweigern das.

MARCO: Das mein ich ja gerade. Zu umfassend. Ich würde ohne weiteres bestätigen, daß ich nie die Absicht hatte ...

REICHSHEINRICH: Wir denken da total. Wenn Sie die Loyalität nicht ausdrücklich bestätigen, gehen wir von Ihrer bewiesenen Tatkraft aus. Das heißt, Sie würden dann entsprechend handeln. *Wütend:* Logisch, nicht wahr?

MARCO: Ich habe gegen den roten Umsturz gekämpft, ich habe das November-Verbrechen gesühnt, das reicht doch, um meine vaterländische Gesinnung ...

REICHSHEINRICH *mimt Zerstreutheit, blättert in den Akten:* Da sind einige Eintragungen wegen Verschuldens von Auto-Unfällen. Der Zusatz »unter Alkoholeinfluß« wurde nachträglich getilgt. Ihre Mutter ist eine geborene Rosenzweig.

MARCO: Also ich wüßte nicht ...

REICHSHEINRICH: Ruhe. Wir können Sie zertreten, Herr von B. Wir haben es aber nicht nötig. Der Führer wird hinreichend geschützt, darauf können Sie sich verlassen. So nachlässig wie die Matrosen Eisners sind wir nicht.

MARCO: Das ist mir klar. Aber darauf brauchen wir nicht weiter herumreiten. Ich habe doch schon gesagt –

REICHSHEINRICH *wie oben:* Hier auch einige Kommentare des VÖLKISCHEN BEOBACHTERS zu Ihren separatistischen Hetzreden.

MARCO: Äußerungen gegen die Weimarer Republik. Den jüngsten Reden des Hitler entnehme ich, daß alle nationalen Kräfte, denen es um ordentliche Verhältnisse geht, heute ...

REICHSHEINRICH *brüllt:* Das heißt nicht »des Hitler« – das heißt »des Führers«, verstanden? Soll ich Sie der SA zur Sonderbehandlung übergeben?

Marco *plötzlich ein wenig realitätsnäher, das heißt voller Angst:* Eine Inkorrektheit. Entschuldigung.

Reichsheinrich *kalt-amüsiert:* Warum lügen Sie mich an, Graf?

Marco *jetzt stärker erschrocken:* Was meinen Sie?

Reichsheinrich: Stehen Sie nicht so herum, holen Sie sich den Stuhl da drüben. Marco *gehorcht und setzt sich.* Sie haben ja doch unterschrieben. Hier ist der Revers. *Schiebt einen Zettel über den Schreibtisch.*

Marco *nimmt ihn mißtrauisch auf, liest murmelnd:*
Ich bestätige, daß ich in voller Loyalität hinter der neuen Reichsführung ... *Blickt auf:* Aber das hab ich doch gar nie gesehen!

Reichsheinrich: Nie gesehen, aber unterschrieben, was?

Marco: Das hat jemand gefälscht. Ich sag Ihnen, da will uns jemand hereinlegen.

Reichsheinrich: Sehr wahrscheinlich, was? – Bleiben Sie sitzen!!

Marco: Aber ich hab das bestimmt nicht unterschrieben! Ich möchte wetten, daß wenn Sie einen Graphologen zuziehen, das ohne weiteres festgestellt werden kann.

Reichsheinrich: Ihretwegen einen Graphologen. Machen Sie Witze?

Marco *mit der Begriffsstutzigkeit seines Standeskodex:*
Aber da muß doch Klarheit geschaffen werden.

Reichsheinrich: Die ist vorhanden. Sie bekommen auf Grund dieser Erklärung einen Paß mit Visum in die Schweiz, Sie können sofort ausreisen, wir haben das schon veranlaßt.

Marco: Ahso! *Er lehnt sich erleichtert zurück – er nimmt natürlich an, daß man dem Helden vom Februar 1919 unauffällig entgegenkommen will.* Ja, das hätt ich in der Tat vorgehabt. Trotzdem, das mit dem Revers paßt mir nicht. Jedenfalls nicht ganz. Das ist nicht ehrenhaft.

Reichsheinrich: Ein Halbjude redet über Ehre. – Was mit

einem gefährlichen Gegner des nationalen Erwachens zu geschehen hat, bestimmen wir. Sie fügen sich unseren Anordnungen. Sie haben jetzt zwei Wochen Zeit, Ihre Verhältnisse zu ordnen, dann werden Sie ausreisen und sich von der Schweiz auf Ihr österreichisches Gut begeben, wo wir demnächst eintreffen werden. Wir behalten Sie im Auge.

MARCO: Ja und was ist dann? Ich meine...

REICHSHEINRICH: Man wird sich zu gegebener Zeit mit Ihnen in Verbindung setzen.

MARCO: Aber was ist dann mein – Status?

REICHSHEINRICH: Der eines Mitarbeiters zur besonderen Verfügung.

MARCO: Also daß Sie sich da nicht täuschen. Ich kann ohne weiters die österreichische Staatsangehörigkeit...

REICHSHEINRICH: Renommieren Sie doch nicht. Ihre ganze Richtung, Graf, ist erledigt. Was daran gut war, zum Beispiel gewisse großdeutsche Perspektiven, hat die nationalsozialistische Bewegung bereits restlos in sich aufgenommen. Ihre persönliche Rolle wird von den Historikern des Dritten Reiches bestimmt werden. Sehr bedeutend ist sie nicht. Bisher wenigstens.

MARCO: Die Historiker werdens schon richtig machen.

REICHSHEINRICH: Vorausgesetzt, Sie leisten Ihren Beitrag.

MARCO: Den hab ich schließlich geleistet. Ich weiß gar nicht, was Sie noch von mir verlangen wollen.

REICHSHEINRICH: Sie sind ein mutiger Mann. Oder ein gefährlicher Verbrecher, je nach Standpunkt. Sie haben die Absicht geäußert, den Führer zu töten.

MARCO: Ich habe herumgeschimpft. Entschuldigen Sie, aber das ist langweilig.

REICHSHEINRICH: Es wird schon spannender, Herr B. Wir sind erst am Anfang. Die Perspektiven sind gewaltig. Gehen wir einmal von der Annahme aus, daß die gegenwärtige Führung diesen Perspektiven nicht gewachsen ist.

Adolf Hitler ist innenpolitisch genau der richtige Mann, um die Jahrtausendrolle der nordischen Rasse einzuleiten ...

MARCO *sieht sein subalternes Gegenüber fasziniert an:* Der nordischen Rasse, jaja ...

REICHSHEINRICH *geht in voller Fahrt darüber hinweg:* ... unter den reichlich miesen Verhältnissen der Weimarer Republik. Schon in vier, fünf Jahren werden diese Verhältnisse nur mehr eine unfaßbare Erinnerung sein, kein junger deutscher Mensch wird mehr begreifen, daß ein solcher Sumpf überhaupt möglich war. Der heroische Mensch im Sinne Nietzsches wird dann die Bühne betreten. Und er wird über alles hinwegschreiten, was der künftigen rassischen Vorherrschaft im Wege steht. Notfalls sogar über die – hm, Männer der ersten Stunde. Dann, Graf, könnte die Zeit für Ihren Beitrag kommen. Die Chance für Ihre freie Mitarbeit. Selbstverständlich unter unserer Planung. So nachlässig wie Eisners Matrosen sind wir nicht, Sie könnten sich auf exakte Vorbereitung verlassen.

MARCO: Und wen sollte ich dann ...

REICHSHEINRICH: Sie sind reichlich beschränkt, Graf. Sie haben die Wahl doch schon getroffen.

MARCO *nach einer Verdauungspause:* Also so geht das nicht.

REICHSHEINRICH: O, doch.

MARCO: Sie können doch nicht einmal riskieren, daß ich das weitererzähle.

REICHSHEINRICH: Wo steckt das Risiko? In Ihrem Geschwätz, das kein Mensch mehr ernst nehmen wird, wenn wir Sie erst laufen lassen, Sie Versager? Oder wollen Sie zum Führer persönlich und sich über den Reichsführer SS beschweren? – Schluß. Man wird Sie jetzt zum Paßamt bringen.

MARCO: Endgültig drunten. Und ich wach nicht mehr auf.

REICHSHEINRICH: Wie bitte?
MARCO: Nichts. Eine private Erfahrung, für die ich übrigens danke.
REICHSHEINRICH: Heil Hitler.
MARCO: Sieht so aus, als ob ers brauchen könnt.
REICHSHEINRICH: Das kühne Blut der B.s. Und der Rosenzweigs. – Halt, einen Augenblick noch. *Läßt* MARCO, *der sich erhoben hat, einfach stehen und blättert langsamer als vorhin erneut durch die Akte:* Erstens. Man hat in Ihren Räumen ein gewöhnliches Schulheft gefunden. Es ist leer, bis auf eine Überschrift von Ihrer Hand – *liest:* »Die Madonna vom 7. November.« – Irgendein Kommentar?
MARCO: Keiner, der Sie irgendwie interessieren könnt. Sie glauben doch nicht an die PATRONA BAVARIAE, oder?
REICHSHEINRICH: Zweitens. Bei der Durchsuchung einer ultramontanen Hetz-Redaktion stießen wir auf ein Dossier *blättert* mit dem Titel »Spiegel der Gerechtigkeit«. Maschinengeschrieben. Es handelt von den Verhältnissen in der Festungs-Anstalt Niederschönenfeld zu der Zeit, als dort die roten Novemberverbrecher einsaßen. Die Tendenz ist eindeutig bolschewistisch – Sympathie für diesen Abschaum, Toller, Mühsam undsoweiter. Am Schluß steht handschriftlich die Bemerkung »Marco zeigen!« Mit Ausrufungszeichen. Haben Sie dieses Dossier zu Gesicht bekommen?
MARCO: Nie. Keine Ahnung.
REICHSHEINRICH: Oder davon gehört?
MARCO: Keine Erinnerung.
REICHSHEINRICH: Gut. Es ist ja nur eine Frage der Zeit und der richtigen Methoden. Wir kommen schon drauf. – Wache!!

VI

Nach Tuntenhausen und zurück: Pfade der Moderne

Er wünschte niemandem etwas Böses, aber er blickte auf die Welt sub specie aeternitatis und fand sie so flach wie eine Landkarte.

Evelyn Waugh

Mellies Wallfahrt

Ich warne Sie, Schwester Febronia. Energisch. Sie gefährden uns alle –
(so der Heimleiter) –
Sie gefährden die Anstalt, damit Dutzende von unseren Pfleglingen, die wir unter Umständen – Ja, Ihr Verhalten im Fall von Mellie. Das Kind ist einfach nicht zu halten. Mongoloid. Angeborener Schwachsinn. Kein einziges Kriterium vorhanden, das wir der Kommission – Ja glauben Sie vielleicht, daß ich dabei nichts verspüre, meine Empörung, mein menschliches Gefühl richtet sich aber gegen die ganze Aktion, das haben wir doch hundertmal, wenn auch nicht in jeder Einzelheit – hundertmal haben wir überlegt, wie wir – und dabei doch wenigstens einige Aufschübe erzielt, denken Sie an den Franzl, an die Anna –
Schauen Sie, Schwester Febronia, wir können gar nicht anders vorgehen, die Argumente der Reichsleitung sind schlüssig, wenn man sich einmal auf diesen Boden stellt, wir haben Krieg, Mittel und Pflegepersonal werden dringend für die Verwundeten der Wehrmacht, und damit rückt auch die Kosten-Nutzen-Rechnung, die wir als Christen natürlich strikt ablehnen, in eine neue Perspektive – Kosten pro Person und Tag 3,50 bis 6 Reichsmark, tote Kosten, ohne Wert für die Volksgemeinschaft, Sie wissens ja – Das sind die übergeordneten Gesichtspunkte, jedenfalls von deren Standpunkt aus, und dann natürlich das Erbgut, Prinzip der Eugenik, und das kam nicht von heut auf morgen, auch das müssen wir sehen, Schwester Febronia, das hat sich seit Generationen angebahnt, in der internationalen Naturwissenschaft, nicht nur bei uns,

ganz besonders sogar in Amerika – Aber daß ich nicht so denke, das wissen Sie doch Schwester Febronia, das wissen Sie genau! Ich bin Katholik, wie Sie, der unbedingte, absolute Wert menschlichen Lebens an sich – Aber gerade deswegen stehen wir vor Güterabwägungen, vor ganz konkreten – das ist die einzig mögliche Basis für unsere Entscheidungen. Kommen wir auch nur in den Verdacht, das Programm zu sabotieren, dann ist uns jede Möglichkeit der Einflußnahme entzogen, dann wird hier einfach ausgeräumt – So können wir versuchen, die wertvolleren, vor allem die arbeitsfähigen Schützlinge –

Also jetzt muß ich Sie ganz ehrlich fragen, und seien Sie auch ehrlich, ja? Sie haben ein spezielles Verhältnis zu Mellie, eine besondere Bindung, ja? Liegt doch auf der Hand – Ah, darauf geht das also zurück, Ihre Dienstjahre in Schloß Busselwang, ehe Sie in den Orden – und die Gräfin war Mellies Patin, aha – ich dachte, die Gräfin heißt Pilar oder Carmen, so ein spanischer Marienname jedenfalls – ah, zum Andenken an ihre Schwägerin, richtig, dieser unglückselige Vorfall damals – Natürlich. Nicht nur das. Die Anhänglichkeit dieses Wesens an Sie ist ja gewissermaßen absolut, hat etwas Haustierhaftes – das prägt, das beeindruckt, bitte, ich meine damit nichts Geringschätziges, im Gegenteil, – jaja, sie ist lieb, sehr lieb, geht Ihnen keinen Augenblick von der Schürze, Febboni Febboni, man ist schließlich nicht taub –

Schauen Sie, es kann sich wirklich nur mehr darum handeln, diesen Geschöpfen möglichst viel subjektives Leid zu ersparen – um Gotteswillen!! Das wäre eine völlig nutzlose Geste, eine Narretei, ein komplizierter Selbstmord, nichts weiter, und überhaupt, man ließe Sie gar nicht in diesen Bus hinein, außer es handelte sich um komplette Sadisten, und das sind sie nicht, sie machen ihren Dienst wie jeder andere, also, schlagen Sie sich so absurdes Zeug aus dem Kopf. Martyrium ist überhaupt nicht gefragt, und ich muß an Ihr Ordensgelübde appellieren, an den Gehorsam, mit dem Sie hiehergestellt sind, hieher in diese Anstalt. Sie haben an diese Anstalt zu denken, Sie sind ihre Säule, jawohl, ihre Zentralsäule. Sie haben dieses Charisma, diese echte Gnadengabe, die ich nicht habe, gebe das offen zu, auch wenn es mir schwerfällt – Und gerade auch für die Mürrischen und Tückischen brauche ich Sie, das heißt, Sie werden von denen gebraucht, lassen Sie uns nicht im Stich Schwester Febronia.

Na also. Ich sage gottseidank, wirklich, aus ganzem Herzen, Schwester Febronia. Worum geht es denn eigentlich im Letzten? Möglichst viel Leid ersparen, sagte ich schon, und dann, natürlich in allererster Linie, um ihre unsterblichen Seelen. Wie ich höre, verhandelt die Kirche auf dieser Basis, auf der Basis der Provisur, das heißt der Forderung, daß die – Betroffenen wenn irgend möglich mit den heiligen Sterbsakramenten – es wird wohl nichts draus, aber es zeigt die Richtung, in die wir – Sicher sicher, Mellie kommt so oder so in den Himmel, klar. Aber – ja, das ist es, warum sagen Sie ihr nicht genau das, Schwester Febronia? Warum sagen Sie ihr nicht diese höhere Wahrheit? Daß sie – ja, zur Himmelmama, eine gute Definition, ihrem Verständnis angepaßt. In den Schoß der Mutter, die endgültige Pilgerfahrt sozusagen. Geradezu die ideale Wallfahrt. Tuntenhausen? Da war sie schon mit Ihnen? Na sehen Sie. – Wer verlangt, daß Sie lügen? Mellie erinnert sich an Tuntenhausen, also brauchen Sie gar nicht darüber zu reden, das ergibt sich von selber.

Ja. Ja. Je länger wir darüber sprechen, desto klarer wird mir – Wir sind auf die endgültige Wahrheit gestoßen, Schwester Febronia. Sie gehen von uns, das ist es. Sie, die Armen, sind die Reichen, sie lassen uns zurück, verstehen Sie? Sie lassen uns ja in unserem Tränental zurück, weinen Sie nur, mir ist auch danach zumute. Wissen Sie, Schwester, daß solche Kinder schon bei den Primitiven als Heilige galten? Daß man ihre Unverständlichkeit, ja ihre

Tierhaftigkeit, als Beweis nahm für ihre Verbindung mit dem Geheimnisvollen, dem Außerirdischen, mit einer Welt der Geduld, der klaglosen Hinnahme der furchtbaren und gewaltigen Unverstehbarkeit, die – aber natürlich sind das Leute wie die Neger, rassisch nicht gerade das Beste, unsere gegenwärtigen Herren halten sich da lieber an die Spartaner und solche Kriegervölker, Ausmerzung der Untauglichen, und dann kommt man zur Kosten-Nutzen-Rechnung – Wissen Sie, ich würde diese Wissenschaftlichkeit sogar bejahen, wenn es eines Tages ohne die Schlächterei ginge, von vornherein Verhütung oder noch besser Veränderung der Erbanlagen, das kommt das kommt, passen Sie auf, aber – es kann durchaus sein, daß uns auch dann etwas fehlen wird, durchaus, vom religiösen Standpunkt aus – –

Natürlich ist das auch mein Standpunkt, Schwester Febronia. Gerade darüber sind wir uns doch einig. Überschlafen Sie's bitte. Noch besser: über-beten Sie's. Sie werden sehen: wir haben keine andere Wahl, wir armen verbannten Kinder Evas.

(Dennoch schrie Mellie, als sie in den langen grauen Bus steigen sollte, schrie, riß sich los, wurde eingefangen, hineingeschubst, schrie die ganze Zeit: »Febboni Febboni Febboni!!«, bis sich das Tor schloß und das Fahrzeug der »Gemeinnützigen Transport-GmbH« hinter dem nächsten Hügel verschwand...)

Arche des Bundes

Der aufrechte fromme Minister sichts und freut sich: Bayern ist durchgekommen.
Er spricht in Tuntenhausen anläßlich der Frühlingswallfahrt der christlich organisierten Männer. Er spricht in einem langen, breiten, niedrigen Wirtshaussaal. Der Saal ist schmucklos weiß, bis auf die Bühne, auf der er steht und spricht. Sie ist mit gemalter Scheinarchitektur gerahmt und dient allen hierzulande erforderlichen Zwekken – von der Trachtenkapelle bis zur Ministerrede.
Er, der Aufrechte, hat seine Laufbahn in solchen Sälen begonnen. Zuerst in winzigen ohne, dann in immer größeren mit Bühne. Hier hat er seinen Ruf und seine Glaubwürdigkeit aufgebaut: Bauernsohn, christlicher Bauernsekretär, aus dem Ackerboden gewachsen. Jetzt betreut er Schule, Kunst und Kultus. Wann oana si' in der Landwirtschaft auskennt, na glaabst eam des ander' aa.
So ist man durchgekommen, geborgen in der Arche des Bundes. Bleiben werden Saat und Ernte, auch wenn des Menschen Herz böse ist von Jugend auf. Die Flut der zwölf Jahre ist gewichen, das Zeichen der Versöhnung ist ausgespannt. Seinen Zuhörern im Saal deutet ers als Zeichen der Wachsamkeit:
Sie werden sich wundern, daß ich so nachdrücklich die weltanschauliche Seite betone. Das hat seinen Grund darin, daß meiner Meinung nach die wesentliche Trennungslinie bei allen Auseinandersetzungen unserer Tage so gut wie vor Jahrtausenden beim Weltanschaulichen und Religiösen liegt –
Der Saal ist der Länge nach mit Holztischen vollgestellt. Zu jedem Tisch gehören zwei einfache Holzbänke. Auf ihnen sitzen die Männer Ellbogen an Ellbogen. Sie wen-

den ihm breite und hagere, dumpfe und pfiffige Gesichter zu.
Sie dünsten Bier und Tabaksrauch aus. Der Fromme liebt den Duft nicht, aber er liebt die christlichen Männer, denkt dabei an den Kirchenvater: »Liebe, dann tu, was du willst.« Die Männer sehen zu ihm auf, wie er zu ihnen spricht, den Prophetenbart nach oben gekippt, nicht laut, nicht aufgeregt, mit der Unerschütterlichkeit des Wahrheitsbesitzers. Lieben ihn die Männer? Sie bewundern ihn, weil er den Himmel kennt, er wandelt sicher darin wie ein Seiltänzer in der Kuppel des Zirkusbaus. Es ist dergleichen nicht ihre Sache, Sie wollen da gar nicht hinauf. Aber sie bewundern ihn, a Hund isa scho, a scheinheiliger, aber a Hund.
Alle Auseinandersetzungen unserer Tage haben als Hintergrund das gewaltige Ringen im Bereiche des Weltanschaulichen und Religiösen, einem in den tiefsten Seinsbereich des Menschlichen hineinreichenden Kampf der Geister.
Sie sind durchgekommen.
Der Meerstern hat sie geleitet, zu dem sie vorhin in der Kirche, im Hochamt gefleht haben: o Maria hilf.
Nachträglich findet der Minister, daß es ein reichlich dummer und reichlich unbedeutender Sturm war. Eine kläglich-verrückte Episode. Die Verrückten wollten tausend Jahre herrschen und schafften eben zwölf, der Herr spottete ihrer.
Sie haben Seinen Diener ins Konzentrationslager gesteckt. Sie haben ihn kahlgeschoren und vor eine Straßenwalze gespannt. Andere erduldeten Schlimmeres, manche kamen nicht durch. So oder so, er ist aufrecht geblieben, weil er fromm war. Sie, die Spötter, sind gefallen. Der Rauch der Schlacht hat sich gesetzt, das Getümmel ist verstummt – ein Spuk, als wäre nichts gewesen.
Die Männer da unten haben das auch durch- und ausgestanden. Mit den Tausendjährigen hatten sie ohnehin nichts im Sinn, von Politik verstanden sie wenig, aber

ziemlich viel vom Wachsen. Was die Tausendjährigen anstellten, das war Krampf, das mußte danebengehen. Was wars für sie gewesen, für sie und die Ihren? Ein Unwetter mit Gottes zornigen Argumenten am Himmel, Bomben, Granaten, Blutblasen in den Stiefeln, Kohldampf hinter Stacheldraht. Wohl auch brüllende Besäufnisse in sizilianischen Kellern oder lettischen Soldatenheimen, geplünderte Feldpostämter. Wohl auch Weiber, die's für Geld oder Fressen taten. Aber auch Verlöbnisse nach Altötting oder Tuntenhausen: Verlöbnisse ums Leben, um gesunde Heimkehr. Manchmal gabs keine Heimkehr, manchmal keine gesunde – aber mit dem Himmel rechtet man nicht. Es ist vorbei, so oder so.

Nun gilt es wieder das gute Alte heraufzurufen, Zucht und Sitte der Väter, der Minister scheut sich dabei nicht, frontal gegen den Zeitgeist und das lüsterne Fleisch anzugehen, a scheinheiliger Hund isa scho, bals nach dem gang, derfatst olle Wirtsheiser zuaspirrn und alle Menscher zuapetschiern bis zum heiling Stand der Ehe, mir gangst. Er weist auf das wahre, epochale Schlachtfeld, das wieder sichtbar geworden ist. Er formiert die Männer zum Karree unter dem Banner, das sie seit Jahrhunderten kennen, dem Banner der Madonna vom Siege, gegen die Legionen des Satans vor der zornroten Wetterwand im Osten, auf der riesig Hammer und Sichel flammen –

Europa ist nicht zum ersten Male bedroht. An die historischen Entscheidungen der Zeit, als die Mauren über Afrika nach Spanien hereinbrandeten, der Zeit, als die Tatarenhorden Timurlengs aus dem Innern Asiens hervorquollen und sich gen Schlesien heranwälzten, als die Hunnen und Avaren Bayern überfluteten, bis sie auf dem Lechfeld geschlagen wurden, als die Türken vom Kahlenberge her Wien berannten, reiht sich jetzt das Ringen mit der bolschewistischen Idee, die ihre Herrschaft bis an unsere Grenze vorgeschoben hat –

So ist das zu sehen. Wer es anders sicht, ist entweder böswillig oder naiv. Gegen Böswillige ist er gleichmütig.

Gegen die Naivität der westlichen Besatzer hat er einiges vermocht, gegen ihren unberatenen weltlichen Humanismus. Er hat den amerikanischen Hochkommissar in romanische und gotische und Barockkirchen geführt. Der Hochkommissar war ein katholischer Gentleman und hat begriffen. (Seitdem hat auch Washington Einiges begriffen – vielleicht noch nicht alles, aber doch das meiste.) Eisern hat er an der konfessionellen Schule festgehalten, an ihrer Zucht und Ordnung. Eisern steht er gegen Unzucht in Film und Theater. Es hat sich gelohnt, es lohnt sich – die Fronten sind so einfach.
Die Männer hinter den halbleeren oder leeren Maßkrügen, den Tellern voll Wursthäuten und braunem wäßrigen Senf, begreifen nicht alles. Nicht den vollen Ernst der Lage. So war es einfach notwendig, einfach unabweisbar gewesen, den frechen weißblauen Tribunen zu züchtigen. Der Tribun hatte die christliche Partei gespalten, hatte sie Jahre an dem ihr zustehenden Staatsbesitz gehindert. Hatte eine Koalition mit Roten, Freisinnigen und anderen Gottesleugnern geschmiedet. Hatte den alten, fettigen, den heidnischen Pragmatismus der Altbayern angesprochen, am Baumgartner hoda d'Haftln einighaut, wegaram Meineid verstehst, hi'draht hoda's da Hund der scheinheilige, wo si jeda amal verschwört, hots hi'draht im Ausschuß, des waar scho wos a poor Sparkassnbüachln aufm Abort zuagsteckt, bals weida nix is mileckstamorsch. Es war peinlich gewesen, sicher, das Meineidverfahren. Er hat den Tribunen nie gehaßt, das verbietet ihm sein Glaube. Dessen erschütterte Gesundheit hatte er nicht zu verantworten. Die Episode ist abgeschlossen. Die Regierung ist wieder christlich und wird es bleiben, weil sie allein weiß, worum es geht:
Wir können uns in Europa nur behaupten, wenn wir das Christentum behalten. Schwindet das Christentum, so bricht auch die abendländische Kultur zusammen und die asiatische Steppe wird bis zu den Gestaden des Atlantik vorrücken. Die

stärkste Kraft für die Rettung Europas liegt heute wie einstmals im christlichen Glauben.

Das ist der Schlußsatz: der Seiltänzer ist angekommen. Beifall lohnt seine Mühe. Der fromme aufrechte Minister schiebt die Blätter seines Manuskripts zusammen. Neili war i drobm in Minga bei eam wegaram Wasserrecht vom Pfarrhof, howi ogfrogt wos do notarisch is, bloß zwengs der Form verstehst, do zoagta hínauf und vodraht d'Aung: mein Notar ist dort oben. Do legst di nieda verstehst mileckstamorsch. Der Versammlungsleiter, ein örtlicher Machthaber, beschließt die Kundgebung. Sie wird, so Gott will, nächstes Jahr wieder stattfinden, mit einer Herbstwallfahrt dazwischen. Glaube und Partei werden ihren Hochzeitsschwur erneuern.

Vor dem Mittagessen geht der Minister allein im hellen warmen Nieselregen spazieren, im leichten Lodenumhang, mit den Händen im Kreuz verschränkt, vorgebeugt, den Bart nach vorn gereckt. Er stellt im Ort, um den Ort Veränderungen fest. So sieht er wesentlich mehr Personenautos als im letzten Jahr, Diesel zumeist. Sie sind kunterbunt an Straßenrändern und in Wiesen abgestellt. Er sieht vier Omnibusse, schnittige lange Kästen mit dem in die Karosserie zurückgezogenen Motor, wie sie jetzt üblich sind. Wie viele Pilger sind noch die drei Kilometer von der Bahnstation Ostermünchen hergekommen? Wie viele zu Fuß von weiterher, wie es den alten Gelöbnissen entspricht: von Glonn, von Berganger, von Aßling, Grafing, Wasserburg, Rosenheim? Wo sind die ordentlichen Kolonnen von einst, aufgereiht auf dem rechten und linken Straßenrand, Rosenkränze skandierend unter rechteckigen Bannern?

Der Minister bleibt am Ortsrand stehen, wo die Halle einer Landmaschinenfabrik hochgezogen wird; stählerne und gläserne Bauteile werden in blausprühendem Strahl verschweißt, die Rufe der Arbeiter sind freudlose Stenogramme, ihr Echo stirbt in der feuchten Luft. Es wird dies eine Halle für große Maschinen, die große Wirtschaftsflächen voraussetzen, – Flächen, die kein altmodischer Familienhof mehr bewältigen kann. Wohin weist der Finger der Zukunft? Die Augen des Ministers werden schmal und zucken ein wenig, er hört die Vorhut einer Barbaren-Armee, umwickelte Hufe aus unbekannter Wüste – eine neue Front des Abendlands? Unter fuchzehne verkaaf i nimma verstehst, werd ois Bauland ausgwiesn, d'Gmoa macht mid, mid ins kenna se's anderscht nimma macha, zwoahunderttausad fir a saure Wiesn, ned schlecht, mileckstamorsch. Er blickt auf die Armbanduhr, er winkt dem Fahrer des Dienstwagens (es ist natürlich das unverwechselbare bayrisch-barocke Modell, der Fünfhunderteiner) und macht sich auf zum nächsten Termin – der Kalender kennt keine Gnade.

Der Termin ist ein Arbeitsessen in der Klosterwirtschaft zu Lienharting, einem bewährten Treffpunkt der »Dienstagrunde«. Die Dienstagrunde wird von hauptstädtischer Reporter-Häme gelegentlich die »Ministrantenriege« genannt, der Minister hat nichts dagegen, er ministriert gern und demonstrativ bei der Messe, wenn sich Gelegenheit bietet. Die Dienstagrunde ist das geistliche Herz der Partei, das Geheimnis einer Herrschaft, die nicht (oder doch nicht nur) auf Rossen und Streitwagen beruht, sondern auf der Macht der Altäre. Das heutige Treffen ist bedeutungsvoll, nur wenige sind zugezogen, darunter Freunde, die in der Bundespolitik tätig sind, und Augen und Ohren des Parteivolks im Lande. Man begrüßt sich unter Rehgwichtln und einigen Hirschgeweihen, man begrüßt sich leise und laut, lächelnd, dröhnend lachend und ernst, das Land und der Glaube haben viele Stimmungen, ländliche Kraft, geistliche Salbung, je nachdem – gemeinsam ist allen die gebändigte Rührung; das Antäusgefühl, durch Berührung mit der Heimaterde doppelte Kraft zu empfangen.

Man bittet den anwesenden Verbindungsmann zur Bischofskonferenz, den Prälaten Ringseis, um den Tischsegen, er spricht ihn deutlich und lateinisch, ad coenam vitae aeternae perducat nos ... Man nimmt scheinbar wahllos Platz, der Minister neben dem Prälaten, rechts Czermak von der sudetendeutschen Landsmannschaft, Teigtmeier, der Vertrauensmann der Runde in der Landtagsfraktion, der Landrat Wildfischer aus Ostbayern, als bewährter Dolmetscher der Ackerbreiten; links Graf v. B.-Lipowski, der uralte Baron v. G., Vorsitzender der Katholischen Aktion und Mahnmal heroischer Glaubenstreue seit Bismarcks Zeiten – und Asenkerschbaumer, der Mann der Runde im Bundestag zu Bonn am Rhein. Es gibt Leberspätzlesuppe, Rindsbraten und Apfel im Schlafrock. B.-Lipowski, der ein Bodenständigkeits-Defizit aufzuholen hat, bestellt statt dessen Schweinshaxe mit Semmelknödl; Asenkerschbaumer, grau und hager, seinen durch Bonn ruinierten Magen wie das Attribut eines Martyriums vorweisend, kleine gegrillte Sachen und einen Salat. Man spricht über die Wallfahrt und ihre Traditionen, man spricht über die Schönheiten des Landes, Czermak weist auf die enge Verwandtschaft des oberpfälzischen mit dem Egerländer Dialekt hin, der Minister schneidet Baron v. G. vor, der Prälat erwähnt einen sehr schönen Bildband über das Werk der Gebrüder Asam. Vor dem Ende des Rindsbratens spricht niemand über das Thema des Treffens.

Das Thema ist, konkret gesprochen, der große Aufsteiger, der eben in Bonn gestolpert ist und nun seine Macht in der Heimat konsolidieren will: er strebt nach dem Vorsitz. Stolpern in Bonn ist dazu eine sehr gute Voraussetzung: es kann dem Konvent der Delegierten das trotzige Grad-Extra-Gefühl liefern, das die Stimmenzahl hochtreibt. Alle versichern, daß es nicht um Persönliches geht. Es geht um den neuen Typus, der eine Gefahr ist. Der Typus, der keine Hindernisse kennt, jedenfalls nicht solche weltanschaulicher Natur. An sich liegt genug gegen ihn vor, wesentlich mehr als seinerzeit gegen den weißblauen Tribunen: Grundstücksaffären, Lügen vor dem Bundesparlament und der Öffentlichkeit, Eigenheiten der Lebensführung. Aber –

Es ist das Aber, das einige Stunden in Anspruch nimmt. »Mir will scheinen«, sagt der Prälat leise, »daß hier Weichen gestellt werden, die weit in die Zukunft reichen. Ich bitte die Bedeutung des Problems nicht zu unterschätzen.« Man sieht allen an, daß sie es nicht unterschätzen, aber. »Ja mei!« sagt der Landrat, der Dolmetsch der Ackerbreiten. Er faßt damit meisterhaft zusammen, wo die Schwierigkeiten liegen: das Wählervolk blickt immer weniger gebannt in die Zirkuskuppel, hält sich immer stärker ans Materielle, und durch das Ende der weißblauen Splitterpartei, durch die Vernichtung ihres Tribunen ist ein Wählerpotential freigeworden, das unwiderstehlich in diese Richtung drängt. »Unter der Perspektive unseres Gewichts im Bund...« sagt Asenkerschbaumer, läßt offen, ob er über gegenwärtiges oder zukünftiges Gewicht spricht. Und: »Wieviel Mitglieder zählt eigentlich die Katholische Aktion?« fragt v. B.-Lipowski den greisen Baron, und: »Zirka einskommasechs Millionen« antwortet statt seiner Teigtmeier, denn der Baron konzentriert sich darauf, ein heißes Apfelstückchen nicht vom Löffel zu verlieren.

»Nun«, sagt der Prälat lächelnd, »die Zeiten, in denen der Klerus vor Ort absoluten Einfluß hatte, sind vorbei. Im Grunde wird das ja ohnehin überschätzt.« Er sagt es wegen möglicher Abweichler wie Teigtmeier und Czermak, und: »Ganz richtig«, sagt Czermak ziemlich betont, seine Kohorten sind nicht eben klerikal.

Der Minister beschließt deutlicher zu werden. Er mag den Plan nicht (den jeder der Anwesenden kennt), und er mag die Stimmung des Gesprächs nicht. Trotzdem muß der Plan durchgeführt werden. »Das Gewicht der Partei«, sagt der Aufrechte, »ist weltanschaulich. Und das bedeu-

tet auch: moralisch. Das schuldet sie sich selbst und unserm Land. Seiner christlichen Geschichte. Die Partei steht und fällt mit ihrer Integrität.«
Das ist, wie jeder weiß, durchaus richtig, die Runde sieht ihn an, wie ihn die Männer im Saal ansahen, sie sehen ihn auf dem Hochseil, sie bewundern ihn, aber sie kennen das Metier. Sie wissen, daß sie wenig Wahlfreiheit haben, der Angriff muß gewagt werden, Integrität muß sein. Und so bittet Asenkerschbaumer den Baron von G. formell, im Namen der Katholischen Aktion, ihrer einskommasechs Millionen, den Brief an den Konvent zu schreiben, in dem die entsprechenden Einwände gegen die Kandidatur erhoben werden. Integrität muß sein. »O mei«, seufzt der Landrat und faßt damit die Stimmung der Mehrheit im Lande zusammen. Man verabschiedet sich, der Prälat allein sieht dabei unerschütterlich aus (der Plan stammt von ihm, aber natürlich nicht offiziell, die Kirche kann nicht viel verlieren, und auch wenn sie verliert, hat sie gewonnen – man kennt das seit Jahrtausenden). Czermak muß zu einer Rede nach Franken, der Baron sagt »Geschlossenheit!«, seine Rede seit fünfundfünfzig Jahren, und zieht sich zurück, um auszuruhen. Die Übrigen, darunter der Minister, fahren zum Schloßkonzert nach Busselwang.
Man hat dort im letzten Sommer die Möglichkeiten des Renaissancebaus entdeckt. Man – das heißt von B.-Lipowski. Er, Krafft von Lipowski aus der Uckermark, hat sich den bayrischen Titel auf traditionsreiche Weise angeeignet: durch Konversion und Heirat. Roswitha, verwitwete von B.-Guadagni, hat ihm 1947 die Hand zum zweiten Lebensbund gereicht ... Busselwang, das den abgewirtschafteten Titlmoosern gehörte, war ein Risiko, Krafft von B.-Lipowski hat es kalkuliert, ist es eingegangen. Der Sitz war um einen Pappenstiel zu haben – in der schlimmen Zeit, als jeder neue Ziegel sein Gewicht in amerikanischen Zigaretten kostete. Selbst die Sage vom

unglückseligen Fräulein Amélie, das nachts durch die Kamine seufzt, hatte den Kaufpreis kaum erhöht.
Doch inzwischen hat die Kultur wieder die Oberhand gewonnen. Roswitha von B., vollschlank im Pracht-Dirndl, empfängt die Ehrengäste diesseits der Brücke, neben einem der Scaligerhunde, beim Schein rötlicher Fackelbrände. Der Schloßhof selbst ist sanfter erhellt von unzähligen Lichtern in roten Schirmen, die auf den Außensimsen unterhalb der Arkaden-Brüstungen aufgereiht sind. Nur den Musikern an der Westwand gestattet man etwas Elektrizität in Gestalt von Cliplampen an den Notenständern.
Die Gräfin hat den Aufrechten voll Respekt empfangen, ihn einer jungen Anweiserin anvertraut, die ihn voll Respekt über die engen Ziegelstufen in den zweiten Stock geleitet, mit einer Stablampe voranleuchtend. Er nimmt seinen Sitz in der mittleren Loge der Ostwand ein, er grüßt lächelnd-bescheiden und wird respektvoll gegrüßt.
Mozart steht auf dem Programm. Nach der unbedingt notwendigen Bach-Renaissance der unmittelbaren Nachkriegsjahre, dieser Rast im Sanctuarium der strikten Objektivität, ist nun die Zeit der Kleinen Nachtmusik.
Die Nacht dazu ist lau und freundlich, das Wetter hat sich gebessert.
Krafft v. B.-Lipowski eröffnet unten auf dem Podium vor der Westwand. Er hat etwas Neues gewagt: Trachten-Smoking, in Hellgrau und Jägergrün gehalten, mit Brokatstreifen im senkrechten Binder. Man sieht dies bruchstückhaft, denn der Hausherr wird nur durch den Widerschein der Cliplampen an den Notenständern beleuchtet. Sein Kinn und seine Wangenknochen sind steinern.
Krafft v. B.-Lipowski weist auf die ehrwürdige Tradition des Schlosses hin, auf Innozenz Maria besonders. (»Bayern, das ist schon großartig«, flüstert neben dem Minister ein Geldmensch namens Roeder-Pahl.) »Innozenz Maria –

wir nennen ihn hier nie anders«, sagt der Hausherr. »Der erste Stratege des sozial verantworteten, sich der eigenen Kraft bewußtwerdenden bayrischen Katholizismus in der politischen Arena; der Freund des ringenden Landvolks, der Überwinder der Klassenschranken, der schließlich in einer transzendierenden Geste abendländischer Ritterlichkeit sich selbst der Fahne zum Opfer brachte – einer Fahne, die jahrtausendelang die Fahne Europas gewesen ist und wieder als solche emporsteigt, nach Irrungen und Wirrungen, deren Zeuge wir teilweise gewesen sind, und aus denen wir alle gelernt haben.« (»Irrungen und Wirrungen«, nickt der Geldmensch, seine Reue genießend.) Spontaner Zwischenapplaus, nach dem der Redner auf Mozart eingeht: er nennt ihn die »irreduktible Hoffnung aus der Harmonie« und stellt das Orchester vor, das einen sehr guten Namen hat. Nach der Nachtmusik wird es eine verlängerte Pause mit Erfrischung geben, dann noch Brahms. Der Hausherr tritt ab, die Seidensträhnen der Bögen legen sich auf die Saiten – lautlos, dennoch fast militärisch.

O Nachtmusik, o rote Lichtlein, o Abendland. Der Minister versteht nicht viel von Musik. Er würdigt aber den Geist des Abends, spürt ihn vor dem Hintergrund der Tages-Erlebnisse, der frommen Wallfahrt, des Ringens um die Integrität der Partei. Von Mozart weiß er, daß er Salzburger war, und daß es nichts als ein historischer Zufall ist, daß Salzburg nicht zu Bayern gehört (war das Fürstbistum nicht Teil des Bayrischen Kreises?). Er kennt den Wolfgang Amadeus als Entrückten, als Göttersohn.

Er weiß auch, daß jede Interpretation solcher Musik auf ein malerisches Programm hin unzulässig ist. Umso unbeschwerter läßt er seine eigene Phantasie auf den Klängen reiten, sieht seidig schimmernde Heere unter silbriger Sonne, keine drohenden Massen, sondern sehnige Schwadronen in mutigem Vortrab, Kreuz und Adler über schwenkenden Piketten, Hügel mit ernsten Offizieren, VEXILLA REGIS. Der Geldmensch neben ihm hat die Ellbogen auf die Brüstung gestützt, beide Daumen in die Augenhöhlen gebohrt – er weint, wahrhaftig. »Jenseits aller Schuld«, schluchzt Roeder-Pahl, ein alter Nazi, der sich Generalpardon bei Mozart holt. Der Minister gönnt ihm die Eigen-Interpretation, in Sarastros Tempel kennt man die Rache nicht.

Und schon beginnt das Andante. Stille Feuer in der Nacht, sehnsüchtige Herzen, Einsicht in die mitleidigen Tiefen der Schöpfung, in die Schönheit der Materie, die uns Gott als Schild gegen das Nichts geschenkt hat und täglich aufs neue schenkt. Der fromme Minister ist ein wirklicher Barockmensch, keiner der modisch-frivolen Putto-Sorte. Der Fromme kennt den Totenschädel unter der Schminke, kennt Gestank und Grauen, *foetor et horror.* Umso entschiedener vermag er sich dem paradiesischen Gegenbeispiel, dem JA des Andante hinzugeben...

Der dritte Satz hebt an, das Allegretto, ein friedliches, doch gerüstetes Paradefeld, blutjunge Kornetts in weißen Fräcken auf schlanken Pferden, goldene Adler, die von den Giebelfeldern der Glorietten herab Jupiterblitze schleudern...

Da entsteht Unruhe. Unruhe zunächst am Eingang, dann im Parkett, dann auf den Rängen. Köpfe werden gewendet, Information wird durchgeflüstert. Die Musiker spielen weiter, doch der Zauber hat einen Knacks. Durch den Mittelgang im Hof zwischen den Stuhlreihen weht Krafft v. B.-Lipowski nach hinten, das Gemurmel wird lauter, auch einige Lacher. Der Fromme beugt sich unwirsch vor, er gewahrt genau unter sich einen Taschenlampen-Wischer, der verschwindet, im ersten Stock wieder aufblitzt. Unter ihm hat man, so scheint es, einen Logenplatz freigehalten, ein zwei Stühle werden gerückt, leise Stimmen sind zu hören, die Teigtmeiers, wenn ihn nicht alles trügt, die des Gastgebers, auch die Asenkerschbaumers:

»Große Ehre – daß Sie doch noch –.« Im Parkett, das heißt im Hof, reckt man die Hälse, Einige stehen auf, mehr stehen auf, einige beginnen zu klatschen, mehr, fast alle. Die Musiker haben unterbrochen, sie stützen die kleinen Griffe der Bogen auf die Knie, die Geigen und Violen desgleichen; der Maestro, der abgeklopft hat, hat sich nun auch umgewandt, blickt in die neubesetzte Loge, neigt kurz, aber eindeutig das Haupt, der Beifall von unten ist jetzt warm und einmütig. Der Aufsteiger ist eingetroffen, die Weichen sind gestellt.

»Aber bitte, bitte weiterzuspielen!« ruft der Gefeierte sonor, mit leicht humorvoller, gebildeter Stimme, der keineswegs Uncharmante. Der Minister merkt, daß er aufgestanden ist. Der Minister findet im Stockdunklen den Weg über die Ziegeltreppen hinunter, er erinnert sich an Shakespeare: König Richard herab herab. Er erreicht die Doppeltür, die Musiker haben das Allegretto von vorn begonnen, man öffnet ihm respektvoll, man fragt nicht nach, nicht bei ihm.

Die Brücke über den Schloßgraben ist staubig und moosig, er hört den eigenen Schritt kaum. Vor den Wirtschaftsgebäuden ist sein Fünfhunderteiner geparkt, der Fahrer hat unter einem Außenlicht mit zwei andern gewattet, stürzt heran, wütend über die Unterbrechung und erschrocken: was gibts denn schon wieder. »Soll ich, Herr Minister?« Der Minister winkt ab, hinter ihm steigt, ein kleines Feuerwerk, das Allegretto zu den Sternen: »Nein. Ich möchte mich gern ein bißl in den Wagen setzen. Lassen Sie sich nicht –«

Der Fahrer macht sich geschäftig, öffnet die Tür zum Fonds, der Minister sinkt in den einen der genoppten Sitze. Er kurbelt das Fenster hinunter, er will Mozart hören. Später, zur Pause, muß er ohnehin zurück, das bleibt ihm nicht erspart.

Und na is er zum Baumgartner seina Leich ganga verstehst, er selm, der won umbracht hod, nach Sulzemoos

bei Dachau, er selm, kennt er nix, steht an da Gruabm, wiasn owilassn ham den Baumgartnersepp, und af amoi is cana da Sarg auskemma und kerzngrod einigfahrn, gstandn isa, der Sarg, des hod wos zum Sogn. Und wanns midm Kopf voraus war, wias sogn, des hod wos zum Bedeitn, der is ned hi', der und sei' Sach, und da Ander, der scheinheilige Hund der scheinheilige, is dabeigstandn ganz wehmiadi, und na isa wegganga, ganz staad, sei schwarz Hüadl hoda aufgsetzt und kaasweiß isa gwen, wosida sog, und a Gschau hoda ghobt wia da Herr Judas hechstpersönli, do isda ganz andersch worn mileckstamorsch.
Die Barbaren-Armee reitet an, die Hufe sind nicht mehr umwickelt. Mozart spielt noch immer gegen die Schöpfung, im vierten Satz.

Communiqué Nr. 3

Ausgegeben vom 6. Treffen des Traditionellen Ältestenrats der Onondaga-Nation, via Nedrow, N.Y., 9.–14. August 1981

Seit dem Erscheinen von Communiqué Nr. 1, das sich auf indianische Medizinmänner und deren Aktivitäten im In- und Ausland bezog, haben wir Beschwerden über Mißbrauch durch einzelne Personen und Organisationen erhalten, wie:

a) Medizinbeutel werden an Indianer und Nichtindianer verkauft;
b) Schwitzhütten werden von Indianern für Nichtindianer abgehalten (speziell, aber nicht ausschließlich in Europa);
c) dafür werden extrem hohe Preise – bis zu 250 $ pro Person und Zeremonie – berechnet;
d) Anweisungen für den Gebrauch der heiligen Pfeife werden an Nicht-Indianer gegen Bezahlung weitergegeben;
e) Sonnentänze werden in der Bundesrepublik Deutschland von einem Dakota geleitet;
f) Seminare über indianische Medizin werden von Indianern und Nicht-Indianern gegen Bezahlung geleitet;
g) Ausbeutung und Mißbrauch von heiliger Medizin mit großer Macht – mit dem Ergebnis, daß die Teilnehmer geistigen und körperlichen Schaden davontragen;
h) Kommerzialisierung indianischer Zeremonien durch Bücher, Filme, Seminare, Anweisungen und den Verkauf heiliger Symbole;
i) Ausbeutung von Indianern und Nicht-Indianern, die

durch indianische Zeremonien spirituelle Klarheit suchen;

j) Nicht-Indianer geben durch Kleidung und Gebaren vor, Indianer zu sein;

k) im Namen der traditionellen Ältesten und von Stämmen werden Stiftungen gegründet, ohne daß darüber Rechenschaft gegenüber den Ältesten abgelegt wird;

l) die heilige Trommel wird von Gesangsgruppen mißbraucht, die Alkohol und Drogen zu sich nehmen, während sie die Trommel verwenden.

Außerdem gibt es Mißbrauch durch das Singen heiliger Lieder in der Öffentlichkeit und die Verwendung von Liedern verschiedener Nationen mit der falschen Trommel sowie durch Auftreten gegen hohe Bezahlung in der Öffentlichkeit. Die Trommel ist heilig und muß mit Respekt behandelt werden.

Diese Liste von Mißbrauch und Ausbeutung der heiligen Zeremonien, Symbolen der Ureinwohner dieser Schildkröteninsel ist belegt, und weitere Überprüfungen sind im Gang.

Der Ältestenrat ist tief besorgt, da das Allgemeinwohl der Menschen und ihre Zukunft durch diese Aktivitäten, die dem persönlichen Vorteil dienen, bedroht wird.

Wir bitten alle, die glauben, daß sie solchen Praktiken zum Opfer gefallen sind, uns darüber zu berichten.

Die Macht der Medizin der Ureinwohner kommt durch die spirituelle Reinheit der Zeremonie zur Wirkung, die von einem Ureinwohner geleitet wird, der von der Medizin auserwählt wurde. Man kann das nicht – zu keinem Preis – kaufen, und jeder, der solches, vor allem Nicht-Indianern, gegen Bezahlung anbietet, betrügt nicht nur das Opfer, sondern auch sich selbst.

Die davon Betroffenen werden von uns befragt und die Ergebnisse bekanntgemacht werden.

(gez) Daw Nay Toh

der traditionelle Ältestenrat der Onandaga-Nation.

Gewicht und Aussage – oder: Der Kahle Büffel

Es ist schönes Wetter bei der Herbstwallfahrt des bayerisch-patriotischen Männervereins, auf den Herbst kann man sich noch verlassen, die große Wettermaschine in Brasilien und über den Polkappen ist zwar schon in Bewegung geraten, aber über Tuntenhausen ist der Himmel sauber und seidig. Das Hochamt schließt mit einem Tedeum und einem sehr schönen Trompetensolo, die Männer in hechtgrauer Tracht oder schweren sonntäglichen Anzügen nicken beifällig, während sie die steinerne Treppe zum Wirtshaus hinuntersteigen, grod sauber hoda blosn. Sie gehen am Votivbild des Andreas Gropp vorbei und an dem Fresco, das die Stiftung der großen Kirche darstellt. Sie steigen in den ersten Stock hinauf, vorbei am Zigarettenautomaten.

Sie kommen zögerlich in den großen niedrigen Saal mit der ummalten Bühne, füllen ihn von hinten auf, wie das dem Respekt vor dem Höheren und dem Mißtrauen gegen seine unverständlichen Forderungen entspricht. Der Saal wird nicht voll, links vom Eingang an den Südfenstern bleiben sechs, acht der langen Tische frei, während schon die gläsernen Maßkrüge angeschleppt werden. Ja wenn da Franzjosef redn taat, verstehst, dann müaßtma in die große Maschinenhalle, aber heid iß hoid blos der kloa Minister und der vom Eiropabarlament. Vorn, an den Quertischen rechts von der Bühne, sammelt sich die herkömmliche Prominenz, ein schmaler junger Fürst in Tracht, ein Bauernführer, Gaugrafen der Landschaft, Funktionäre, der Pfarrer. Nur der Schloßherr von Busselwang, Krafft von B.-Lipowski, hat sich wegen dringender Verpflichtungen in Liechtenstein entschuldigt. Sie begrüßen sich herzlich, wenn auch nicht mehr so derb und so salbungsvoll wie einst, die Zeiten sind kühler und weniger theatralisch geworden. Sie bemühen sich, nicht auf die leeren Tische zu blicken.

*

Am östlichen Ortsrand, zwischen dem geteerten Fußweg nach Ostermünchen und dem neuen Rohbau mit den Holzverbünden am Giebel (sie sind gegen Ende der Siebzigerjahre wieder modern geworden) baut Kahler Büffel das Zelt für den Sonnentanz auf. Seine hiesigen Helfer sind ungeschickt, und die anderen Indianer, die mit der Delegation aus Nordamerika gekommen sind, verstehen auch nicht mehr allzuviel vom sakralen Handwerk (der stämmige junge Ojibway, der ihm zuarbeitet, ist sogar ein Heuchler, denn er ist eingeschriebener Kommunist). Kahler Büffel hat den Zentralpfosten für das Welt-Zelt gesetzt, er hat die Erde und die Asche auf die Bahnen der vier Himmelsrichtungen gestreut. Jetzt werden die kleineren Außenpfosten eingerammt, die die Speichen des Dach-Rades halten werden, das Gebälk der kosmischen Ordnung.

Kahler Büffel, so heißt es, ist der Enkel des Großen Medizinmannes der Payute, des unvergessenen Lachender Koyote. Er tritt dem Gerücht nicht entgegen. Leibliche Nachkommenschaft hat wenig zu besagen, er, Kahler Büffel, hat die spirituelle Kraft, das Mana, *he has the powers*. Freilich, die Delegation als Ganzes hat sie, die weise alte Mutter der Mohawks, der freche junge Ojibway und die vier andern, sie sind mit gelben und roten und grünen Pässen ihrer Stämme nach Europa gekommen, um das große Palaver um die Rettung in letzter Stunde zu beginnen. Sein Name, Kahler Büffel, besagt es, es ist der Kahle Büffel der Hopi, der Weltbüffel: wenn er das letzte Haar verloren hat, mit dem letzten Bein auf dem Weltdamm steht, dann bricht die Große Flut ein, jeder weiß das, es gilt hinüberzuretten, was noch zu retten ist, in eine neugemachte Welt, denn die Welt hört nie ganz auf, solange es noch Menschen gibt, die den Heiligen Ball im großen Spiel auffangen.

*

Im Wirtshaussaal werden bereits die Weißwürste aufgetragen, und dann wenden sich die Köpfe dem Eingang zu, nicht begeistert, eher wohlwollend, der apfelbäckige Minister kommt in seiner Eigenschaft als Vorsitzender des Vereins, der Beifall ist warm, aber kurz. Der Minister begrüßt die anderen Führer in Tracht und Loden, er selbst trägt den eleganten und diskreten Janker seiner engeren Heimat in den Bergen, hechtgrau und mit grünen Vorstößen, an ihm sieht er fast kirchlich aus, und er hat ja auch beim Hochamt die Lesung von der Göttlichen Weisheit vorgetragen, die vor dem Angesichte Gottes spielt, sauba hoda vorbett, is hoid aa scho amoi a Pfarrerlehrling gwen, dees merkst. Und er macht sich Hoffnung auf Höheres wie alle Politiker, die den Namen verdienen. Auch sein Blick ist etwas besorgt beim Schweifen über den locker besetzten Saal, die große Zeit der Politik aus dem Glauben ist vorbei, der ruhmreiche Landesvater und mit ihm die Staatspartei folgen jetzt anderen Gesetzen, das ist wohl unvermeidlich. Der Minister betritt die Bühne hohen Angedenkens, von der einst die Ahnen der großen Tradition sprachen, und auf die geht er natürlich jetzt ein zur Eröffnung, ruft liturgisch das Gedächtnis an Innozenz Maria herauf, den großen heroischen Gründer, die Erinnerung an die alten schweren Zeiten der Auflösung von 1933 und der glorreichen Wiedererrichtung durch den Frommen Aufrechten – man kann das alles gar nicht oft genug sagen, auch wenn und gerade weil die Erinnerung schwindet, immer ungreifbarer wird in einer Welt der erbleichenden Spiritualität. Das sagt er aber nicht gleich.

Zuerst dankt er dem Pfarrer, der den Mut hatte, in gleichmacherischer Zeit ein lateinisches Hochamt wie zu Zeiten der großen Ahnen abzuhalten: eine Zeitlang hat es ja so ausgesehen, als ob das endgültig vorbei wäre, aber die Kirche hat sich ja derfangt unter dem neuen polnischen Papst, gottseidank, hat zu solideren Grundsätzen zurückgefunden, hat die Auswüchse des Zweiten Vatikanischen Konzils verdaut, verdaut sie immer gründlicher, und es ist wohl das Werk der Vorsehung, daß wir den kleinen bayerischen Kardinal als Glaubenswächter für die ganze Weltkirche bekommen haben, erst kürzlich hat er, der Minister, mit ihm in Rom ein langes und ernstes Gespräch geführt, das Wahre Alte hat sich schon fast wieder durchgesetzt. (Über Lateinamerika redet er nicht, das brauchts nicht in Tuntenhausen, und außerdem wird auch das wieder in Ordnung kommen, wenn er den kleinen Kardinal recht verstanden hat.)

*

Die achtundzwanzig Pfosten des Sonnenzeltes sind aufgestellt, Kahler Büffel nickt und bereitet nun am Ende der südlichen Bahn den Platz für das Rauchen der Heiligen Pfeife, stellt sorgfältig aus verschiedenen Beuteln die liturgische Mischung zusammen. Ein sozialdemokratischer Landrat, zwei Kreistags-Abgeordnete der Grünen und drei parteiunabhängige Bürgermeister haben sich zur Friedenszeremonie angemeldet. Es war nicht leicht, den passenden heiligen Platz zu finden, aber er ist seinen Ahnungen für uralte heilige Plätze gefolgt, und er weiß, daß er richtig gewählt hat. Die Leute hier in Mitteleuropa sind arm, sie gleichen Betrunkenen, die ihren verlorenen Geldbeutel unter dem vertrauten Straßenlicht suchen, obwohl sie ihn im Finstern verloren haben, er, Kahler Büffel, spürt ihre Armut, er spürt sie genau. In München hat die Delegation in einem riesigen Saal gesprochen und gesungen, fünfmal so groß wie der Tuntenhausener

Wirtssaal, mit einer gewaltigen Galerie, und mehr als die Hälfte der Leute, die sich am Eingang und auf den Treppen drängten, mußten wieder weggeschickt werden, und die, welche es geschafft hatten, warteten geduldig eine Stunde lang, bis alle Indianer beisammen waren, die Payute und die Mohawks und die Nez Percés und die Ojibway: Indianer halten nichts von Uhrzeiten und halten sich nicht daran.
Das junge bunte Volk der Millionenstadt saß unten im Saal und hob gläubige bleiche Gesichter zur Bühne hinauf, wartete auf den Kahlen Büffel, der sich gewaltig erhob, den Perlen-Wampum vom riesigen Hut streifte und um die Rechte wickelte, die halbmeterlange Adlerfeder ergriff und sprach: »Ehe wir über unsere Sorgen ...«

*

Und dann kommt der Minister natürlich doch auf die mäßige Teilnahme zu sprechen, kommt darauf zu sprechen, daß die Wallfahrt zu politisch geworden sei, und was er damit meint und nicht sagt, ist klar: die Vielen kommen nur, wenn der *Lider máximo* und Landesvater redet, und der hat zu Tuntenhausen ein eher kühles Verhältnis, es mag an nicht näher bekannten Erinnerungen liegen. Nun, Politik muß natürlich sein, betont der Minister, aber es sollte doch nicht so weit kommen, daß sie die Hauptsache bei der Wallfahrt wird: Gewicht und Aufgabe von Tuntenhausen liegen woanders. »Tean ma«, so bittet er herzlich und apfelwangig, »innerlich auch was dazua!«

*

»Ehe wir über unsere Sorgen, unsere und eure Sorgen reden, *let us unite in the Great Spirit,* vereinigen wir uns im Großen Geist. *Stand up.«* Und sie standen alle auf, die verwirrten weißen Stadtbewohner, einmütig auf seinen Befehl, donnernd in Regimentsstärke, kein katholischer oder evangelischer Pfaffe, so sagte ihm hernach Manny, der Organisator der Tour, keiner von denen hätte das fertiggebracht, *we've got the powers,* wir haben die Kraft.

*

Und natürlich redet der Minister dann doch über Politik, die Pflichten der alten Ehe zwischen Kirche und Partei werden auf offener Bühne vollzogen, die Feinde werden lächerlich gemacht, wie es ihnen gebührt: die Chaoten in den Städten und die lächerliche rote Opposition und die verrückten Naturschützer, was die überhaupt wollen, der Staat ist in unserer starken und stetigen Hand, nach wie vor, der Wind der göttlichen Vorsehung bläst in unsere Segel – und, was noch wichtiger ist, der Wind des gesunden Menschenverstandes, der Wind des Realismus, der Wind der harten illusionslosen politischen Arbeit, das sollen uns die wurzellosen Roten und die chaotischen Grünen erst einmal nachmachen, seit nahezu vierzig Jahren halten wir den realistischen Kurs des Wohlstands und der Mitte, und die Männer über den halbleeren oder fast leeren Maßkrügen klatschen ernst, nicht eben frenetisch, san halt insere Leit, aber wos mit die Bauern macha dees gheert sie ned, Scheiß-EG, mileckstamorsch.

*

Morgen soll der Sonnentanz stattfinden, dem Kahlen Büffel ist etwas unbehaglich dabei, er denkt an die Verlautbarung des Ältestenrats der Onandaga, an das Kommuniqué Nummer Drei, das sich auf den Mißbrauch indianischer Zeremonien im Ausland bezieht, und worin die Veranstaltung von Sonnentänzen ausdrücklich und äußerst mißbilligend erwähnt wird.

Der Ältestenrat hat die zentrale Schwierigkeit dabei gar nicht erwähnt, denn eigentlich müßten die weißen Teilnehmer bereit sein, sich Holzpflöcke durch die Brustmuskeln treiben zu lassen, um daran die Büffellederriemen zu befestigen, die sie liturgisch mit der Weltachse, dem Mittelpfahl, verbinden – oder doch zumindest Gaben von eigenem Fleisch für den Tanz zu opfern. Er, Kahler Büffel, steht auf dem letzten Damm der Welt, sieht die heranbrausende kosmische Flut, ihm geht es wahrhaftig nicht um Profit, es geht ihm wahrhaftig um die unzähligen Ratlosen, die er in Europa angetroffen hat, die Seelen, die ohne Zahl und ohne Ziel unterwegs sind, denen es zu helfen gilt, und sei es nur durch eine Ahnung dessen, was sie verloren haben und was gerettet werden muß.

*

Im Wirtshaussaal spricht jetzt der Europa-Abgeordnete, er verbreitet sich laut und weitschweifig und norddeutsch über dies und jenes, über Agrarpolitik und Subventionen, über Unverstand und Irrationalität der Anderen, die nicht über die Gaben des Heiligen Geistes verfügen. Die Gesichter, die dumpfen und pfiffigen, die breiten und die hageren, werden höflich, die Zeiten der wuchtigen rhetorischen Gemetzel sind vorbei, man ist auch in bayerischen Landen geduldig geworden, werns scho recht macha unsere Leit do drobm, aber die Scheiß-EG, dees muaß anderscht wern, mileckstamorsch.

*

Kahler Büffel weiß es genau, er müßte es ihnen zumuten: die Pflöcke in den Brustmuskeln, den zerrenden Tanz, der die Riemen herausreißt, den trunkenen Brand der Pein, welche die Unwissenheit besiegt. Und während der freche stämmige Ojibway und die jungen weißen Freunde über den achtundzwanzig Dachsparren des Sonnenzeltes die Strohmatten breiten, entschließt er sich. Er wird denen, die sich angemeldet haben (und er hat wahrhaftig nicht mehr als die reinen Transport- und Unkosten verlangt – wie soll man dies in der Welt der Weißen noch redlicher handhaben können, in einer Welt, die das Geld zur einzigen wirklichen Sprache zwischen den Menschen gemacht hat), im einzelnen die wahre Liturgie des Sonnentanzes erklären. Sie haben zwar alle den Verpflichtungsschein unterschrieben, sich künftig mit allen notwendigen Mitteln der Suche nach der Bewahrung der Welt zu widmen – aber so, wie er die Weißen, jetzt auch die europäischen, kennt, haben sie ihre bleichen Seelen längst vom Körper getrennt und haben so keine Ahnung mehr, worauf man sich einlassen muß, wenn diese Welt in eine nächste hinübergebracht werden soll: auf Blut und Pein, die allein von der tödlichen Unwissenheit befreien.

*

Kahler Büffel reckt sich empor und wirft einen finsteren Blick auf die Doppelspitze des Kirchturms, auf die pedantisch verputzten Häuschen des Ortsrands, auf die dünnfarbigen Wiesen unter lauer Himmelswahrheit. Im Wirtshaussaal warten die Wallfahrer ungeduldig, aber manierlich, auf das Ende des politischen Teils. Weißwursthäute liegen grau und leer zwischen wässrigen Senfspuren auf den Tellern. Der Minister ist schon fort, weit fort, nicht nach Liechtenstein wie Krafft von B.-Lipowski, sondern weiter südlich an den Comer-See, nach San Martino. Im Flugzeug wird er die Tracht ausziehen und sich in weiße Freizeitkleidung werfen, die Arbeitsbesprechung (mit Pflanzerpunsch in geätzten Gläsern) wird auf einer rosafarbenen Terrasse stattfinden, über weißen Segeln und dunklem Grün, es geht um eine leidige Banksanierung, und er hängt als Mitglied des Aufsichtsrats schwer drin. Diskretion ist wesentlich – die hiesige Opposition zwar ist nicht zu fürchten, wohl aber die unterirdischen Beben der Finanzwelt. Alles wird auf Nidwalder aus Zürich und Wisseré aus Genf ankommen, und sie werden, so ists vereinbart, ihre Damen mitbringen, damit es unauffälliger wirkt. Schlechte Publizität zu diesem Zeitpunkt sehr bedenklich, und so wirds nach einer sorglosen Feriengesellschaft ausschauen.

*

Der Minister zuckt einen Augenblick zusammen. Er sieht sich selbst, er sieht die Gastgeber, er sieht die Herren und Damen Nidwalder und Wisseré auf der Terrasse, mit luftigen Gewändern, viel freier Haut, mit geätzten Pflanzerpunsch-Gläsern in der Hand, die wichtigen Gespräche hinter kaltem Gelächter verborgen. Wie würde, sagen wir, ein frommer Pilger der Barockzeit dergleichen sehen? Würde er nicht glauben, dem Ende der Welt nahezusein? Dabei ist es nichts als Arbeit, Knochenarbeit, der freudlose Preis für Macht und Verantwortung. Und der fromme Minister erinnert sich ans Salve Regina: *ad te clamamus exules filii Hevae . . .*

Aus der Weihnachts-Übersicht 1985 des Bavarica-Rezensenten

Rechtzeitig für den Gabentisch liegt das Nachschlagewerk *Heimat und Gastland: Wer ist Wer in Oberbayern?* vor. Schon die mehr als gediegene Ausstattung (königsblauer Saffianleder-Einband mit Goldaufdruck, Goldschnitt, handgeschöpftes Vorsatzpapier, Cicero-Bleisatz) verrät, daß dieses 462 Seiten starke Werk (Hrsg. Ambros Achleitner/Tim Wonke) auf dem Subskriptions-Wege vorfinanziert worden ist. Es enthält erschöpfende Angaben über insgesamt sechshundertzweiundneunzig Persönlichkeiten, die entweder im Land der Berge und Seen geboren sind oder dieses Land zu ihrer zweiten Heimat gemacht haben.

Kenner werden den Prachtband nicht nur als bibliophile Kostbarkeit genießen, sondern sofort feststellen, daß er als Dokumentation einer erstaunlichen politischen, wirtschaftlichen und gesellschaftlichen Höherentwicklung gelesen und genützt werden kann. Wenn man auch einige wichtige Namen vermißt, entfaltet sich doch ein Panorama von Bodenständigkeit und Mobilität, von Daseinsfreude und Assimilationskraft, das unserer Heimat das schönste Zeugnis ausstellt. Eindrucksvoll ist natürlich die Fülle prominenter Namen aus Gewerbe und Industrie, aus dem Finanzwesen, der Medienlandschaft und der PR-Szene. Daß dabei die sogenannte Schickeria nicht ganz zu umgehen war, liegt auf der Hand; sie verzerrt jedoch das Bild nicht erheblich – das Bild einer in steilem Aufstieg und hochmodernem Fortschritt begriffenen Region, die dennoch ihre Tradition und ihr unverwechselbares Gesicht wohl zu wahren weiß.

Nun bleiben die Kompilatoren bei der Erfragung persönlicher Daten nicht bei dürrer ökonomisch-gesellschaftlicher Sachlichkeit stehen, sondern bemühen sich um farbige Details wie Leibgericht, Kleidungspräferenzen, Freizeitgewohnheiten, Kunstgeschmack, Lieblings-Automarke und andere Ausweise der Individualität. Gerade hier, im zweckfreien Raum, ist die Attraktivität und Assimilationskraft der oberbayerischen Atmosphäre unverkennbar. Wie oft wird z. B. die gehobene Tracht (Loden, Bundlederhose, Dirndl) als liebste Freizeitkleidung genannt, und wie oft deftige hiesige Tafelgenüsse (Schweinshaxe, Semmelknödl usw.) als Leibgericht – gerade auch von Persönlichkeiten, deren Geburtsstätte nördlich des Mains liegt! (Ein kritisches Aperçu hiezu: Direktor Manfred Beilling nennt als seine Leibspeise »Knurlwazen« – da dürfte er einer Mystifikation erlegen sein. Sie sind ein phonetisch-poetisches Phantasiegebilde des Regensburger Mundartdichters Hörburger.) Daß Skifahren (für meinen Geschmack etwas zu oft als »Skilaufen« bezeichnet), Segeln, Drachenfliegen als Hobby-Sportarten immer wieder auftauchen, zeugt von einer ganz konkreten Rückkopplung zwischen regionalem Freizeitwert und gesellschaftlich-wirtschaftlicher Entfaltung.

Beachtlich ist ferner, daß etwa 70 Prozent der Befragten als ihr liebstes Baudenkmal eine bayerische Barockkirche anführen (Wies, Polling, Wessobrunn, Rott am Inn in der Reihenfolge der Häufigkeit). Kühn – und wohl nicht ohne liebenswürdige Hinterhältigkeit – nominiert ein Film-Werbefachmann Schloß Herrenchiemsee; und selbstverständlich, wenn auch als Einziger, Krafft Graf von B.-Lipowski die Wallfahrtskirche Tuntenhausen...

*

Der Charivari Verlag (Schliersee) bietet ein recht außenseiterisches, wenn auch höchst bayerisches Auswahlbändchen an: *Mit der Mistgabel geschrieben. Prosa-Prügel von Meisterhand.* Auf 81 Seiten sproßt hier eine Polit-Polemik,

wie sie eigentlich nur unser Klassiker Ludwig Thoma liefern konnte – und er hat sie tatsächlich geliefert!
Zur Erläuterung: Wie bekannt, hatte sich Thoma während des Ersten Weltkriegs höchst aktiv für die alldeutsche Sache engagiert; nach dem Zusammenbruch von 1918 zog er sich verbittert und verstört auf seinen Ansitz, die »Tuften« am Tegernsee, zurück. Dort schrieb er, sozusagen mit heißer Feder, eine Serie von über 170 anonymen Leitartikeln für den »Miesbacher Anzeiger«, deren Tendenz eindeutig gegen die neuen Verhältnisse im Reich und ihre unerfreulichen Randerscheinungen gerichtet war. Das ist nun in der Tat Prügel-Prosa, und der Obertitel, der Mistgabel-Vergleich, ist wörtliches Zitat aus dem sozialdemokratischen »Vorwärts« von 1920, mit dem er die (noch anonyme) Stimme aus Miesbach charakterisierte. »Saugrob« ist dafür ein zu milder Ausdruck, und der Liebhaber wuchtiger bayerischer Invektive kommt voll auf seine (übrigens bescheidenen – 7,90 DM) Kosten. Auffallend ist die starre Negativität gegenüber der Weimarer Republik, die den Ton zentral bestimmt; ein Resultat wohl des damaligen Gemütszustandes Thomas, der ja im Grunde eine leicht verletzliche und verletzte Natur war.
Mißbilligend ist anzumerken, daß es der Herausgeber für richtig hielt, den manchmal grobschlächtigen Antisemitismus der Artikel nicht etwas behutsamer zu edieren. Aus der damaligen Situation (auch Th.s persönlicher Situation: Maidi v. Liebermann!) psychologisch erklärbar, wirkt er auf uns Heutige aus bekannter Ursache zwangsläufig ziemlich peinlich...

*

Wuchtige Politik-Polemik ist auch die Absicht einer im Kneissl-Verlag, Maisach, erstellten Anthologie *Heiliger Birnbam, ja da verreckst – Widerstands-Lyrik in bairischer Zunge.* Das gemeinsame Thema ist Indignation; Indigna-

tion über Erscheinungen wie Zersiedlung der Landschaft, Waldsterben, forcierter Autobahnbau u. ä. Natürlich darf dabei die atomare Wiederaufbereitungs-Anlage in der Oberpfalz nicht fehlen. Freilich, die Nachfahren erreichen nirgends die kompakte Kraft L. Thomas – gerade auch dort nicht, wo die übliche knappe Lakonik verlassen und die wortreiche Invektive versucht wird. Dennoch: die Tatsache macht betroffen, daß dazwischen auch durchaus echte Töne hörbar werden – Töne und Obertöne, wie sie nur auf den genau gestimmten Saiten der Mundart zu erzeugen sind. Etwas traurig fragt man sich dann, warum so konservative Grundanliegen wie etwa die Rettung der heimatlichen Natur diese meist recht jungen Barden ohne Ausnahme in die System-Verneinung treiben.
Am gelungensten scheinen mir gerade die kleinen Protokolle, in denen neue Lebensstile ohne viel Umstände und in sicherer Konkretion eingearbeitet werden. Die Verknüpfung mit der politischen Indignation wirkt dann (was kein Paradox ist) durchaus poetisch in einem fast traditionellen Sinne.
Als Beispiel (und Abschluß dieser Übersicht) sei der kurze Text von Dschoo Wexler zitiert (der Vorname wird so geschrieben), der den Titel »XENON *gnagg gnagg*« trägt. Die kuriose Überschrift erklärt sich aus dem Text:

Bei'n Haberl z'Emmering
Hintern Aufgang zur Disco
Hoibat im Finster
Steht a Flipper, hoaßt XENON.
A blaue Roboterin
Mit brinnroude Aung.
Sauber.

A saubere Trachtlerin,
D'Bräukaschber-Leni,
Laßt's Kugerl grad renna,

Flippts aufi und umi –
Dees zwinkert und klinselt
und macht gnagg gnagg –
zwoa Freischbui:
Eine Million vierhunderttausend und ebbas

Und Sonderserie.
Ja da verreckst.

Aufm Aschperberg z'Lampferting
Glei hinter der Kronauer Bruck
Stengan Raketen, in Dreierpackln,
Hoaßn NIKE, *san von da* NATO,
Blaugrau, und da Radarschirm draht si –
Grad sauber.

Schbui zua, Leni.
Laß renna, dees Kugerl.
Zoags dera XENON.
Weil bals z'Lampferting
GNAGG GNAGG *macht,*
is aus mit de Freischbui
Na machts TILT, *und die Wäit*
Is blitz-sauber –

Ja da verreckst.

Gloria Immortal

Mit schuldigem Dank an Gabriel García Márquez und Pablo Neruda

O kreolisches Schönbrunn, o guatemaltekisches Versailles: es steht im kurbairisch-königlichen Zentrum Münchens, es enthüllt (gepreßt in krüppelhafte Proportionen, mit seinen Gußrippen aus Kunstgestein, seinen folienglatt gespannten Fronten, seinen Horizontalbändern und Bandonium-Anschlüssen) – es enthüllt, eingepaßt ins Ende bayerischer Geschichte, seinen Sitz im Leben des Landes, eine raunende Muschel, in der winzig der uralte umraunte Caudillo haust. Der Palast ist ein Dienstgebäude, und die Vorschriften wollen, daß die Neonstangen nachtlang leuchten, wollen und fordern die magermilchblaue Kälte ihres Brandes, die hinausgreift in die toten Tortenschaufenster des Hofgartens, und der alte Caudillo hält sich an Vorschriften, natürlich tut er das, er ist alt und schlau und ist mächtig geblieben, weil er die Vorschriften ernst nimmt, sie halten, beachten Sie das meine Herren, den Staat zusammen seit den napoleonischen Gründern, nicht Gottesgnadentum und nicht Volkssouveränität, richtig *jefe,* denn wie das Gottesgnadentum eine Schimäre war, *une chimère inventée par le clergé,* wie Montgelas der aufgeklärte Gründer sagte, so ist die Volkssouveränität *une chimère inventée par les idéologues,* wie Napoleon sagte oder hätte sagen können – von den Intellektuellen, der Intelligentsia, Ratten-und-Schmeißfliegen, gleichviel. Vorschriften vielmehr, die spinnwebdünne und allmächtige Präsenz, das System der unzerreißbaren Fäden, die Räson hinter der Staatsräson, aber auch die leise Furcht, die leise Ungewißheit in der Gewißheit, und so ist der alte Caudillo von Lichtpeitschen umhüllt, wenn er nächtens im Palast steht, lichtflechtenbestickt, unsichtbar, doch von jedermann gewußt, steht er, den dreizollbreiten Brokatkragen vom apoplektischen Hals gerissen, hinter der sechsten Rippe des vierten Stocks oder der vierten des sechsten, in königsblauem Uniformfrack, unser Toussaint-L'Ouverture, oder im Trachtenjanker unterm spitztürmigen Kegelhut, steht unser Sandwirt und Nationalstolz, unsere Fackel und unser Fackelträger, unbestreitbar und unbestritten, jawohl *comandante,* auf dem Pfad des Fortschritts, denn unser PARTIDO INSTITUCIONAL ist selbstverständlich progressiv, das vor allem, immer progressiv gewesen. Jahrelang hat man den schwammbefallenen, den termitengeäderten wurmwabernden Caudillo nicht mehr gesehen; nicht mehr bei den Empfängen für den gefügigen Geist im Antiquarium, wo zwischen grantig marmorierten Römern Sekt und Illusion des Einflusses gereicht wird; nicht mehr bei den obergärigen achselschweißigen Aschermittwochen in Ostbayern, nicht einmal mehr bei den so viel wichtigeren kleinen Abenden mit Flick oder MBB oder der Deutschen Bank im »Club unterm Dach« oder einem seidenbespannten Salon des Montgelas-Palais – jaja, es gibt welche, die reden, daß es ihn nicht mehr gibt, den Caudillo, sie wissen es besser oder nicht besser; es ist gut, diese Unsichtbarkeit, das macht unsicher und sicher zugleich, wie die Staatsräson, es IST Staatsräson, die nachts im karibischen Buckinghampalast steht und auf den Hofgarten hinausblickt, in die bayerische Geschichte hinaus, die auf türkische oder zairische Müllmänner wartet – *la raison d'état, c'est moi.*

Drüben auf der Westseite des Hofgartens, erinnert er sich, wo unter den Arkaden die italienischen Ansichten Rottmanns angeboten waren und drunter König Ludwigs knarzende Distichen – drüben, wo die Schatten erschlagen in der Neon-Magermilch bleichen, da gab es ein Café, mehrere Cafés, wahrhaftige Literaten-, Bohémien-, Künstler-, Gelehrten-Cafés, sogar mitten in der Diktatur der Ganz Harten, da saßen mehr oder weniger echte, mehr oder weniger fromme, heitere, tieftraurige Dichter und Journalisten und Philosophen, das Kinn auf knorrigen Stockknauf oder elfenbeinerne Zwinge gestützt, hineilend und wegwehend von und zu den Stammtischen mit Radmänteln und breitkrempigen Hüten, lebensgefährliche Witze absondernd, den Tod nicht oder kaum achtend, der dann einige einholte und überkam. Ja, das hat sich alles verändert im Geistesleben, hat sich verschlechtert, einerseits ganz einfach die Abnahme der formalen Bildung, aber teilweise auch Verwöhnung und Undankbarkeit *comandante,* Undankbarkeit als Wesenselement der wurzellosen Intelligentsia, man will nichts mehr bewahren und erhalten, und natürlich ist unser PARTIDO INSTITUCIONAL PROGRESIVO auch konservativ, das gehört zu seinen vornehmsten Traditionen, *den Fortschritt fördern dem Wechsel widerstehen,* Edmund Burke sagt das, konservatives Urgestein ganz richtig *jefe.* Und Sie haben getan was Sie konnten, beim Himmel, Sie haben den Maximiliansorden für Künste und Wissenschaften neubelebt, Sie überschütten die Künste mit Huld und mit Juvenal- und Vergilzitaten und die Wissenschaften mit noch mehr Huld und stellen sich ganz fest auf ihre Seite im Kampf gegen Technikfeinde und andere Panikmacher, die das Ende des Wachstums herbeireden wollen, ganz zu schweigen von Ihrem Haus der Geschichte *comandante,* das füllt eine ganz wichtige Nische in unserem Selbstbewußtsein und unseren Außenbeziehungen aus. Ja Er, der *líder máximo,* er hat sich da wirklich hineingehängt, hat sich darübergehängt in späten kreisenden Burgunderstunden mit schlaflosen tränensackunterhängten Augen, und ist ihm doch im Verlauf der Operation die bayerische Geschichte irgendwie eingegangen, eingefroren, eingeschnurrt, lags etwa an den Auswahlprinzipien, die waren und sind schwierig, zugegeben, wie markiert man etwa die Gründung des Freistaats, wie umschreibt man etwa die Funktion dieses sauerkrautbärtigen Berliner Juden Eisner, sicher doch keine echte, keine organische Funktion im Sinne einer organischen bayerischen Selbstdarstellung, wo kämen wir denn da hin, wenn wir den Eisner und die anderen Sauerkrautbärte hereinnähmen, Landauer Mühsam etcetera etcetera. Und seit 1945 ist es schon wieder ein halbes Jahrhundert, dreiunddreißig bis fünfundvierzig entfällt sowieso, wie schnell ist das alles verflogen, wie machen wir es mit unserer internen Parteigeschichte zum Beispiel *comandante,* was wertet man auf, wie wertet man ab, wie übermittelt man was unserer trotz allem strebenden Jugend, etwa die Eliminierung des klerikalen Flügels seinerzeit, der Hausmacht des harten Frommen mit dem weißen Vollbart, eine klassische Operation mit einem Minimum an Aufwand, weil letzten Endes die Geschichte auf unserer Seite steht, ihr Wind in unseren Segeln steht *comandante,* letzten Endes hat er sich selbst erdolcht, der fromme finster-sanfte Lächler, der Rhetor von Tuntenhausen, der als Letzter die Bauern um den alten Doppelturm versammelte und mit zweifelfreiem glaubensstarkem Finger nach Osten wies, in die schwarze Wetterwand und die roten Brände hinein, und der weder die Musik mochte noch die neuen Künste noch auch im Grunde die alten, wenn dabei Unverhülltes im Spiel war, und der ihn, den damals aufstrebenden jungen *capitán,* ehrlich und herzlich haßte, was auf herzlicher und blutiger Gegenseitigkeit beruhte; und der doch, das muß man anerkennen *jefe,* damals genau der Richtige war, als die zerfetzten Mannschaften heimschlurften und die Fahnen im Dreck lagen und die Brandschatten der Toten an den Mauern standen und Meteore mit Namen wie Auschwitz und Baby Jar und Kragujevac wie verkalkter Tod in den Lungen der Nation steckten und den Atem abwürgten, da war es providentiell richtig in diese Richtung zu weisen, weg von

Dachau und Oradour, hinüber in den atheistischen Osten, auf die neue und wirkliche Weltgefahr, das erteilte Absolution, das steckte die Lager neu ab, die ordentlichen Kampfkarrees, wo man nun eindeutig auf Seiten des Lichtes stand unter dem Weihebanner der Muttergottes vom Weißen Berge und der gegenreformatorischen Liga, *vexilla regis prodeunt*. Da war er unentbehrlich gewesen, der fromme bärtige Ministrant, der hartnäckig blieb, bis es eben auch der Westen gefressen hatte, und er hat es ja auch schnell genug gefressen gottseidank. Und es war dann in der Folge zweifellos eine wundersame und gütige Vorsehung *jefe*, die veranlaßt hat, daß genau zum richtigen Zeitpunkt der fromme Finstere den frechen runden weißblauen Provinztribunen anging, der Gott beleidigte, indem er mit den Gottesleugnern koalierte und das Wählerreservoir des bayrischen Patriotismus absaugte, und da war doch für einen Gewissenhaften wie ihn nach himmlischem Plan und Willen alles erlaubt. Der Vollbart knackte den wie eine Laus, mit einer weihrauchduftenden juristischen Quadrille um einen Meineid, wie er in hiesigen Landen täglich zwanzigmal geschworen wird, aber natürlich lag da eine Welt dazwischen, denn der freche Tribun hatte Gott beleidigt und Seine Partei, denn natürlich ist der PARTIDO INSTITUCIONAL PROGRESIVO CONSERVADOR in erster Linie christlich, in allererster, und hat damit das Recht und die Bürde des Staatsbesitzes, und so wackelte der Tribun in Handschellen aus dem Gerichtssaal mit einem saudummen Gesicht, das die Welt nicht mehr verstand, obwohl sie leicht, sehr leicht zu verstehen war, jedenfalls in diesem Augenblick. Und damit, mit dem Untergang des Tribunen, wurde der Antiklerikalismus frei, der plattbayrische, den er bis dahin gebunden hatte, und den, genau den brauchten wir in diesem historischen Moment, die alte Frömmigkeit war jetzt lästig, stand den neuen großen Formaten im Wege, jetzt mußte es heißen *Big Business Big Science Big Politics*, das haben Sie in der

Partei als Erster begriffen, damals als Einziger, und so mußte der klerikale Flügel liquidiert werden und besorgte dies selbst auf eine höchst wundersame und harmonische Weise, indem ein paar Pfaffen, die den kommenden Caudillo nicht mochten, ihm das Messer an die Kehle setzen und den Großen Konvent gegen ihn mobilisieren wollten, aber sie wußten selber nicht *jefe,* daß sie nichts mehr hinter sich hatten, *nada,* daß es die schwarzen Millionen in ihren Karteien nicht mehr gab außer eben als schwarze Kartei, und der Konvent erhob sich für Sie und rief Sie aus als den *Gran Jefe,* und der Weg, der leuchtende Pfad in die säkulare Zukunft war frei und zwangsläufig, und jetzt gibt es ihn längst nicht mehr den klerikalen Flügel, er schwand wie Rauch, wie die Spuren der Zugvögel im Himmel, nicht einmal die Erinnerung gibt es noch an den Frommen Finsteren, der doch jahrzehntelang für das Bild des PARTIDO in Deutschland, in Europa, in der Welt gestanden hatte und nur Einer war jetzt denkbar für die nächsten Jahrzehnte, ER, der Caudillo im königsblauen Frack oder in der Rottach-Egerner Schützenkluft, darauf war alles zugelaufen historisch-zwangsweise, aber wie dokumentieren wir das *comandante,* wie baut man das ins Haus der Geschichte ein, erbaulich wie es doch sein soll, erbaulich auch im Sinne der Seelsorger, denn der Glaube kommt ja nicht zu kurz, wahrhaftig nicht, im Gegenteil, es ist jetzt ein realistischer Glaube, eine barocke Frömmigkeit der Sünder, es ist der Glaube der Böllerschüsse unter freiem weißblauen Himmel, der Feldmessen für Veteranen- und Trachtenvereine und der picobello renovierten Klosterkirchen in weiß und crème und gold und der Fronleichnamsprozessionen und der wunderschönen bayerischen Fotobände, die jedes Jahr schöner werden *jefe,* vielleicht laufen ein paar Minderheiten aus dem Ruder, Jugendclubs und dergleichen, Jute statt Plastik, Romero und Boff und Câmara, Befreiungstheologie, lächerlich das, vernachlässigbar, und übersehen wir an der anderen Hand *coman-*

dante nicht die Gebete und die Lichtlein in der schlichten weißen Gruft der hochverehrten Landesmutter, in der Friedhofkapelle dort am Urstrom-Steilufer des Inn, sie werden immer mehr, da regt sich neuer Glaube, neues Urvertrauen, ein weiblich-mütterliches Gegengewicht gegen die notwendige Nüchternheit der Gegenwart, es wäre natürlich ungeschickt, jetzt die Einleitung einer Kanonisierung zu betreiben oder sonstwie von der Ehre der Altäre zu reden. Seinerzeit im Mittelalter wäre das kein Problem gewesen, sicher, aber wir können uns Zeit lassen, da regt sich Kirche von unten, Erhörungen liegen vor, zweifelsfrei und bezeugt, und es werden auch schon Busfahrten für Fromme organisiert, ein untrügliches Signal *jefe*.

Die Hauptstadt allerdings, die heidnische, sie geht auf solche Signale nicht ein, sie entschwindet, sie wird wesenlos, darum muß man sich an immer einfachere Dinge halten, um noch Geschichte zu spüren, an die Weißwürste etwa, die er sich verstohlen aus der Schellingstraße kommen läßt, natürlich nicht aus dem alten Familienbetrieb, den gibt es als solchen längst nicht mehr, sondern einfach weil das Brät dort noch stimmt, noch genügend kälbern ist, wie sichs gehört und wie es immer seltener wird. In der Tat immer seltener *jefe,* dafür gibt es Haufen von Sterne-Restaurants in der Hauptstadt, wahre Galaxien, und hauptamtliche Freßkritiker in den Gazetten, aber er mag das alles im Grunde nicht, er mag Spezialweißbier, trübes, aus irgendeiner hartnäckigen kleinen Brauerei unter einem Kirchturm, in alten Flaschen mit Gummiring und Schnappverschluß, und dann fährt er auch in alte Bräustuben im Osten oder Südosten oder Nordwesten, in dunkelgraue Steinhaufen unter lichtgrauen Himmeln an grüngrauen Buckelhängen, nur noch samstags offen und die Produktion, das heißt die Lagerbier-Produktion, längst eingestellt, gefressen von Löwen von Spaten, jedenfalls von dem großen Konzentrations-*capitán,* der in

München auf allen Sudpfannen hockt, und vielleicht ist noch ein Teilzeitwirt da, mit mürrischem Schnauzbart und Spenser hinter der Theke, oder es sitzt eine rechteckige Weißblonde mit Strickzeug am hintersten Tisch und lernt Englisch. Und dann kann es noch vorkommen, daß man über Menschliches und Menschlichstes spricht nach dem vierten Weißbier, der Caudillo und einer seiner Leutnants und der traurige Wirt oder die Strickerin, oder es wird sogar der Leibwächter ins Gespräch verwickelt, der Liebe des Volkes ist er sicher gerade in solchen modrigen Augenblicken, eingedenk der schwachen Seiten, der realistischen Sünden, des reuigen Glaubens, über sich selber schimpfend, daß so lang und regelmäßig der Rotwein, wieviel Millionen bester Gehirnzellen schwammen da weg herrgottnochmal, Ihre Gehirnzellen waren weißgott immer die besten und sind es immer noch *jefe,* jeder Unvoreingenommene weiß das, unerreicht in der Analyse, unerreicht in der unerschrockenen Schlußfolgerung, die Nation hat Sie nie wirklich erkannt, nie wirklich anerkannt, das mag stimmen, durch Spinnweben ist er gewatet, so dick wie Taue, schlüpfrig glitschig, unfaßbar, Intrigen veröffentlichte verantwortungslose Meinung, ideologische Nebelgranaten, er hat das schon richtig gespürt seinerzeit, als er sich das barocke Psalm-Engerl neu fassen ließ und auf den Schreibtisch stellte mit dem goldgeränderten Spruchband *Auf meinem Rücken schmiedeten sie Pläne wider mich und verlängerten ihre Bosheit,* Psalm sowieso, er weiß es nicht mehr, auch das Engerl hat er aufgegeben, als die Gazetten. Immer das Unfaßbare zwischen ihm und der *Big Power,* und natürlich war es nicht der Klatsch und die Sittengeschichten, die haben ihm nie geschadet, wo denn, das war und ist menschlich, das verstärkt die Liebe des Volkes, wie das Ding damals im Central Park Newyork um drei Uhr früh, die lange Schwarze aus Stahl und die kalte Weiße aus Aluminium, und es war wirklich nichts gewesen als ein Wunsch nach

Ansprache, nach informeller, aber da hatte er sich im Klima getäuscht, sie legten ihn regelrecht aufs Kreuz, Ausweis Dollars Kreditkarten weg, und der miese Schnellrichter schimpfte, warum der Hauptzeuge nicht erschienen sei, Schwamm drüber, keine einzige Stimme kostete das, im Gegenteil *jefe,* das war es nicht und war es nie, vielmehr die Unfähigkeit und Feigheit der neopolitischen Klasse, ihr lausiges Katzbuckeln vor dem Image, also wenn er sich etwas auf irgendetwas einbildete, dann auf sein Scheißen aufs Image, und dann die Unfähigkeit, von Vorurteilen und Klischees herunterzukommen, zuerst von der Hochspannung, dann von der Entspannung, und dann wieder vom Irrealismus der alten Konfrontationen, wo es doch längst nur um ein bisserl Stabilität geht, um eine Welt, in der nicht alles Bekannte von oben nach unten und von unten nach oben rutscht, und so hatte er Freundschaft mit allen Stabilitäten der Welt gesucht, mit Franco-Spanien, Salazar-Portugal, Pinochet-Chile, Stroessner-Paraguay, Burisch-Südafrika, mit den Kräften der Ordnung, die langfristig wußten was sie wollten und es auch durchsetzen konnten. In gewisser Hinsicht, auch das sollte ruhig gesagt werden, wäre der ideale Partner solcher Stabilität die Sowjet-Union, auf die trifft das voll zu, aber das geht natürlich nicht wegen der Bündnis-Konstellation, das wäre Traumtänzerei, das weiß er, und er weiß auch, was im Grunde und in den Lüften wirklich regiert, das ist die Konzentration, national und transnational, und er weiß auch, daß es keinen Zweck hat, darüber zu räsonieren, denn es sind die Freunde, die da konzentrieren, und der PARTIDO INSTITUCIONAL PROGRESIVO CONSERVADOR CRISTIANO ist natürlich liberal *comandante, muy liberal, liberalísimo,* vor allem andern und bedingungslos, für das freie Unternehmertum und die Entfaltung der Produktiv- und Marktkräfte, und so trug er die liberale Fackel allen voran, verkaufte die Altmühl an die Rhein-Main-Donau-AG und die halbe Oberpfalz an die DWK und alle weißblaue Luft über fünfhundert Meter an die NORAD und das Kandlfilz an den Vetter des Sportministers. Aber irgendwas war zwischen die Geschäfte und die Vernunft geraten *jefe,* und er hat das im Gefühl und grinst nur mehr freudlos in den Brokatkragen, wenn sie mit ihren Attachékoffern und Diagrammen und Präsentationen kommen, Generalkonsul Derbywhirler und Kniebisch von der Deutschen Bank und Wülz von Flick und Untermeyer von RWE, und wenn sie die Papiere ausblättern und mit der Silberspitze des Fließstifts auf den Knick in der Kurve weisen: Lombardsatz rauf Euroholding runter. In den schattenlosen Tortensegmenten des Hofgartens sieht er die quecksilbernen Tümpel des Kanals, der sich nicht rentiert, sieht die halbtote WAA, die Atomfabrik bei Wackersdorf unter dem schwindenden Mond, Waa waa waa, aber fertigbauen muß man irgendwie, das rechnet sich zwar nicht mehr, gesamtwirtschaftlich gesehen, betriebswirtschaftlich eigentlich auch nicht, aber das ist auch gar nicht relevant *comandante,* es ist von einem bestimmten Punkt ab eine Frage der Staatsräson, jawohl, eine Frage der historischen Konsequenz, wie dieser Palast, wie dieses Haus der Geschichte, Konsequenz und Kohärenz, das gilt es zu bieten, genauso wie es ein Gebot der Staatsräson war und ist, Forstamtsleiter zu versetzen, welche die eisgrauen Quirle der Tannenleichen einfach stehen lassen zu Demonstrationszwecken, die sie nicht sofort wegräumen wie sich das gehört, und wie es eine Frage der Staatsräson war, dem Waldprofessor, dem aufmüpfigen, die Forschungsmittel zu kürzen, denn wir sind führend im Umweltschutz *jefe,* führend in ganz Europa, das ist unbestritten und unbestreitbar, allein unser Kalkungsprogramm, und dann die Kunststoff-Spray-Aktion der Chemiegruppe CADUNTER, das Resultat war freilich nicht ganz zufriedenstellend, die Wälder sind irgendwie weg, aber die Aktion hat das Bruttosozialprodukt erhöht, und der PARTIDO INSTITUCIONAL PROGRESIVO CONSERVA-

DOR CRISTIANO LIBERAL ist in erster Linie sozial orientiert, sozial in allererster Linie.

So steht er unsichtbar ins Magermilchlicht gehüllt, hinter der dritten Rippe im fünften oder der fünften im dritten Stock, leise röchelnd unter bräunlichem Loden oder dreizölligem Goldbrokat, steht und weiß, daß es nichts mehr zu wählen gibt, keine Option mehr, *les jeux sont faits*. Er hat die wundersame Parteimaschine erbaut, ganz richtig *jefe*, die beste Mitteleuropas, ein Rad- und Stangenwerk aus Einfluß und Geld und Patronage und Gefühlen, die Maschine arbeitet bis hinab ins letzte Dorf an der Grenze, arbeitet, aber stellt nichts mehr her als das eigene Schmieröl, *les jeux sont faits*. Und so treibt das Staatsschiff, die faulige Caravelle, seit Jahrzehnten ins Packeis hinein, in einen Kanal, der immer enger wird, durch nach vorn, es gibt keinen anderen Weg mehr als den durch tote Wälder und halbtote Wiesen und die Lichtpeitschen der toten Hauptstadt – *las velas hinchadas por la muerte*, die Segel geschwellt vom schweigenden Wind des Todes, *por el viento silencioso de la muerte*. Kein anderer Weg mehr als Kontinuität und Staatsräson, denen hat er sich geopfert, opfert sich weiter, ER, der Caudillo, der Leuchtende Pfad, *el Sendero Luminoso – el Comandante, el Gran Jefe, el Líder Máximo*, Vater des Vaterlandes und sein ewiger Ruhm –

– *su Gloria Immortal*.

VII

Ankunft und Offenbarung

Wahrhafte Anarchie ist das Zeugungselement der Religion. Aus der Vernichtung alles Positiven hebt sie ihr glorreiches Haupt als neue Weltstifterin empor, eine goldne Zeit mit dunklen unendlichen Augen, eine profetische wunderthätige und wundenheilende, tröstende und ewiges Leben entzündende Zeit

Novalis

Die Beichte des Mörders

Sommer 1933. Einer jener Sommertage, an die besonders häufig in politischen Katastrophenzeiten erinnert werden: unendlich golden brütet die Hitze über gelben Weizen- und khakifarbenen Roggenmeeren, über gemähten Wiesen und würzigen Wäldern. Die Tür in die Tuntenhausener Kirche steht offen, das Schiff ist fast leer, zwei Frauen und ein alter Mann knien für sich, ins Gespinst ihrer Frömmigkeit verwickelt, und zwei jüngere Männer, von denen einer Bundhose, der andere komischerweise einen Trenchcoat trägt, besichtigen gelangweilt die Bilder an den Innenwänden. Ein Beichtstuhl ist besetzt: der Vorhang ist offen, und im Innern brennt ein Lämpchen, damit der wartende Priester sein Brevier lesen kann.
Ein Mann und eine Frau, beide Anfang Dreißig, kommen zusammen in die Kirche, blicken sich kurz um. Die Frau nickt dem Mann zu, er nickt zurück und geht, ohne zu zögern, auf den Beichtstuhl zu, während die Frau nach links in die gotische Kapelle, das Erbbegräbnis der B.-Titlmoos, abbiegt.
Der Mann (es ist MARCO V. B.-GUADAGNI*) kniet sich in die linke Pönitenten-Abteilung des Beichtstuhls, der Priester zieht den Vorhang zu und löscht die Leselampe.*
MARCO *nähert sich dem Gitter aus Holzstreifen und beginnt murmelnd seine Beichte:*
Meine letzte Beichte war vor vier Monaten, aber ich möchte etwas weiter ausholen. In Demut und Reue ...
OSWALD *v. T. hinter dem Gitter:* Marco.
MARCO: Oswald. Du lieber Gott, Oswald.
OSWALD: Wenns dich stört, läßt sich sicher ...
MARCO: Nein, nein. Das heißt doch. Ja doch. Aber das mußte irgendwann einmal so sein. Ja, das trifft sich sogar sehr gut, wenn mans bedenkt ...
OSWALD: Da hast du sicher recht, ja.
MARCO: Du mußt mir nur etwas Zeit lassen, ich meine ...
OSWALD: Wir haben genügend.

MARCO: Also gut. Mit der alten Geschichte, mit dem Februar 19, sollte ich wohl nicht anfangen, das heißt, wir haben nie ausführlich darüber geredet, aber ich habe natürlich gewußt, daß du dagegen warst...

OSWALD: Auf diesem Platz bin ich Statthalter, bitte. Meinungen darf ich hier nicht haben. Du verstehst.

MARCO: Freilich, und darum gehts ja auch gar nicht. Ich habe natürlich gebeichtet, nachdem mich die roten Matrosen vom Eisner zu vier Fünftel totgeschossen und der große Sauerbruch mich wieder zusammengeflickt hat, das ist klar, und ich fand ja auch viel Verständnis, kannst du dir denken. Aber ich sehe das jetzt anders, das sollst du als Priester wissen, nicht nur als Freund. Ich drücke mich da möglicherweise etwas verworren aus...

OSWALD: Keine Angst, ich folge dir durchaus.

MARCO: Rein politisch, du kennst ja mein Landsberger Buch, die »Festungsgedanken«, gäbs ja gar nicht ohne dich – also rein politisch und von der Gesinnung her war und bin ich Monarchist, Katholik und Großdeutscher, im alten Sinne natürlich, mit spezieller Berücksichtigung Bayerns, das ganz der Muttergottes ergeben ist, vielmehr übergeben, REM REGEM REGIONEM RELIGIONEM, du erinnerst dich...

OSWALD: Natürlich, sehr gut.

MARCO: Du bist dann ganz woanders hingegangen, zu diesen Friedensleuten, Nie Wieder Krieg, ich habe das zunächst überhaupt nicht verstanden, war mir schon rein theologisch zu schwierig, denn dann wäre ja alles, was man uns so beigebracht hat... Aber ich seh das jetzt durchaus ein, du hast das völlig richtig gemacht, auch um der Kirche willen. Was hast du unter das Niederschönenfelder Dossier geschrieben, *ne perdas*...

OSWALD: ... *cum impiis animam meam*. Aber wir brauchen hier nicht über mich zu reden.

MARCO: Richtig. Naja, ich war nie firm im Grundsätzlichen, und ich kann nur hoffen, daß mir das angerechnet wird. Was ich nachholen möchte, was ich bisher nie – hm, formell gebeichtet habe, weil es mir nicht weiter aufgefallen ist: man wird ganz schön selbstgerecht hinter Kimme und Korn, weißt du. Das macht sich gewissermaßen selbständig: instinktives Zielen, Abziehen, der Rückstoß gegen den Handballen, und dann riechst du den sauberen bitteren Kordit und meinst momentan wirklich, wie soll ich mich ausdrücken ...

OSWALD: Daß du – allmächtig bist? Herr über – ?

MARCO: Nein, nein. Oder nicht ganz so. Du glaubst, daß du das alte Fett der Welt damit abbeizt, das schmierige, wenn du weißt, was ich meine ... Jedenfalls so ähnlich, ich bemühe mich um Gewissenserforschung ...

OSWALD: Du bemühst dich wirklich, Marco. Du bist tief vorgedrungen.

MARCO: Also ich hole das jetzt nach, sozusagen. In den bisherigen Beichten ohne Absicht ausgelassen. Geht doch, oder?

OSWALD: Ich hab verstanden. Und es ist vorbei.

MARCO: Nein. Das heißt, es wäre vorbeigewesen, wenn ich nicht nachträglich ... Ich meine, er hatte schließlich die Rücktrittserklärung in der Tasche damals, er erkannte damit an, daß er die Wahlen verloren hatte, daß mit diesem Volksstaat nichts mehr zu machen war, die Landschaft hatte ihn schon besiegt, die Landschaft, die Religion. Wenn man das alles richtig hätte abwägen können, richtig und rechtzeitig ...

OSWALD: Es ist gut, darüber nachzudenken. Aber es sollte dich nicht beschweren.

MARCO: Doch, weil die Geschichte weitergeht. Zwölf Jahre lang habe ich nicht so recht gewußt, was das alles zu bedeuten hat, drum war mir auch das Berufliche so wurscht, und es war auch schwierig wegen der alten Zeiten, wo wir so enge Freunde waren.

OSWALD *nach einer längeren Pause:*
Die Madonna in der Mansarde.

MARCO: Ja, in eurer Villa am Wittelsbacher-Rondell. Die Kerzen haben nach Honig gerochen, das weiß ich noch.
OSWALD *sehr konzentriert und angestrengt:* Hm. – Ich muß dich jetzt als Priester fragen, als Beichtiger: hast du zugestimmt? Ich meine – hast du einer bestimmten Veranlagung, einer bestimmten Neigung willentlich zugestimmt?
MARCO *zögernd:* Wer das so auseinanderklauben könnte... Ich habe mich ja jahrelang in diese Marien-Minne hineingeworfen, richtig hineingeworfen, verstehst du. Das merk ich erst jetzt, daß diese Büste da im Mansardenzimmer, wie soll ich sagen, mehrdeutig war...
OSWALD *seufzt:* Bitte verzeih auch mir. Ich habe damals so gut wie nichts begriffen – auch mich selber nicht –
MARCO: Drei Ave vor dem Schlafengehen und dann das Salve Regina: *Vita dulcedo et spes nostra salve.* Es hieß doch in der Marianischen Kongregation, daß man dann nicht verlorengehen kann, ich habe mich da ganz fest angeklammert, kann ich dir sagen. Grad in den Zeiten, der humanistischen Bildung, der Glück war ja ganz versessen auf die, wie hieß das? die *kalokagathia,* das altgriechische Dings von Schönheit und Tugend, er hat da immer so Bilder angeschleppt, von dem Jüngling zum Beispiel, der sich nach dem Ringkampf den Sand der Arena von den Waden schabt, wie heißt der, von Praxiteles, Anadyomenos...
OSWALD: Nein nein, Apoxyomenos.
MARCO: Du kannst dir sowas immer merken, ich nie. Und ganz konnte ja der Severin, der Glück, auch nicht darüber hinweggehen, was da los war in Athen. Ich sage das nicht als Entschuldigung, und überhaupt – Träume bedeuten doch moraltheologisch nichts, oder? Immer die Säulen darin, die attischen Säulen über einem dunkelblauen Meer, wie hieß der Schulmeister gleich wieder, mit seinen griechischen Statuen, Winckelmann, ja, edle Einfalt, stille Größe – hab auch erst später erfahren, daß er diese Tendenz hatte – und dann hab ich den August von Platen

gelesen, sehr schöne Gedichte, du weißt ja wie der war, übrigens auch ein bayerischer Offizier...

OSWALD *nach einer Pause:* Wie war das im Krieg?

MARCO *lebhaft:* Also in der Hinsicht war der Krieg, wie soll ich sagen – eine Art von Rechtfertigung? Nein, das nicht, es war sozusagen eine Heimkehr, wenn das nicht zu geschwollen klingt – so, als ob ich vorher bloß nicht gewußt hätte, wo ich hingehöre.

OSWALD: Es ist bekannt, daß du tapfer warst.

MARCO: Du spielst jetzt auf was an, was ich vorhin gesagt habe? Mit dem Korditgeruch und der Selbstgerechtigkeit? Nein, das war anders. Wirklich anders. Die zwei, die ich zweifelsfrei erschossen habe, waren Engländer, weißt du.

OSWALD *perplex:* Ist das wichtig?

MARCO *ebenso:* Natürlich! Natürlich ist das wichtig. Das war vaterländisch, gleich auf gleich. Ehrliche Gegner. Die hätten das auch nicht anders gesehen. – Überhaupt, es ging doch immer um ein Vaterland, das es garnicht gab.

OSWALD: Nicht gab?!

MARCO: Jedenfalls nicht in der Form, verstehst du? Im Regiment selber, im Leibregiment, war das einfach Kameradschaft: gilt sie mir oder gilt sie dir, das ist einfach, Soldatenleben ist das Einfachste, was es gibt. Aber darüberhinaus, politisch, Oswaldo, das weißt du doch, die Heimat, UNSER Mitteleuropa unter den alten Kronen, die alten heiligen Plätze wie zum Beispiel Tuntenhausen hier – der spinnerte Wilhelm in Berlin, der war uns doch weitgehend wurscht, diese ganze kalte Reichs-Organisation, Rathenau mit seiner Kriegswirtschaft, grade gut genug für die Bolschewiken später, und für den Ludendorff, wie nennt er das, den »Totalen Krieg« – nein. Und jetzt komm ich zum Wesentlichen, Oswaldo. Die LAGE war falsch.

OSWALD: Die Lage? Wie meinst du das?

MARCO: Militärisch. In den Stäben gibts immer die LAGE – die Kleine und die Große Lage. Davon geht man bei der

Planung aus. Und unsere Große Lage war falsch. Das muß ich beichten, Oswaldo.

OSWALD: Überhebe dich nicht. Wälze nichts ab. Werde nicht wolkig.

MARCO: Nein du, im Gegenteil, damals waren wir wolkig, im Wolkenkuckucksheim, viel zu weit droben, und drum haben wir nicht gewußt, was die Große Lage ist. Der Jud, der Eisner, hat sie gekannt, oder doch gerochen, was weiß ich, das war seine Stärke im November 18.

OSWALD: Und du glaubst, das gehört in eine Beichte?

MARCO: Doch doch. Der 8. November, Oswaldo, vielmehr die Nacht vom siebten auf den achten. Was haben wir denn schon kapiert? Wir haben diese verrückten Propheten erlebt, die Revoluzzer mit Bart und Knotenstock, den Landauer und den Mühsam und den Eisner und den Held, wir haben die Kriminellen mit den schiefen Mützen gesehen und den Gewehren mit den Kolben nach oben, gegen jegliche Mannszucht, und wir haben das Brüllen in den kalten Bierhallen gehört, die Resolutionen, eine verrückter wie die andere, und alles war kaputt, unser Vaterland, das heißt unsere beiden Vaterländer, das in unseren Herzen und das andere, das preußischdeutsche Reich – und sogar die Schönheit war kaputt, die Jünglinge waren picklig und unterernährt und rochen nach Steckrüben und Sauerkraut, die Weiber waren gelb im Gesicht vom Granatendrehen – aber das war die Kleine Lage, Oswaldo, auf die sind wir hereingefallen, die Große Lage haben wir ganz falsch beurteilt, und davon ist alles Weitere gekommen, die Nazi und alles. Ich kann das nicht so zwingend logisch erklären, ich hab da gänzlich andere Erfahrungsschätze aufnehmen müssen, das kann ich hier nicht ausführen, und jetzt wollen mich die Nazi, der Reichsheinrich persönlich, aber das kommt erst. Paß auf, wie erklärst du dir, daß in dieser Nacht, vom Siebten auf den Achten, kein einziger Schuß auf einen Menschen abgegeben worden ist? Wie erklärst du dir das, daß der

Eisner und sein frecher Sekretär, der Fechenbach, und der blinde Weizenbauer Gandorfer aus Niederbayern, daß die einfach losmarschieren konnten durchs Kasernen- und Lazarett-Viertel? Entschuldige, ich war selber nicht dabei, aber ich frage mich das nachträglich: da ist das ganze Haus Wittelsbach, unsere Herrscher seit, na, achthundert Jahren, Treue um Treue, und da ist die PATRONA BAVARIAE, die, wie in meinen »Festungsgedanken« erwähnt, spätestens seit dem Dreißigjährigen Krieg über uns wacht, und das fällt alles zusammen, über Nacht, weil die Verwundeten in den Lazaretten und die Reservisten in den Kasernen einfach ihre Flinten wegschmeißen oder in die Luft schießen, und weil es nach ungewaschenen Fußlappen und Steckrüben und Sauerkraut riecht? Und der König verschwindet einfach, ist nicht mehr da, und in der gleichen Nacht wird die Republik ausgerufen und hält sich?

Oswaldo, wir haben die Große Lage falsch beurteilt, das ists, was ich sage, das ist die Schuld, die ich erforscht habe, und die haben wir nie mehr gutmachen können. Jetzt fragst du mich nach der PATRONA BAVARIAE, logisch. Wo war sie? Und das, Oswaldo, läßt mich nicht mehr los: sie war dabei.

Ich sage dir, sie war dabei, Oswaldo, sie war über dem Elendszug, vor ihm, sie hat ihn unwiderstehlich gemacht, sonst wär das doch alles nicht zu erklären. Die Madonna vom 7. November, lach mich nicht aus. Die Madonna des verborgenen Reiches, bloß haben wir sie immer ganz wo anders vermutet, in unserem großdeutschen Geisterreich zum Beispiel, in unserem föderalistisch-monarchistischen Großdeutschland, und wir haben nicht kapiert, daß sie diesen Elendszug anführte, den Zug des Zorns. Alles reichlich gestaltlos, Oswaldo, geb ich zu, aber es waren so viele gestorben um nichts und wieder nichts, wegen der Lügen Ludendorffs und der alten Treue, die schon verkauft war, und da »ward eine Stimme gehört in Ramah, Rachel, die weint um ihre Kinder, und will sich nicht trösten

lassen« – im Spätherbst, in der naßkalten Nacht, auf dem Durchmarsch von der Theresienwiese nach Schwabing. Und jetzt lach nicht Oswaldo: wir hättens wissen müssen, schon in Landsberg, bei meiner Entlassung, als der Hitler daherkam in seinem Auto, du erinnerst dich, wir hättens wissen müssen, daß der erschossen gehört, wir haben das alles viel zu langsam gemerkt, wir haben immer in die falsche Richtung geschaut, immer nur die Kleine Lage gesehen, und wie jetzt der Hitler die Macht ergriffen hat, da fiels mir auf: wenn das mit dem Eisner überhaupt noch gutzumachen ist, dann nur dadurch, daß ich jetzt eben den Hitler erschieße, aber nicht einmal das stimmt, es war zu spät. Lach nicht, sie haben mich deswegen eingekastelt, weil ich das laut gesagt habe, aber jetzt haben sie mich laufen lassen, der Reichsheinrich persönlich, und weißt du warum? Weil sie mich brauchen können. Genau dazu brauchen können. Hat er glatt gesagt. So weit ist es also mit uns gekommen, nein, mit dir nicht, Oswaldo, du bist ja zu den Pazifisten gegangen, ich meine mich und die Diudolfen und das konservative Bayern im allgemeinen, wir können nichts mehr machen, wir sind eingesponnen in dieses fürchterliche System, in diese Maschine, und das nur deswegen, weil wir damals die Große Lage nicht erkannt haben. Nicht erkannt, wo die Patrona Bavariae steht, vielmehr wo sie mitzieht, voranzieht, Rachel, die weint um ihre Kinder, die sich nicht trösten läßt, ebendrum wars völlig richtig von dir, das mit dem Pazifismus. Laß dich übrigens warnen, Oswaldo, sie sind hinter dir her. Sie haben das Dossier...
Oswald: Das Niederschönenfelder?
Marco: Ja, das haben sie, und sie suchen nach dem Urheber. Das kann nicht mehr lang dauern.
Oswald: Vermutlich nicht. Danke Marco.
Marco: Mir haben sie einen Paß gegeben, mit Schweizer Visum, stell dir das vor, der Reichsheinrich ganz persönlich, ich bin ein Toter oder vielmehr ein Henker auf

Urlaub, das ist die Strafe, die Sündenstrafe. Nicht für den 21. Februar, nein, für den 7. November. Dafür, daß wir die PATRONA BAVARIAE nicht da gesehen haben, wo sie war, die siebenfach Durchbohrte, die Mater, die Witwe Dolorosa, die Tochter mit den Schwertern in der Brust.

OSWALD: Und was wirst du tun? Entschuldige, die Frage gehört zur Beicht.

MARCO: Nichts. Nichts mehr. Roswitha heiraten. Kein Widerstand mehr. Auf dem Land leben, in Österreich. Warten, bis das zusammenbricht. Es wird doch zusammenbrechen, oder?

OSWALD: Sicher. Aber nicht durch unser Verdienst. Und unter Opfern, die wir uns noch nicht vorstellen können.

MARCO: Es geht also weiter.

OSWALD: Ja, es geht weiter. Gott mag uns verzeihen, aber die Geschichte geht weiter. Das bleibt uns nicht erspart – dir nicht, mir nicht. – Sonst noch etwas?

MARCO: Fleischessünden ...

OSWALD *sehr ungeduldig, fast wütend:*

Laß das. – Die Buße hast du schon genannt, auf einen Zuspruch wollen wir verzichten. *Er lehnt sich im Beichtstuhl zurück und murmelt die Lossprechungsformel. Dann lauter zu* MARCO: Gelobt sei Jesus Christus.

MARCO: In Ewigkeit Amen.

MARCO *steht auf, verläßt den Beichtstuhl und begibt sich unverzüglich durch die Pforte in der Hinterwand in die Grabkapelle der B.-Titlmoos. Vor der Gedächtnistafel für Innozenz Maria erwartet ihn* ROSWITHA PALMANO *in geschmackvoll bayerischer Tracht.*

ROSWITHA: Es war der richtige Abschied, nicht wahr? Tuntenhausen?

MARCO: Du hattest völlig recht.

ROSWITHA *umarmt ihn in stillem und wildem Triumph, spricht an seinem Ohr:* Wie war der Beichtvater?

MARCO: Sehr verständnisvoll. – Stell dir vor, es war Oswald von T.

ROSWITHA *hält ihn fest, blickt unbeweglich über seine Schulter.* OSWALD *v. T. nimmt seine Stola ab, knipst die Lampe aus, verläßt den Beichtstuhl, verschließt sorgfältig die Halbtür und den Vorhang. Er betrachtet einen langen Augenblick das Gnadenbild auf dem Hochaltar, die festen Züge der Himmelskaiserin unter der Krone. Dann beugt er das Knie und geht nach vorn zur Sakristei. Dabei passiert er den jungen Mann im Trenchcoat, der das Skelettbild des Todes betrachtet und dabei feststellt, daß die Armbrust immer nach ihm zielt. Er findet das amüsant, tritt von links nach rechts und von rechts nach links und grinst. Dann wirft er einen Blick über die Schulter zum Bundhosen-Mann, sie nicken einander zu und folgen* OSWALD.

NACHBEMERKUNG:

Marco und Roswitha von B.-Guadagni lebten während der ganzen Dauer des Dritten Reiches, also auch nach dem Anschluß von 1938, still und unauffällig auf ihrem Gut südlich von Krems, mit gelegentlichen Besuchen in München und Wien. (Marco von B. war als Halbjude wehrunwürdig.) Isabella von B.-Guadagni emigrierte rechtzeitig nach den USA und wurde ein gesellschaftlicher Mittelpunkt im Newyorker Brownstone-Set.

Im Sommer 1945, nach der Befreiung, wurde Marco von B. am Steuer seines Kleinautos von einem Lastwagen der US-Army überfahren. Es lag kein eigenes Verschulden vor.

Die Witwe heiratete drei Jahre später Krafft von Lipowski und wurde dadurch Schloßherrin von Busselwang.

Oswald von T. wurde nicht verhaftet. Er ging durch die Sakristei, ohne auch nur den Chorrock abzulegen, durchquerte den schmalen Nordteil des Friedhofs, eilte die Treppe zum Pfarrhof hinab, wobei er sich des Chorrocks und der Soutane entledigte, und verließ Tuntenhausen auf seinem Kleinmotorrad Marke Fichtl & Sachs. Freunde brachten ihn über die Schweizer Grenze. Er starb zwei Jahre später auf einer Missionsstation in Ruanda an einer Tropenkrankheit.

Die Heimkehr des Kreuzfahrers

Innozenz Maria wußte nun, daß kein Kreuzzug freudvoll ist. Das heißt, er hatte es vorher gewußt, aber er hatte es nicht begriffen.
Sie lagen in Rom und warteten darauf, was andere taten oder tun würden. Über Rom lag Hitze aus Messing, auf der Spanischen Treppe machten Bettler Geschäfte mit Holzfüßen und Geschwüren, an ihnen vorbei hasteten Soutanen, rote französische Soldatenhosen, die fetten Knöchel der Huren. Das Edelste war der Abschied gewesen, der Abschied von Hildegard der Rittersfrau, ihre beiden Hände auf seinen Schultern, er schon halb abgewandt: Hektor, dem unnahbaren Achill entgegeneilend, den er sich ungefähr wie die riesige flammenrote Gestalt Garibaldis vorstellte. Die Tränen, die nicht fielen, sondern vom Rand ihrer Lider festgehalten wurden, und in denen er seine eigene Entschlossenheit gespiegelt sah: DEUS LO VOLT, und: ich liebt' euch nicht, liebt' ich nicht Ehre mehr. Natürlich war alles gleichzeitig fürchterlich verlogen, er hatte es nicht fertiggebracht, ihr von der Hohen Hirtin und ihrem gemessenen Auftrag zu erzählen, denn daran wäre Hechsenraith gehangen, und daran wiederum die ersten Zweifel, auf der Vizinalstraße nach Tuntenhausen geboren, das hätte sich alles auseinandergezogen wie eine klebrige Expektoration, grausam, unappetitlich, gänzlich unwürdig, und dabei war doch der hehre historische Anlaß überhaupt nicht zu bezweifeln. Die Truppe war international und soweit gut in Schuß, so ziemlich das einzige im Kirchenstaat, was in Schuß war. Er hatte weisungsgemäß Quartier in Santo Stefano Rotondo bezogen, er war erwartet, die begeisterten Folterszenen, wel-

che das Rund des Gotteshauses schmückten, beeindruckten ihn nur pflichtgemäß – aber das störte nicht, er war darauf vorbereitet. Das Kloster hatte kühle Kreuzgänge und schauerliches Essen, beides erheiterte ihn. Noch mehr erheiterte ihn der trübe latinische Wein, Jugend und Wiesenmünster grüßten ganz nah. Die Offizierskameraden waren weder besonders gescheit noch besonders heiligmäßig, was sicher bei den alten Kreuzrittern nicht viel anders gewesen war, es waren Franzosen, Iren, Spanier, Steirer, ein bayrischer Adeliger war auch dabei, ein gewisser Georg von Vollmar, ein breiter selbstsicherer Mensch, sie kannten sich von Redouten und Reserve-Übungen. Er und Innozenz Maria hockten in der kupfernen Abendglut auf Trümmersteinen, aus denen Disteln und gelbe Gräser starrten, saßen vor der Engelsburg, und Vollmar wies mit dem Säbelgriff auf den mächtigen schwarzen Gugelhupf, der da mitten im Sommer Kälte verstrahlte: »Ich denke mir, hier, genau wo wir jetzt sind, ist schon ein bayrischer Rompilger gestanden, der Ritter Wilhelm von Sandizell, den dicken Wilhelm haben sie ihn geheißen, Abend für Abend glorreich besoffen, seinerzeit Anno 1527, beim *Sacco di Roma,* Abend für Abend. Sie hatten Zeit zum Räubern und Schänden und Anzünden damals, er hatte irgendwo eine weiße Papstrobe aufgegabelt, eine original echte, seine Landsknechte stolzierten im Kardinalspurpur herum, und der Papst, eingeschlossen in seine Engelsburg, hat von da oben zuschauen dürfen, wie sie Konklave abhielten und den Luther zum Papst wählten. Abend für Abend, das war'n Zeiten. Den Wilhelm hat dann die Pest erwischt, oder wars die Lustseuche, aber was hätt er schon noch erleben können.« Es war dies das übliche Soldatengelästcr über die Fahne, für die man zu sterben geschworen hatte, den Grafen störte das nicht oder doch kaum – er spürte immer noch die Luft über Rom oder das, was in ihr schwebte, über dem verrotteten Latium, dem letzten Fetzen weltlicher Souveränität des hartköpfigen Pius, etwas

Prinzipielles, es ging darum, ein paar Jahrtausende nicht einfach auszustreichen – nein, das sagte zu wenig, denn Zeit, nach Kalenderjahren gerechnet und wie ein Metronom abtickend, hatte damit wenig, hatte damit gar nichts zu tun, es ging um die Manifestation des anderen, des schon erlösten Äons mitten im Tal der Tränen. Schorsch Vollmar durfte man damit nicht kommen, nicht auf zehn Fuß. »Erlöster Äon!« röhrte der. »So eine Geheimschrift. Kann sie nicht lesen. Will sie gar nicht lesen. Schau dir diesen Staat an, dieses verkorkste Stäätlein, das Verhudeltste, was Europa zu bieten hat, der Großtürke ist da noch besser, und sogar das Königreich Beider Sizilien war ein veritables Preußen dagegen. Das Geld des katholischen Erdkreises kam herein, jahrhundertelang, ging drauf in Pomp und Prunk. Und zur Zeit hat die kuriale Bande überhaupt nichts anderes mehr im Kopf als das Konzil – und worum wirds da gehen? In welche Richtung wird da schon Dampf gemacht, grad auch unter den Lehrstühlen von deutschen Theologen? Unfehlbarkeit. Die *infallibilità* des sturen Pio Nono, und dabei verrecken die Untertanen an Dysenterie und Malaria. Und die Korruption blüht. Nein Mizzi, ich kann die Schrift drunter, die Geheimschrift des Himmels, nicht lesen. Ich bin kein Spezialist für Palimpseste. Ich schaff das nicht.« Als ob er, Innozenz Maria, Elend nicht erkennen könnte, wenn er es sah, er streifte oft genug durch Trastevere, durch den Borgo, es roch schlecht dort, aber er fühlte sich merkwürdigerweise nicht im Exil, im Gegenteil, er mochte sogar die Leute, so gerissen und abgerissen wie sie waren, er fürchtete sie nicht, wie er die Unterwürfigkeit seiner Dorfarmen gefürchtet hatte, obwohl ihm klar war, daß Briganten, Garibaldiner, Polizeispitzel dort so dick waren wie Hering im Faß, er probierte sein dürftiges, lateindurchsetztes Italienisch an ihnen, sie lachten, sie nickten, sie schnalzten mit der Zunge und nannten ihn *il Bavarone,* was etwas mit Bayern und einer Vergrößerungs- oder

auch Vergröberungssilbe zu tun hatte, er fand nicht heraus, ob es spöttisch gemeint war oder wohlwollend-ironisch, vermutlich beides, es störte ihn nicht. Und das war Fortschritt, wenigstens individueller Fortschritt, das begriff er ohne weiteres.
Wenn sie ihm den latinischen Wein seiner Jugend einschenkten, den unschuldigen, unter einem Torbogen, in einem winzigen Hof etwa voller Rebenranken und kannelierten Säulentrommeln als Sitze, im Schein von Talglichtern oder sogar griechisch-römischen Öllampen, wie er sie aus den Katakomben kannte, dann mochte ab und zu der Majoratsherr in ihm aufwachen, der B. aus robusteren Jahrhunderten, den er in Hechsenraith entdeckt hatte, der reckte sich dann, war gewohnt, das zu kriegen, was ihm zustand, kraxelte dann wohl, nach einigen *grazie* und *benissimo,* hinter einer Gina oder Giulia in die Mansarde hinauf, die nach Öl und heißem Holz stank, oder auch in ein durchaus passables Gemach mit Spiegel und einer Lampe vor dem Kunstdruckbildnis der Immaculata oder, durchaus häufig, der Santa Maddalena, der vorbildlichen Büßerin, und Innozenz Maria beziehungsweise der Majoratsherr aus Verduzzo (oder, Jahrhunderte vor ihm, der franco-germanische Rohling, der sich das Kreuz an den Mantel heftete, DEUS LO VOLT) fand das gar nicht unpassend, da es galt, den Kelch des Lebens zur Neige zu schmecken, denn geleert würde er werden, es lief alles auf die Letzte Schlacht um das Heilige Rom hinaus, im Blut auf der Campagna oder vor der Porta Pia würde dann ohnehin jede Schuld abgewaschen, Bernhard von Claravallis, der Hagere in Weiß, hatte das klargemacht in der großen Versammlung zu Vézelay, DEUS LO VOLT, und ist Vézelay nicht das große Heiligtum der Maria Magdalena?
»Letzte Schlacht, daß ich nicht lache, wann soll denn die stattfinden? Merk dir eins Mizzi: wir sind gar nix. Was Rom, was den Kirchenstaat gegen Vittorio Emmanuele oder deinen Garibaldi garantiert, ist Frankreich. Der Louis

Napoléon, oder, noch genauer, seine bigotte Eugénie. Örtlich und auf unser Handwerk bezogen: das Chassepot-Gewehr, zwölf Schuß in der Minute. Aber das nutzt nix mehr, wenn der Krieg gegen Preußen kommt, und der kommt jetzt nach Königgrätz, der Bismarck, der schlaue Hund, kriegt es hin, daß dann alle Germanen marschieren, Bündnisfall, das kriegt er hin, wirst sehen. Dann ists vorbei mit dem alten Intriganten, dem Großneffen Louis, wirst sehen. Der verschwindet wie Rauch, wenn der Krieg kommt, und dann kommt die französische Republik, die jakobinische, der Papst kann ihr den Buckel küssen, mit Verlaub, und dann wird Rom die Hauptstadt des Königreichs Italien, wie längst vorgesehen, *Roma o morte*. Wir? Wir armen Kreuzfahrer? O mei Mizzi, da muß ich dir noch viel auseinanderklauben ...«

Es gab offenbar zwei Rom, in denen je ein bayerischer adeliger Offizier lebte – nicht, daß nicht auch Innozenz Maria von Rom gequält worden wäre, aber es war auf seine andere Weise, es war also ein ganz anderes Rom und folglich eine ganz andere Qual, die sich nachts in seine Träume auf dem Feldbett von Santo Stefano drängte. Das antike Rom steigt dann aus dem Schutt, den er tagsüber bildungseifrig durchstreift, es ist nicht tot, es fügt sich wieder zusammen, eine brutale Metropolis, phosphoreszierende Marmor-Giganten, die Hallen stützen, dreimal so groß wie die Thermen des Caracalla, und das Forum ist vollgepfropft mit Tribünen, Ehrensäulen, Prunktreppen, Triumphbögen, durch die rotbeschmierte zähnefletschende Cäsaren ziehen, stiernackige illyrische oder arabische Condottieri, und hinter ihnen vernichtete Freie ferner Küsten, von der Ostsee, vom Schwarzen Meer, kettenbeladen, denen morgen im Numantinischen Kerker die Drosselschnur umgelegt wird; Zehntausende im Kolosseum, rotes grünes Licht kriecht über die Arena, auf den Rängen toben die Knoblauchfresser, drehen die Daumen nach unten, wenn von Löwen, Tigern, Auerochsen und Nashörnern Christen, Sarmaten, Goten und Pikten zermalmt werden, und wieder Triumphzüge, in denen blonde Germanenfrauen ... »Wer hier das Sagen hat, ist der Antonelli, der Staatssekretär. Weißt du, wieviel die katholische Welt, der *Orbis Catholicus,* sammelt für uns? Am verrücktesten die amerikanischen Iren, aber hinter ihnen schon recht bald die frommen Bayern – bis zu den gar nicht so frommen Herrn von der Patriotenpresse, denen das in den politischen Kram paßt, und glaubst du vielleicht, daß irgendjemand irgendeine Ahnung hat, wieviel wir, die Kreuzritter, wirklich kosten? Wir sind pro Kopf vermutlich die teuerste Armee der Welt, dafür haben wir alte Vorderlader mit vierzehn Lade-Tempi. Ich mach mit dir eine Wette auf, Mizzi, setze fünf zu eins: wenn die Italiener kommen, ernsthaft kommen, sperrt Antonelli den Laden zu, dann *darf* es keinen Kirchenstaat mehr geben, verstehst du? Die kolossalen, die wahrhaft altrömischen Schulden schwinden wie Rauch, und wer weiß dann schon, wieviel aus der Konkursmasse die komfortable Zukunft der sehr einnehmenden Familie Antonelli sicherstellt, ja, *amico mio,* so war das immer hier, denk an die Orsini, an die Colonna ...« Aber an die dachte er sicher nicht, wenn er müde und verstört durch die Routine des Dienstes ging, durch die vierzehn Tempi des päpstlichen Vorderladergewehrs, er dachte vielmehr an das Rom seiner Träume, an das Mithräum zum Beispiel, von dem er felsenfest wußte, daß es unter der Kirche San Clemente lag, an sich selbst in diesem Traum, in ein Steinloch gesteckt, bis zu den Knien in einem unterirdischen Fluß, der ihn schwarz umrauscht, über sich das Todesstöhnen eines Stiers, dessen Blut durch schmiedeeisernes Gitter auf ihn herabrinnt, rauschende schwarze Wasser, rauschende Litaneien in persisch und griechisch, rauschendes Blut des kosmischen Stiers, und dann wieder der Triumphzug irgendeines Aurelian oder Elagabalus oder Galienus, die blonde Germanenfrau in Ketten, das glatte Blondhaar bis zu den bloßen Hüften fallend, den Blick, den uneroberten, trotzig ans Nichts geheftet, und es ist immer Hildegard, immer immer Hildegard, nicht ein einziges Mal irgendeine von den Hechsenraither Hexen, nicht einmal eine Gina oder Giulia, es ist immer Hildegard, an die eisernen Triumphwägen Roms geschnallt, er direkt am Straßenrand, an der heulenden Gasse, in die heulende Menge gekeilt, er kann nicht weg, sie ist keinen Schritt mehr von ihm entfernt, und es ist immer diese Stelle im Traum auf dem Feldbett, wo er in gräßlichster heulender undefinierbarer Schuld erstarrt, wo sich sein Traum-Schrei, auf der Marterbrücke zwischen den Reichen des Traums und des Erwachens, in ein erwürgtes Stöhnen entlädt, das ihn aufweckt – schweißbedeckt, zuweilen befleckt von einem Erguß, einer gänzlich freudlosen Mahnung an seine Körperlichkeit, die er (wie die blasse Seherin der Hirtin) als Geißel und Prüfung sich auflädt, als Strafe begreift – wofür? Mit Hechsenraith hatte das nichts zu tun, auch nichts mit der hiesigen, der römischen Ausnahmesituation, denn natürlich war seine Peristaltik immer noch höchst rebellisch, von glanzvoller Verheißung war weit und nah nichts zu bemerken, wenn man von dem bißl Komfort absah, das er aus den Gina-Mansarden und Maddalena-Zimmern bezog: dies als Erfüllung der Prophetie zu deuten, die ihm von der Hohen Hirtin geworden, das wäre tatsächlich ein Hohn gewesen. Nähe und Ferne, Wahrheit und Lüge, in der Messinghitze zittern sie und verschwimmen, und er liegt, in den eigenen Schweiß gebettet, im seltsamen Trost der Unabwendbarkeit, des Wissens: es steht nicht gut, nein, es steht gar nicht gut...

Nein, es stand nicht gut um ihn, es fröstelte ihn mitten in den afrikanischen Erinnerungen des Südwinds, sein Auge verlor die Freude an den mittelmeerischen Farben, und auch die Halluzinationen setzten wieder ein, immer noch hatten sie etwas mit Straßen zu tun, aber durchwachsen von den Cäsarenträumen. So lehnte er (etwa) an einer Schmutzgasse des Borgo an der Hauswand, lauschte mit halbem Ohr den ratternden Commedia-Dialogen der hiesigen Menschheit, die sich um einen gestürzten, todkranken, da fürchterlich aufgeblähten, augenrollenden Esel drängte – als er plötzlich taumelt, nach rückwärts mit der flachen Hand ins Leere greift, sich im hampelnden Suchen nach Gleichgewicht mitten auf einer Prunkstraße findet, der Borgo ist verschwunden, weggeblasen, vom Petersplatz hinab zum Fluß ergießt sich der graue Steinstrom, und ihn herauf, ihm entgegen schreitet der Bulligste aller Cäsaren mit einem Felsenkinn, er trägt einen grauen Kriegerrock, einen schwarzen Hemdkragen und einen wunderlich aufgeputzten Fez. In lockerer Reihe hinter ihm ein Dutzend Kerle in Uniformen, die der seinen gleichen, sie haben wie er die Last der Zivilisation wieder einmal abgeworfen, – aber auch Carabinieri mit Gala-Zweispitzen und zwei drei schlau-vornehme Herren in dunklen Anzügen, und als sich Innozenz Maria umwendet, sieht er oben, am Rand des Petersplatzes, klein und weiß den Papst stehen, von Schwarz und Purpur flankiert, da grüßt doch der Nachfolger Petri einen neuen hahnenhaften Triumphator, der sich seinen Weg zur Peterskirche durch die Wohnviertel der Armen geboxt hat, er, Innozenz Maria, hört nichts, während die Fata Morgana dauert, aber die Phantom-Polizisten, die entlang der reichlich langweiligen neuen Pilastergebäude stehen und die Phantom-Menge zurückhalten, scheinen ihn zu sehen, sie winken energisch mit weißen Handschuhhänden, weg da *cafone, va via,* und er war auch schon wieder weg, das heißt sie waren weg, er lehnte ermattet an der grindigen Hauswand und sah zu, wie eine entschlossene Matrone den rechten Ärmel hochstreifte, dem Esel bis zum Ellbogen in die Hinteröffnung fuhr und das entscheidende Hindernis herausbaggerte, der Esel schrie Bravo, die Menge desgleichen, *ebbene,* sie wischte verachtend den bloßen Arm am linken Ärmel ab, nahm den abgestellten Korb auf, weg da *cafoni,* und entschwand in einem Brillantfeuerwerk von Gelächter. Er konnte nicht mitlachen. Zum ersten Mal nahm er den Kot wahr, den allgegenwärtigen, in dem er auch hier eingekerkert war, der elende Sohn Evas, das verbannte Kind auch hier, auch hier, eingeholt, eingekreist, verschlungen von der allgemeinen Gemeinheit...

Er trank zuviel vom Wein der Jugend in dieser Nacht, er fand den Majoratsherrn nicht und folglich keine Gina oder Giulia, und im Morgengrauen war ihm doppelt übel. Er begrüßte es als fast kosmische Veränderung, daß es in die Campagna auszurücken galt, auf die Felder des Hannibal, die *Campi di Annibale,* dort sollte eine Heerschau stattfinden, sie sollten alle den Segen des Heiligen Vaters empfangen, man hatte die Formationen gewissenhaft geübt, die Karrees, und es war wenigstens Landluft, trotz der Sommermiasmen. Er richtete seine Leute aus, das war Routine und gelang, das konnte er sich in seinem plötzlich sehr schlechten Zustand noch zutrauen. Der Schorsch Vollmar war schon nicht mehr da, er hatte den Dienst quittiert, »ich schaffs nicht mehr Mizzi, ich muß weg, das stinkt mir vom Magen herauf, aber denk jetzt nicht, daß ich nicht dankbar bin, ich habe viel gelernt, ich bin gereift, ich weiß jetzt, wo ich hingehör – und weißt du wohin, du wirst furchtbar lachen, zu den Sozis. Du lachst ja gar nicht, du brauchst aber auch nicht zu erschrecken, das sind Leute, die können auch die Geheimschrift nicht lesen, und sie wollen auch gar nicht, sie wollen was ganz Einfaches, nämlich leben wollen sie. Wollen anständige Arbeitszeiten, anständige Behausung, anständiges Fressen – und dann, vielleicht, etwas darüberhinaus, etwas, was du und ich hier und anderswo ganz selbstverständlich einfordern – das Plus, den Faktor X. das Höhere. Lach du nur, warum sollten sie's nicht einfordern, wir warten ja auch nicht auf das Jenseits, wir forderns auch hier ein, das

Höhere, in diesem Jammertal, ach was, wir brauchens ja gar nicht zu fordern, wir *habens,* verstehst? Sonst wären wir ja gar nicht da, ausgerechnet in Rom, ausgerechnet mitten in dieser Donquijoterie, diesem sublimen Narrenhaus, in diesem Kampf gegen Dampfmühlen und Fortschritt. Mensch Mizzi, du und deine Bauern, ihr rennt ja auch dagegen an, aber so herum geht kein Weg, der führt in die Maremma, in den Morast, schau dir doch das nur an, das geht doch bloß mit dieser doppelten Buchführung, Mensch Mizzi, Diesseits und Jenseits gegeneinander verrechenbar, und doch auf getrennten Konten, nein mir reichts, und den Besten hats immer schon gereicht, nimm Franz von Assisi – ja was willst denn überhaupt, meinst du vielleicht, ihr habt den fix auf eurem Konto Höheres, und die Sozi haben den nicht? Da hab ich doch ein bisserl mehr Respekt vor der abendländischen Geschichte wie du . . .«

Es war ein sehr schönes, ein Laterna-Magica-Bild hier auf den Feldern des Hannibal, die Karrees waren gestochen viereckig, ziemlich weit weg war eine Schachtel aus weißer Seide errichtet, zur Truppe hin offen, dort würde der Papst stehen und sie segnen, Fahnen und Wimpel flatterten leicht in einer plötzlichen heißen Brise, es war vermutlich alles sehr farbenfroh, nur konnte Innozenz Maria keine Farben mehr sehen, sie waren ihm in den letzten Tagen abhanden gekommen, die Welt war schwarz und weiß, vielmehr dunkelgrau oder dunkelbraun und mattgelb, die Farbskala einer nicht sehr guten Daguerrotypie. So mochte Hannibal, der Einäugige, die Welt gesehen haben in seinem engverstrebten und vereidigten Haß, in seiner Monomanie, Rom zu erledigen, er hatte in Spanien ein eigenes Imperium gegründet, und von dort griff er an, mit seinen Elefanten und seinen numidischen Reitern und iberischen Söldnern, und er gab nie zu, wenn er verloren hatte, nie, er war nach der Niederlage, die ihm die eisernen römischen Saubauern verpaßt hatten, nach Kleinasien geflohen und hatte dort weiter gegen Rom gehetzt, ein unversöhnlicher Verlierer, der den Spruch der Geschichte nicht anerkannte. Mußte man das denn? Innozenz Maria wischte sich kalten Schweiß von der Stirn, er dachte an seinen Zyprian, der hatte geheult wie ein Schloßhund, als er merkte, daß Montcalm gegen die Rotröcke verlor, im *Lederstrumpf* wie in den Geschichtsbüchern. Und was ist das eigentlich, ein Verlierer? Oder auch ein Gewinner? Auf gewisse Weise hatte ja Rom verloren, und zwar gründlich, gegen die Standhaften auf den Rosten und in den Ölkesseln und am Marterpfahl vor den Bogenschützen und im Kolosseum vor der exotischen Fauna, aber gerade dadurch hatte Rom wieder gewonnen, nicht nur das päpstliche, in diesem merkwürdigen permanenten Bürgerkrieg der Christenheit, der nun bald zweitausend Jahre dauerte, an dem der dicke Wilhelm von Sandizell beteiligt war und der Kaiser Konstantin und, eben jetzt, der Schorsch Vollmar – denn in diesem Bürgerkrieg wurde gerade das Beste am alten Rom wieder möglich und unumgänglich, in einem Europa der Wilden und Halbwilden: Ordnung Klarheit Organisation, wo wären sie denn zu finden gewesen, wenn nicht in Rom. Die Seidenschachtel war immer noch leer, der Papst ließ sich Zeit, vielleicht war auch nur die Lokomotive des Sonderzugs kaputt, der ihn herbringen sollte, Innozenz Maria fühlte eine brutale Schwäche, die sich seiner Beine bemächtigte, die sein Leben von Hüften bis zu den Knöcheln in die Eingeweide der Erde zu ziehen schien, dafür sah er wieder Farben, ganz plötzlich, und er sah etwas, was er bis dahin noch nie gesehen hatte: es stimmte alles nicht. Das war kein päpstlich-katholisches, das war kein Kreuzzugsheer. Wie sahen sie denn aus, er und die Seinen, das letzte katholische Heer? Sie sahen genauso aus wie die Piemontesen oder die Franzosen oder die Yankees oder die bourbonischen Truppen der zwei Sizilien: die unvermeidlichen Képis, die unvermeidlichen Sansculottenhosen, die üblichen Schwalbennester auf den Schultern der Offiziere. Die Farben waren ein bisserl anders, die Rangabzeichen – aber das wars dann schon. So sah es also aus, das Heer der Kreuzritter, und er wußte, daß das einfach nicht stimmte, daß es einfach nicht so aussehen durfte. Er empfand, was er bei Schorsch Vollmars Gerede nie empfunden hatte: fundamentalen Zweifel. Hier müßten doch, wie in Vézelay vor dem Bernhard von Claravallis, Ritter stehen; Ritter mit Greifen und Federbüschen und Steinbockhörnern auf den Helmen, mit knallbunten Schilden, mit trutzigen Halsbergen. Oder doch die Schweizer des Michelangelo mit ihren zauberhaft abgestimmten Ärmeln und geschlitzten Pumphosen und Sturmhauben und Hellebarden. Oder doch wenigstens die praxisverachtenden Dreispitze, Fräcke, Schnallenschuhe des großen Eugenio von Savoy oder des eitlen Max Emmanuel. Was sie hier anhatten, war Muff, war der totale Mangel an Ideen, war alles zusammengeklaut, und noch dazu aus billigster Quelle, von den schlauen Piemontesen oder dem Usurpator in Frankreich oder den überseeischen Yankees. Da war doch der verrückte Garibaldi um Vieles besser, im Sombrero und Poncho und seinen brandroten Blusen, der hatte wenigstens den flamboyanten Stil, der war mit tausend Mann aus Genua ausgerückt und hatte ganz Süditalien erobert, o warum warum kann uns, den wahren Kreuzrittern, nichts Besseres einfallen, wenigstens ein geglücktes Accessoire wie der antikische Raupenhelm unserer Bayern, o Gott, o Heiliger Geist, warum müssen wir uns anpassen, vielleicht müßten wir gar nicht, vielleicht dürften wirs gar nicht, vielleicht wartet die Welt tiefinnen auf gar nichts anderes als auf ein päpstliches Ritterheer oder eine päpstliche Schweizergarde oder päpstliche Dreispitz-Pikette – oder, anders herum, auf päpstliche Bauernheere, auf päpstliche Sombreros, auf päpstliche Bauern-Partisanen, jawohl, wie dieser Herr von Pahl sie befürchtete, leider grundlos. Dann würde man nicht hiersitzen und warten. Dann würde man hinausmarschieren können, den Stiefel hinauf und hinunter, und über die Alpen nach Norden und über Venetien nach Osten und über Nizza nach Westen, und dann würde glaubhaft sein, daß die siegreiche Wahrheit marschiert, daß es mit der Doppelten Buchführung ein Ende hat und mit allen Geheimschriften: mit dem Fluch der Intriganz, die gerade auch auf Bayern lastet, er dachte dabei ganz flüchtig an Meisinger...

Und da fiel ihm ein, was Amélie beim Abschied gesagt hatte, er hatte sie hochgehoben, sie war schon reichlich schwer, ihre engen Augen rechts und links von der breiten Nase hatten gelacht: »Babba tscheid. Babba tommt heim.« Und die Welt wurde schwarzweiß und nicht einmal das, sie wurde gelbbraun, verlor sich in der Farbe des Kots, des verhaßten, das hier mußte ein Ende haben, und so gab er weithin vernehmbar den Befehl: »Wegtreten in die Unterkünfte!« und fühlte nicht ohne Erheiterung die starren Augen der Männer auf sich gerichtet, während er in die Knie sank, dann ganz langsam nach vorn, mit dem Gesicht in die bitteren Kräuter der Campagna... Er spürte noch, wie sich sein Lebensproblem löste, buchstäblich löste.

Denn die Seherin hatte recht gehabt, die Verheißung war in Erfüllung gegangen, über jede Erwartung und jedes Maß hinaus: er hatte die Amöbenruhr. Der Himmel hatte, wie so oft, etwas übertrieben. – –

– – Nach der Kraftlosigkeit kam das Fieber. Kalte und heiße Ohnmachten, der Blick in ein gotisches Zwickelgewölbe, vor dem die Hauben der Vinzentinerinnen flatterten wie keusche weiße Geier. Nun, da alles feststeht, verlassen wir ihn nicht. Harren wir aus an seinem Elendslager, am Lager des Verbannten, trösten wir uns damit, daß er nun ganz anders träumt, andere Gesichte hat, versöhnliche meist, seine Seele ist ihm voraus im Erbbegräbnis, er hört die Pilger singen, die über die Fluren nach

Tuntenhausen ziehen, spürt sich auf Meeren, auf weißen und weinfarbenen, er grüßt den Meerstern, während er ausrinnt, unterwegs an den Küsten des Heiligen Landes, unterwegs als Troubadour zur Prinzessin, die er sein ganzes Kreuzfahrer- und Pilgerleben lang gesucht hat, und die er nun gleich erreichen wird, und er sieht in letzter Gewährung der Zukunftsschau, die ihn (eigentlich) nie betrogen hat, das Trapez von Schloß Busselwang in einer Sommernacht, auf allen Simsen unterhalb der Arkadenbrüstungen stehen Lichtlein in roten durchsichtigen Bechern, und das Orchester an der Südwand spielt Mozarts Kleine Nachtmusik. Warum hatten wir nie daran gedacht, fragt er sich, fragt Hildegard, in deren Schoß plötzlich sein Haupt ruht (und die in mehrtägiger Bahnfahrt, mit abenteuerlichen Extra-Posten, aus der Heimat nach Rom geeilt war), fragt und verstummt gleichzeitig, denn es gibt nichts mehr zu fragen. Es war und ist der Traum aller Kreuz- und Pilgerfahrer: so zu enden, so ans Ziel zu gelangen, die Augen auf die Augen der immerdar Angebeteten und nie Erreichten geheftet, auf ihre steinschwarzen Augen vor halbmondförmigem Kragen und über schimmernder Robe, auf sie, die in unendlicher Barmherzigkeit auf ihn herabblickt. »Jaufré«, sagt er verlöschend. »Jaufré soll er heißen.« So erfüllt sich die Pilgerfahrt, *Eia ergo advocata nostra, illos tuos oculos ad nos converte.* Babba tscheid tommt heim.

Die Inschrift im Erbbegräbnis lautet:

Hier + ruht
der Hochgeborene hochedle Herr
Innozenz Maria Graf von B.-Titlmoos
k. b. Kämmerer, Hauptmann à la suite, Ritter des kgl. b. Hausritterordens vom hl. Georg, Ritter des Militär-Verdienstordens, Commandeur des päpstl. Gregorius-Ordens etc., Gutsbesitzer auf Busselwang
geb. 9. Apr. 1829 gest. 19. 7. 1868

Ruhe nun in Frieden, du kindlich frommer Sohn der kathol. Kirche, muthiger und unerschrockener Vertheidiger ihrer Rechte, Du edler Wohlthäter der nothleidenden Menschheit, Kreuzfahrer und Märtyrer. Deine Werke folgen dir nach zum ewigen Lohne, lassen uns aber ein helleuchtendes Beispiel zurück zur Nachfolge für alle Zeiten.

Gropp Redivivus

Alles ist gut gegangen, der brave Gropp ist geheilt, hat sich wirksam verlobt in seiner Todesnot, hat die richtige Weihstatt gewählt: die der Allerseligsten Jungfrau und Mutter zu Tuntenhausen in Bayern, die ihm in seinem Elend geoffenbart wurde. Lang hat er so aufs Letzte gelegen, durch die Ritzen seines schwarzen Schobers wehts linder, und es riecht süßer nach dem alljährlichen Mirakel des Frühjahrs. Ziehn da nicht Almglocken vorbei? Da muß er einen mordsmäßig langen Heilschlaf getan haben, in dem es sakramentisch wilde Träume gesetzt hat. Keine himmlischen, das schwant ihm, will sich gar nicht mehr erinnern, so wüst sind sie gewesen. Sollt es aber wohl, gewissenhafterweise, in aller Sorgfalt – denn was einem, der nach der höchsten Gnade der glücklichen Sterbstunde strebt, *in extremis,* im Geiergriff der Todesnot geschickt wird, das ist des genauen Deliberierens und Meditierens wohl wert.

Streckt sich also auf dem Buckel aus (das Kranewittergezweig unterm Sackrupfen fühlt sich kommod an, muß ihm eine mitleidige Seele in seinem bewußtlosen Elend beigestanden sein), legt die Knochenhände übereinander auf die Brust (auch einen gar nicht schlechten Rock muß die mitleidige Seele zugesteuert haben) und schaut nach oben in die rußfettigen Sparren hinein, läßt die Augäpfel nach innen schwimmen, wie ers von uralter ferner Weisheit gelernt hat, und schickt seine Seele auf Kundfahrt, hinter den wilden langen Träumen her.

Das hat er gelernt in vielen Jahren, der Gropp, das ist seine Handwerkskunst. Und so steigts denn empor nach ein oder zwei Vaterunserlängen, der grausame Pilgerweg insgesamt:

– Betteln und Fragen um TUN TUN TE TEN HAU SEN und Zehrung –

– Zerren und Schnaufen zur Scharten hinauf –
– die blöde Bötin in schneeiger Ödnis –
– Brisefer, Schlagtot, Spavento, das grausige Weggeld –
– die vernichtete Hofstatt der Hoffart im glasigen Trichter –
– die begriffene Kunde: SIC TRANSIT GLORIA MUNDI –
– dann ergriffen von reisigen Reitern –
– gestellt vor die Eisernen zwischen den Zelten –
– und dann SIE, die Himmelskaiserin, aufs Banner gebannt, Magd der Mächtigen, Meduse des Reichs, Schreckscheuche der feindlichen Reihen –
– und dann kein Hinreden mehr an die Tauben, keine Predigt und Prophezeiung
als ihre, der gefangenen Kaiserin, Befreiung.
– Wurzel der Hoffart, aus dem Erdreich gerissen.
– Damastener Lästerfetzen, gepackt und zerschlissen.
Und dann so sicher wie das Amen im Hochamt, wie das Geld für den Judas, wie das Kreuz für den Menschensohn –
– sicherer wie Kreuz und Leid für den Christenmenschen –
– die Rage des Fürsten, die Wut des de Werth, der Faustschlag, das Fallen unter die faltigen Stiefel, der letzte befreiende Zoll, freudig gezahlt...
Ja, das ist schon ein herrlicher Traum, der ihm gegönnt ward, kein Zweifel. Ein Pilgerweg mit geistlichem Gewinn: Gabe, obendrauf gelegt auf die Genesung. Und als obs noch nicht genug wär für die verständige christliche Seele, wars ihm vergönnt, auch noch vom Mirakel der Rettung zu träumen:
– Der de Werth, so hats ihm geträumt, hat sein riesiges Korbschwert gezogen; hats schon in Lüften geschwungen – »Der Schwed!« schreits da von fernher und nahher; schreits, und die Ordonnanzen und Salvaguardias rennen, der Kurfürst schwindet wie Rauch, sein Beichtvater auch, und der de Werth: »Mein Roß her!«, schreit der, springt

dem Gropp ins Kreuz, daß es kracht, und »Hakapääll! Hakapääll!«, gellt es näher und näher, es sind die grausigen finnischen Reiter, die Hakkapeellitat, die Kopf-ab-, die Drauf-und-dran-Galoppierer, geboren aus Rauch und Morast im heidnischen Norden, drei- und viereckige grauaugete Gesichter unter den Sturmhauben, reißen die unteren Zelte schon in Fetzen. Hakenbüchsen krachen da und dort, und: »Madonna della Vittoria!«, brüllt der de Werth, der das Dreieck der Mostra-Piazza hinuntersprengt auf einem riesigen Hengst, zwei Pistolen brennt er ab, dann hebt er sich in den Steigbügeln, zieht den Bihänder aus der Sattelschlaufe und hebt ein erschreckliches Blutbad an. Der Gropp siehts, sieht das Mord-Spektakel, beiderseits für Sieg und Glauben auf dem Kriegstheatrum in Scene gesetzt, ist flink auf den Beinen wie ein Eichkater, rennt durch die niedergerissenen, schiefen, dampfumwedelten Zelte, immer das Bannertuch umarmend, hindurch zwischen Reiter-Kreiseln aus grauen Schwertblitzen, »Hakapääll! Madonna!«, merkt nicht mehr auf, ob es gutgeht für die Katholischen, sondern ist schon in einen Hohlweg gepurzelt, ist schon am andern End hinauf, rennt, wundersam gestärkt durch die Kuh- und Schöps-Suppen der bayrischen Armada, dem nahen Filz- und Krüppelwald zu ...

Jetzt heißts sinnieren: Wie ist es weitergegangen in seinem Traum? Pfade schaut er, Pfade zwischen Dörfern und grimmigen Verhauen im Holz. Mauerwerk von abgebrannten Kirchen. Nächtliche Plätze, kreisrund aus dem Latschen- und Birkenfilz gehauen. Bauern mit Schlachtengerät, Weiber mit Knochengesichtern, Kinder mit Schuhu-Augen. Einer (es wird wohl er, der Gropp, gewesen sein) weist ihnen das befreite Banner der Himmelskaiserin. Einer (ja, er wars wohl selber) deutet ihnen die Botschaft im Feuerschein. Einer (ja ja, er wars) ruft herauf die Stimme in Ramah, Rachel, die um ihre Kinder weint und sich nicht will trösten lassen. Einer (akkurat so hat ers geträumt) weist ihnen das Blut und den Kot auf der zerrissenen Fahne. Und einer wird weitergewiesen, heimlich, von Verhau zu Verhau, von Dorf zu Dorf, mit Wegzehrung versehen, kraftvoll ausschreitend, mit nicht mehr als Sandalen an den Füßen, sehet, das Reich ist nah. An den Türmen und Quartieren der Eisernen haben sie ihn vorbeigeschwärzt, haben ihn aus dem Churbairischen ins Tirolische returniert, im Traum hat er Kraft und Fleisch und Macht der Verkündung angesetzt, hat seine Botschaft hinterlassen, wie der Sämann, der sie unter Dornen und auf dürrem Grund, aber auch auf guter Erde auswirft. Offenbarlich ist er bewahrt geblieben (so hats ihm geträumt), bis er seinen Schober wiedergefunden, seine tausendfach geprüfte Heimat, in der fromme Seelen schon den Kot der Sterbenskrankheit und das faule Gezweig ausgewechselt, denn seine Fama ist ihm vorausgelaufen, Ehrfurcht ist ihm, dem Verachteten, zugewachsen.

Ein guter Traum, so findet der Gropp, für den auf Knien zu danken ist. Und er tuts: er rappelt sich auf, er beugt die rüstigen Knie auf die trockene Erde, faltet die Hände, neigt sein schneeiges Haupt.

Aber wenns geträumt war: was bewegt den Kurfürsten Maximilian, das Folgende ins Mirakelbuch von Tuntenhausen eintragen zu lassen:

> *Dem Andreas Gropp, Einsiedel in Mühlen bei Innsbruck, erschien im Geiste ein Marienbild nebst Kirche und Hochaltar und der ihm* GANZ FREMDE NAME TUNTENHAUSEN, *wohin er sich verlobte und gesund wurde 1641 –*

Denn dies ist nachzulesen, bitte, an der Tuntenhausener Kirchenmauer bis auf den heutigen Tag, wie wir anfangs gesehen.

Und wenns geträumt war: warum hängt, sorgsam in Gebirgsbächen ausgewaschen und dennoch, immer noch, mit dem Blut und dem Kot des wahrhaftigen Lebens befleckt, das viereckige Stück Damast, das Banner der Rechtgläubigen, die MADONNA DELLA VITTORIA, an der Bretterwand von Gropps glückseliger Sterbstunde?

Die Bräukasparleni und die Athena Xenon – oder: Das Stückl wird gut zuend gebracht

... Zuwiderhandlungen sind Ordnungswidrigkeiten und können mit einer Geldstrafe bis zu DM 10 000.- geahndet werden.
Bildgeräte, Lichtbilder, Zeichnungen, Skizzen und andere bildliche Darstellungen, auf die sich eine solche Ordnungswidrigkeit bezieht, können eingezogen werden (§ 27 Schutzbereichsgesetz).
Wehrbereichsverwaltung VII – Schutzbeauftragter.

Doctor Cyriakus Fernbrugger hatte vorgelesen und schwieg. Alle anderen taten es ihm bestürzt nach. Die fremde Festung, das eintönige Grün ringsum, das leblose Kronau jenseits des kleinen Tals: das machte schon zu schaffen. Zerschmetternder aber war die finanzielle Drohung. Zehntausend Mark Silber also wurde der gepönt, der das Geheimnis dieses Platzes brach! Welcher Grundherr, welcher Fürst oder Prälat hätte dergleichen zusammenkratzen können? In welch drakonischer Zeit waren sie angekommen, die Comoedianten, sah so die apokalyptische Zukunft aus?
Der Wind wurde kaum stärker, pustete aber boshaft in wirren Stößen, ließ Fürtücher und Haarlocken erbeben. Nur die Augen der Pilger blieben starr, wurden höchstens noch stierer, als sie sich auf das breite Gittertor richteten, welches jetzt aufsprang, von Geisterhand (oder einer höchst ingeniösen Maschine) bedient.
Vom höchsten Punkt der Fortifikation, das heißt der NATO-Station für NIKE-Raketen Lampferting, kam die Hohe Herrin zum Tor herabgeschritten, die neue PATRONA BAVARIAE, die Athena – »Xenon!« riefen Leni und Kathi aus einem furchtsamen Munde. Denn sie ist es –

zirka drei Meter groß, das heißt knappe drei Klafter, besteht sie äußerlich aus gebläutem Stahl und innerlich aus höchst verfeinerten Leydener Flaschen, aus Drähten und wundersam winziger Hafnerarbeit. Welcher Fortschritt ist das gegenüber der Antike, ihr Wallfahrer! Damals in Griechenland hupfte aus dem Haupt des Allvaters zwar auch eine vollarmierte Göttin mit Speer und Panzer und dem Gesicht der Medusa auf dem Schilde; aber Haut und Innereien hatte man sich, den bornierten Möglichkeiten jenes Äons entsprechend, immerhin aus dem üblichen (wenn auch olympisch genährten) organischen Material gedacht. Wie folgerichtiger ist es doch, die allmächtige Schutzgöttin der Polis, die Herrin über bewaffnete Planung und geplante Bewaffnung, gleich völlig als Tochter der Invention, der hohen Mechanik und der Wissenschaft anzutreffen! Das Medusen-Antlitz, die Gorgo, kann sie sich überhaupt einsparen – dieses Sinnbild der ABSCHREKKUNG sitzt ihr als eigenster Kopf auf dem Halsberg, mit brennroten kreisrunden Scheinwerferaugen und den goldenen und rubinroten Vierecken mit dem X über der stählernen Nasenwurzel. Dieser Kopf ist drehbar, dreihundertsechziggrädig in der Waagrechten und, immerhin, sechziggrädig in der Vertikalen, zwecks Nicken beziehungsweise Zielerfassung. Auch die Gelenke ihrer Extremitäten, goldgeätzter Stahl, sind in gewissen Grenzen gegeneinander drehbar und längs beweglich.

So stund sie vor denen Pilgramen, gleißend im Sonnenglast, an und ab von Wolkenschatten überblinzelt, die jüngste und mächtigste Herrin des Abendlands; öffnete ihre aus Hexameroldivinylpolyester gefertigten karminroten Lippen und sprach mit leicht mittelmeerischem Elektronen-Akzent:

Fürchtet euch nicht, ihr Waller ihr frommen:
Ihr seid der Athena Xenon willkommen!

Das mit dem Nicht-Fürchten war natürlich leichter gesagt

als getan, die Pilgerinnen und Pilger kauerten vielmehr in Gruppen wie die Hirten in neapolitanischen Kripperln, wenn der Weihnachtsengel erscheint, bloß viel, viel schreckhafter. Der Pater Umgang gar hatte sich wahrhaftig mit den Knien auf den grauen Gußstein geschmissen, hatte die Arme in der Manier des Oranten geöffnet und ließ hemmungslos die Unterlefze zittern. Nur die Bräukasparleni stand – zwar leichenblaß, aber die Lider halb zusammengezwickt und vorgeneigt wie jemand, der genau nach einem Stück Wildbret ausschaut; und Cyriak mußte, der männlichen Rolle halber, ganz aufrecht stehn, weil sich die Kathi tintenfischig an ihn klammerte (was sie wohl die nächsten zwanzig dreißig Jahre nicht aufgeben würde). »Halt mi, Cyriakl, halt mi«, winselte sie, wollüstigem Schreck hingegeben. »Die Xenon, halt mi!«
Die aber fuhr mittelmeerisch-elektrisch fort:

Ihr frommen Pilger, daß ihrs nur wißt:
Euer Suchen itzt zuende ist.
Nach manniglich Irrtum und mancherlei Pein
Hat die Welt sich neu gerichtet ein.

Wurmfraß und Fraisen, Filzlaus und Not,
Die sind nun auf ewige Zeiten tot.
Der Grund liegt in der göttlichen Kraft
Von Invention und Natur-Wissenschaft.

»Alle guten Geister loben Gott!« So der Peregrinus de Colle Sancto, sich auf den Knien wiegend, die Kuttenarme gebreitet, »Sag an, bist du kein Nachtmahr, kein Trugbild, sondern ein Geschöpf Gottes wie wir alle?«
Liebreich kippte die Xenon ihr Haupt zehn Grad nach unten, drehte es um fünfundzwanzig Grad, um den ringenden Gottesmann aus elektrischen Augen zu fixieren:

Du frommer Pater, dir sag ichs gern,
Daß ich wohlgefällig bin dem Herrn.

In deiner Seelen-Manufaktur
Findst du von mir so manche Spur:
Feder und Unruh, bengalisches Feuer,
Zahnrad und Seilzug, sie sind dir ja teuer,
Hast doch selber zu heilsamem Schrecken
Und anderen Seelsorgs-Zwecken
Sie weidlich genutzt und mit gutem Gelingen –
Hat geholfen uns in die Endzeit zu bringen.

Und ihr Haupt wieder in Grundstellung justierend, die Arme in den kardanischen Gelenken seitlich erhoben:

Gott der Herr hat zum bessern Leben
Uns ratzibutz die Schöpfung geben:
Alles was kreucht und alles was fleucht,
Was in neptunische Tiefen reicht,
Was Vulcan an erdinnern Feuern
Siedet und schmiedet, den ungeheuern,
Was durch die Luft fährt an raren Gasen,
Was die Kräutlein an Säften gerinnen lassen –

So bin Ich, wenn mans nur recht erkennt,
Zur Schöpfung des fünfte Element:
Quinta essentia, allerfeinste Erkenntnis:
Traun, damit hats nur fromme Bewandtnis.

Sei's nun, daß ihm der ausgerutschte Endreim zu viel; sei's einfach, daß der Cyriakus Fernbrugger kein Mann blitzartiger Riposten war: jedenfalls überwand er jetzt seine Starre, holte aufklärerischen Mannesmut aus der Brust, befreite seinen rechten Arm von der Kathi und wies entschlossen nach oben, wo zwei von drei Fisch- oder Vogelschnäbeln übers Gebüsch spitzten: »Sprich, ist dies nicht eine Fortifikation? Und sind jene Ballisten da droben nicht fürchterliche Geschosse? Ists nicht an dem, daß sie mehr Tod bergen als alle die Artigleria früherer Zeiten zusammen? Was aber wird aus der Schöpfung und dem bessern Leben, wenn du diese abschnellst? Ist dann die Welt nicht ratzibutz hinüber in die Apokalypse Johannis?

Dazu ist die Menschheit fürwahr nicht ins Licht geschritten!«
Ei, das gefiel der Herrin Athena aber gar nicht. Das rote Licht in ihren Pupillen gloste erschrecklich, pulste auf und nieder, ihre Hände rotierten in den Gelenken, weckten Böen auf, die eiskalt um die Flanken des Asperbergs heranpfiffen, die Leydener Flaschen fütterten doppelt soviel Stärke in ihren Stimmkasten:

Nein nein – so wirds nicht sein!
Sie schützen uns vor dem gottlosen Kain!
Die Armaturen sind so formidabel,
Derpatschen den Kain zusammt mit dem Abel,
Drum haut Kain nit mehr zu, er wär schön dumm,
Brächt sich dabei bloß selber um.

Ja, Luzifer ist für immer gebunden,
Haben die wahren Ketten für ihn gefunden –
Und wir haben fortan auf Erden hinieden
für die christlichen Nationen ewigen Frieden!

Cyriaks freymäurerischem Mißtrauen kam das löchrig vor, aber die andern Pilger neigten sich ehrfürchtig, hielten Hüte und Tücher im Windpfeifen fest, und der Pater Umgang erhob sich vom Geiste beseelt, wankte selig mit ausgebreiteten Armen auf die Herrin des Asperbergs zu, welche ihrerseits, wahrhaftig! den linken Stahlschuh vorstellte und das rechte Knie abbog zum Straßenstein hinunter, gnaggnagg, die Gelenkfinger ausstreckte, ihren Adepten zu empfangen, der so hingerissen war, daß er nun seinerseits reimte:

»Fürwahr, meine ärmlichen Inventionen,
Calfonium, Kometen und Exhibitionen,
Schnürlzüge für die vertrackten Kortinen,
Pappdeckeldrachen und Windmaschinen,
Zerknirsch-Spektakel, mühsam erdacht,
Sind in Dir *gloriose* zu End gebracht.

Gotteswerk beides, appliziertes Ingenium,
Bracht zuweg ein gesegnets Millenium –
Und so empfehl ich mich Euch, gehorsamster
Diener,
Pater Peregrinus Hambucher, Kapuziner.«

Und war doch wirklich und wahrhaftig dabei, der XENON in die rostfreien Arme zu sinken...
Doch da gibts die Bräukasparleni. Da gibts ihren Weg und sein Geheimnis, da offenbart sich nun zweifelsfrei ihre Bestimmung. Rehfüßig springt sie die steile Straße hinauf, schubst den Pater weg, der jäh und unverhofft nach rechts ins Gras torkelt, zielt mit weißem, flippergeschultem Finger auf die fürchterliche Göttin und spricht leise, aber selbst über den Wind hinweg allen hörbar:
»Spielzeug bist. Verschwind. Du bist die Xenon aus dem Flipperkasten. Geh zruck zum Haberl nach Emmering, da ghörst hin.«
Die Welt steht still.
Jedermann weiß, was passiert, wenn ein böser Geist erkannt und beim Namen gerufen wird – wenigstens so ungefähr. Aber natürlich gehts bei einer so hehren Göttin nicht ohne gehörigen Krach ab. Aufspringt die XENON, kreischt wie das Bandblatt im Sägwerk, wenns auf einen übersehenen Nagel trifft, ihre Augen flammen noch einmal auf, höllisch diesmal, und hupfen dann, zwei rote Bälle, aufs Pflaster. Die Arme springen gnaggnagg aus den Schulterpfannen und baumeln lachhaft an hopsenden Spiralfedern, der blaustählerne Torso wackelt. Aufstampft sie wild in verreckendem Zorn und saust mit dem kompletten Haxen in den Boden, weil die steinerne Unterlage weg ist, es tut einen dumpfroten Pfaucher, wie wenn ein mächtiger Drache im Asperberg zu niesen anfängt, und er niest zwei-, drei-, fünfmal, die Fortifikationen purzeln durcheinander und verschwinden, und wenn sich auch die verschreckten Rösser vor den Frachtwagen

aufbäumen, es passiert nichts, vielmehr ist der ganze Bichl auf einmal saubergefegt samt allem Draht- und Raketenplunder, liegt jungfräulich und mäßig bewachsen da wie seit den Tagen der Nacheiszeit, und die XENON samt ihren Werken ist weg, vermutlich zurückgekrochen in ihren Flipperkasten wie weiland die orientalischen Genien in ihre salomonischen Flaschen.

Bedürfte es da noch eines weiteren Fingerzeigs? Liegt der Wunsch des Himmels, der Plan der Wallfahrt nicht offen zutag? Lautjubelnd stemmen sich die Pilger in die Radspeichen, helfen den Gäulen den nun wieder bescheidenen Karrenweg hinauf, werfen die Planen von den Weidenreifen und folgen dem exerzierten Drill des Aufbaus mit Begeisterung. Keine halbe Stund dauerts, daß die Bühne zwischen den Wagen steht, der Rahmen für die Kortine wird hochgewuchtet. Der Hafner wirft sich in Pluvial und Papstkrone, und es kann losgehen.

Der Vorsehung entsprichts wohl auch, daß just zum Beginn des frommen Spektakels die Waller aus Tegernau und Emmering, dann von Hagging und Dichau und sogar Grafing von Kronau herunterströmen mit Fahnen und Kreuzen und sogar einer Blaskapelle, sauber über die steinerne Brücke defilieren, dankbar auf dem Hang sich formieren. Alles, nicht nur die Kortine, geht am Schnürl, der Gottvater ist majestätisch wie immer, die Schinderbuben sind nicht nur resch herumflitzende Winde, sondern auch höchst muntere und schurkische Handwerksgesellen, welche den Bauherrn Noe ganz schön ins Schwitzen bringen –

SEPP: *Wie Hans leih mir dein Messer.*
HANS: *Was thust damit?*
SEPP: *Das Tellerfleisch aufschneidn.*
Siehst nicht, des strengen Herrn seine Diendl bringens
schon von weitn.
HANS: *Wie? Wo? Thust mich gwiß voppn,*

Ich gei dir gleich ein Weixl auf d'Joppn,
Daß dir d'Lungl in Lüften tanzt.
LIPPL: *Ist all's zu knik'risch, zu verschwanzt,*
Er geyt nit gern der strenge Herr...

Cybelens Auftritt in Reifrock und Fächer ist hinreißend – aber den donnerndsten Applaus heimst die Kathi-Neptuna ein, Schinkenfäustlein schüttelnd, lachhafte Drohungen und Comandos verstreuend –

Gelts Bubn! Itzt seht ihr aus wie Geister?
Blaich, wie ein g'spibnes Apfelmuß.
Wie oft hab' ich g'schrien: Thuts fein Buß.
Nein! Ihr ließt das Radl laufen,
Itzund könnt ihr brav versaufen!

»Bravo bravo!« schrien da die frommen Waller ringsum, die immer mehr wurden, waren jetzt Leute dabei, auf deren Banner standen große Inschriften wie »STOPPT DIE INNTAL-AUTOBAHN« und »KEIN KERNKRAFTWERK BEI ROSENHEIM!« – »Jawoi, sags dene!« – »Dasaufn sollns!« Und die Exhibitionen rollten ab wie am Schnürl, kein Strick verhakte sich, keine Kortine blieb hängen, – dies trotz des Faktums, daß weit und breit kein Pater Umgang zu sehen war. Daraus mochte zunächst nichts Aufregenderes erhellen als die Erkenntnis, daß das ständige und hitzige Herumfuhrwerken des Spielleiters eher schädlich als nützlich auf die geübten Spieler eingewirkt; aber Cyriakus, der Kathis carnevalistische Bühnenkunst mit wachsendem Wohlgefallen beäugt, macht sich plötzlich seine sehr humanen Gedanken um den Kapuziner, steigt zwischen den Zuschauergruppen auf dem zertretenen Gras herum, entdeckt dann den braunen Kuttenfleck unten, an der grausteinernen Kronauer Brucken, wo er wahrhaftig weggeschmissen kauert.

Er wagt sich nicht neben ihn zu setzen, spricht ihn vielmehr aus dem Stand tröstend an: »Sitzet jetzt nicht an den Wassern von Babylon, Hochwürn, mit abgehängter

Harpfen. Enker Spiel da droben rennt recht lieblich und mit sehr heilsamem Effekt. Mich deucht, uns ist mehr zuteil geworden, als wir erwarten gedurft. Das ist der schlechteste Prophet nicht, der solches zuweg bringt.«
»Mir fehlt«, brummt der zertretene Peregrin, »die *discretio* – das ist die Unterscheidung der Geister. Diese verdruckste Abigail, die Bräukasparleni, ist dem Priester Gottes davongerennt wie ein Kinihas der braunen Krot. So dünk ich mich jetzt, Herr Medicus – eine alte braune Kuttenkrot, die im Reich der Geister nur animalisch blinzeln kunnt.«
»Was redt Ihr da!« schrie der Cyriak fuchsteufelswild. »Wie sollt da erst mir zumut sein, der ich die Leuchte der Vernunft unter allen Conditionen voranzutragen geschworen, und itzt mitten in die Phantasmagorien der übelsten gotischen Imagination geraten bin – unter welchen Phantasmen diese Jungfern sich zierlich und todsicher herumtreiben? Ihr mit Euren Geißbock-Hexen, mit dem Theaterwerk aus mechanischen und anderen Illusionen, Ihr habts doch tausend Schritt kürzer gehabt zu dieser elektrischen Vision wie ich. Frischauf, parbleu! Man wart' auf Öng, hat Angst um Öng. Meine Hand.« Und Cyriak bückt sich rasch, ergreift die Schaufelpratzen des Paters, einen Augenblick lang bleiben sie so verbunden, dann steht Pater Peregrinus de Colle Sancto langsam, langsam auf. »Gratias, Bruder«, sagt er schlicht. – –
– Auf dem Bergl droben war inzwischen das Woverl triumphierend als Hex auf dem Geißbock geritten; hatten sich Sturm und Wind und Gewitter in fürchterlichen Paukenschlägen und einigen Pfund Kolophonium entladen; die Sündflut ist pflichtgemäß auf- und wieder abgelaufen, und Peregrinus und Cyriak kommen zurecht zum versöhnlich-versöhnenden Schluß, der sich im zielbewußten Herumflattern der ausgestopften Tauberln ankündigt. Es folgt nun im Scenenbuch die XIX. Exhibition, die wie folgt beschrieben ist:

Gott Vater macht das Fenster im Himmel gleich wieder zu. Ein Engl schiebt den Rigl bei der Arch zruck, und verschwindet. Noe geht heraus mit seiner Familie, und die Thiere auch, wie sie hineingegangen sind.

Nun erinnert sich der aufmerksame Leser, daß dieser tierische Ausmarsch mit den Schweifen voraus stattzufinden hat, weil die Bestien alle nur auf einer Seiten bemalt sind. (P. Peregrinus hatte ja gerad auf die Collekte bei den erschütterten Zuschauern reflektiert, um diese Unvollkommenheit zu beheben.) Für die Zwecke der Wanderbühne hat theatralische Pfiffigkeit und Improvisationskunst einfach einen der Frachtwagen in die Arche verwandelt, mittels einiger aufgemalter Scheinarchitektur, und man ließ aus der Hinterseite eine Brettlbahn herunter, auf der nun, konsekutiv aufgenagelt, die Menagerie herausgezogen werden sollte – und zwar von den Schinderbuben, die sich als rechte Allzweck-Kalfakter entfaltet hatten. Hatten auch brav die Schnüre um die Fäuste gewickelt, und während Noe anhub:

Allmächtiger Gott! was ist das für ein Gnad,
Zu entrinnen einem so schrecklichen Bad!

– gaben sich die Buben ein halblautes »Höö – ruck!«-Comando und ließen die Leiste mit den Viechern drauf aus dem Wagen rumpeln.
Aber sei es, daß ihr Eifer übergroß war, sei's, daß die Werker schlampig genagelt hatten, sei's auch bloß, daß alles aufs Wundersamste vorherbestimmt war: der Zug war zu stark, die Leiste sprang aus den Schienen und Halterungen, und die vier Buben schossen in wilden Purzelbäumen den Hang hinunter, zwischen den Stiefeln der Spectatores hindurch, von ihrem Gelächter und einem einseitig gestrichenen zoologischen Holz-Garten verfolgt. Akkurat das gehörte zu einem richtigen Spektakel, Vater Noe faßte sich allsogleich und hob nur um ein Weniges die Baßstimme, als er weiterdeklamierte:

... Dem Herrn wolln wir einen Altar baun,
Und opfern ihm von jedem Thier,
Die er so gnädig erhalten hat hier...

»San scho weg, die Viecher!«, brüllte ein Trachtler hinauf, »müaßts wida zamfanga, los!« Und unter den heiteren Kommentaren der Pilger und Wallfahrer baute die Familie Noe den Raubitz auf den vorbereiteten Altar, zündeten mit Terpentin an, und Gottvater erschien wie vorgesehen am Himmelsfenster (ins Wetterdach eines andern Wagens geschnitten), um der Welt sein künftiges unerschütterliches Wohlwollen zu verkünden. Es blieb ihm im Hals stecken –

Im schwarzen Tor der Archen-Rückwand, von dem noch immer die Bretterbahn herunterlief, stand ein Löwenpaar.

Der Pascha schüttelte die schwärzlich angesengte, sandfarbene Mähne, riß das Maul zu lautlosem Gähnen auf, seine Lefzen zogen sich an den zollangen Säbelzähnen hoch. Seine Gemahlin wischte rechts an ihm vorbei, den Kopf nach unten und vorn gereckt, der Pascha trabte nun auch los, mit dem lautlosen Dröhnen des Löwenschritts die Fallinie des Hanges hinab.

Brach wilder Schrecken aus? Panik mit Blut und Todfeindschaft aus uralter Zeit? Keineswegs. Nur die Actores auf der Bühne zwischen den Wägen flitzten ein paar Schritt nach rechts und links, ein paar Zuschauer desgleichen, so daß eine ordentliche Gasse entstand, und das tierische Königspaar kümmerte sich auch weiter nicht um sie, spielte seine eigene Rolle in seinem eigenen Stück, schien zu wissen, wohin der Weg es führte oder vielmehr seine Bestimmung. Und noch während es unterwegs war zum Karrenpfad nach Ostermünchen, kugelte und trollte sich aus der comoediantischen Arche quasi als komische Epistrophe ein Pärlein von Waschbären, schlug Purzelbäume die Rutschbahn herunter. Über ihnen wachelten mit zerfledderten Schwingen zwei Lämmergeier aus schwarzem Loch in blaue Freiheit.

Ja, der wahre Auszug aus der Arche in eine blitzsaubere neue Schöpfung hub an, und es ist den tapferen Spielern himmelhoch anzurechnen, daß sie nur einige Augenblick lang jede Contenance verloren, daß vielmehr der Hafner-Gottvater mit kaum verwackeltem Pathos seine Verheißungsansprach fortsetzte, die noch dazu recht eigentlich auf das Mirakl draufpaßte:

Alle Tag, so lang die Erde stehet,
Soll geerndnet werden, und gesäet;
Sommer, Hitze, Winter, Kält,
Tag und Nacht stets haben die Welt.
Wachst und mehrt euch wider auf Erden,
Alle Thiere solln euch Unterthan werden.

Was ich spreche da mit Euch,
Von dem, Neptunus, sei mein Zeug.

Nun war das mit Kathi-Neptunus einigermaßen schwierig, sie war im ersten großen Schreck doch am Himmelswagen hochgesprungen und hielt sich, durch Wasserstiefel und Fischnetz höchst ärgerlich, wenn auch possierlich behindert, mühsam an der Kante der Seitenwand fest, nur einen Fuß von Gottvaters Fensterl entfernt. Dennoch respondierte sie brav aufs Stichwort:

Ei wie, Gottvater, denkst itzt auf mich?
Was hab ich dann verdient um dich.
Was ich gethan, war meine Pflicht,
Hab alls für deine Ehr verricht.

Drauf wieder, der Rolle eisern getreu, der Hafner:

Du frommer und getreuer Knecht,
Komm her, du hast gehandelt recht...
Zu zeigen, wie ich dir gewogen,
Nimm um den Hals den Regenbogen.

Und während nun ein tierisches Hochzeiterpaar nach dem

andern, Hirsch, Reh und Kakadu, Tukan und Tapir, aber auch so vertraute und alltägliche Gefährten wie zwei gewöhnliche Rindviecher, schön die Rampe heruntertrabten, flatterten, stolzierten, säuberlich den Prozessionsweg durch die Spectatores einhielten und sich erst unten am Bach aufteilten, die einen via Eisenbartling nach Ostermünchen, die andern nach diversen westlichen Punkten der Windrose, wieder andere endlich über die Brucken und an Kronau vorbei nach Norden – während also diese alle mögliche Pater-Phantasie sprengende Exhibitio stattfand und die hingerissenen Spectatores zwar nicht laut und heftig (denn vor so viel unvertrautem Bestiarium hatte man doch einigen Respekt), aber dafür umso wärmer ihrer Begeisterung sich hingaben, folgte Gottvater der Hafner dem Rollenbuch getreulich, neigte sich aus seinem Fenster und

> *hängt dem Neptunus den Iridem um, wie die großen Herrn vor vielen vielen Jahren den Künstlern und Gelehrten Gnadenketten zum Zeichen ihres Verdienstes umgehangen haben,*

einen sauber gemalten Halbkreis aus Blech (daß er ihr, seiner leiblichen Tochter, dabei einen wenig adligen Schmatz auf die runde Backe gab, sei nur der Vollständigkeit halber erwähnt).
Besonders artig war das alls nicht, wenn man sich vor Augen hält, daß die Kathi dabei mit ihrem Hinterteil zum Publikum auf einem hohen Wagenrad stehen mußte – aber nun war alles unwiderstehlich zur Schluß-Apotheose bereitet, die Fama fährt in der XXI. Exhibitio auf Pappdeckelwolken, zwischen den Wägen umher, die Posaunisten blasen auf zur prächtigen Arie:

> *Hör Welt, das sei dir ewig kund,*
> *So oft du siehst den Regenbogen,*
> *so findet sich dein Gott bewogen,*
> *Dir zu erneuern seinen Bund . . .*

Die andern Musikanten sammeln sich, innerlich und äußerlich, zupfen an den Saiten zum Einstimmen, grummeln auf den Paukenfellen herum, unbekümmert um die Fauna, die nach wie vor aus dem sich weitenden Archentor quillt (bei zehntausenden von Arten kann das eine Zeitlang dauern), die vier Elemente postieren sich, und es kann losgehen:

GOTTVATER *(majestätisch): Das bleibt der Welt nun immer kund,*
Geschlossen sey mein Gnadenbund!
PAUCKEN: *Pum! Pumpidibum! Pum! Pum!*
NOE *(sanft): Herr! deine Lieb' ist ohne Grund.*
GOTTVATER *(warm): Geschlossen sey mein Gnadenbund!*
NOE *(tiefgebeugt): Mein Herz von selber ist verwundt.*
GOTTVATER *(wärmer): Geschlossen sey mein Gnadenbund!*
NOE *(schmelzend): O schöner Tag, O schöne Stund.*
GOTTVATER *(am wärmsten): Geschlossen sey mein Gnadenbund!*
NOE *(fast ohnmächtig): Mein Dank erstummt in meinem Mund ...*
– etcetera noch eine gute Weil, so eine barocke Schlußarie braucht ihre Zeit, genau wie ein biosphärisches Bestiarium:
GOTTVATER: *Geschlossen sey – mein Gnadenbund!*
NOE: *O goldne Stund!* GOTTV: *Das bleibe kund*
NOE: *Lieb ohne Grund!* GOTTV: *Geschlossen sey mein Gnadenbund!*
NOE: *O Lie Lie Lie Lie Liebens Fund!*
GOTTVATER: *Mein Gnaden, Gnaden, Gnadenbund.*
PAUCKEN: *Pidipum, Pidipum, Pidipum, Pum! Pum!*
GOTTV: *Geschlossen sey mein Gnadenbund, mein Gnaden,*
Gnaden Gnadenbund!
Gnagnagnagna! Gnagnagnagna!
NOE: *O Lie, Lie, Lie, Lie, Lie Lie Lie –*
GOTTV: *Gnagnagnagna! Gnagnagnagna!*

Noe: *O Lie Lie Lie Lie Lie Lie Lie –*
Gottv: *Gnagnagnagna! Gnagnagnagna*
Noe: *O Lie Lie Lie, Lie Lie Lie Lie*
O Liebes Fund
Gottv: *Mein Gnadenbund*
Paucken: *Pidibum, pum, pum, pum, pum!*

Während sich auf dem Asperberg alles zum freudvollen Finale türmt, ereignet sich auf anderen Zeitebenen auch allerhand.
Der Andreas Gropp fühlt sein Ende nahen, bestellt seine Seele, deckt sich mit dem Banner der Heiligen Liga zu und tut die Arbeit, für die er geübt ist: selig zu sterben.
Auf Schloß Busselwang wird Jaufré Graf von B.-Titlmoos geboren, das schöne Ebenbild seines toten Vaters.
Zehn Kilometer südlich von Wels biegt Marco von B.-Guadagni korrekt und im Besitze der Vorfahrt in eine unübersichtliche Vizinalstraße ein.
Auf der Wiese vor Tuntenhausen aber ist das kosmische Zelt für den Sonnentanz bereitet, und die Eingangs-Liturgie ist bereits im Gange. Kahler Büffel hat sich sehr umsichtig verhalten. Er hat den (meist alternativ gesinnten) Interessenten seine Schwierigkeiten mit dem Communiqué Nummer Drei der Onandaga, aber auch mit den Vorschriften des Sonnentanz-Ritus selbst dargelegt. Was die Finanzen betrifft, war man sich schnell einig: das notwendig zu fordernde Geld war nur ein Ersatz für die Gastfreundschaft. Was das Element der Pein angeht, so ließ man es auf jene symbolische Winzigkeit schrumpfen, welche der Wehleidigkeit des weißen Mannes angemessen ist: eine Nylon-Drachenschnur, behutsam durch die oberen Schichten der Brustmuskeln gefädelt und mit dem Mittelpfahl verbunden. Die hiesigen Teilnehmer schluckten zwar immer noch, während sie nickend zustimmten, aber Sonnentanz ist schließlich Sonnentanz. Von nichts kommt nichts, und: *we've got the powers.*

Natürlich hatte man auch die vorbereitenden Zeremonien und Gebete stark zusammengestrichen – schon um den Interessenten allzuviel Fasten und Durst zu ersparen. Man war, unter diesiger Sonne, eben bei Kablayas drittem Lied angelangt:

Eine Herde Büffel, sagt man, kommt heran –
Sie ist hier – jetzt!
Ihr Segen wird über uns kommen –
Er ist hier, jetzt!

– als, um die Ecke des Neubaus herum, drei Bisons auf dem Fußweg zum Ostermünchener Sportplatz erschienen: ein Bulle aus schwarzem Stein, eine Kuh wie aus Zypressenholz geschnitzt, und ein frischgeworfenes Kalb.
Die Tiere standen unbeweglich und blickten die frommen Tänzer an. Kahler Büffel umwickelte seine Rechte mit dem Wampum, ergriff die Adlerfeder, reckte sie der Sonne entgegen und stimmte Kablayas viertes Lied an, das keine Worte hat, weil kein Wort für dieses Lied heilig genug wäre. Die drei Büffel nickten, bockten fast gleichzeitig, warfen sich auf ihren schlanken, sehnigen Hinterbeinen herum und donnerten in Richtung Brettschleipfen davon. Der Tanz war sichtlich gesegnet; die Onandagas würden davon hören. –
– Auf dem Asperberg aber rückte die Schluß-Apotheose ihrem güldenen Ende zu. Die vier Elemente hatten sich, unter den letzten Paukenschlägen, zum Quartett formiert, Leni und Kathi sanft einander zugeneigt, der schief-entschlossene Blick des Vulkanus Brunnknecht-Jodl spähte über ihre Schultern, ragend darüber des Paruckenmachers Äolusgestalt, nicht besonders eindrücklich zwar als Acteur, aber nun in seinen Triumph kommend als süperber Contertenor.
Triller und Paukendröhnen verklangen, und

die VIER ELEMENTE *intoniren das Lob Gottes sanft hingegossen:*

Gott Vater! wir zerflüssen
Ja gar zu deinen Füssen
Vor lauter Süßigkeit, vor lauter Süßigkeit,
Vor lauter Trost und Freud, vor lauter Trost und Freud.
Wir thuen dich auch preisen, daß du dich thust erweisen, eieieieieieisen,
Daß du dich thust erweisen, eieieieisen, eieieieieieisen,
Als Vater gar so sehr, du Gott allmächtiger...

Trefflich hatte der Musikmeister die Terzen und Quarten und Sexten ineinandergeschlungen, die Trompeten bliesen durch schmelzende Sordindln mit, und eine höhere Regie sorgte dafür, daß zu diesem Zeitpunkt nur recht lyrische Tiere aus dem immer weiteren Archentor traten: Damhirsche und Giraffen, Pfauen und Paradiesvögel, Tigrillos und weitäugige Gazellen. Zuversichtlich sangen die Elemente:

Die Sünden thust vergeben, und nicht mehr strafest eben
Mit einem Sündflutmeer, du Gott allmächtiger, du Gott allmächtiger.
Vor dieser Süßigkeit, von diesen Trost, und Freud
Wir hier zu deinen Füssen, zu deinen Vaterfüssen, füfüfüfüfüfüssen,
Wir Gott allmächtiger, beynahe ganz zerflüssen, flüflüflüflüflüssen,
O Gott allmächtiger! O Gott allmächtiger!

Und nochmal fortissimo die Pauken, von denen eine in Fetzen geht:

Pidipum, pidipum, pidipum, Pum, Pum, Pum, Pum, Pum!

Und wiederum der Gottvater-Hafner majestätisch:

Das bleibt der Welt nun immer kund,
Geschlossen sey der Gnadenbund!

Und Noe nocheinmal sanft:

Herr, deine Lieb' ist ohne Grund ...

Das schwarze Archentor, riesig ausgeweitet, steht plötzlich leer. Aus der Schwärze dringt ein scharfes Doppelfauchen, mit Dreiklafter-Sprung wirft sich ein Paar von bengalischen Königstigern ins Freie, sie fassen Boden mit nach vorn geschnellten Hinterbeinen, schnellen wieder ab und sind im Hui durch die Spectator-Gasse verschwunden, setzen selbander über die Kronauer Bruck.

Hinter ihnen in der Arche hat, so ergibt sichs, noch ein Paar gewartet: Elefanten. Sie heben ihre beiden Rüsseltrompeten und geben, in Pauken und Blech hinein, die Schlußfanfare.

Der P. Umgang wie der Cyriak sind ohne Zögern zu den Leviathanen hinaufgesprungen, die Kathi und die Leni flattern nach. Unter Rüsseln und Stoßzähnen stehen die Vier, leuchtenden Antlitzes, und der Pater Peregrinus de Colle Sancto Hambucher reckt die Pratzen gen Himmel und krächzt: »*Da capo, da capo, da capo! Totaliter repetatur!*«

Und die Wallfahrer aller Zeitalter applaudieren.

Wie's im Scenenbuch heißt:

Finis Coronat Opus

VIII

Zwei Schlüsse: Ein orthodoxer und ein häretischer

Königin der Engel

Ein ebenso korrekter wie moderner Schluß

Als Zeitpunkt eignet sich eine eisige schneelose Nacht. Eine Nacht, in der der Himmel schwarz ist und die Sterne sich versagen.

Der junge Mann, um den es sich handelt, kommt in einem kleinen, alten, schnellen Sportwagen gefahren (Technik wird also nicht denunziert!) und parkt nicht auf dem Kirchbichl, sondern neben dem Gasthaus Schmid. Es paßt zu ihm, daß er das weich und bescheiden macht. Er stellt die langen schlanken Beine in Jeans (also durchaus modern) seitwärts auf den Teerboden, hier ist natürlich längst alles geteert, steht auf, dreht sich um und zieht aus dem Fußraum des Beifahrersitzes das längliche Futteral, das dort gerade Platz hatte, und in dem seine Posaune ist. (Was sonst.) Er macht das rasch und geübt, macht kein Geräusch dabei, denn er ist Ambros Engel von den CENTRAL EUROPEAN SUPERSONIC BRASSES und geht ständig mit solchen Platzproblemen um. (Durchaus modern.)

Er ist barhaupt, trägt Laufschuhe und einen leichten hellen Mantel. Er schaut auf die Armbanduhr, dann geht er die wenigen Schritte zum Pfarrhof hinüber. Er ist schlank, wirkt aber breiter, weil ihn nicht friert. (Hinweis.)

Der Pfarrhof, von einer einzigen Lampe über dem Eingang erhellt, hockt unter seinem bayrischen Amtsdach. Zwei nebeneinanderliegende Fenster weisen Licht im Innern aus, die Vorhänge sind nicht zugezogen.

Der junge Mann springt die paar Stufen zur Tür hinauf. Er läutet nicht, sondern stellt sich auf die niedrige Treppeneinfassung und neigt sich zur Seite, um ins Zimmer blicken zu können.

Es ist das Amtszimmer, groß und braun und trüb, für unseren Zweck hervorragend geeignet; mit Möbeln aus dem Biedermeier und dem übrigen 19. Jahrhundert. Die Bücher in der Vitrine sind gleichfalls aus dem 19. Jahrhundert; solche Sachen wie Denzingers *Enchiridion* zum Beispiel. Ein heller Rollschrank ist jünger, ein geschnitzter und gefaßter Heiliger in der Ecke ist älter. Der alte Pfarrherr sitzt allein am ovalen Mitteltisch unter einem Lüster mit kleinen Pergamentschirmen, er ist in eine pilgermäßige Loden-Pelerine gehüllt und knackt Nüsse, die lose auf der Platte liegen. Er nimmt eine nach der anderen auf, spannt sie in die Backen der Zange, umschließt Backen und Nuß mit der braunfleckigen, bauerngroßen Linken, drückt mit der Rechten zu. Er läßt die gesplitterte Schale und die Nußkerne auf den Tisch fallen, klaubt sie auseinander, wirft die zwei winzigen Gehirnhälften der Walnuß in einen Glasteller und greift nach der nächsten. Er sieht kaum hin dabei, während er die kleinen, eintönigen Rätsel löst, eins ums andere, eins wie das andere, er tut dies schon eine gute Weile, die grauweißen Bartstoppeln scheinen ihm dabei zu wachsen, und es ist kalt. (Entsprechende Priester-Problematik in der modernen katholischen Literatur!)

Der junge Mann beobachtet etwa fünf Rätsellösungen, leise lächelnd. Er nickt (weiß also mehr, wenn nicht alles), springt die paar Stufen hinunter und dann die viel längere Treppe hinauf, die zum Friedhof führt. Er öffnet das geschmiedete Gatter in der gekalkten Mauer, bleibt zwischen zwei Grabsteinen stehen und legt den schmalen blonden Kopf in den Nacken. Über ihm ragt der Eisberg des Doppelturms, von kalten Strahlern beleuchtet, ins Nichts. Knapp unterhalb der Dunkelheit klirrt (?) die weißgelbe Kirchenfahne.

Der junge Mann sieht noch einmal auf die Uhr, dann beginnt er langsam die Kirche zu umrunden (Zusammenfassung). Er beginnt beim ersten Verlöbnis von 1441, der Frau aus Brettschleipfen mit dem Tumor; schlendert vorbei am Bozener Weinwirt vor dem Alpenglühen; an der

Schlacht von Lepanto, am brennenden Bavariaring (Geschichte!); vorbei am gestürzten Radfahrer vor der Straßenbahn, an der zusammenbrechenden Isarbrücke, dem Kind mit den Fraisen; vorbei am umgekippten Holzfuhrwerk, dem angeschossenen Bauern, dem Mädchen mit der Spindel im Bauch und an Gropp aus Mühlen Anno 1641. In der Finsternis wäre da kaum etwas zu erkennen, der junge Mann kennts aber schon, nickt bei jedem Bildnis und lächelt wie sein Namensvetter in der Reimser Kathedrale: leicht und süß und ein wenig unmenschlich. (Charakterisiert das Numinose.)

Zurückgekehrt zur Frau aus Brettschleipfen, legt er sein Futteral auf einen passenden Grabstein, öffnet es und entnimmt ihm die Posaune.

Sie ist keine moderne Zugposaune, sondern eine glatte, altertümliche Silber-Tuba. (Natürlich. Oder vielmehr übernatürlich.) Sie ist reich eingelegt, mit granulierten Goldringen, mit Schmelzglas und Bernstein um die Schallöffnung. Sie trägt ein paar eingeätzte Wörter in irischen oder karolingischen Unzialen (jedenfalls aus der Zeit vor dem Verlorenen Ich) und scheint fleckenlos zu sein; der junge Mann wischt sie dennoch mit einem Rehleder sorgfältig ab. Er faltet es zusammen und steckt es in die Tasche. (Retardation gut und schön, aber jetzt reichts:)

Im selben Augenblick erlöschen die Strahler, die Nacht ist fortgeschritten, und der junge Engel (na also) im weißen Mantel stampft auf den Kies und schwebt still, aber sehr schnell in die Nacht hinauf: die Kirchenmauer entlang, dann schräg am Dachgebirg, wieder die Turmwand empor – vorbei am Zachäus, der Kirchenfahne, die keiner mehr sieht (!), zum Doppelhelm. Dann frei in die Nacht zwischen den beiden Zinken. Wenige Fuß über ihren höchsten Spitzen kommt er zur Ruhe, blickt heiter und aufmerksam ins Nachtland – (und jetzt Panorama –):

Die Lichter der Weiler Brettschleipfen, Jarezöd und Eisen-

bartling; die Lichter der Dörfer Beyharting, Lampferting und Kronau; die Lichter von Ostermünchen und, weiter weiter, von Aßling, von Grafing, von Rosenheim und Wasserburg und (nichts als ein Schein von Aschenglut am Horizont) von München verlöschen im Eisnebel. Der Himmel aber wird klar, die Sternzeichen treten hervor, sind zu lesen, eines nach dem andern, wie ein aufgeschlagenes Buch, gefüllt mit den Argumenten Gottes. (Barock.)
Die Tuba beschlägt sich nicht. Der Engel reibt sie trotzdem noch einmal ab, benetzt die Lippen, setzt an und massiert sie gegen das Mundstück. Dann blickt er in die Bögen zwischen den Sternen und wartet.
(Wir warten mit ihm.)

*

NACHBEMERKUNG: *So war der Schluß gedacht: modern, orthodox, engagiert, kosmisch-eschatologisch und doch heimatverbunden. Irgendwie kommt er nicht hin.*
Versuchen wirs anders:

Innozenz Maria und der Leporibock

Häretischer Schluß im Konjunktiv/Optativ

Er erwache, Innozenz Maria, ohne die siebzigmal sieben Schwerter im Gedärm; erwache und blinzele in eine kaum größere, kaum bleichere Sonne überm Laub; erwache und atme Salbei und Beifuß, Lavendel und Lattich; erwache und spüre Stachelranken unterm Hinterkopf wie ein freches Reibeisen. Sein Blinzeln folge dem Säulenpfad der Stämme empor zum Mittenlicht, dem zweiggefiederten. Unendliches Wohlsein erfülle ihn, fühle er durch alle Gliedmaßen und wisse dennoch und gleichzeitig mit dem ersten Lidschlag, daß dies ein Phantom-Wohlsein ist; daß er über kein einziges Glied, kein einziges Organ, kein einziges Körper-Werkzeug verfügt, daß vielmehr sein Blick in Grün und Gold (ein erhabener ökologischer Zyklus wäre hier, am Nordrand der verjüngten Alpen, entstanden, ein Zeit-Riesenrad mit Speichen aus Eichen, aus Tannen und Buchen) – sein Lauschen ins Rauschen und Seufzen von Blättern und Halmen und Rispen, auf das Rascheln der Kerfe und der Eichenlaubkröte *(Grima frondiforme)* in der Moderstreu – sein Rubbeln an den Rankenstacheln, seine aromatischen Atemzüge: daß dies alles körperlos ist. Den Sinnen oder vielmehr ihren seelischen Empfangsbereichen direkt gewährte Erkenntnis – w o v o n ?

Von unendlicher Fremde zunächst, in der er hier weilte und die, ihn überfallend, unendlichen Schmerz erahnen ließe, unsäglichen Schmerz: – aber so tief unter dem Wohlsein, daß es noch nicht mehr wäre als das Signal eines einzigen Nervenstrangs in die Schläfe oder die Schädelnaht. Nur ein Rätsel vorläufig; ein Rätsel, das seine eigene Lösung, als Botschaft solcher Fremde, ankündigt; zugleich als gräßlichste Offenbarung.

In diesem Augenblick trete der Leporibock aus. Der Wald-Leporibock, um genau zu sein, *Ungulagus silvicultrix*. In dieser Höhe über dem Meeresspiegel wäre natürlich auch der Berg-Leporibock denkbar, *Ungulagus scandens;* ja, er, der kleine, latschen- und rauhgrasgewohnte, zerbrechlichere Vetter wäre hier sicher schon häufig, wenn nicht häufiger als Vetter *silvicultrix*. (Er, genau wie der Wald- oder der Wüsten- oder Polar-Leporibock, *U. flavus* respektive *hirsutus,* wären, verschiedene Klima- und Nahrungsnischen besetzend, alle aus den unbesieglichen Lenden der Leporiden, d. h. der Kaninchen, entsprossen.) Nun, es sei eben *silvicultrix,* der hervortritt aus dem geheimnisreichen Zentralschiff des Walddomes, sich nähere als langbeinige, langhalsige, damgefleckte, übermannshohe Anmut. Er würde, ehe er die Freistatt des Mysteriums verläßt, mit den Hasenlauschern sichern; er würde den kleinen rundwangigen Kopf vorschieben und die Präsenz gewahren, zu der er gesandt ist, die Präsenz des Innozenz Maria, so körperlos sie auch sei. (Tiere haben damit nicht viel Schwierigkeiten.)
Der un- oder feinstoffliche Graf bleibe liegen; der Bock, auf hier nicht zu erörternde Weise von seiner Herde gesondert, sehe ihn an, von oben herab, mit all der Barmherzigkeit, die der senkrecht fallende Blick von Tieren und Kreuzfahrer-Prinzessinnen haben kann. (Deshalb wurde wohl *silvicultrix* gewählt: für seine stattliche Statur, in überraschendem Verein mit dem alten Hasenblick klagloser Furcht und Unschuld.) Innozenz Maria gewahre, daß Hals- und Brusthaar des Botschafters von der Farbe des Elfenbeins, aber durchaus zottig ist; bemerke die sehr zierlichen zehenpaarigen Hufe, die Keulen, die runder und kindlicher wären als die des ihm bekannten Rotwilds. (Er war nie ein passionierter Jäger wie die meisten Herren seines Standes, doch würde seine durchschnittliche Waldbesitzer-Erfahrung genügen, solche Unterschiede festzustellen, und diese Feststellung würde

ein stärkeres Schmerz-Signal auslösen:) Die Fremde wächst.
Gleichzeitig jedoch wachse seine gesamte Wahrnehmung, werde global, erhebe sich in den Äther, von wo aus die Rundung unseres Planeten deutlich sichtbar wird. Wie sich die Platten der Kontinente verschoben; wie sich Afrika und Australien an die eurasische Masse gedrängt, wie sich Gebirgsschollen emporgetürmt hätten (ein Über-Atlas, Über-Alpen, ein titanischer chinesischer Pamir), wie sich andererseits Südamerika und Lemurien von diesem Nord-Überkontinent gelöst, auf eigenen tektonischen Platten ihre eigene flotte Fahrt angetreten hätten: dies erfahre er und gleichzeitig dazu und dadurch Datum und Ort – :
Anno Domini 50 Millionen 868, *praeter propter,* am Nordrand der doppelt so majestätischen Alpen, zirka neun Kilometer von Tuntenhausen, fast exakt am geographischen Punkt des heimatlichen Schlössels Busselwang, – wenn Tuntenhausen und Busselwang, durchs Teleskop von grob fünfzig Millionen Jahren gesehen, noch etwas zu bedeuten hätten.
Doch, sie hätten. Durchaus. Denn erstens würde Mozart auch noch in 49 oder 50 Millionen Jahren die Brust der Wildnis mit Seufzern erfüllen – und zweitens, wer anders hätte den Gesandten zur ersten Kontaktaufnahme geschickt, den *silvicultrix,* wenn nicht die Große Hirtin selbst, die Herrin der Tiere und ewig unverletzliche Jungfrau-Mutter – ja, noch genauer und mächtiger benannt (und damit führe der Schmerz, aus fast voller Erkenntnis aufgeladen, grausam ins Phantom-Gehirn!) die GAIA. Tuntenhausen, Busselwang, der ganze Sprengel wäre etliche fünfzehnhundert bis zweitausend Meter hinaufgeschubst worden auf die neuen Hänge und Schründe; Magma wäre irgendwann zwischen 20 und 30 Mio. *annorum Domini* aus den Spalten der Bruchstellen gequollen und (so sei es) nach ihm heilendes Wasser, der Quellteich

im Waldheiligtum, nicht nur heilend, sondern auch heilig, wo die Herrin die Ihren versammelt in gereinigter Zukunft. Urfehde herrsche da am gewaltlosen Wasser, alle seien sie geladen zur Stillung des Durstes: die Kreaturen der Wälder und der Berge, die Gejagten und die Jäger, die *Ungulagi* und die Hornschädel, die grauen Bergschratte mit ihrem Pagoden-Gehörn, aber auch die Mordbande der Falanxe und der heißhungrige Schurrak der Felsen.
Trägt die Hohe Herrin eine minoische Robe? Mit halbmondförmigem Kragen? Hat sie steinschwarze Augen? Ringelt sich um ihren bloßen Arm die gleißende Goldnatter *(Venenosa rutilans)?* Was wär es anderes als Hilfe für sein schwaches Verstehen...
Nun begriffe Innozenz den Grund, den hinreichenden, warum er hier wäre: Reinigung. Purifikation. Sein Purgatorium. Er begreife dies beschämt, da er sich zwangsläufig an die enge Auslegung erinnern müßte, welche die heimische christkatholische Orthodoxie damals, vor *praeter propter* 49 Millionen 999 000 Jahren, dem Fegefeuerbegriff zugemutet hatte. Hier wäre er offenbar, um gereinigt zu werden; und das hieße auch, er wäre hier, um zu dulden. Hier ginge sein, Innozenz Marias, klitzekleines Dilemma, die lächerlichen Schleifen seiner Existenz, in das kosmische und übernatürliche Gewebe des Teppichs ein.
Und nun wäre es einfach nicht mehr zu vermeiden, daß er, Innozenz Maria, eine aktive Gegenfrage stellt. Es wäre, gegen die konturlose Frömmigkeit im Rauschen und Seufzen der gemäßigten Waldbreiten, gegen den noch so steten Blick des Lepori-Gesandten, die christkatholische Frage fällig: »Wo bleibt das Gericht?« oder: »Hat sich das Säkulum, der weltliche Äon, im Feuer aufgelöst, wie die Liturgie das beschreibt?« oder: »Wo steht nun das Zelt Gottes, wenn nicht mehr unter den Menschen?« Dahinter aber, natürlich, die Frage der Angst und des Unwillens: »Wo bleiben nun unsere dumpfen und lichten Qualen, wo unser Ringen um ewiges Verdienst?«

Als Antwort erführe er zunächst nichts. Das heißt, nichts Neues. Gleich bliebe der tierscheue Blick der Barmherzigkeit, vielleicht würde das Seufzen des Windes in den Riesenkronen höher, vielleicht ließe sich ein kaum hörbares »Tschiritt!« des Roten Klammerhörnchens vernehmen, das durch eine Hochbaum-Etage fegt. Und dann, im klärenden Bad der Geduld, in steigendem Verständnis erriete er die Barmherzigkeit, die ganz fürchterliche und große, von der auch der anmutigste Leporibock nur einen winzigen Splitter in seinem Auge anbieten kann.

Und so etwa spräche sie: Hättest du dir, Innozenz Maria, wirklich gewünscht, daß eingefordert wird? Es wird nichts eingefordert. Hättest du gewünscht, wünschen dürfen, daß der Herr die Rechnung schickt? Es kommt keine. Daß das Große Kontobuch herausgetragen, daß David, ja, und die Sibylle der Höhlen zur Sache vernommen werden? Tröste dich: nichts wird verhandelt. Hättest du wirklich die Stirn, nach dem Urteil zu verlangen, nach dem Verdikt über die Taten der Menschheit, – Taten des Wahnsinns, Taten des Hochmuts, der Habgier, der Angst, der Gefühllosigkeit? Überleg dirs. Überlegs ganz langsam, ohne dir Zwang anzutun, wie und wohin du selbst unterwegs warst: du Gutwilliger, du Gutherziger, du Sanftmütiger. Du, dein Meisinger, deine päpstlichen Regimenter, deine Bataillone von Bauern und Katholiken – von Garibaldis Legionen zu schweigen. Unterwegs dein Pettenkofer, dein Liebig, unterwegs deine Sauberkeit, dein Gehorsam, ihre Sauberkeit, ihr Gehorsam, Wohin war alles unterwegs – ihr und zukünftige Genies, die Zellen in Moleküle aufbrachen und Moleküle in Atome und die in weißgottwas für höllische Energien der Herrschaft? Und alle sprachen ihr Nachtgebet an Gott oder die Menschheit oder die lichte Zukunft, fromm bedacht auf ihr Verdienst in den ewigen Kontobüchern. Barmherzigkeit ists, daß keiner von euch wußte, wie die Bilanz aussehen würde ...

Ja, das Gericht war schon fällig, schon überfällig wie prophezeit von Thomas von Celano, *solvet saeclum in favilla,* die Welt hätte logischerweise aus dem Leim gehen müssen in Feuerbränden, das habt ihr ja alles schön logisch vorbereitet, die Feldzeichen vorausgeschickt und sie die meinen genannt, *vexilla prodeunt,* und dahinter die Artillerie weiter- und höherentwickelt, – weißt du was Sieg ist, Innozenz Maria, Sieg ist Tod, Tod für Sieger und Besiegte und einen Haufen gänzlich unbeteiligten Lebens daneben, und fast hättet ihr gesiegt, im Namen Gottes, im Namen der Jungfrau, im Namen der Wahrheit oder der Geschichte, gleichviel, gleich wenig vielmehr vor dem Gericht, das wäre nämlich das Gericht gewesen, dieser feurige Sieg, der altmodische Tag des Zornes. Es gab genug Feuer, oja, und genug Abrechnung. Fast hättet ihrs geschafft, der Planet hat dir vielleicht ausgesehen, ein Durcheinander, die Photosynthese war fast hinüber, Ozon auch, das Methan war am Durchgehen, überhaupt die ganze Gashülle, das Klima war am Wackeln, und dann der Gen-Pool – ts ts ts. Also wenn es mit rechten Dingen zugegangen wäre, nach Recht und Gerechtigkeit, dann hätte man dicht machen müssen, aber dann hat mir die Thermodynamik doch noch einmal das Reich der Barmherzigkeit abgetreten, ich durfte aufräumen. Klima Photosynthese, Ozon Strahlenschäden, also da hieß es schon die Ärmel aufkrempeln, da hieß es schon rangehen mit Kernseife und Staubsauger und Mop und Selektion, so *praeter propter* fünfzig- achtzig- hunderttausend Jährchen fürs Gröbste, und dann konnte ich mir etwas Zeit lassen, barmherzig Zeit lassen, mit dem bißchen Genbestand, der noch da war, die Nischen wieder schön auffüllen, die Kontinentalverschiebung half auch, die neuen Acht-, Zehn-, Zwölftausender, das gab Energie-Gefälle und Transportsysteme für die Mineralien, die ich zur Humusbildung brauche, naja, du siehst, sie hat es wieder leidlich hingekriegt, die alte GAIA, über Ratten und Kaninchen,

die Mittlerin zwischen dem Weltentod und dem irdischen Leben, *advocata nostra.* (Tschiritt tschiritt sage das Klammerhörnchen, es hieße so etwas wie AMEN.)
Kein Gericht also, oder nur dies als Gericht, das Seufzen und Rauschen, das Tschiepen der Hörnchen, das Licht-Spiel in den Kronen, die Kadenzen naher und ferner Vögel. Nichts mehr als alle diese Lebens-Register und eine einzige gewaltige ordnende Vernunft, die auf ihnen ihre Läufe, Akkorde, unendlichen Variationen einübt – ganz recht, sagt die Hirtin. Es war ja auch mein eigener Irrtum, ein ganz kostspieliger, ein komplizierter Selbstmordversuch, daß ich eure Mutation durchließ: zu viel und zu wenig in der Schädelkapsel, zu mächtig das Instrument und gleichzeitig zu plump, machte an einem Ende immer mehr kaputt, als es am andern reparieren wollte, hat nie mehr als vier oder höchstens fünf Konsequenzen hinter- und nebeneinander kapiert und nie mehr als drei Dimensionen, und damit wolltet ihr die Welt regieren. Mein Irrtum Innozenz Maria, es ging eben nicht, vergessen wirs – wir könnten auch zusammen weinen, aber wozu, es ist schon wieder so lange her, 49999000 Jahre, um genau zu sein, und jetzt gehts wieder voran, fünf Zentimeter Humus etwa in jeweils hundert Jahren, die Arten werden wieder mehr, die Farben auch, die Töne, die Weisen zu leben und zu sterben. Ihr habt sie los, die Weltregierung. Begreifst du?
Er begreife. Und durch so erschöpfende Auskunft begreife er, daß dieses Purgatorium nicht nur ein Ort der Reinigung ist, nicht nur der Aufklärung, sondern auch der Entscheidung.
Ja oder Nein muß er sagen – wozu? Das erst bildet den hinreichenden Grund, die *causa sufficiens* für sein körperloses Da- und Hiersein: JA oder NEIN zur Neuen Erde.
Aber warum? Warum er? Warum nur?
Weil er der Frömmste ist, begreift er. Weil er das Kostbar-

ste aufzugeben hat. Und weil nur er versteht, daß es notwendig ist.
Zorn würde zwangsläufig in ihm hochschießen, glosender Zorn: NEIN! Abgeschoben werden als Irrtum der Evolution, zurückgeschüttet in den großen Komposthaufen zwischen Pilzfäden und rüstige Würmer, eingereiht in... Die Augen des Bocks seien plötzlich etwas größer und angstvoller, und so begriffe Innozenz Maria, wo er eingereiht wäre, in welcher Reihe er stünde: zwischen Kräften, Mächten und Gewalten, Cherubim und Seraphim.
Er könnte, ja er müßte sich erinnern an die gescheite Erklärung für den Abfall der Engel, die ihm seinerzeit, in Wiesenmünster, P. Aloys Parruckinger SJ verraten hat. Gott habe es gefallen, so enthüllte er damals, den großen Engeln zu offenbaren, daß Sein Sohn, Sein Vielgeliebter, demnächst vom Weibe geboren würde, und Er verlangte von ihnen die kniefällige Verehrung – für ihn.
Man bedenke, wem er das sagte. Milchstraßen-Bewegern, Planeten-Verwaltern, Trägern Seines Hauches und Seiner Herrschaft zwischen Arkturus und Andromeda. Reinen Geistern, kein Staubkorn, kein Kotspritzer hängt an ihren sternsprühenden Gewändern. Einige hielten es nicht aus, verkrafteten die Zumutung nicht – naturgemäß am wenigsten Luzifer, der Treuhänder von *Sol III,* also der Erde, er kannte sein Evolutions-Schema aus dem Effeff und sah gerade zu, wie ein paar Primaten aus den Bäumen plumpsten, und lächerliche zwei Millionen Jahre später sollte aus einem solchen Weibchen ER geboren werden, *inter faeces urinamque,* ausgeschlossen, stellt alles auf den Kopf, wer könnte ihm was vorwerfen, dem Treuhänder? Der Lichtjahre weiter weg war von, na, sagen wir Innozenz Maria, dem darmgequälten, als dieser vom *Ungulagus silvicultrix?* Das war ihm einfach zuviel, dem Luzifer, du müßtest es ihm nachfühlen können, denk an deine diesbezüglichen Pläne, die Befreiung der Land-

wirtschaft und nicht nur dieser aus dem Kot undsoweiter, du erinnerst dich. Das war dem Luzifer zuviel, das beleidigte seinen Sinn für Oben und Unten, für Ordnung und Hierarchie und Reinlichkeit, und deshalb und nicht anders kam es zum Bösen und zur Erbsünde und dann, sicher, auch wieder zur Erlösung, ein Zirkulus, gewiß, aber kein *vitiosus*, so gehts schon zu in der Ewigkeit, Ei oder Henne, das tut ihr wenig, Zeitabläufe sind Illusionen, denk an deine Schauungen Innozenz.

Und das wäre jetzt der volle Schmerz, der fast-höllische Reinigungsschmerz, der Tartarus, der ihn verschlingen könnte, wenn er nachgäbe, und doch müßte er wissen, daß er nachgeben muß, das wäre nämlich sein JA, auf das es eigentlich gar nicht ankommen dürfte, man war in der ganzen Angelegenheit nur fair zu ihm, man läßt ihn nicht im Unklaren, man respektiert sein Recht auf Information, und man ist barmherzig...

Was bliebe ihm schon übrig, als JA zu sagen?

In diesem Augenblick merke der Leporibock, daß er verheizt worden ist. Von der Herde getrennt, blickverhaftet mit dem körperlosen Innozenz Maria, hätte er eine halbe Sekunde zu spät das hysterische Tschritschiritschirrritt der zwei Klammerhörnchen gehört, den Alarmruf der Warnung vor den Falanxen.

Drei von ihnen schössen aus dem Unterholz: riesigen Jagdhunden ähnlich, mit tiefen, schmalen Brustkörben und Wespentaillen, genetisch ausgewiesen durch die anderthalb Meter langen, rosaroten, mit spärlichen Borstenhaaren bestickten Rattenschwänze. Ihre Lefzen wären zurückgezogen und ließen die schrägen, guillotinescharfen Reißzähne blitzen. Der Bock wäre im Nu zehn, fünfzehn, dreißig Meter weggeflitzt, es würde ihm nichts nützen, zwischen Rankengestrüpp und Rosazeengesträuch würden ihn tod-sicher die Jäger erreichen, müßten die Zähne in Hals, Keulen, Bauch getrieben werden, müßten Blut und Moos und Moder in einem Kugel-

Radius von drei Metern stäuben, müßte das Fiepen, dann das Kreischen des *Ungulagus* enden im Schweigen des Vagustodes, und nichts mehr wäre zu hören als das Feldwebelgrunzen der Falanxe *(Amphimorphodus cynomorphus)*, die ihre Rangordnung über triefenden Muskelstükken und Innereien aushandeln.
Verzeihung, Innozenz. Verzeihung, aber das gehört dazu.
Kreisläufe.
Also?

Wichtige Quellen
(soweit nicht im Text identifiziert)

Das Wichtigste zuvörderst: Das SÜNDFLUT-Stück der Wasserburger Comoedianten stammt nebst allen Regiebemerkungen sowie dem Personal (soweit nicht aus werkimmanenten Ursachen verändert) von Anton von Bucher (1746–1817) und ist zitiert nach
Anton von Bucher (Hrsg. Reinhard Wittmann), Bairische Sinnenlust, München 1980.
Der Buchersche Originaltitel wurde um das Adjektiv
– *horrIbILIs* –
erweitert, um das Chronogramm handlungsstimmig zu machen.

*

Die Rede Innozenz Marias im Hotel BELLEVUE (Abschnitt I) wurde aus Zitaten zusammengestellt, die dem Buch
Dr. G. Ratzinger (Hrsg.), Die Erhaltung des Bauernstandes. Ein Reformprogramm des Hochseligen Grafen Ludwig zu Arco-Zinneberg, o.J.
entnommen sind.

*

Ähnlich verfahren wurde mit der Ministerrede im Kapitel *Arche des Bundes* (Abschnitt VI). Sie ist eine Montage von Zitaten aus der Biographie
Dr. Paul Hussarek, Hundhammer. Weg des Menschen und Staatsmannes, München o.J.

*

Die Tuntenhausener Mirakelbücher werden zitiert nach
Irmgard Gierl, Bauernleben und Bauern-Wallfahrt in Altbayern, München 1960.

*

Ernst Toller, Justizerlebnisse, Neuausg. Berlin 1979, ist die Grundlage für das »Niederschönenfelder Dossier« (im Abschnitt V).

*

Ferner wurden für den »Pfad des Mörders« (Abschnitt V) verwendet:
Anton Graf Arco auf Valley, Aus fünf Jahren Festungshaft, Regensburg 1925
sowie der wohlfundierte Vortrag von
Otto Gritschneder, Der Eisner-Mörder Anton Graf Arco-Valley und die bayerische Justiz, München 1983.

*

Als Quelle für die Liturgie des Sonnentanzes (Abschnitt VI) wurde benützt:
The Sacred Pipe – Black Elk's Account of the Seven Rites of the Oglala Sioux, University of Oklahoma Press 1953.

*

Die Geologie, die Ökologie und sämtliche Tiernamen des Schlußkapitels im Abschnitt VIII (mit Ausnahme von *Venenosa rutilans*) entstammen dem vergnüglich-prognostischen Buch von
Dougal Dixon, Die Welt nach uns – eine Zoologie der Zukunft. Deutsch von Margaret Auer, München 1982.